Herbert Rosendorfer

Die Donnerstage des
Oberstaatsanwalts

Deutscher Taschenbuch Verlag

Meinem alten Freund und Weggefährten
Paul Nappenbach
gewidmet.

Ungekürzte Ausgabe
September 2006
Deutscher Taschenbuch Verlag GmbH & Co. KG,
München
www.dtv.de
© 2004 nymphenburger
in der F. A. Herbig Verlagsbuchhandlung GmbH, München
Umschlagkonzept: Balk & Brumshagen
Umschlaggestaltung: Bettina Wengenmeier unter Verwendung
eines Bildmotivs von Ben McLaughlin (Bridgeman Giraudon)
Satz: Filmsatz Schröter GmbH, München
Gesetzt aus Minion
Druck und Bindung: Druckerei C. H. Beck, Nördlingen
Gedruckt auf säurefreiem, chlorfrei gebleichtem Papier
Printed in Germany
ISBN-13: 978-3-423-13495-8
ISBN-10: 3-423-13495-X

Der erste Donnerstag des Oberstaatsanwalts Dr. F., an dem er beginnt, den »Pelargonien-Mord« zu erzählen.

»Es war nicht so, daß ich eins der Referate für Kapitaldelikte, der Referate also, die für Mord und dergleichen zuständig sind, selbst innehatte, die betreffenden Referate gehörten jedoch zu meiner Abteilung, und ich hatte, wenn Sie so wollen, eine Art Oberaufsicht über sie – zwei waren es damals oder schon drei? Ich weiß es nicht mehr so genau. Diese Oberaufsicht machte nicht viel Mühe, wenngleich sie sehr vorsichtig ausgeübt werden mußte, denn die eigentlichen Referenten, entweder (wie man damals sagte) ›Erste Staatsanwälte‹ oder zwar jüngere, aber doch schon erfahrene Staatsanwälte, waren immer sehr stark auf ihre Eigenverantwortung bedacht, waren gute Leute … andere hätte man nicht auf diese Posten berufen … und außerdem galt ein derartiges Referat als Sprungbrett für höhere Positionen. Ich selbst … nun ja, ich will nicht von mir selbst reden. Nur soviel: Ich wußte aus eigener Erfahrung, wie unangenehm es ist, wenn einem der Chef dreinredet. Also übte ich meine Oberaufsicht über die Arbeit dieser Referate höchst behutsam aus, und wenn es etwas gab, was … kurzum, derlei Dinge versuchte ich immer in beratschlagendem Tone kollegial zu erledigen.

Wie fange ich an, wenn ich Ihnen das schildern will, was unter dem Epitheton *Pelargonien-Mord* in die Kriminalgeschichte unserer Stadt eingegangen ist? Nicht mit dem ersten Blatt der Akten, sondern damit, daß … ja, ich habe mir das Datum gemerkt, es ist eine scheußliche Angewohnheit von mir, fast eine Obsession, mir Daten merken zu müssen. Womit man nicht alles sein Gedächtnis sinnlos belastet … Wissen Sie, welcher Tag heute ist? Nein, ich meine nicht den Kalendertag, ich meine, was sich heute zum soundsovielten Mal jährt? Das endgültige Verlöschen des Vestalischen Feuers im ebenfalls verlöschenden Rom. Und der Geburtstag Chopins und der Todestag d'Annunzios … Sie können mich über jeden Tag des Jahres befragen … nun, ich schweife ab, auch eine Unsitte von mir. Mein Neffe sagt mir immer, ›Onkel‹, sagt er, ›schreib einen Roman. Du brauchst nur einen winzig kleinen Witz zu nehmen, du schweifst so oft ab, kommst vom Hundertsten nicht ins Tausendste, sondern schon ins Zehntausendste, und im Handumdrehen ist bei dir aus dem Witz ein Roman geworden.‹ Doch ich schreibe keinen Roman. Ich will nicht dazu beitragen, daß noch mehr Wälder für Literatur abgeholzt werden müssen.

Wo war ich stehengeblieben? Ja. An einem bestimmten Tag im Juli des Jahres 19…, es war zufällig der Jahrestag der Eröffnung des Konzils von Nikäa, was mit der Sache natürlich gar nichts zu tun hat, an diesem Tag also läutete eine unauffällige, in einen für die Jahreszeit eigentlich unpassenden, weil zu dicken rotbraunen Mantel gekleidete – oder besser gesagt – gehüllte Frau an der Tür eines Hauses in einer stillen Straße in einem der Teile unserer Stadt, die als verhalten vornehm gelten. Es war etwa zehn Uhr vormittags.

Eine Bemerkung dazwischen: Die Sache liegt schon lange zurück, allerdings nicht lange genug, daß schon alle Beteiligten unter der Erde wären. Also verändere ich die Namen und auch die Lokalitäten … Sie wissen ja, wir Juristen haben ständig Bedenken. Das ›Bedenken-Haben‹ ist förmlich derjenige Teil unseres Berufes, auf den wir am wenigsten verzichten können. Ein Jurist, gleichgültig, welche Tätigkeit er ausübt, ob er Richter ist oder Staatsanwalt, ob er in der Verwaltung, in einer Bank, einer Versicherung tätig ist, ob Rechtsanwalt, Syndicus, ganz gleich, er hat immer von vornherein und als erstes Bedenken. Wenn ein Jurist nicht sofort bei dem geringsten Problem Bedenken hat, ist er ein Scharlatan. Deshalb bekommen Sie von einem Juristen auch stets auf eine beliebige Frage die Antwort: ›Das kommt drauf an …‹

Ich schweife wieder ab. Sie werden das nicht das letzte Mal hinzunehmen gezwungen sein, wenn Sie die Geschichte vom *Pelargonien-Mord* zu Ende hören wollen. Wo war ich stehengeblieben? Ja. An einem Donnerstag im Juli in einer stillen Straße – ich nenne Ihnen die Straße nicht, weil ich Bedenken habe, bei zu naher Detaillierung die Persönlichkeitsrechte noch lebender Personen zu verletzen. Nur soviel also: Die Straße ist nach einer Persönlichkeit benannt, die am 16. Oktober Geburtstag und im Übrigen mit der Sache so wenig zu tun hat wie das Konzil von Nikäa.

Eine stille Straße also, Bäume, Vorgärten, ein Villenviertel, aber nicht das ganz große Villenviertel, wo die schon leicht palastartigen Villen stehen, in denen die Leute, die es unserer Ansicht nach nicht verdienen, hinter selbstschußgesicherten Mauern ihr Schwarzgeld horten, sondern ein biedereres, liebenswürdigeres; einen Teil der Straße säumen sogar jene Reihenhäuser, die vor achtzig Jahren noch von standesbewußten Baumeistern und nicht von architektonischen Schreibtischtätern entworfen wurden, und weiter hinten, gegen einen Park zu, ein paar Jugendstilhäuser feinen Zuschnitts … Ich kenne die Gegend, weil dort ein leider längst schon verewigter Freund gewohnt hat, den ich oft besucht habe.

An der Tür so eines Jugendstilhauses also klingelte die unauffällige Frau in dem rotbraunen Mantel, und in der linken Hand – mit der rechten hat sie den Klingelknopf betätigt – hielt sie, in raschelndes, durchsichtiges Papier gewickelt, einen Stock mit Pelargonien.

Oder soll ich anders anfangen? Vielleicht fange ich anders an. Am Montag der betreffenden Woche, also vier Tage vor dem Tag, an dem die Rotbraune mit ihrer Pelargonie an der Tür jenes Hauses klingeln wird … Nun, bevor Sie, etwas ironisch ohne Zweifel, fragen werden, was an Historischem sich mit dem Datum jenes Montages verbindet, sage ich es Ihnen gleich: nichts Historisches, jedenfalls nicht, soweit ich wüßte, aber etwas Literarisches. Es ist jener Tag, an dem einer der bedeutendsten, wenn nicht überhaupt der bedeutendste Roman des zwanzigsten Jahrhunderts spielt; jener Roman, der – unter anderem – der Grund dafür ist, daß ich mich hüten werde, je einen Roman zu schreiben, und der jeden der krummbeinigen Literaten seitdem beschämt vom Verfassen von Romanen abhalten hätte sollen – nun gut, an jenem Montag also schellte in der Wohnung eines, sagen wir, wohlbetuchten Röntgenfacharztes ... Tautologie, werden Sie sagen, mit Recht, welcher Röntgenfacharzt ist nicht wohlbetucht ... Ich sage Röntgenfacharzt, in Wirklichkeit war er was Vergleichbares, ist es noch, und auch das will ich aus den Ihnen schon auseinandergesetzten Gründen nicht sagen ... schellte also das Telephon. Ich nenne ihn, wie soll ich ihn nennen? Ich nenne ihn Dr. Raimund Wansebach. Warum Wansebach? Die mehr oder minder handelnden Personen meiner Erzählung tarnungshalber nur ›Meier‹ oder ›Müller‹ zu nennen oder gar nur ›A‹, ›B‹ und ›C‹ langweilte mich.

Also Wansebach. Röntgenfacharzt Dr. Raimund Wansebach. Und das Telephon schellte um circa vier Uhr dreißig. Und zwar vier Uhr dreißig früh. ›Wo bleibst du?‹ krähte es aus dem Hörer, nachdem Wansebach abgehoben und sich gemeldet hatte, ›wo bleibst du? Auf, auf, ihr G'sellen, die Hündlein bellen!‹ Das letztere ist eine Hinzufügung von mir. Es ist der Anfang eines Chorliedes von, wenn ich nicht irre, Orlando di Lasso, und es könnte so gewesen sein, denn es hätte mit dem zu tun gehabt, was Wansebach und der frühe Anrufer vorhatten. Allerdings dürfte dem Anrufer, Sie werden bald seine Geistesstruktur ahnen, Orlando di Lasso nicht geläufig gewesen sein.

Bei dem Anrufer hat es sich, jetzt muß ich wieder einen Namen erfinden und einen passenden Beruf: Was halten Sie von Schlösserer? Heinz K. Schlösserer. Wenn sich einer eine Mittelinitiale anheftet, läßt das schon tief blicken, sagt man. Doch ich will nicht ungerecht sein, ich kenne in der Tat sehr sympathische Leute mit Mittelinitialen, zum Beispiel den hierorts wohnenden und wirkenden, äußerst verdienstvollen Schriftsteller Hans F. Nöhbauer. Dieses F. – an meine Abschweifungen sind Sie doch schon gewöhnt? – hat insofern eine Besonderheit, als niemand, nicht die engsten Freunde Nöhbauers wissen, welcher zweite Vorname sich hinter diesem ›F.‹ verbirgt. Es ist nur soviel herausgebracht worden, daß es weder für Friedrich noch für Franz, Ferdinand, Fridolin oder Frithjof steht. Nöhbauers Verleger hat seinerzeit einen Preis ausgelobt für denjenigen, der das Geheimnis herausbringt. Es ist nicht gelungen. Ich vermute, Nöhbauer heißt mit zweitem Namen Fafner oder Fasolt. Oder womöglich Feyrefiz – kennen Sie Feyrefiz, den Elsternfarbigen? Aus Wolframs *Parzifal*? Schluß mit der Abschweifung.

Also Heinz K. Schlösserer. Von Beruf: Elektro-Großhändler. Nicht sehr groß handelnd, aber immerhin groß genug, um eine Jugendstilvilla in besagtem Stadtviertel zu bewohnen. Und nicht nur zu bewohnen: Sie gehörte ihm auch.

Ich muß Ihnen an dieser Stelle ein Geständnis machen. Der Anrufer an jenem frühen Morgen hieß zwar nicht Heinz K. Schlösserer, Elektro-Großhändler war er in Wirklichkeit allerdings schon. Er war damals ungefähr sechzig Jahre alt, und inzwischen ist er gestorben, und zwar in der Strafanstalt, in der er ungefähr, ich rechne nach, fast zehn Jahre gesessen hat, und zwar, wie ich überzeugt bin, unschuldig. Doch was heißt: unschuldig. Sie kennen das fragwürdige, veraltete (wirklich veraltete?) Erziehungsprinzip, daß, wenn einem Kind für eine Untat eine Ohrfeige verpaßt wurde, und es stellt sich heraus, daß das Kind die Untat gar nicht begangen hat, der Ohrfeigende beruhigend, vor allem sich selbst beruhigend sagt: ›Macht nichts, irgendwas hat es schon angestellt, wofür es die Ohrfeige verdient.‹

Durch eine kleine Reihe nicht besonders bemerkenswerter Zufälle kam ich in späteren Jahren in die Lage, die näheren und vor allem früheren Lebensumstände Schlösserers kennenzulernen, viel genauer kennenzulernen, als das Gericht bei der Verhandlung gegen Schlösserer sie kennenlernte, denn das Gericht interessierte sich nur für das, was unmittelbar mit der Tat zusammenhing. Ich wohnte den Verhandlungen übrigens nur als quasi ziviler Zuhörer bei. Die Anklage vertrat einer meiner Ersten Staatsanwälte, nennen wir ihn Äpfler – ein äußerst tüchtiger Mann seinerzeit, in gewissem Sinn die Stütze meiner Abteilung, ein fleißiger Arbeiter, sympathisch, obwohl Sportfreund und als solcher selbstverständlich etwas, wie soll ich sagen, eindimensional veranlagt. Er ist inzwischen, nein, nicht was Sie vielleicht denken, er ist inzwischen längst in Pension, länger als ich, weil ihm irgendein wilder Skiunfall sowohl diverse Gelenke als auch die Karriere, die ihm an sich offen stand, geknickt hat.

Ich beschied mich also mit der Rolle des Zuhörers, wobei ich zugegebenermaßen gewisse Privilegien genoß. Der Prozeß erregte großes Aufsehen, der Zuhörerandrang war gewaltig, es konnte immer nur ein Bruchteil der Neugierigen in den Saal gelassen werden, und an den Tagen, an denen die Sache auf Spitz und Knopf stand, warteten die Leute vom grauesten Morgen an oder sogar in der Nacht schon vor dem Zuschauer-Einlaß. Ich, als quasi doch dienstlich oder halbdienstlich am Verfahren Interessierter, begab mich ein paar Minuten, bevor die Saaltüren geöffnet wurden und die Menge in den Saal drängte – ›als ob es Ersatzkaffee ohne Marken geben würde‹, sagte Christoffel, der uralte Wachtmeister, der die betreffenden Ersatzkaffee-Zeiten noch mitgemacht hatte – durch das Beratungszimmer in den Zuschauerraum – mit Einverständnis des Vorsitzenden, selbstverständlich.

Auch Schlösserer hatte die Ersatzkaffee-Zeiten noch miterlebt, und zwar durchaus bewußt. Er wäre damals sogar alt genug gewesen, um zur Wehrmacht eingezogen zu werden, war jedoch als ganz spezieller Facharbeiter in der elektrischen Branche der Rüstungsindustrie *unabkömmlich*, *uk-gestellt*, wie das Zauberwort damals hieß, und erlebte also Krieg und Kriegsende zu

Hause. Wie gesagt, ich weiß das alles durch unbewußtes Zusammenwirken mehrerer Quellen, von denen übrigens keine eine Ahnung davon hatte, wie stark und warum mich diese Erkenntnisse interessierten. Ich erfuhr das alles auch zu einer Zeit, als über den Pelargonien-Prozeß längst andere öffentliche Scheußlichkeiten hinweggegangen waren und der im Gefängnis einsitzende Schlösserer selbst von denen, die sich seinerzeit um Einlaß bei seinem Prozeß geprügelt hatten, vergessen war.

Schlösserer, gelernter Elektromonteur, arbeitete also in einem Rüstungsbetrieb, der zwar ein paar Mal zerbombt, aber immer wieder notdürftig hergerichtet wurde und ziemlich bis zum Schluß hin funktionierte. Als die Amerikaner unserer Stadt in den letzten Tagen des Aprils 1945 von Westen her näherrückten, sollte der Betrieb, in dem Schlösserer arbeitete, albernerweise, als ob da noch irgend etwas oder gar der Krieg zu gewinnen gewesen wäre, nach Süden, ins Oberland verlegt werden, und es wurden Ersatzkisten und Ersatzkasten gepackt und auf Holzvergaser-Ersatz-Lastwagen verladen. Da kam jedoch noch einmal ein Bomberangriff, und die Gebäude des Betriebes waren nur noch rauchende Trümmer und die beladenen Holzvergaser nur noch abstrakte Metallskulpturen. Nur zwei waren, nebst Ladung, unbeschädigt und standen weiter draußen. Die Belegschaft verdrückte sich, nur Schlösserer erkannte seine Chance; er und ein anderer uk-Gestellter, ein älterer Vorarbeiter – ich will die Sache kurz machen: Schlösserer und der Vorarbeiter fuhren mit je einem der beiden noch fahrbereiten Holzvergaser in einen damals noch dörflichen Vorort, in dem der Vorarbeiter einen Bauern kannte, der gestattete, daß sie die Ladung in einem leerstehenden Schuppen lagerten.

Die Ladung bestand aus damals goldwerten Dingen: Glühbirnen, Elektrodrähten, Steckern, allen möglichen Elektrogeräten oder Teilen davon, und niemand, wirklich niemand kümmerte sich darum, wem diese Dinge eigentlich gehörten. Schlösserer und der alte Vorarbeiter eröffneten, nachdem der Krieg vorbei war und sich die Aufregungen ein wenig gelegt hatten, einen Elektrohandel, und als die Währungsreform kam, hatte die Firma Schlösserer & Co. einen solchen Vorsprung, daß man das Detailgeschäft aufgeben und sich ganz auf den in den Jahren des Wirtschaftswunders immer mehr florierenden Großhandel konzentrieren konnte.

Als Schlösserer die Jugendstilvilla in jenem ruhigen Stadtteil in der stillen Straße kaufte, hatte er längst den alten Vorarbeiter, seinen Compagnon, ausbezahlt und galt in der Geschäftswelt als gediegener und seriöser Kaufmann, der er ja im Grunde auch war.«

Hier endet der erste Donnerstag des Oberstaatsanwalts Dr. F.

*

Ich höre zu, ich, Mimmi. Ob Sie es glauben oder nicht.

Der zweite Donnerstag des Oberstaatsanwalts Dr. F., an dem er mit seiner Erzählung des »Pelargonien-Mordes« fortfährt.

»Sie sollen also, bevor wir wieder zu unserer eigentlichen Beschäftigung schreiten, die Fortsetzung der Geschichte vom Pelargonien-Mord hören. Um eventuelle Kalauer zu verhindern, derlei bildet sich ja nicht ungern selbst in subtilen Hirnen, eine klärende Bemerkung: Es wurde weder eine Pelargonie ermordet, etwa vergleichbar jener wahrhaft geisttötenden Erzählung ›Die Ermordung einer Butterblume‹ des, meine ich, weit überschätzten Alfons Döblin – wie bitte? Alfred, nicht Alfons? Auch gut. Ich pflege meine Mißachtung lebenden und auch toten Personen gegenüber dadurch Ausdruck zu verschaffen, daß ich mir ihren Namen nur ungenau merke. Ich berufe mich dabei auf höchste Autorität. Goethe hat den Maler Nerly, den er nicht leiden konnte, mit konstanter Bosheit Nerling oder gar Nerlinger zu nennen beliebt. Also gut, es wurde weder eine Pelargonie ermordet noch wurde mittels einer Pelargonie gemordet. Die Pelargonie war nur, wenn man so sagen kann, ein Requisit.

Dieses Requisit trug, in durchsichtige Folie eingewickelt, jene in den rotbraunen, für die Jahreszeit eigentlich zu dicken Mantel gekleidete ›Frau oder Dame‹ (so der Ausdruck einer später vernommenen Zeugin) in der Hand, als sie an der Tür jenes vorigen Donnerstag schon erwähnten Jugendstilhauses in der stillen Straße des ruhigen Stadtviertels läutete.

Es öffnete ihr eine hochgewachsene, schlanke, fast schon eher dünn zu nennende Frau, die beim Anblick der Rotbraunen ihre stark kurzsichtigen Augen weit aufriß. Was die Dünne sagte, konnte die Zeugin, weil zu weit entfernt, nicht hören, sie konnte jedoch beobachten, daß die Dünne die Rotbraune nach kurzem, anscheinend durchaus friedlich-höflichem, wenn auch nicht freundlichem Wortwechsel ins Haus ließ.

›Es war so‹, gab die bewußte Zeugin später zu Protokoll, ›als wie wenn die Frau Schlösserer‹, denn um niemand anderen handelte es sich bei der Dünnen, ›zunächst überhaupt gar nicht gewußt hat, wer das ist, die da geläutet hat, und dann hat ihr die im rotbraunen Mantel das Alpenveilchen oder was es war, ich versteh mich nicht auf Blumen, unter die Nase gehalten, und die Frau Schlösserer, Gott hab' sie selig‹ – diese letztere Bemerkung wurde nicht ins Protokoll aufgenommen – ›war eher erstaunt als erfreut, hat aber dann doch die Fremde ins Haus gelassen. Ich habe‹, fügte die Zeugin dann an, ›nicht den Eindruck gehabt, die Frau Schlösserer kennt die, die geläutet hat mit dem Alpenveilchen.‹

Ich habe damals nicht nur die Protokolle gelesen, ich habe meinerseits auch noch nachträglich die verhörenden Kriminalbeamten verhört. Als Oberstaatsanwalt brauchte ich ja keine Begründung für diese eigenartige Form der Nachermittlungen vorzubringen. Was hätte ich vorbringen können? Daß mich der Fall nicht in Ruhe ließ? Weit übers dienstliche Interesse hinaus? Daß das schon fast privates Interesse war, obwohl ich keinen der Beteiligten persönlich kannte und mit keinem der Beteiligten, mit deren Geschäften oder persönlichen Dingen in irgendeiner Weise in Verbindung stand? Daß mein Interesse wach blieb, auch nachdem, nach Meinung meiner eigenen Behörde, der Fall *Pelargonien-Mord* aufgeklärt und abgeschlossen war?

Ich hätte nur sagen können: Die Sache bewegt mich, weil da etwas nicht stimmt, und ich glaubte sogar zu wissen, was.

Ich bat also, was natürlich seitens eines Oberstaatsanwalts gegenüber einem Kriminalbeamten sowas wie ein Befehl ist, aber dennoch bat ich ausdrücklich die seinerzeit verhörenden Beamten zu mir, bemühte mich, einen möglichst privaten Rahmen in meinem kargen Dienstzimmer vorzutäuschen – ›Kaffee? Oder lieber Tee? Zigarette?‹, man rauchte ja damals noch –, und führte die vernehmende Unterhaltung im Plauderton.

›Gott hab' sie selig‹, sagte der betreffende Kriminalbeamte, ich kann mich an seinen Namen nicht mehr erinnern, ›Gott hab' sie selig, hat sie gesagt, das habe ich nicht protokolliert, ich hoffe, daß ...‹

›Nein, nein, keineswegs‹, beeilte ich mich zu sagen, ›so etwas gehört nicht ins Protokoll‹! – ›Ja‹, sagte der Kriminaler, ›und dann hat sie noch gesagt, und auch das habe ich nicht zu Protokoll genommen, sinngemäß sozusagen, obwohl das fast der Wortlaut gewesen sein dürfte: Obwohl, hat sie gesagt, obwohl sie eine so arrogante Nudel war. Hätte ich das protokollieren sollen?‹

Es war in der Tat kein Alpenveilchen, was die in den rotbraunen Mantel gekleidete ›Dame oder Frau‹ in der Hand hielt, sondern eben jene Pelargonie, die dem ganzen Fall seinen Namen gegeben hat. Daß es sich um eine Pelargonie und nicht um ein Alpenveilchen gehandelt hat, hat sich erst am Nachmittag des darauffolgenden Freitages herausgestellt, also am 20. Juni, dem Tag der Heiligen Adalbert und Benigna – wie bitte? Sie meinen, welches historische Ereignis sich mit diesem Datum verbindet? Wenn Sie's unbedingt wissen wollen oder auch nur prüfen wollen, ob ich mein Gedächtnis wirklich mit derlei Kram belaste: Ja, es gibt ein historisches Ereignis, das an einem 20. Juni stattgefunden und mit dem Pelargonien-Mord so wenig zu tun hat wie das Konzil von Nikäa, zumal besagtes Ereignis sich 1791 abgespielt hat: der Versuch König Ludwigs XVI., aus Frankreich zu fliehen. Auch seine Flucht hat dieser mehr törichte als unglückliche Louis so ungeschickt angestellt wie fast alles andere in seinem Leben, und er wurde noch am selben Tag von seinen revolutionierenden Franzosen wieder eingefangen.

Nun, diese meine Abschweifung haben Sie mit Ihrer Frage provoziert, meine lieben Freunde, und jetzt weiß ich nicht mehr, wo ich war – doch, ja. Die Pelargonie wurde am Freitag, dem 20. Juni, am Nachmittag, eher spätnachmittags, sichergestellt, und zwar von den Beamten der Mordkommission, die auch einen ihnen zunächst nebensächlich erscheinenden Umstand in ihrer Gewissenhaftigkeit festhielten, nämlich daß es sich um eine weiße Pelargonie handelte.

Diese Feststellung stimmte mit der Wahrnehmung der schon mehrfach erwähnten Zeugin überein, sie hieß, fällt mir jetzt ein, Flutterle, ich glaube Friederike mit Vornamen, die bekundete, die ›Dame oder Frau‹ im braunroten Mantel habe in einer durchsichtigen Folie verpackt ein Stöckchen mit einer weißen Blume dabeigehabt, die Frau Flutterle allerdings fälschlich als Alpenveilchen bezeichnete, wobei sie selbst anmerkte, sie verwende die Bezeichnung Alpenveilchen, da sie botanisch weder versiert noch eigentlich interessiert sei, für alles blühende Gewächs in Töpfen unterhalb Palmengröße. Sie hieß wirklich Flutterle. Bei ihr habe ich keine Bedanken, den wahren Namen zu nennen. Spare mir die Mühe des Erfindens.

Ja, ich habe auch, Sie fragen zu Recht und ich bin auch gar nicht böse, wenn Sie mich mit derlei Fragen unterbrechen, ja, ich habe auch Frau Flutterle nochmals … nein, nicht vernommen … ich habe ein Gespräch mit ihr geführt, und zwar nicht in meinem Dienstzimmer. Ich bin hinausgefahren in jenen stillen Stadtteil und habe versucht, mit Frau Flutterle in eine gelockerte Unterhaltung zu kommen, an ihrem Zeitungskiosk, der mir deshalb bekannt war, weil mein leider verstorbener Freund – einige von Ihnen haben ihn ja auch gekannt, er war der Pfarrer jenes geistlichen Sprengels, zu dem auch die ruhige Straße gehörte –, weil mein Freund jeden Tag seine Zeitungen dort gekauft hat. Er las alle Zeitungen, hatte jedoch keine abonniert, weil er sich nicht die, wie er sagte, für ihn als Pfarrer und Seelenhirte überaus wertvollen Gelegenheiten entgehen lassen wollte, beim täglichen Kauf der Zeitungen mit dem Leben seiner Schäfchen in Kontakt zu kommen.

Mein Gespräch mit Frau Zeitungsdistributorin Flutterle dauerte eine gute Stunde, unterbrochen von mehreren Geschäftshandlungen der Frau, das heißt, es kam jemand und kaufte eine

Zeitung oder Zeitschrift oder eine Rolle *Saure Drops*, wobei ich geduldig etwas zur Seite trat und die Abwicklung des Geschäftsganges abwartete. Frau Flutterle, wohl von Natur aus mitteilungsfreudig, schilderte mir ohne Zögern und ohne Frage nach dem Grund meiner Neugier alles das noch einmal, was sie seinerzeit zu Protokoll gegeben hatte, und schilderte noch mehr, weit mehr. Zwischendurch fragte sie einmal, ob ich Privatdetektiv sei, da ich mich für die alte Sache (sie lag damals gut zwei Jahre zurück) interessiere. Ich sagte: ›Ja, so etwas Ähnliches.‹

Da ich angenommen habe, daß Sie freundlicherweise die Fortsetzung meiner Geschichte hören wollen, habe ich eine Notiz mitgebracht, die ich aus dem alten Meyer von 1896 abgeschrieben habe: Artikel ›Pelargonium Hérit. (Kranichschnabel), Gattung aus der Familie der Geraniaceen, Kräuter oder Holzgewächse ... usw. usw. Etwa 175 Arten ... usw. Als Ziergewächse kommen in Betracht: Pelargonium tonale Ait. mit langstieligen, vielblumigen Dolden mit meist scharlach- und blutroten Blüten ...‹ Weiße Blüten? Laut Lexikon Fehlanzeige. Weiße Pelargonien sind nämlich äußerst selten; diese, wie sich herausstellen sollte, nur scheinbar nebensächliche, in Wahrheit für die Ermittlungen förmlich ausschlaggebende Feststellung verdankte die Kriminalpolizei einer Bedienung in der Kantine des Polizeipräsidiums. Diese Kantine ist naturgemäß die Schaltstelle für alle Nachrichten innerhalb der Kriminalpolizei, und als jene Bedienung, die eine Koryphäe auf dem Gebiet der Pelargonienzucht war, was vorher niemand geahnt hatte, von dem sichergestellten Blumentopf erfuhr und daß es eine Pelargonie war, eine weiße, schrie sie auf und schüttete beinah dem federführenden Kriminalbeamten die Suppe über den Jackenärmel: ›Waswiewas? Eine weiße Pelargonie? Das ist so selten wie ein Komet.‹

Das stimmt zwar nicht ganz, doch einigermaßen ungewöhnlich sind weiße Pelargonien in der Tat.

Das Schicksal jener weißen Pelargonie verdient aufgezeichnet zu werden. Sie wurde samt Wurzeln, Blumenerde, Topf und Ziermanschette von den Beamten des ersten Zugriffs sichergestellt, stand dann eine Zeit lang auf dem Fensterbrett neben dem Schreibtisch des federführenden Beamten, wo sie aus Mitleid von einer Schreibkraft ab und zu gegossen wurde. Danach wanderte sie mit den Akten und anderem Zeugs, von dem nicht die Rede sein wird, zur Staatsanwaltschaft und gelangte also dorthin, wo alles hinkommt, was nicht zwischen Aktendeckeln Platz hat: in die Asservatenkammer.

In einer so großen Staatsanwaltschaft wie der unsrigen ist die Asservatenkammer ein Museum zufälliger Kuriositäten – nur daß es niemand je besucht –, in erster Linie aber eine Waffenkammer. Eine beachtliche Schar gelbäugiger Francs-tireurs hätte mit dem, was damals – es wird heute nicht anders sein – da gelagert war, ausgerüstet werden können. Von Maschinengewehren bis zurück zu Vorderladern war alles an Handfeuerwaffen da, dazu Säbel, Spieße, Dolche, sogar, ich schwöre es, eine Hellebarde. Alles zwar verstaubt, aber sauber registriert, an jedem Stück hing ein mit Bindfaden befestigter Zettel mit dem zugehörigen Aktenzeichen. Ein schielender Ärmelschoner, ein Beamter höchstens der Besoldungsstufe 3C, verwaltete lemurisch diese Dinge, mit denen irgendwann irgendeine Untat verübt worden war.

Andere Sachen waren weniger blutbefleckt: Schmuggelgut, Falschgeld, gezinkte Spielkarten. Zu meiner Zeit gab es (und ich habe Anlaß zur Vermutung, das liegt alles noch dort) unter anderem ein bei Aushebung eines Diebesnestes sichergestelltes ausgestopftes Krokodil, dessen Eigentümer nicht mehr ermittelt werden konnte; der Staubmantel des seinerzeit berüchtigten Gliedvorzeigers Zottelberger, Peter, der, nur mit diesem bekleidet, die weiblichen Insassen der Altersheime zu schrecken pflegte; einige Benzinkanister aus Restbeständen von Brandstiftungen; die geräuschlosen Spezialstiefel des Fassadenkletterers Degaski, Norbert, der dadurch zu Schaden kam, daß er ausgerechnet in Diebesabsicht durch das Fenster in die Behausung des notorisch gewalttätigen Zuhälters Weißbecker, Alois kletterte, dessen verschiedene Schlagringe und Schlagketten sich ebenfalls in der Asservatenkammer befanden; der falsche Paß des Hehlerkönigs *Tibo*, dessen Geschichte ein Roman für sich wäre; und unter tausend anderen Dingen die Glatzenperücke und das angemaßte Monsignoren-Käppchen des Trickbetrügers Aufschnaiter, Helmut aus Furth im Wald, der es sogar fertiggebracht hatte, die Pilgerkasse der Legio Mariae von Passau an sich zu bringen, weshalb die frommen Legionärinnen nicht zur Seligsprechung des *Opus-Dei*-Gründers nach Rom fahren konnten. ›Das Geld‹, sagte mir damals die Vorsitzende der Legio, ›haben wir abgeschrieben und verschmerzt. Aber wir beten jetzt jeden Tag, daß den Aufschnaiter der Teufel holt.‹ Meine Zweifel an der pastoraltheologischen Einwandfreiheit dieses Gebetswunsches wischte die Frau Präses ärgerlich vom Tisch.

Ja, das alles machte dem Asservatenverwalter wenig Mühe. Nachdem es einmal registriert, mit dem Zettel am Bindfaden versehen und in die immer voller werdenden Regale und Kästen und Kisten gestopft war, verstaubte das Zeug ruhig vor sich hin. Doch es gab Problemfälle. Zu Beweiszwecken für den betrügerischen Konkurs eines Tierhändlers wurden einmal vierhundert lebende Goldfische sichergestellt, ein anderes Mal ein ohne tierärztliches Zeugnis eingeführter Papagei, und ein Dompteur wollte aus Eifersucht seine Partnerin mit einer Riesenschlange erwürgen – es mußten aus einem Sonderetat des Haushalts pro Woche zwei Kaninchen beschafft werden, um das Tier zu füttern. Zum Glück für den Dompteur und für den Asservatenverwalter konnte dem Angeklagten die Tat nicht nachgewiesen werden, er wurde freigesprochen und nahm seine Boa constrictor, oder was es war, wieder mit. Die Goldfische fütterte der mitleidige Asservatenverwalter auf eigene Kosten, trotzdem gingen sie ein, was ein juristisch sehr kompliziertes Nachspiel hatte. Den Papagei lehrte der Verwalter *La Paloma* pfeifen; er pfiff es noch, als ich in Pension ging. Was aus ihm danach geworden ist, aus dem Papagei meine ich, weiß ich nicht. Der schielende Asservatenverwalter ging ein Jahr nach mir in Pension.

Eine Zimmerlinde, die sichergestellt wurde, weil ihre Blätter in einem Bordell mit unzüchtigen Darstellungen geschmückt (oder verunziert?) worden waren, gedieh unter der sozusagen amtlichen Pflege dermaßen üppig, daß der Vorraum der Asservatenkammer, wo des Verwalters Schreibtisch stand, der einzig lichte Raum dort unten, urwäldlich zuwuchs. Ich verfügte Abholzen. An dem gemessen war die Pflege der weißen Pelargonie relativ einfach. Sie brauchte nur ausreichend gegossen zu werden. Dennoch ging sie ein, noch bevor das Verfahren eröffnet worden war. Die Leute in der Geschäftsstelle befürchteten deswegen ein Donnerwetter. Der Leiter der Geschäftsstelle kam kleinlaut zu mir und stotterte, daß nichts anderes übriggeblieben sei, als einige der Blüten und Blätter zu trocknen, zu pressen und – da nunmehr flach – zu den Akten zu nehmen. Da diese Relikte herbariumsmäßig sauber auf Papier geklebt und dieses vorschriftsmäßig einpaginiert war, sah ich vom Donnerwetter ab.

Doch ich sehe, liebe Freunde, der Sohn des Hauses ist mit den Vorbereitungen fertig, und wir begeben uns in andere Sphären.«

Hier endet der zweite Donnerstag des Oberstaatsanwalts Dr. F.

*

Und ich, Mimmi, begebe mich auf die höchste Ebene der Bücherregale.

Der dritte Donnerstag des Oberstaatsanwalts Dr. F., an dem »Pelargonien-Mord« eine neue Wendung bekommt.

»An dem Tag, als gegen zehn Uhr vormittags die in den für die Jahreszeit zu dicken, rotbraunen Mantel gekleidete Frau, eine in durchsichtige Folie gewickelte weiße Pelargonie in der Hand, an der Tür des Jugendstilhauses in der stillen Straße des ruhigen Stadtviertels läutete, unbemerkt beobachtet von Frau Flutterle (mit Vornamen, glaublich, Friederike), die da grad ihr nahe befindliches Haus verließ, um sich zu ihrem Zeitungskiosk auf der anderen Seite des den betreffenden Stadtteil durchfließenden schmalen Kanals zu begeben, schrieb man den 19. Juni jenes Jahres, und es war ein Donnerstag. Das habe ich, glaube ich, schon gesagt.

An dem Tag, als um vier Uhr früh bei Herrn Dr. Raimund Wansebach, Röntgenfacharzt, das Telephon klingelte, schrieb man den 16. Juni, folglich ein Montag.

Herr Dr. Wansebach schreckte keineswegs aus dem Schlaf auf bei dem Telephonsignal, war vielmehr längst wach (wir hatten Juni, bald die Sommersonnenwende und damit die kürzeste Nacht des Jahres, durchs Fenster der luxuriösen Röntgenfacharzt-Wohnung leuchtete der frühe Tag) und in Grün angekleidet und auch gar nicht erstaunt über den Anruf. Er rannte nur deswegen eilig zum Telephon, um abzuheben, damit die noch tief schlafende, ohnedies des Morgens eher getrübte Stimmung tragende Frau Wansebach nicht geweckt werde durch noch längeres Läuten, meldete sich auch gar nicht mit Namen, sondern sagte nur, nachdem er den Hörer abgenommen: ›Ja?!‹ Und dann: ›Ich bin schon so gut wie unterwegs.‹

Schlösserer hatte Dr. Wansebach zur Jagd eingeladen. Zwar gehörte der trotz seines gewichtigen Geschäftserfolges immer etwas bieder gebliebene Schlösserer nicht gerade zu den Kreisen des Dr. Wansebach, der sowohl dem erlesenen Geselligkeitsverein

Die Gesplißten als auch der *Narrhalla*, dem *Rotary*, einem Golf-club und der *Gesellschaft der Freunde des Nationaltheaters* (zum Teil in führenden Positionen) angehörte und in gewissen Ab-ständen in den Gesellschaftsnachrichten der *Abendzeitung* und der *Bunten* auftauchte, manchmal sogar mit Bild neben der in *Versace* umtuchten Gattin oder der Tochter in *Roccobarocco*. Durch eben diese Tochter, sie hieß Eva, hatten Wansebachs und Schlösserers einander kennengelernt, denn Eva war eine Zeit-lang mit Schlösserers Sohn Ralf befreundet gewesen, so eng be-freundet, daß schon eine Gegenschwiegerschaft am jeweiligen familiären Horizont heraufzudämmern schien. Dann war die Freundschaft (fast schon Verlöbnis) wieder auseinandergegan-gen, was die Familien insgesamt etwas voneinander entfremdete, doch die lose, eigentlich auch recht herzliche Freundschaft zwi-schen Wansebach (der sich in Gesellschaft von Schlösserer sozu-sagen vom gehobenen Ton seines sonstigen Umgangs erholte) und Schlösserer (der durch den Umgang mit einem, der mit Bild in der *Bunten* auftauchte, geschmeichelt war) blieb bestehen, während die jeweiligen Damen den Verkehr versickern ließen.

Dazu kam, daß Dr. Wansebach zwar ein Landhaus am Schlier-see hatte und dort an einem Bach das Fischereirecht, nicht jedoch eine Jagd. Die hatte Schlösserer, der, seit er es sich leisten konnte, sich darin gefiel, in grünen Loden gekleidet, Tiere, die ihm nichts getan hatten, totzuschießen.

Und für die Woche, deren Montag der 16. war, hatte Schlösse-rer Dr. Wansebach zur Jagd eingeladen. Sie erinnern sich viel-leicht, daß die betreffende Woche in den alten Zeiten der Bonner Republik immer durch einen Feiertag ausgezeichnet war, den be-liebten 17. Juni, an dem angeblich der westdeutschen Bevölkerung das Herz wegen der von ihnen getrennten Brüder und Schwestern im Osten blutete. Wer's glaubt. Oder geglaubt hat. Eine sogenann-te angebissene Woche, günstig für einen kurzen Urlaub.

Dr. Wansebach fuhr also – er wohnte nicht weit entfernt – zum

Haus Schlösserers, der schon im Vorgarten wartete. ›Damit du nicht läuten brauchst; und Gunda nicht aufwacht.‹ Auch Gunda (recte Kunigunde Schlösserer, geborene Teichmann) war nicht gerade das, was man eine Frühaufsteherin nennt.

Wansebach parkte seinen BMW der gehobenen Mittelklasse (es kann auch sein, er fuhr einen Mercedes, spielt für meine Geschichte keine Rolle) vor dem Haus Schlösserers, und dann fuhren sie mit Schlösserers Vierradantrieb ab nach Süden. Sie erreichten Schlösserers recht komfortables Jagdhaus in der hinteren Jachenau nach etwa zwei Stunden. Dort blieben sie bis Donnerstag. Das Ergebnis des Jagdausfluges waren vierzehn geleerte Flaschen Champagner und viereinhalb geleerte Flaschen Obstler. Geschossen haben sie zwar, getroffen aber nichts.

Am Freitag kehrten die Jagdfreunde nachmittags in die Stadt zurück, fuhren zum Haus Schlösserers, wo sie gegen fünf Uhr ankamen. Schlösserer fragte, ob Wansebach noch auf einen Schnaps oder einen Kaffee hereinkommen wolle, Wansebach lehnte jedoch dankend ab: Er wolle heim, habe noch eine Sitzung der *Gesplißten* oder der *Freunde* – verstaute sein Gewehr im Kofferraum, setzte sich ans Steuer, startete den Wagen und wollte eben wegfahren, als Schlösserer laut schreiend wieder aus seinem Haus gerannt kam. Schreckensbleich, gab Wansebach später zu Protokoll, wiederholte das auch als Zeuge in der Verhandlung: ›Ohne Zweifel schreckensbleich.‹

Wansebach stieg wieder aus und folgte dem, wie er später zu Protokoll gab, ›unverständliches Zeug stotternden‹ Schlösserer ins Haus und fand ein Bild vor, das selbst ihn, der als Arzt einiges gewohnt war, entsetzte. Frau Gunda Schlösserer lag im Badezimmer auf dem Rücken am Boden in verkrampfter Haltung. Der Hals zeigte, was der Mediziner sofort erkannte, deutliche Würgespuren, im Waschbecken Reste von Erbrochenem. Die Tote war nur mit Unterwäsche bekleidet und einem Bademantel, der weit klaffte.

Wansebach sagte zu Schlösserer: ›Du setzt dich jetzt erst einmal irgendwo hin. Ich mach' das.‹ Dann rief er die Funkstreife an, die nach wenigen Minuten kam. Nach einer halben Stunde war auch die Mordkommission da. Die ersten Vernehmungen brachten nichts weiter zutage, als was ich Ihnen eben erzählt habe. Schlösserer war so gut wie nicht vernehmungsfähig. Die Frage, ob in der Wohnung etwas fehle, ob also von einem Raubmord auszugehen sei, konnte Schlösserer noch nicht beantworten. Er sah sich außerstande, so das erste Protokoll, dies zu überprüfen.

Die üblichen Ermittlungen am Tatort wurden vorgenommen, die Leiche photographiert, Fingerabdrücke genommen und so weiter und so fort. Die Leiche wurde dann in die Gerichtsmedizin abtransportiert. Wansebach nahm Schlösserer mit nach Hause. ›Ich wollte ihn‹, sagte er mir später, ›nicht allein in dem Mordhaus zurücklassen. Ich glaube übrigens nicht, daß er sein Entsetzen und seine Erschütterung nur gespielt hat. Das wäre eine schauspielerische Leistung gewesen, zu der ich den, verstehen Sie mich recht, intellektuell eher schlicht unterfütterten Schlösserer nicht für fähig halte.‹

Schlösserers Sohn, das einzige Kind, war, um dies hier einzuflechten, um die Zeit studienhalber in den USA. Wansebach übernahm die traurige Aufgabe, ihn zu verständigen. Er brach daraufhin nach einigen Tagen seinen Studienaufenthalt ab und kehrte nach Hause zurück.

Es war, ich sagte es schon, etwa fünf Uhr nachmittags, als Schlösserer seine tote Frau fand. Gegen sieben Uhr wurde die Leiche weggebracht, eine halbe Stunde später waren dann die Ermittlungen am Tatort abgeschlossen, und Wansebach fuhr, wie erwähnt, unter Mitnahme Schlösserers nach Hause. Langsam, so Wansebach, habe sich Schlösserer gefaßt, sei relativ ruhig geworden, habe zwar nichts gegessen, aber ein Bier getrunken, sei still dagesessen in Wansebachs noblem, voll durchgestyltem Wohnzimmer. (Ich habe es bei dem, was ich meine privaten Nachermittlungen nenne, kennengelernt.) Auch er, Wansebach, habe wenig geredet. ›Was will man in so einer Situation viel sagen!‹ Gegen zehn Uhr sei Schlösserer plötzlich aufgestanden und habe gesagt, er wolle jetzt heim.

›Wirklich?‹ fragte Wansebach, ›ist es nicht besser, du schläfst bei uns?‹

›Nein, nein‹, habe Schlösserer mehr gemurmelt als gesagt, ›was soll's, was soll's…‹, habe sich bedankt, habe auch Wansebachs Angebot, ihn nach Hause zu fahren, abgelehnt, habe nur gebeten, daß man ein Taxi bestelle.

Schlösserer schlief dann jedoch nicht daheim in seinem Haus. Das ermittelte der tüchtigste Helfer der Kriminalpolizei: der Kommissar Zufall. Er sollte längst zum Oberkommissar befördert sein.

Ein Fall, der mit dem Pelargonien-Mord überhaupt nichts zu tun hatte, der Fall nämlich eines der genialsten Trickbetrüger namens Chaim Ehrlich – ich unterdrücke den heftigen Drang nach einer Abschweifung und erzähle Ihnen die großartige Geschichte Chaim Ehrlichs ein anderes Mal –, diese andere Sache spielte zum Teil in einem großen Hotel in der Innenstadt. Der Chefportier wurde just an dem Tag als Zeuge vernommen, als die Pelargonien-Mord-Sache groß in der Zeitung stand, mit Bild und allem, auch mit dem Bild Schlösserers, unter welchem zwar nur wie üblich: ›Der nunmehr verdächtige Ehemann, Heinz K. Sch.‹ stand, doch der Chefportier mit seiner durch jahrzehntelange Berufserfahrung gefeilten Menschenkenntnis erkannte Schlösserer und sagte zu dem ihn vernehmenden Beamten, indem er ihm (nach abgeschlossener Vernehmung) die aufgeschlagene Zeitung hinhielt: ›Ich weiß nicht, ob das interessant ist, aber der da hat in der Nacht nach dem Mord bei uns übernachtet.‹

Es war nicht die Nacht nach dem Mord, was der Portier noch nicht wissen konnte. Es war die zweite Nacht danach, denn Frau Gunda Schlösserer wurde, wie die Obduktion zweifelsfrei ergab, am Donnerstag, dem 19. Juni, getötet. Am Freitag, dem 20. Juni, wurde sie von Schlösserer gefunden, und in der darauffolgenden Nacht schlief er in jenem Hotel.

Auf die Frage (dann schon in der Verhandlung), warum er diesen Umstand, also daß er im Hotel übernachtet hatte, bei all seinen Vernehmungen verschwiegen habe, sagte er, er habe das für völlig unwichtig gehalten. Es sei doch verständlich, daß er nicht in dem Mordhaus habe bleiben wollen …

Es war auch im Grunde genommen unwichtig. Er übernachtete übrigens allein. Das wurde alles überprüft. Er führte vom Hotel aus auch nur ein einziges Telephongespräch; die Nummer war in den Unterlagen des Hotels registriert. Die Nummer gehörte zum Anschluß eines gewissen Erich Stegweibel … Und stellen Sie sich vor, diesen Stegweibel kannte ich.

Doch zurück zu den ersten Ergebnissen der Ermittlungen. Die Obduktion der Leiche von Frau Schlösserer und die chemische Analyse des Erbrochenen in dem Waschbecken ergaben, daß Frau Schlösserer ein Gift verabreicht worden war, das nicht tödlich gewirkt haben konnte, obwohl es ziemlich stark war – fragen Sie mich nicht, was für ein Gift das war, ich kannte und kenne mich da nicht aus. Offenbar war die Dosis nicht groß genug, oder das Opfer hat gemerkt, daß es da etwas Unrechtes geschluckt hatte. Auf alle Fälle war Frau Schlösserer ins Bad gerannt, hatte erbrochen und war dann von hinten überfallen und erwürgt worden, wahrscheinlich mit dem Gürtel des Bademantels, der unweit der Leiche gefunden worden war. Um es vorwegzunehmen: Der Gürtel war, wie der ganze Bademantel, aus Frotteestoff und also, wenn man so sagen kann, unempfänglich für Fingerabdrücke. Allerdings, und das fiel vorerst niemandem auf, war der Gürtel andersfarbig: braunrot, der Bademantel weiß. Nun, warum soll man nicht einen weißen Bademantel mit einem braunroten Gürtel zubinden? Vielleicht hat man das jetzt dort so, wo modischer Wille waltet.

Selbstverständlich war noch von der Mordkommission im ersten Zugriff das ganze Haus durchsucht worden, insbesondere im Hinblick darauf, wie der oder die Täter ins Haus gekommen waren. Es fanden sich keine Hinweise auf gewaltsames Eindringen, das heißt, entweder mußte das Opfer den oder die Täter freiwillig ins Haus gelassen haben, oder – und hier begann der erste Verdacht gegen Schlösserer zu brodeln – der Täter hatte einen Schlüssel zum Haus.

Es gab nur drei Schlüssel: Einen hatte Frau Schlösserer selbst, der hing in einem Schlüsselkästchen an der Tür, einen hatte Sohn Ralf, der, dies ist nachzutragen, seit einigen Jahren schon nicht mehr bei den Eltern wohnte und sich außerdem zu der fraglichen Zeit, wie bereits erwähnt, nachweislich einige tausend Kilometer entfernt in den USA aufhielt. Sein Schlüssel zum Haus fand sich, gab Ralf Schlösserer bei seiner ersten Vernehmung an, die bald nach seiner Rückkehr erfolgte, sichtlich unberührt an dem Platz, an dem er ihn vor Antritt seiner Reise das Jahr zuvor verwahrt hatte.

Und den dritten Schlüssel hatte, selbstredend, Heinz K. Schlösserer.

Die Putzfrau? Schlösserers hatten bei ihren Einkommensverhältnissen und ihrem Lebensstil eine Putz- oder Zugehfrau, die, so Schlösserer, einmal die Woche kam. Sie hieß Frau Schöttl und war von schlichtem Gemüt. Man hatte ihr, aus welchem Grund auch immer, keinen Hausschlüssel anvertraut. Wenn sie in der Regel am Mittwoch kam, um ihre Arbeit zu verrichten, läutete sie wie jeder andere Fremde. Auch an dem Mittwoch vor dem Morddatum, also am 18. Juni, war Frau Schöttl (um genau zu sein: Fräulein Schöttl, darauf legte sie bei der Vernehmung fast den größten Wert) wie üblich gekommen. Irgend etwas Auffälliges im Haus oder am Benehmen der Hausherrin war Fräulein Schöttl nicht aufgefallen. Nur die weiße Pelargonie.

Fräulein Schöttl wurde einige Tage nach der Tat gebeten, mit einem Kriminalbeamten den Tatort zu besichtigen. Die Schöttl jammerte die ganze Zeit: ›Mein Gott, mein Gott, die arme gnädige Frau ...‹ (so redete die offenbar noch im guten, alten Domestikensinn denkende Schöttl) ›... mein Jesus Barmherzigkeit, die liebe gnädige Frau ...‹, und es schien zunächst fast sinnlos gewesen zu sein, die Zugehfrau ins Haus zu bringen, da schrie sie plötzlich auf wie eine Sirene: ›Da! Da! Das da!‹ und deutete wie auf ein Gespenst auf die weiße Pelargonie, die auf einem Beistelltischchen im Wohnzimmer stand.

Diese weiße Pelargonie sei, so die Schöttl, am Mittwoch vor dem bewußten Tag noch nicht dagewesen. Sie wisse das ganz genau, denn schließlich habe sie im ganzen Haus geputzt und Staub gesaugt, auch auf dem Tischchen, und da sei kein so Kraut gewesen, und das sei auch überhaupt komisch, denn ›die gute gnädige Frau‹ habe zwar Schnittblumen, große, dekorative Schnittblumen geliebt, solches kleinkariertes Zeug in Plastiktöpfchen jedoch verabscheut.

Bei neuerlicher Befragung bestätigte auch Schlösserer die Aussage der Putzfrau, worauf die weiße Pelargonie sichergestellt und, wie erwähnt, in die Asservatenkammer verbracht wurde, was der Asservatenverwalter mit Seufzen quittierte. Und seitdem hieß der Fall zunächst intern, dann in der Presse, die sich bald darauf stürzte, und dann allgemein: der Pelargonien-Mord.

Womit ich für heute ... und ich glaube, die Notenständer sind schon aufgestellt, Hindernisse drüben weggeräumt, die Stühle gerichtet. Was kommt heute dran? Aha – Opus 161.«

Hier endet der dritte Donnerstag des Oberstaatsanwalts Dr. F.

*

Ob die Bücher im höchsten Regal, auf denen ich sitze und schnurre, auch die höchsten Ansprüche erfüllen, weiß ich nicht. Kann sein, ja. Ich lese die Schrift auf den Bücherrücken von oben, also verkehrt. Aha.

Der vierte Donnerstag des Oberstaatsanwalts Dr. F., an dem er mit der Schilderung des »Pelargonien-Mordes« fortfährt.

»Es gibt einen etwas zynischen Grundsatz bei uns Kriminalisten, der lautet: ›Wenn einer ein Alibi hat, dann ist er schon verdächtig.‹ Das traf im Fall des Pelargonien-Mordes auf Schlösserer zu. Bei den Ermittlungen in den ersten Tagen nach dem Mord wurde selbstverständlich auch Wansebach vernommen. Er erklärte, daß er, wie schon Schlösserer dargelegt hatte, am Montag früh, also am 16. Juni, in die hintere Jachenau zur Jagd und am 20. Juni nachmittags zurückgefahren sei. In der ganzen Zeit seien er und Schlösserer beisammen gewesen. Daß Schlösserer, ohne daß er, Wansebach, es gemerkt habe, in die Stadt zurückgefahren sei, halte er für ausgeschlossen. Nun ja, räumte Wansebach ein, man habe natürlich in getrennten Zimmern geschlafen. Ob Schlösserer in der Nacht heimlich …?

Die Tatzeit konnte, wie schon erwähnt, aufgrund des Zustandes der Leiche usw. auf dreißig bis vierzig Stunden vor ihrer Entdeckung eingegrenzt werden, das heißt auf die Zeit zwischen acht und achtzehn Uhr am Donnerstag, 19. Juni. Allenfalls wäre, so der Gerichtsmediziner, theoretisch eine Tatzeit vor acht Uhr, etwa sieben Uhr, sechs Uhr, nicht ausgeschlossen. Von der hinteren Jachenau und durch die ganze Stadt braucht man, wenn man flott fährt und die Geschwindigkeitsbegrenzungen nicht so eng sieht, zwei Stunden. Rast man wie die Feuerwehr: eineinhalb Stunden; drunter ist es nicht zu schaffen. Die frühestdenkbare Tatzeit angenommen, also sechs Uhr, hätte Schlösserer – unter der Prämisse, er war der Täter – frühestens um halb acht Uhr wieder in der Jagdhütte sein können.

Wansebach erinnerte sich genau: Er fand Schlösserer tief schlafend, als er ihn, viel zu spät für das, was sie eigentlich an dem Tag unternehmen wollten (ich weiß nicht mehr, was das war), gegen acht Uhr weckte.

›Wenn er‹, sagte Wansebach, ›seine Frau umbringen wollte, wer weiß schon, was alles in einem Menschen vorgeht, und so gut kenn ich ihn ja auch nicht, wenn er also die Jagdhütte für, sagen wir, insgesamt vier Stunden verlassen wollte, ohne daß ich es merke, da wird er doch nicht so knapp kalkulieren? Wir sind am Abend des 18. Juni relativ früh schlafen gegangen. Wir waren müde, denn wir waren schon früh aufgestanden an dem Tag, also am 18., um drei Uhr, um weiter hinaufzusteigen, wo nach Auskunft eines Jagdburschen ein bestimmter Rehbock stehen sollte – er war dann doch nicht da –, und abends hatten wir, ist ja schließlich nicht verboten, ein wenig Luft in ein paar der im Übrigen ausgezeichneten Rotweinflaschen Schlösseres gelassen –, ich glaube, um elf Uhr spätestens war ich im Bett, und der Bordeaux hat bewirkt, daß ich um elf Uhr und eine Minute wie ein Murmeltier geschlafen habe. Warum hätte Schlösserer nicht gleich dann wegfahren sollen? Um drei Uhr wieder zurück sein?‹

Das leuchtete ein. Doch ein Todeszeitpunkt vor sechs Uhr, gar ein Uhr oder zwei Uhr nachts, war vom medizinischen Standpunkt aus völlig ausgeschlossen.

Wansebach, dessen klare und nüchterne Aussage im Übrigen glaubwürdig erschien, sagte ganz zum Schluß allerdings etwas, was Schlösserer letzten Endes – bildlich gesprochen – das Genick brach: Wansebach sagte, daß er gar nicht gern Schlösserer zugesagt habe, zur Jagd zu fahren. Er, Wansebach, habe in der Woche eigentlich etwas anderes vorgehabt. Es fand nämlich die Ballettfestwoche statt, und Frau Wansebach, eine Ballettomanin, hatte Karten für das John-Cranko-Ballett *Onegin*, kurzum, Schlösserer überredete Wansebach mühsam, den Ausflug mitzumachen, und Wansebach sagte, und das war der verhängnisvolle Satz, er habe den Eindruck gehabt, für Schlösserer sei es ›förmlich lebenswichtig‹, daß er mitkomme.

Auf diesem Satz hackte später in der Verhandlung der Sitzungsvertreter der Staatsanwaltschaft sicher eine halbe Stunde lang im Abschlußplädoyer herum.

Schlösserer wurde zunächst natürlich keineswegs als Beschuldigter vernommen, vielmehr nur als Zeuge, wenngleich, muß eingeräumt werden, im Untergrund ein Verdachtswunsch, wenn man so sagen kann, bei den Kriminalern mitschwappte. Schlösserer bekundete, daß er keine Ahnung habe, wer der Täter gewesen sein könne. Feinde habe seine Frau nicht gehabt – außerdem sei es doch offensichtlich ein Raubmord gewesen. Am Montag, dem 22. Juni, hatte sich nämlich Schlösserer von sich aus beim federführenden Kriminalbeamten gemeldet und hatte gesagt, daß er seine Aussage ergänzen müsse, worauf er ins Präsidium gebeten wurde; doch Schlösserer sagte, nein, die Beamten sollten zu ihm ins Haus kommen, er müsse ihnen etwas zeigen, was wichtig sei.

Die Beamten fuhren hin, und Schlösserer zeigte ihnen ein eingeschlagenes Kellerfenster im hinteren Teil des Hauses und ein aufgebrochenes Schloß an der Tür, die von dem Kellergeschoß ins Innere des Hauses und nach oben führte. War das alles bei der seinerzeitigen Untersuchung des Tatorts übersehen worden? Offenbar.

Außerdem gab Schlösserer zu Protokoll, daß er sich am Sonntag endlich imstande gefühlt habe, das Haus näher zu durchsuchen, wobei er festgestellt habe, daß ein größerer Geldbetrag (etwa 5000 DM) fehle, der in einem verschlossenen, nicht versperrten Kästchen im Schreibtisch (eigentlich: Sekretär) seiner Frau aufbewahrt gewesen sei, sowie der wertvollste Teil des Schmuckes seiner Frau. Bei der dann von der Kriminalpolizei verlangten genaueren Beschreibung und Aufzählung der Schmuckstücke verwickelte sich Schlösserer, wie es immer bei solchen Gelegenheiten heißt, ›in Widersprüche‹. Sehr ärgerlich geworden, äußerte Schlösserer am Schluß dieser Vernehmung, daß er eben nicht genau wisse, wieviel und was seine Frau an Schmuck besessen habe, und er habe fast das Gefühl, man betrachte ihn nicht als Zeugen, sondern als Verdächtigen.

›Das haben Sie gesagt‹, sagte darauf langsam der Kriminalbeamte, ›nicht ich.‹

Auch dieser Satz stand nicht im Protokoll; ich erfuhr ihn in einem meiner späteren Gespräche mit dem vernehmenden Oberkommissar.

Ich bin Ihnen jetzt noch die Auflösung meiner rätselhaft klingenden Bemerkung von vorhin schuldig: daß ich jenen Erich Stegweibel kannte, mit dem Schlösserer in der auf den Tag der Entdeckung des Mordes folgenden Nacht vom Hotel aus telephoniert hatte.

Nicht nur ich kannte Stegweibel, alle Kollegen aus den Jahrgängen aus meiner Referendarzeit kannten Stegweibel. Wie Stegweibel das erste Examen, das Referendarexamen geschafft hatte, war allen unverständlich, denn schon damals gehörte Stegweibel, wie sich mein lieber, viel zu früh verstorbener Freund, der spätere Rechtsanwalt Lux, seinerzeit geäußert hat, ›als aktives Mitglied der IG Biere, Schnäpse, Räusche‹ an, bezeichnete sich im Übrigen selbst als ›Kampftrinker‹ und trat zum Examen sicher mit mangelhafter Vorbereitung, dafür jedoch mit, sage und schreibe, einer Kiste Bier an, die er unter seinen Schreibtisch im großen Examenssaal des Oberlandesgerichts stellte und während der fünfstündigen Klausur austrank. Und das an jedem der sechs Examenstage. Keiner der Kommilitonen hätte auch nur einen Pfifferling auf Stegweibels Examensergebnis gewettet, doch das Wunder geschah: Er bestand, wenngleich knapp. Im mündlichen Termin soll ihm dann, wie zu erfahren war, die Tatsache geholfen haben, daß dort das Mitbringen von Bier selbstredend nicht möglich war und daß unter seinen vier Mitgeprüften an dem langen Tisch gegenüber der gestrengen Prüfungskommission einer war, der stotterte, einer, der zwar an sich sehr gut war, allerdings, was bei Strebern nicht selten ist, vor Aufregung und Leistungs-

32

druck kaum in der Lage war, auch nur einen vernünftigen Satz herauszubringen, dann ein Mädchen, das durch offenherziges Dekolleté die Prüfer zu bestechen versuchte, was diese erboste, und als vierter dann der ausgemacht Dümmste des Examenstermins, so daß der – alles andere als blöde, vielmehr in seiner Art intelligente – Stegweibel fast so etwas wie glänzen konnte, wobei ihm wohl etwas das Glück lachte, denn man fragte ihn Dinge, die er offenbar zufällig wußte. Und seine Lücken verstand er zu verschleiern.

So bestand also Stegweibel.

Danach ging es aber abwärts mit ihm. Zu obligatorischen Referendarsveranstaltungen kam er zu spät oder überhaupt nicht. Seine Ausbildungsrichter nervte er dadurch, daß er keinen Urteilsentwurf rechtzeitig ablieferte, die Akten mit Bierflecken verunreinigt zurückbrachte, einen kollegialen Wirtshauston selbst gegenüber ältesten Richtern anschlug und einmal – das brachte das Faß zum Überlaufen – ein Bündel Akten verlor. Es seien ihm, schrieb Stegweibel in seinem Bericht, den er – nach viermaliger, zuletzt schärfster Mahnung seitens des Büros des Oberlandesgerichtspräsidenten – endlich vorlegte, die Akten, die er in seiner Aktentasche verwahrt und diese an die Lenkstange seines Fahrrades gehängt habe, bei der Heimfahrt vom Gericht nach Vaterstetten, entweder vor dem Gasthof *Irdinger*, dem Gasthaus *Zum blinden Hund* oder dem Stehausschank *Goldene Promille* abhanden gekommen. An genauere Umstände und an die Uhrzeit könne er sich leider nicht erinnern. Ganz genau vermerkte Stegweibel jedoch die in den jeweiligen Etablissements ausgeschenkten Biermarken: Im *Irdinger* würde Spaten, im *Blinden Hund* Auerbräu Rosenheim und im *Goldenen Promille* Schloßbräu Furth im Wald ausgeschenkt. (Bitte verstehen Sie diese genaue Aufzählung nicht als sozusagen historisch, daran könnte ich mich nicht mehr erinnern, sondern als beispielhaft.)

Den weiteren Konsequenzen dieser Dienst-Untat entging

Stegweibel dadurch, daß er den Referendarsdienst freiwillig quittierte. Das heißt: Er kam überhaupt nicht mehr, reagierte auf die Anschreiben nicht und so fort. Da dieser Fall, wie sich denken läßt, im alltäglichen Gang der Amtsdinge einer Referendarsgeschäftsstelle nicht vorgesehen ist, machte die Erledigung, das heißt, die Entfernung Stegweibels aus dem Referendarsdienst (was ja ein regelrechtes *Beamtenverhältnis auf Zeit* ist) die letzten Schwierigkeiten, an denen Stegweibel Schuld trug.

Dann verschwand Stegweibel für längere Zeit. Er tauchte Jahre danach im Gericht bei den alten Kollegen auf, war guter Dinge und versuchte, allen ein Lexikon auf Raten anzudrehen. Noch später hat er, eine blasse Ahnung von der Juristerei hatte er ja, juristische Fachliteratur vertrieben. Wie nicht anders zu erwarten, tauchte er auch in ganz anderer Weise im Dunstkreis der Justiz auf: als Angeklagter. Er war mit seinem Auto in eine Verkehrskontrolle geraten und konnte seine guten Zwei Komma etwas Promille aufweisen. An Einzelheiten des fröhlichen Abends, Stegweibel hatte den Namenstag seines Compagnons gefeiert oder etwas in der Richtung, konnte sich Stegweibel nicht mehr erinnern, nur daran – und das weiß ich aus erster Quelle, ich hatte nämlich die Akten einmal in der Hand –, daß man nacheinander erst das Restaurant *Hofglaser* besucht hatte (Ayinger), dann die Gaststätte *Amperlust* (Hacker-Pschorr) und zuletzt *Helmuths Gondel* in der Knörzeleinstraße, obwohl dort nur Warsteiner ausgeschenkt wurde und auch das nur in Flaschen.

Zwar war damals die Zeit, in der selbst nicht-vorbestrafte Alkoholfahrer zu Gefängnis ohne Bewährung verknackt wurden (was, präventiv gesehen, nicht viel gebracht hat, glaube ich), doch das wäre im Fall Stegweibels nicht das Schlimmste gewesen. Schlimmer war, daß Stegweibel in der Gerichtsmedizin zwar nicht selbst einbrach, wohl aber einbrechen ließ, um seine Blutprobe verschwinden zu lassen. Stegweibel hatte durch seine übergroße Gaststätten-Erfahrung im Lauf der Jahre zwangsläufig einen gewissen Kontakt auch zur Unterwelt aufgebaut. Einer dieser Saufkumpane stieg also in die Gerichtsmedizin ein … Entweder konnte Stegweibel keinen Einbrecher von Qualität bezahlen oder er erwischte einen besonders dummen, der erstens die falsche Blutprobe mitnahm und zweitens erwischt wurde. Kurzum: Obwohl Stegweibel erbittert leugnete, bekam er ein Jahr, außerdem war der Führerschein für weitere zwei Jahre weg und damit Stegweibels Job als fahrender Fachbuchverkäufer erledigt.

Das alles hörte und erfuhr ich aus der Ferne und ohne Stegweibel je wiederzusehen. Eines Tages kam meine Geschäftsstellenleiterin jedoch in mein Zimmer und sagte: ›Da ist einer da, der möchte Sie sprechen. Er behauptet, er ist ein Freund von Ihnen. Aber das kann ich mir nicht gut vorstellen.‹

›Hat er einen Namen genannt?‹

›Stegweibel.‹

Stegweibel bettelte mich nicht, wie ich befürchtet hatte, um ein Darlehen an, kam auch nicht mit irgendwelchen Anliegen um Fürsprache in juristischen Dingen, sondern brachte etwas, was ich am wenigsten erwartet hätte: ein Manuskript.

Das Manuskript eines Romans, in dem Stegweibel in kaum verhohlener Form sein Schicksal und die ungerechte Behandlung durch das Gericht schilderte. Im Roman war *Stegweibel* völlig unschuldig, ein falscher Freund hatte ihn hereingelegt, die gestohlene Blutprobe war doch seine und ohne Promille und so fort. Sie werden lachen: Ich las das Manuskript mit zunehmendem Interesse. Es war gar nicht so schlecht geschrieben. Wie gesagt, Stegweibel war nicht dumm. Herausragend bei dem Manuskript waren vor allem die Fußnoten, in denen Stegweibel mit äußerster Präzision bei jeder entsprechenden Gelegenheit die Brauerei vermerkte, deren Bier ausgeschenkt wurde. Das ging also etwa so: ›Wir erfrischten uns nach dem anstrengenden Tag in der Gaststätte *Bocköd* – Fußnote: Greinbräu Wasserburg –, da unser eigentliches Stammlokal *Isar-Stüberl* – Fußnote: Grandauer-Grafing – Ruhetag hatte. Als ich dann den Vorortszug besteigen wollte, stand am Bahnhofskiosk – Fußnote: Augustiner – mein Freund Herbert, genannt Halbohr …‹ und so fort.

Stegweibel meinte, ich, der ich doch so viele Leute kenne, solle das Manuskript mit einem freundlichen Gutachten versehen und an einen Verlag weiterleiten. Wenn das Buch dann erscheine, werde er ein großes Fest geben und auch mich einladen. In das noble Restaurant *Kammerbauer* – Bürger- und Engelbräu Memmingen.

Ich übergab dann das Manuskript ohne Gutachten, jedoch mit geeigneter Schilderung der Person des Autors, einem mir bekannten Verleger, dessen Lektor es zwar auch amüsant fand, aber nicht zur Veröffentlichung annahm – leider?

Und dann sah ich Stegweibel in der Tat nicht mehr, bis er im Prozeß gegen Schlösserer als Zeuge vernommen wurde.

Stegweibel war nämlich irgendwie mit Schlösserer in Verbindung gekommen, und Schlösserer hatte den gerade völlig abgebrannten Ex-Referendar als Jagdgehilfen und überhaupt Faktotum von Rasenmähen bis Dachreparaturen an der Jagdhütte eingestellt. Stegweibel konnte sich dadurch sogar wieder ein wenig aufrappeln, wohnte im nächstgrößeren Ort unterhalb der Jagdhütte, hatte die Willenskraft und das Einsehen, nicht mehr so viel zu trinken, bekam von Schlösserer sogar manchmal lukrative Aufträge, und es ging ihm also ganz gut.

Ein Mensch wie Stegweibel steht, das werden Sie aus meinen Schilderungen entnehmen, einem Heinz K. Schlösserer bei allem Geld weit näher als ein Dr. med. Wansebach. Zwar schmückte sich Schlösserer, schon seiner Frau zuliebe, gern mit der Freundschaft zu Wansebach; der Umgang mit diesem Freund war für ihn jedoch immer ein wenig anstrengend. Er unterhielt sich stets sozusagen von unten eine Etage nach oben. Wirklich wohl fühlte er sich, wenn er mit Stegweibel – den er ›Erich‹ und ›du‹ nannte, Stegweibel ihn ›Herr Schlösserer‹, aber doch ›du‹ – in

der *Hubertus-Lust* saß und ein Bier trank – Auerbräu Rosenheim.

Habe ich meine Zeit überzogen? Ich bitte um Verzeihung, und
daß ich so weit von der Pelargonie abgekommen bin – tja, nur
scheinbar! Nur scheinbar, versichere ich. Ich sehe, die Hausfrau
hat bereits den Bogen in der Hand.«

Hier endet der vierte Donnerstag des Oberstaatsanwalts Dr. F.

Der fünfte Donnerstag des Oberstaatsanwalts Dr. F.
Der Oberstaatsanwalt zündet, mit Erlaubnis der Hausfrau,
eine Zigarre an und beginnt mit der Fortsetzung seiner
Erzählung, nachdem er sich bei seinen Zuhörern erkundigt
hat, wo er das letzte Mal stehengeblieben war.

»Ja, richtig. Stegweibel. Nun, dessen nicht unwesentliche Bedeutung für die Geschichte heben wir uns für einen späteren Zeitpunkt auf. Vorerst zurück zur Pelargonie im engeren Sinn.

Ich habe, glaube ich, schon erwähnt, daß schon ziemlich am
Beginn der Ermittlungen eine der Bedienungen in der Kantine
des Polizeipräsidiums, eine Pelargonien-Koryphäe, den federführenden Kriminalbeamten darauf hinwies, daß weiße Pelargonien sehr selten sind. Daraufhin machte sich ein jüngerer Beamter auf den Weg, um systematisch alle Blumengeschäfte der
Stadt aufzusuchen und dort nachzufragen, ob zur fraglichen Zeit
jemand eine weiße Pelargonie gekauft habe. Ich gestehe, daß ich
meinem Mord-Referenten gegenüber die Zweckmäßigkeit dieses
Versuches in vielleicht sogar harschen Worten anzweifelte: ›Haben die nichts anderes zu tun? Wie viele Blumengeschäfte, Gärt-
nereien et cetera gibt es in unserer Stadt? Braucht der betreffende
Kriminaler nur frische Luft? Will er spazierenfahren? Und wer
sagt Ihnen, daß die Levkoje nicht auswärts gekauft wurde?‹

›Pelargonie, Herr Oberstaatsanwalt, nicht Levkoje.‹ (So förmlich redete man den Vorgesetzten damals noch an.)

›… oder Pelargonie … nicht auswärts gekauft? In Itzehoe vielleicht?‹

›Wieso grad in Itzehoe, Herr Oberstaatsanwalt?‹

›Ich meine ja nur so. Oder daß der Mörder die Pelargonie
schon länger gehabt hat? Oder selbst privater Züchter weißer Pelargonien ist und sie von seinem Bestand daheim abgezweigt hat?
Außerdem ist noch gar nicht ausgemacht, daß der Mörder die
weiße Pelargonie mitgebracht hat …‹

Das stand wenig später zwar auch nicht eindeutig fest, die Vermutung verdichtete sich jedoch ganz erheblich. Noch bevor nämlich die großen Berichte – zum Teil von uns lanciert – in der Presse erschienen, meldete sich die schon erwähnte Zeugin Flutterle, die Inhaberin des Zeitungskioskes.

Frau Flutterle hatte beobachtet, ich wiederhole das kurz, daß am Donnerstag, dem 19. Juni, eine Frau an der Tür des Jugendstil-Anwesens Schlösserer läutete. Frau Flutterle war – und ist vielleicht noch – von Natur aus neugierig. Sie muß ja von irgendwoher die Informationen sammeln, die sie dann ihren Kunden weitergibt. Vielleicht wäre es ja sogar einem Nicht-Neugierigen aufgefallen, denn es war zehn Uhr vormittags, eine Zeit, in der in jener stillen Straße in der ruhigen Gegend noch weniger los ist als sonst. Nur die Vormittagssonne scheint, falls sie scheint, lautlos durch die Kastanienbäume aufs Pflaster.

›Eine Dame oder besser Frau‹, sagte Frau Flutterle später aus. Frau Flutterle verließ eben ihr Haus, um Herrn Flutterle, ihren Mann, abzulösen, der jeden Werktag um sieben Uhr den Kiosk aufsperrte und dann bis etwa zehn Uhr dort blieb und die Kunden bediente, wonach ihn seine Frau ablöste und er sich zu seinem Stammtisch in den *Taxisgarten* begab. (Wie bitte? Ach so. Nein, ich weiß nicht, was im *Taxisgarten* für Bier ausgeschenkt wird. Bin ich Stegweibel …?)

›Ich sperrte eben meine Haustür zu, drehte mich dann seitlich, um mich in Richtung Kanal zu entfernen‹, hieß es im Protokoll, ›drehte mich jedoch nochmals um, weil ich glaublich im ersten Moment annahm, es befinde sich etwas im Briefkasten, und im Verlauf dieser Drehbewegung fiel mein unwillkürlicher Blick in Richtung auf das Anwesen der Familie Sch., und ich sagte zu mir: Da läutet doch jemand?! Und es läutete tatsächlich jemand, eine Dame oder eher Frau, die mir unbekannt war.‹ (Sie bemerken, daß ich mich des Stiles befleißige, den polizeiliche Protokolle zu haben pflegen.)

›Die Dame bzw. Frau trug einen roten oder, ich verbessere mich, rotbraunen Mantel, und ich dachte mir: So ein Mantel zu dieser Jahreszeit, wo es warm ist! In der Hand hielt die betr. Frau eine in durchsichtige Folie gewickelte weiße Pflanze. Frau Schlösserer öffnete, worauf ihr die Frau den Blumenstock hinhielt, worauf Frau Schlösserer diesen nahm und glaublich nach kurzem Zögern die Frau einließ. Weiteres habe ich nicht beobachtet. Die Dame bzw. Frau im roten, ich verbessere mich, im rotbraunen Mantel war nicht sehr groß, ich schätze, so wie ich, ich bin einen Meter fünfundsechzig, eher schlank, soweit man das beurteilen kann, war nicht alt, auch nicht jung, hatte volle braune Haare, eher kurz. Näheres kann ich leider nicht beschreiben. Ich bin bereit, diese Angaben beim Ermittlungsrichter bzw. in einer Gerichtsverhandlung zu wiederholen. Vorgelesen und genehmigt. Flutterle, Friederike.‹

Mit der Personenbeschreibung, die die Flutterle gab, war natürlich wenig anzufangen. Inzwischen war auch der Sohn Schlösserer aus Amerika zurückgekommen. Er wurde vernommen und wußte, wie nicht anders zu erwarten, gar nichts. Nachdem Heinz K. Schlösserer nochmals ausgesagt und das mit dem fehlenden Geld, dem verschwundenen Schmuck und dem eingeschlagenen Fenster im Keller erzählt hatte, neigte man in der Mordkommission der Einfachheit halber und um weiterer Erhebungen, die fruchtlos zu sein versprachen, enthoben zu sein, zur These, daß es sich um einen Raubmord gehandelt habe und daß man den Täter dann fassen werde, wenn er sich selbst stellte …

Ich gab mich damit jedoch nicht zufrieden. Nicht nur die Sache mit der unbekannten Besucherin genau zu der Stunde, die nach den Obduktionsbefunden die wahrscheinlichste Tatzeit war, nicht nur, daß das Mordwerkzeug ein Gürtel von eben der Farbe war, die der Mantel der unbekannten Besucherin hatte, nicht nur der seltsame Umstand, daß ein Raubmörder zunächst versucht haben sollte, sein Opfer zu vergiften, nicht nur die rätselhafte Pelargonie ließen mich nicht von dem Gedanken abkommen: ›Hier stimmt etwas nicht‹, sondern ganz etwas anderes, nämlich die Tatsache, daß mir die ganze Person, das Wesen, das Auftreten, der Charakter Schlösserers bis ins innerste Herz unsympathisch waren.

Ein im Kern schleimiger, ungebildeter Kriegsgewinnler, ein zu Geld gekommener Prolet und – wofür ich allerdings keine konkreten Anhaltspunkte hatte – ein heimlicher Nazi.

Und außerdem war ja da noch dieser Anruf in der Nacht, der Anruf Schlösserers bei Stegweibel. Nach den Aufzeichnungen des Hotels war es übrigens ein eher langes Telephongespräch: über zwanzig Minuten lang.

Ich tat etwas, was ich im Lauf meiner Stellung als Oberstaatsanwalt und Abteilungschef sehr selten getan habe: Ich zog das Verfahren an mich und ordnete Nachermittlungen an. Stegweibel war noch gar nicht vernommen, und ich instruierte den Kriminaler: Nur allgemein fragen, nicht nach dem Telephonanruf, abwarten, ob er selbst ihn erwähnen werde, erwähnt er ihn nicht, die Sache vorerst auf sich beruhen lassen.

Schlösserer nochmals zu vernehmen, hielt ich für sinnlos. Ich selbst bestellte den Sohn zu mir. Er war ein junger, etwas fetter Mann und insgesamt eher farblos. Ich glaube, bei Tschechow einmal gelesen zu haben: ein Gesicht wie eine Kuh ... Das paßte ungefähr auf Schlösserer junior. Ich ließ ihn nochmals das Wenige schildern, was er wußte, und dann fragte ich ihn nach der Ehe seiner Eltern ... Er verstummte, dachte eine Weile nach und sagte dann: ›Habe ich ein Zeugnisverweigerungsrecht?‹

›Danke‹, sagte ich und hatte das Gefühl, der Sache einen bedeutenden Schritt nähergekommen zu sein.

Stegweibel erwähnte übrigens das Telephonat in seiner Vernehmung nicht. Auch, das brauche ich wohl eigentlich gar nicht zu erwähnen, zeitigten die nach wie vor unermüdlichen Ermittlungen des bewußten jungen Kriminalers, den Blumenladen zu finden, in dem die weiße Pelargonie gekauft worden war, kein Ergebnis.

Ich wollte, das wird man verstehen, Stegweibel nicht begegnen. Ich hatte ihn privat gekannt, er war immerhin ein ehemaliger Kollege und jetzt ein Zeuge in einer merkwürdigen Sache, ein Zeuge, der etwas verheimlichen wollte ... Obwohl ich die Ermittlungen an mich gezogen hatte, wollte ich Stegweibel nicht selbst nochmals vernehmen, ihn bei dieser Vernehmung mit seiner offensichtlich und bewußt unvollständigen ersten Aussage konfrontieren. Bewußt unvollständig: In solcher Sache ein nächtliches Telephongespräch mit demjenigen, der langsam zum Hauptverdächtigen heranreifte, zu verschweigen, mußte einen Grund haben; so etwas konnte man nicht übersehen, vergessen oder für unwichtig halten.

Ich fuhr mit dem von mir ausgewählten und mir als besonders geschickt bekannten Kriminaler hinaus, dorthin, wo Stegweibel wohnte. Der Kriminaler ging zu Stegweibel, ich in ein Café – es war gerade elf Uhr, die Zeit, in der ich einen Espresso brauche, es waren ja damals schon, zum Glück, selbst in kleineren Orten Espressomaschinen geläufig – und schlenderte dann in der Kleinstadt herum. In einer Seitenstraße war ein Blumenladen. Ich betrat ihn. Es war ein Haupttreffer.

›Haben Sie‹, fragte ich, ›weiße Pelargonien?‹

›Sind selten‹, sagte der Verkäufer, ›im Augenblick nicht. Aber rote sind ohnedies schöner. Hier, bitte ... oder pink ...‹

›Haben Sie am 19. Juni oder in den Tagen davor weiße Pelargonien gehabt?‹

›Warum ... ich weiß nicht ... warum fragen Sie?‹

›Nur so ...‹

Es waren seit dem Mord etwa vier, fünf Wochen vergangen ... und es war jetzt also Mitte Juli. Der Blumenhändler dachte nach.

›An das genaue Datum kann ich mich nicht erinnern, aber ich glaube schon, daß ich um diese Zeit weiße Pelargonien hatte. Warum fragen Sie?‹

›Kennen Sie einen Herrn Stegweibel?‹

Der Blumenhändler lachte. ›Wer kennt hier den Stegweibel nicht.‹

›Ist er Kunde bei Ihnen?‹

›Er nicht, aber die Frau Dempelein.‹

›Wer ist Frau Dempelein?‹

›Na ja, die … also die Frau, quasi doch, vom Stegweibel, die Lebensgefährtin oder halt so. Die kauft ab und zu Blumen.‹

›Wohnt die bei Stegweibel?‹

›Wohnt nicht direkt, halt ab und zu, wie man hört – ich kümmere mich nicht darum, geht mich auch nichts an.‹

›Hat die Frau Dempelein‹, ich bilde mir viel drauf ein, daß mir der Gedanke durch den Kopf schoß, diese Frage zu stellen, ›bei Ihnen um die Zeit, von der ich gesprochen habe, eine weiße Pelargonie gekauft?‹

Der Blumenhändler riß die Augen auf, haute dann mit der flachen Hand auf den Tisch und rief: ›Wie Sie das jetzt sagen … ich glaube … ja, ich glaube: ja.‹

Ich kaufte einen bunten Sommerstrauß, den ich nachmittags dann meiner Vorzimmerdame schenkte. Kleine, vor allem überraschende Geschenke erhalten nicht nur die Freundschaft, sondern auch die Arbeitsfreude.

Die Vernehmung des Stegweibel war so verlaufen, wie ich erwartet hatte. Der Kriminalbeamte hatte zunächst den sichtlich von der neuerlichen Belästigung enervierten Stegweibel wiederholen lassen, was er schon in seiner ersten Vernehmung gesagt hatte, dann hatte der Beamte gefragt, ob er, Stegweibel, wirklich nichts vergessen habe?

›Nein, nichts, gar nichts‹, sagte Stegweibel.

›Und was hat Ihnen Herr Schlösserer in den zwanzig Minuten

um drei Uhr in der Nacht vom 19. auf 20. Juni am Telephon erzählt?‹

Da schluckte, erbleichte, stotterte Stegweibel nacheinander und keuchte dann: ›Ich sage überhaupt nichts, ich verweigere die Aussage.‹

›Festnehmen, sofort‹, sagte ich zum Kriminaler, ›holen Sie sich zwei Mann von der örtlichen Inspektion, ich besorge inzwischen den Haftbefehl.‹

Ich besorgte, das heißt, ich beantragte ihn beim Ermittlungsrichter und bekam nicht nur einen Haftbefehl gegen Stegweibel (wegen Verdacht des Mordes an Kunigunde Schlösserer), sondern auch einen Durchsuchungsbefehl für Stegweibels Wohnung in jenem Ort draußen, und die Durchsuchung war erfolgreich. Man fand den Schmuck, der nach Angaben Schlösserers seit dem Tod seiner Frau verschwunden war.

Nachdem Stegweibel zwei Tage in Untersuchungshaft gesessen war, verlangte er, dem Ermittlungsrichter vorgeführt zu werden, er sei bereit auszusagen.

Mit dem Mord an sich, sagte Stegweibel aus, beeidete übrigens die Aussage, habe er nichts zu tun. Er legte sein lückenloses Alibi dar, unter präziser Angabe der Biersorten, die in den Alibigaststätten ausgeschenkt wurden, denn hauptsächlich waren es natürlich solche Örtlichkeiten, in denen sich Stegweibel aufhielt, zu seinem Glück dort immer sattsam bekannt, so daß die Überprüfung des Alibis seine Richtigkeit ergab. Und was Schlösserers Anruf in der Nacht betraf: Er habe ihm, Stegweibel, geschildert, daß seine Frau ermordet worden sei, daß er, Schlösserer, womöglich in Verdacht geraten könne und daß Stegweibel sofort in die Stadt fahren und, natürlich unter Beobachtung äußerster Sicherheitsvorkehrungen, mit Handschuhen und so fort, einen Einbruch vortäuschen, insbesondere Schmuck mitnehmen solle. Den Schmuck solle er danach verschwinden lassen, vernichten. Er, Stegweibel, habe dann gefragt, wer Schlösserers Meinung

44

nach die Frau umgebracht habe. ›Ich habe einen Verdacht‹, habe Schlösserer gesagt, ›den sage ich aber nicht. Dir nicht.‹

Den Auftrag Schlösserers, der ihn mit zweitausend Mark honorierte, führte Stegweibel mit Leichtigkeit aus, weil er sich in Schlösserers Haus auskannte; wo der Schmuck war, sagte ihm Schlösserer. Ja – nun, er erledigte alles sauber und wunschgemäß, nur den Schmuck in eine Odelgrube oder in einen Bergsee zu versenken, brachte Stegweibel nicht übers Herz. ›Gut und gern seine Hunderttausend unter Brüdern wert. Ich sagte zwar dem Heinz, also dem Schlösserer, ich hätte den Schmuck in die Müllverbrennung geschmuggelt, aber – wie gesagt, seine Hunderttausend unter Brüdern. Ich habe noch überlegt: Soll ich ihn für ein paar Jahre vergraben und dann ... dann seid ihr dazwischengekommen.‹

Auf meine Bitte hin richtete der Ermittlungsrichter an Stegweibel ganz zum Schluß die Frage: ›Kennen Sie eine Frau Dempelein, Erna?‹

›Ja. Warum?‹

›In welcher Beziehung stehen Sie zu der Dame?‹

›Das ist ... das ist quasi ... gewissermaßen meine Bekannte. Oder besser gesagt: Ich bin ihr Bekannter.‹

›Dauernd?‹

›Mehr oder weniger.‹

›Wohnt sie bei Ihnen?‹

›Nicht direkt.‹

›Hat sie einen rotbraunen Mantel?‹

›Einen was? Ach so, ja, doch ...‹

›Paßt dieser Gürtel zu dem Mantel?‹

›Ja‹, sagte Stegweibel.

Daraufhin erwirkte ich die Aufhebung des Haftbefehls gegen Stegweibel und je einen Haftbefehl gegen Schlösserer und Frau Dempelein, Erna wegen gemeinschaftlich begangenen Mordes an Frau Schlösserer.

Womit die Geschichte noch nicht aus ist, im Gegenteil, eigentlich erst richtig anfängt. Der zweite Cellist, der wegen des C-Dur Opus 163 von heute an dabei ist, wird die Hauptsache noch mitbekommen. Und wo sind meine Noten? Habe ich die womöglich …? Nein, da sind sie. Also, meine Damen und Herren … schreiten wir zu einem Chimborasso der Musik.«

Hier endet der fünfte Donnerstag des Oberstaatsanwalts Dr. F.

Der sechste Donnerstag des Oberstaatsanwalts Dr. F.
Er tupft sich mit der Serviette den Mund ab, nimmt noch
einen Schluck Iphöfer-Julius-Echter-Berg und beginnt
zu erzählen.

»Im Prozeß gegen Schlösserer und die Dempelein war immer wieder die Rede davon, daß Schlösserer so großen Wert darauf gelegt hatte, nicht allein in seine Jagdhütte zu fahren. Die Staatsanwaltschaft, also meine Behörde, vertrat in der (sehr umfangreichen und juristisch sauber ausgeklügelten) Anklageschrift und danach auch in der Verhandlung die These, daß Schlösserer unbedingt eine Begleitung brauchte, um sein Alibi hieb- und stichfest zu machen, und dieses hieb- und stichfeste Alibi sei die Voraussetzung für das geplante perfekte Verbrechen gewesen. Gestützt wurde diese These erstens durch die Aussage Wansebachs, daß Schlösserer ihn ganz ungewöhnlich drängend, ja flehentlich überredet habe, zur Jagd mitzukommen, und zweitens auch durch die Bekundung des Jagdgehilfen, abgebrochenen Juristen, Kampftrinkers und Faktotums Stegweibel, der aussagte, daß bevor Schlösserer an Wansebach herangetreten sei, er ihn gebeten habe – nein, er brauchte ihn nicht zu bitten, ihm konnte er befehlen –, ihm befohlen habe, ihn in der betreffenden Woche auf die Jagd zu begleiten. Stegweibel sagte befehlsgemäß zu, bekam jedoch kurz davor ein nicht ungefährlich aussehendes Geschwür an einem Auge, das behandelt werden mußte, und zwar sogar zwei oder drei Tage stationär in der Universitäts-Augenklinik, und danach mußte Stegweibel sein Auge schonen, und es war daher keine Rede davon, daß er mit auf die Jagd gehen konnte. Noch mehrere Tage trug er eine Binde über einem Auge, was ihn allerdings nicht hinderte, den angeordneten Einbruch vorzutäuschen und den Schmuck mitzunehmen.

Stegweibel wurde in einem gesonderten Verfahren, das selbstverständlich auch nicht vor dem Schwurgericht, sondern ganz unten und ordinär vor dem Amtsgericht verhandelt wurde, wegen Vortäuschung einer Straftat, wegen Veruntreuung des Schmuckes und so weiter zu einer Haftstrafe mit Bewährung verurteilt, kam im Übrigen ungeschoren davon.

Ich erwähnte schon ganz am Anfang, daß mich diese Sache auch nach Abschluß des Verfahrens, nach der in allen Instanzen rechtskräftigen Verurteilung Schlösserers und der Dempelein wegen gemeinschaftlich begangenen Mordes – im Fall Schlösserers: in mittelbarer Täterschaft – weiter beschäftigte. Oft ging ich in Gedanken die Einzelheiten des Verfahrens durch, ließ die Aussagen der Beteiligten in meinem Gedächtnis Revue passieren, und bei einer dieser Gelegenheiten, Jahre später, fiel mir – als werde er in meiner gespeicherten Erinnerung plötzlich rot unterstrichen – ein Satz ein, den Stegweibel als Zeuge im Prozeß gegen Schlösserer und die Dempelein gesagt hatte, der zwar im Verfahren dann nicht weiter beachtet wurde, mich jedoch nicht mehr losließ. Stegweibel hatte im Zusammenhang mit der Diskussion um Schlösserers so auffälliges Drängen, daß er, Stegweibel, und dann Wansebach mit auf die Jagdhütte kommen solle, gesagt: ›Auffällig war mir das Drängen zunächst nicht, denn er ging nicht gern allein in die Hütte.‹

Warum hatte weder das Gericht noch der Staatsanwalt oder der Verteidiger eingehakt?

Ich hatte bis zum Verfahren, wie gesagt, vermieden, mit Stegweibel in direkten, persönlichen Kontakt zu kommen. Auch nach dem Verfahren und nach dem Prozeß gegen ihn vermied ich das, es gab ja auch keine Veranlassung. Doch jetzt, nachdem dieser sozusagen rot unterstrichene Satz in meiner Erinnerung nicht aufhörte, wenn ich so sagen darf, rot unterstrichen zu sein, suchte ich Stegweibel auf.

Er empfing mich böse und mißtrauisch. Er lebte immer noch in jenem Ort nahe den Bergen, hauste in einer unordentlichen Einzimmerwohnung, war steckrübenfarben im Gesicht und zerfurcht und überaus unmutig. Im Übrigen ging es ihm nicht schlecht. Er schrieb inzwischen für die örtliche Tageszeitung die Polizei- und Gerichtssaalberichte. Ich brauchte lange, um ihn davon zu überzeugen, daß ich wirklich nur aus privatem Interesse der alten Sache nachging. Dann taute er auf, und es trat sogar etwas wie eine kollegiale Vertraulichkeit zwischen uns auf.

›Ich frage Sie nicht‹, sagte ich, ›ob Schlösserer die Dempelein wirklich, wie im Urteil angenommen, beauftragt hat, seine Frau umzubringen ...‹

Ja, ich sagte ›Sie‹ zu ihm, obwohl wir uns von Studien- und Referendarszeiten her kannten; damals duzten sich Kommilitonen noch nicht ohne weiteres.

›Ich weiß es auch gar nicht‹, sagte er.

›Ich frage nicht einmal, ob Sie es für möglich oder wahrscheinlich halten, daß es so war, ich wollte Sie nur und allein nach jenem Satz fragen, den Sie ausweislich des Protokolls in der Verhandlung geäußert haben, einen – allerdings vielleicht nur scheinbar – nebensächlichen Satz: daß Schlösserer ungern allein auf die Jagdhütte ging.‹

Stegweibel lachte, zeigte gräßliche schwarze Trinkerzähne: ›Er ging nicht nur ungern allein auf die Hütte, er ging überhaupt nicht allein hinauf.‹

Schlösserer nämlich, und das ist eine so komische wie unerklärliche Angelegenheit der menschlichen Seele oder mancher menschlicher Seelen, dieser Schlösserer, der, wie man so sagt, knallharte Geschäftsmann, der außer an der Jagd und den Fußballergebnissen nur an seinem Geschäft, an Umsatz, Gewinn und den Möglichkeiten der Steuerhinterziehung interessierte Mensch, zynisch rücksichtslos und bis zur Brutalität hart, von primitiver Nüchternheit, dieser Schlösserer hatte eine einzige schwache Stelle, eine Achillesferse: Er hatte eine unüberwindliche, kindische, völlig lächerliche Gespensterangst. Er, der am Tag an keinen Gott, an nichts Übernatürliches und nur an das glaubte, was er mit Händen greifen konnte, wurde, sobald es dunkel war, zum heulenden Elend, wenn er allein sein mußte.

›Eine Nacht allein auf der einsamen Jagdhütte? Er wäre gestorben‹, sagte Stegweibel.

Das und nicht etwa irgend etwas wie Pietät oder Trauer waren der Grund, daß Schlösserer in jener Nacht nach der Entdeckung des Mordes ins Hotel zog. (Bei Wansebach bleiben wollte er nicht, weil er ja mit Stegweibel zu telephonieren vorhatte.) Nie, so Stegweibel, blieb Schlösserer allein in seinem Haus. Verreiste Frau Schlösserer – nachdem der Sohn aus dem Haus war –, übersiedelte Schlösserer heimlich, es sollte ja niemand von seiner so kindischen wie unüberwindlichen Angst wissen, ins Hotel, oder er, Stegweibel, mußte kommen und im Gästezimmer übernachten.

›Wenn nicht …‹, sagte Stegweibel.

›Wenn nicht was?‹ fragte ich.

›Na ja, Sie wissen …‹

›Wenn er nicht bei seiner Geliebten oder Freundin oder Matschakerl oder Zweitfrau oder wie man das nennen soll, übernachtete.‹

›Die günstige Gelegenheit ergriff …‹, sagte Stegweibel.

Das alles war natürlich längst auch im Prozeß gegen Schlösserer und die Dempelein zur Sprache gekommen, und dieses außereheliche Verhältnis war sogar, wenn man so sagen kann, der hauptsächliche Hanf, aus dem Schlösserer der Strick gedreht wurde.

Frau Kunigunde Schlösserer war, jedenfalls nach ihrem Empfinden, aus besserem Hause gewesen. Nun ja, ganz so weit her war es nicht damit, der Vater war Ingenieur, tüchtiger Teilhaber eines gut übermittelständischen Unternehmens. Bei ihr daheim galt der Spruch ›Vergiß nie, daß du eine Teichmann bist!‹ – was immer man da nicht vergessen sollte. Das alles wußte man aus den Vernehmungen der Geschwister des Mordopfers, auch eini-

50

ger Freundinnen, darunter Frau Wansebach. Doch schon damals hatte Schlösserer ganz entschieden mehr Geld, und so konnte er den etwas abschätzigen Blick verkraften, den Vater Teichmann auf den künftigen Schwiegersohn heftete, und Fräulein Kunigunde Teichmann, die nicht, jedenfalls nicht mit Vehemenz dem Grundsatz huldigte, daß Arbeit adelt, und die verschiedenen Sparten des Schulbetriebes und der Berufsausbildung keinen Geschmack hatte abgewinnen können, vergaß für einige Augenblicke, daß sie eine Teichmann war, und unterschrieb nach wechselseitigem ›Ja‹ die Urkunde mit *Kunigunde Schlösserer*, worauf sie wieder dazu zurückkehrte, nicht zu vergessen, daß sie eine, nunmehr geborene, Teichmann war.

Kurzum: Die Ehe lief schlecht, lief miserabel. Daß Frau Schlösserer nicht davonlief, hing nur mit ihrer zunehmenden Trägheit und ihrem Hang zum Luxus zusammen, den ihr Heinz K. immerhin bot... Und eine schuldig geschiedene Frau stand, wie man sich vielleicht erinnert, damals ziemlich naß im Regen. Schlösserer anderseits fürchtete die finanziellen Folgen einer Scheidung aus seinem Verschulden, und so klebten die beiden aneinander wie so viele ... viel mehr wahrscheinlich, als man ahnt. Eifersüchtig war Kunigunde Schlösserer dennoch.

Es ist schon merkwürdig, sie kümmert sich nicht mehr um ihn, er ist ihr unsympathisch geworden, sie kann ihn nicht mehr riechen: ›Was hast du denn jetzt für scheußliches Rasierwasser?‹ Oder schlimmer: ›Tu doch etwas gegen deinen Mundgeruch, wenigstens wenn wir ausgehen.‹ Von körperlicher Zuneigung, um es dezent zu sagen, kann keine Rede mehr sein – aber wehe, wenn eine andere sich dessen bemächtigen will, auf das sie selbst keinen Wert mehr legt ...

Dabei dachte Schlösserer nicht im Traum daran, sich scheiden zu lassen, wie gesagt. Und das war auch zwischen Erna Dempelein und Schlösserer völlig klar.

Erna Dempelein war eine graue Maus von etwas fülligeren

Formen. Im nackten Zustand war sie vermutlich recht gefällig, bekleidet übersah man sie. Sie wurde Schlösserers Geliebte, als sie in seinem Betrieb – ich sage jetzt etwas, was nicht stimmt, ihre Tätigkeit jedoch symbolisch umreißt – als Hilfszählerin der Glühbirnen angestellt war. Schlösserer war so schlau, den Grundsatz ›extra muros!‹ strikt zu befolgen, und so ließ er die Dempelein, die in der Folge alles bedingungslos tat, was ihr Schlösserer sagte, kündigen, nachdem er sie das erste Mal geschlechtlich beglückt hatte. Er besorgte ihr einen bequemen Halbtagsjob woanders, nur halbtags, was ihm wichtig war, damit sie nachmittags zur Verfügung stand. Den finanziellen Ausgleich erledigte Schlösserer aus eigener Tasche; war nicht schwer für ihn, und er suchte und fand für sie eine kleine Wohnung in für Schlösserer bequemer Lage, das heißt, nicht zu weit entfernt vom ehelichen Jugendstilhaus und auch nicht zu nahe.

Die Dempelein war nicht die erste heimliche Geliebte in Schlösserers Eheleben. Vorher hatte es zwei, drei eher flüchtige Affairen gegeben, dann eine ernstere Angelegenheit mit einer portugiesischen Deutsch-Studentin namens Maria Nazaré, die für Schlösserer nicht nur deshalb mit der Zeit lästig wurde, weil sie ihm intellektuell überlegen war, sondern weil sie sich mit der Zeit nicht mehr ohne weiteres verstecken ließ, Schlösserer in Situationen drängte, die Stegweibel – damals schon Schlösserers Faktotum – vermuten ließen, sie, die schöne Nazaré, wolle den Skandal provozieren, um Schlösserers Ehe zu zerstören und um selbst Frau Schlösserer zu werden. Die Nazaré, so erfrischend erotisch ihr Charakter war (sie sei, so Stegweibel, eine hochbegabte Exhibitionistin gewesen), wurde für Schlösserer von einer Freude zur Qual, und er schob sie ab – und zwar an Stegweibel, der sich erlaubt hatte, sich in die Nazaré zu verlieben, und die Nazaré tröstete sich mit dem, man muß es ja sagen, nicht unwitzigen Stegweibel, bis sie nach einigen Jahren nach Portugal zurückkehrte.

Die Nachfolgerin der Nazaré war Erna Dempelein. Quasi das Gegenteil: strohdumm, gehorsam und von schlichter, animalischer Erotik, alles in allem eine Erholung für Schlösserer. Ob Frau Schlösserer von allen diesen Amouren jemals etwas erfuhr oder auch nur ahnte, blieb unklar. Wahrscheinlich war es so, wie meine Erfahrung in vielen solchen Fällen lehrt, daß nämlich die Ehefrauen nicht wissen, was sie nicht wahrhaben wollen, solange ihre Ehemänner bei ihnen und ihr bequemes Leben erhalten bleiben.

Der Psychologe, der im Prozeß in Erna Dempeleins Seele hinabtauchte, attestierte ihr den Intelligenzgrad eines mittelmäßig begabten Gorillaweibchens, das heißt, sie war so dumm, daß es brummte, aber, und das ist nicht alltäglich und konterkarierte in gewisser Weise ihre Dummheit ins Positive: Sie wußte, daß sie dumm war. Sie redete von ihrer Dummheit wie andere von einer zwar lästigen, leider unheilbaren, aber nicht lebensgefährlichen Krankheit. Und, auch das stellte der Psychologe fest, sie, die Dempelein, war auf Schlösserer in einem Maß fixiert, daß man von Hörigkeit sprechen kann.

Das alles, wie man gleich sehen wird, waren ganz schlechte Karten für Schlösserer.

Bei der Vernehmung der Dempelein war ich dabei, nicht als Vernehmender, sondern als Vertreter der Staatsanwaltschaft. Ich hatte ja das Ermittlungsverfahren an mich gezogen. Wegen der Wichtigkeit der Sache ließen wir die Dempelein vor dem Ermittlungsrichter vernehmen, und ich kannte den zuständigen Ermittlungsrichter, kannte ihn auch privat ganz gut, kein Karrierehengst oder Büroesel, sondern ein Mann mit völlig anderm Hintergrund, würde zu weit führen, das jetzt zu schildern, kurzum, ich wußte, daß dieser zufällig zuständige Ermittlungsrichter die Vernehmung mit souveräner Sorgfalt führen werde.

Die Dempelein, sie war damals ziemlich genau vierzig Jahre alt und, muß man sagen, deutlich im Verblühen begriffen, noch grauer wohl als früher, war gefaßt und ohne jede Weinerlichkeit und machte ihre Aussage, die sie sich sichtlich vorher überlegt hatte, mit leiser, gleichmäßiger, monotoner Stimme.

Sie gab den Mord unumwunden, ja, fast hatte man den Eindruck, freudig zu. Sie habe, sagte sie aus, die Pelargonie gekauft, sei in die Stadt gefahren, habe am Haus Schlösserers geläutet, sie habe – von Schlösserer – gewußt, daß Frau Schlösserer allein sei. Frau Schlösserer habe aufgemacht, sie, Dempelein, habe ihr ›als Zeichen der Versöhnung‹ die Pelargonie hingehalten und gesagt, wer sie sei und daß sie meine, es sei Zeit, sich gegenseitig auszusprechen. Den Wortlaut – ungefähr – habe ihr Schlösserer eingetrichtert. Frau Schlösserer sei etwas verwirrt, aber dann doch freundlich gewesen, habe sie hereingebeten, obwohl sie sichtlich gerade erst aufgestanden war, noch im Bademantel …

›Hat Frau Schlösserer gewußt, wer Sie sind, ich meine, daß Sie die Geliebte ihres Mannes waren?‹

›Kann sein‹, sagte die Dempelein, ›sie hat gesagt, sie weiß nicht, worüber wir uns aussprechen sollen, hat mich aber aufgefordert, mich hinzusetzen, und hat mir einen Aperol angeboten. Und sich selbst einen eingeschenkt, und wie sie dann hinübergegangen ist, um die Pelargonie aufs Kästchen zu stellen, habe ich das Zeug in ihren Aperol geschüttet, das mir Herr Schlösserer gegeben hat. Sie hat dann getrunken, ist aber nicht gestorben. Sie hat plötzlich gesagt: ,Was ist denn das? Der schmeckt ja wie Jauche …‘ Das waren gewissermaßen ihre letzten Worte, weil dann ist sie ins Bad und hat ge … also … hat ge … gespeien, gespeit … und ich habe meinen Gürtel vom Mantel genommen und um ihren Hals getan und zugezogen. Ich habe nicht gewußt, daß das so leicht geht.‹

›Und?‹ fragte der Ermittlungsrichter.

›Und dann war sie tot. Und ich bin gegangen. Die Pelargonie habe ich dagelassen.‹

›Und warum haben Sie das getan?‹

›Ja – warum? Weil, habe ich mir gedacht, ich sie ihr eigentlich ja geschenkt habe, obwohl sie jetzt tot ist.‹

›Ich meine: Warum Sie sie umgebracht haben?‹

›Ach so. Ja. Weil der Herr Schlösserer es mir gesagt hat, daß ich es tun soll.‹

›Tun Sie alles, was Ihnen der Herr Schlösserer sagt?‹

Die Dempelein schaute auf ihre Finger und sagte nach längerer Pause, die der Ermittlungsrichter geduldig abwartete, mit noch leiserer Stimme, fast unhörbar: ›Ja.‹

Nach den üblichen Formalien wurde die Dempelein wieder abgeführt, auch ihr Verteidiger war gegangen, und ich redete kurz mit dem Ermittlungsrichter.

›Was halten Sie davon?‹ fragte ich.

›Ich entscheide in der Sache nicht‹, sagte er, ›wie Sie wissen, ich meine aber …‹

›Aber?‹

›Man soll sich davor hüten, die Gerechtigkeit mit Moral zu verschneiden.‹

Nun, meine Damen und Herren, die angenehme Pflicht ruft, und wir haben uns heute förmlich gigantische Dinge vorgenommen. Das Streichquartett von Ravel … Gut, daß wir unter uns sind und daß niemand zuhört, am wenigsten Meister Ravel.«

Damit endet der sechste Donnerstag des Oberstaatsanwalts Dr. F.

*

Woher weiß der, frage ich, die Katze, daß Meister Ravel nicht von … Von wo? Von außerhalb der Existenz her zuhört?

Der siebte Donnerstag des Oberstaatsanwalts Dr. F., an dem er seine Erzählung vom »Pelargonien-Mord« abschließt.

»Schlösserer leugnete. Weder habe er der Dempelein das – letzten Endes unwirksame – Gift verschafft, noch habe er sie gar zu dem Mord an seiner Frau gedungen. Ein gewichtiger, unbestreitbarer Umstand sprach für Schlösserer: Sein Verhältnis mit der Dempelein bestand nicht mehr, sie war zum Tatzeitpunkt nicht mehr seine Geliebte. Schlösserer hatte sich nämlich im Frühjahr, ungefähr zwei Monate vor dem Mord, eine im Vergleich zur Dempelein zwanzig Jahre jüngere Freundin angelacht, eine gewisse Nora Graefe, frische und knackige Schülerin der Modemeisterschule. Auch ich hatte Gelegenheit, es festzustellen, als die Graefe im Prozeß als Zeugin auftrat: Sie war weit attraktiver als die Dempelein. Um ehrlich zu sein, ich hätte dem schleimigen Schlösserer keine erotische Anziehungskraft auf so ein hochbeiniges Edelinsekt wie Nora Graefe zugetraut. Aber wo eben die Lieb' hinfällt … sagt schon Carl Orff.

Die Graefe sagte aus, daß sie im Lauf der zwei Monate des Verhältnisses schon ein paar Mal mit Schlösserer auf der Jagdhütte gewesen sei, auch in jener Woche habe Schlösserer sie eingeladen mitzukommen.

›Dringend eingeladen?‹ fragte der Vorsitzende, ›förmlich gedrängt?‹

›Ja – förmlich gedrängt …‹ Aber sie habe nicht mitkommen können, denn gerade in jener Woche seien die Vorbereitungen für eine Modenschau auf letzten Hochtouren gelaufen, zu der sie ihre zwei Prüfungsarbeiten beigesteuert habe oder etwas in der Richtung. Im Übrigen glaube sie nicht an die Schuld Schlösserers. Frau Schlösserer sei ihr, Nora Graefe, nicht im Wege gestanden. Zwischen ihr und Schlösserer seien die Dinge sehr klar gewesen. Sie warf dabei einen Rehblick auf den Angeklagten: ›Ich will ihm nicht zu nahe treten, ich habe ihn gemocht, aber der

Mann meines Lebens war er nicht. Ich habe überhaupt keinen Ehrgeiz zur Ehe. Und nach meinem Abschluß an der Modeschule gehe ich zumindest für ein, zwei Jahre nach New York.‹

Der Graefe zuliebe brauchte also Schlösserer seine Frau nicht beiseite zu schaffen. Und der abgestandenen und abgeschobenen Dempelein zuliebe schon gar nicht. Apropos abgeschoben: Wie schon im Falle der Dame Nazaré hatte auch diesmal Stegweibel die ehemalige Geliebte seines Herrn übernommen. Ist das merkwürdig? Wer weiß. Es flossen nicht unerhebliche Trost-Remunerationen seitens Schlösserers sowohl für die Dempelein als auch für Stegweibel, und auch ohnedies hatte sich die Dempelein bei Stegweibel, dem einzigen Vertrauten in ihrem Verhältnis, in ihrer Liebe, ja, ihrer Liebe zu Schlösserer ausgeweint, und von der Schulter ins Bett ist kein weiter Weg.

Das alles also sprach gegen die Täterschaft Schlösserers, wobei die Staatsanwaltschaft von der Annahme einer unmittelbaren Täterschaft Schlösserers inzwischen natürlich abgerückt war, erstens wegen des Alibis, das die Anklage als ›kunstvoll und tückisch aufgebaut‹ wertete, und zweitens wegen des Geständnisses der Dempelein, das als glaubwürdig galt.

Doch genauso gewichtige, ja gewichtigere Gründe sprachen – in den Augen der Anklage – gegen Schlösserer. Schon einmal auch die an sich entlastende Aussage der Nora Graefe: Auch sie hatte er gedrängt, mit auf die Jagdhütte zu kommen, was dafür spricht, daß er unbedingt einen Zeugen, eine Zeugin für seine lückenlose Anwesenheit auf der Jagdhütte brauchte, um das Alibi hieb- und stichfest zu machen. Dann und vor allem das Verhalten Schlösserers nach der Tat, das heißt, daß er in so plumper Weise einen Raubmord fingieren wollte. Und letzten Endes und am allerwichtigsten das Geständnis der Dempelein, die unablässig, unbeirrt und ohne irgendwie abzuweichen bekundete, Schlösserer habe ihr den Mord befohlen.

Selbstverständlich hackte der Verteidiger Schlösserers – er hatte sich einen sogenannten Star-Anwalt genommen, ersparen Sie es mir, zu dieser Spezies aus der Sicht nüchterner Sachlichkeit und juristischer Einsicht heraus Ausführungen zu machen – hackte also der Verteidiger Schlösserers auf der Dempelein herum: Warum sie es getan habe, wo doch ihr Verhältnis zu Schlösserer vorbei gewesen sei? Sie nicht mehr damit rechnen konnte, daß Schlösserer sie heirate? Und so fort …

Die Dempelein senkte immer nur den Kopf, sagte: ›Er hat es mir befohlen. Ich weiß nicht, warum – ich habe gedacht, er wird schon seinen Grund haben … ich liebe ihn noch immer.‹

Von dem neuen Verhältnis Schlösserers mit Nora Graefe habe sie – ebenso unbeirrt die Dempelein – nichts gewußt.

Die Haltung, die Aussage der Dempelein wurde durch das psychologische Gutachten gestützt, das, wie schon erwähnt, zu dem Schluß führte, daß eine blinde Hörigkeit Schlösserer gegenüber zu konstatieren sei.

Die Einlassung Schlösserers zu seinem dümmlichen Versuch, einen Raubmord vorzutäuschen, wurde vom Tisch gewischt. Schlösserer räumte diesen Versuch ja nach einigem Hin und Her und nach den Aussagen Stegweibels ein, sagte jedoch, er habe schon gleich geahnt, daß man ihm den Mord in die Schuhe schieben werde, weswegen er diese falsche Spur habe legen wollen. Man glaubte ihm nicht.

Da saß also der ohne Zweifel widerwärtige Saft- und Fettsack Schlösserer, das Moralferkel auf der einen und auf der anderen Anklagebank die zusammengekrümmte graue Maus, das Elend Dempelein. Und hinter oder über allem die betrogene, schamlos hintergangene Ehefrau, das unschuldige Opfer des Mordkomplotts. Und es kam, wie es kommen mußte: Schlösserer wurde wegen Mordes in mittelbarer Täterschaft zu lebenslänglicher Freiheitsstrafe verurteilt, die Dempelein, der das Gericht ein wenig mildernde Umstände zubilligte, zu fünfzehn Jahren. Der Bundesgerichtshof bestätigte das Urteil, und mir war nicht wohl bei der Sache.

Die Jahre gingen ins Land. Wie nicht anders zu erwarten, legte sich die öffentliche Aufregung sehr bald nach dem Prozeß. Schon die Bestätigung des Urteils durch den Bundesgerichtshof war den Zeitungen nur noch eine Drei-Zeilen-Nachricht wert. Nur mich ließ die Sache nicht los. Um es ganz deutlich in einem Satz zu sagen: Ich glaubte nicht an die Schuld des widerwärtigen, schleimigen Schlösserer. ›Die Gerechtigkeit‹, so hatte mir jener Ermittlungsrichter aus der Seele gesprochen, ›sollte nicht mit Moral verschnitten werden.‹ Ich begann das, was ich ›meine privaten Nachermittlungen‹ nannte. Das Ziel dieser Ermittlungen? Ich kannte es selbst nicht. Vielleicht wollte ich nur wissen.

Ich sprach nochmals, ich erzählte es schon, mit allen Beteiligten, den angeblichen oder wirklichen Tätern, mit allen Zeugen. Ich besuchte Schlösserer in der Haftanstalt. Er war krank, abgemagert, faltig. Erstaunlicherweise war er gar nicht zornig auf mich, war sogar freundlich. Vielleicht war er nur froh über die Abwechslung … Er sagte nur ruhig und fast so sachlich, als rede er über einen ganz anderen Menschen: Er habe es nicht getan, die Dempelein habe gelogen.

Wenig später starb Schlösserer an einem Herzleiden, das er übrigens schon vorher gehabt hatte.

Der Dempelein wurde, das war abzusehen gewesen, nach zehn Jahren der Rest der Strafe, das sogenannte ›Drittel‹, wegen guter Führung zur Bewährung ausgesetzt, sie wurde entlassen. Daß sich die graue, runde Maus Erna Dempelein in der Haft gut führen würde, daß sie förmlich eine vorbildliche Gefangene sein werde, war jedem, der damit zu tun hatte, klar. Nun war die Dempelein fünfzig, selbst im nackten Zustand dürfte sie nicht mehr so gefällig gewesen sein. Ich hatte sie noch in der Haftanstalt besucht. Im Gegensatz zu Schlösserer war sie mißtrauisch, verschlossen und unfreundlich. Sie fragte mit der scheuen Renitenz der Leute ihre Schlages: ›Muß ich Ihnen was sagen?‹

Ich antwortete: ›Nein.‹

›Dann sage ich nichts.‹

Ich hielt es für sinnlos, mit ihr nach der Entlassung ein neues Gespräch zu versuchen. Ich beobachtete sie nur aus der Ferne.

War ihr, bei ihrem schlichten Gemüt, überhaupt zuzutrauen, daß sie eine derartige Fallgrube aufbaute, in der ihr ungetreuer Liebhaber rettungslos zugrunde gehen würde? Ich glaube, ja. Sie war dumm, aber schlau. Sie wollte sich, da war ich sicher, dafür rächen, daß er sie verlassen hatte und nicht, was sie vielleicht akzeptiert hätte, um brav in den Schoß der Ehe zurückzukehren, sondern zugunsten einer anderen, viel jüngeren, denn sie wusste von der neuen Geliebten. Das weiß ich wiederum von Stegweibel. Sie wußte von Stegweibel, der für sie nur ein Ersatzliebhaber war, daß Schlösserer am 16. Juni für knapp eine Woche zur Jagd fahren werde. Sie wußte, daß Frau Schlösserer allein daheim war. Sie glaubte zu wissen, daß Schlösserer ohne Begleitung auf seine Jagdhütte fahren werde, denn Stegweibel, das wußte sie, konnte wegen seiner Augensache nicht mit. Sie rechnete damit, daß der Mord sofort dem untreuen Ehemann angelastet werden würde, der das naheliegendste Motiv hatte: Seine störende Ehefrau zu beseitigen, um seine junge Freundin heiraten zu können.

Tja, der Mensch denkt und Gott lenkt, vermutlich sogar die Untaten. Als Schlösserer dann doch – durch die Anwesenheit Wansebachs – ein handfestes Alibi hatte und ihre, der Dempelein, eigene Tat aufgedeckt worden war, nahm sie kamikazeartig den eigenen Verderb in Kauf, um Schlösserer mit ins Unglück zu reißen. Daß er ihr mit seinem plumpen Versuch, einen Raubmord vorzutäuschen, noch entgegenkam, hatte sie nicht erwarten können.

War es so?

Es war so. Woher ich das weiß? Ich sagte schon, ich beobachtete die Dempelein aus der Ferne. Sie zog nach ihrer Entlassung zunächst zu ihrer Schwester, die in einer mittleren Provinzstadt weiter östlich verheiratet war. Ich brauche nicht zu betonen, daß sie sich still und unauffällig verhielt. Nachdem ihre Strafe endgültig erlassen war, nahm sie eine Arbeit an, und zwar, Sie werden staunen, als Haushälterin bei einem katholischen Pfarrer in einem Dorf. Die Dorfbewohner ahnten nichts von ihrer Vergangenheit, der Pfarrer wußte es und schwieg natürlich. Als sie knapp sechzig Jahre alt war, erkrankte sie an Leukämie und starb binnen weniger Wochen. Ihren bescheidenen Nachlaß erbte ihre Schwester, und diese Schwester besuchte ich. Es war mein letzter Schritt in meinen privaten Nachermittlungen im Fall des Pelargonien-Mordes. Die Schwester wußte selbstredend von der ganzen Sache, obwohl sie zur Zeit des Verhältnisses der Dempelein mit Schlösserer keinen Kontakt zu ihr hatte, erst wieder nach der Haftentlassung. Im Nachlaß fand sich ein seltsames Kuvert: verschlossen, frankiert und an Schlösserer adressiert. Frau Werner, so hieß die Schwester, brachte es mir im Lauf des Gesprächs.

›Ich weiß nicht, was ich damit machen soll‹, sagte Frau Werner, ›ich weiß nicht, ob ich es öffnen darf.‹

›Der Brief gehört Ihnen‹, sagte ich, ›Sie sind die einzige Erbin Ihrer Schwester, Sie können damit machen, was Sie wollen.‹

›Ihn an den ...‹, sie schluckte, ›gewissen Herrn Schlösserer zu schicken, also den Brief aufzugeben, ist ja sinnlos.‹

›Allerdings‹, sagte ich, ›Herr Schlösserer wohnt nicht mehr unter dieser Adresse. Er wohnt überhaupt unter keiner Adresse mehr.‹

›Sie meinen, man sollte ihn aufmachen?‹

Ich gestehe, daß ich vor Neugierde fast platzte, bezähmte mich jedoch und sagte: ›Vielleicht.‹

Sie holte einen Brieföffner, der, daran erinnere ich mich genau, einen Griff aus einem Stück Rehgeweih hatte, ein abscheuliches Ding. Damit schlitzte sie das Kuvert auf. Der Brief war, wie die

Adresse schon sagte, an Schlösserer gerichtet. ›Lieber Schwälberich!‹ fing er an. Bis dahin war dieser merkwürdige Kosename nie aufgetaucht gewesen. ›Lieber Schwälberich!‹ und dann flehte sie ihn an, zu ihr zurückzukehren, und daraufhin wurde der Brief drohender, und sie schilderte genau, was sie vorhatte, so, wie ich schon immer zu wissen glaubte, wie es war.

Sie hatte den Brief nicht abgeschickt, freilich, wohl weil ihr das Licht aufging, daß Schlösserer den Brief später nur vorzuzeigen brauchte, um ihr kunstvolles Gebäude zum Einsturz zu bringen. Unterschrieben war er übrigens, nachdem der Ton wieder weinerlich und flehend geworden war, mit ›Ewig Dein Schwälbchen.‹«

Man zog sich wieder ins Musikzimmer zurück, und Oberstaatsanwalt Dr. F. ging hinaus, um seine Bratsche zu holen, und brachte nicht nur seinen Bratschenkasten mit herein, sondern auch eine weiße Pelargonie für die Hausfrau. »Zur lebhaften Illustration meiner Geschichte«, sagte er, und es sei sehr schwierig gewesen, ein weißes Exemplar aufzutreiben.

Hier endet der siebte Donnerstag des Oberstaatsanwalts Dr. F. und auch die Geschichte vom *Pelargonien-Mord*.

**Der achte Donnerstag des Oberstaatsanwalts Dr. F.,
an dem er die Geschichte vom »Jäger als Hasen« zu erzählen
beginnt.**

»Ich nenne diesen Fall, der sich in doppelter Hinsicht in meiner
damaligen Abteilung abgespielt hat, *Der Jäger als Hase*. Warum,
werden Sie, wenn Sie mir das Vergnügen gewähren, mir zuzuhören, im Lauf der Erzählung, und zwar sehr bald erfahren.

Ich war damals, Sie wissen das ja schon, als, wie es da noch
hieß, *Erster Staatsanwalt* stellvertretender Chef der Abteilung für
oder, besser gesagt, wenn man es mehr philosophisch betrachtet,
gegen Kapitaldelikte, oder, noch besser gesagt, für die Aufklärung
von Kapitaldelikten … Nein, Sie sehen, wenn man, und namentlich als Jurist, anfängt, genau zu sein, kommt man zu keinem
Ende. Also, am allergenauesten gesagt, der Abteilung für die Versuche zur Aufklärung von Kapitaldelikten. Oft genug ist es uns
nicht gelungen. Die Hasen sind schneller als die Jäger. Vor allem
bedienen sie sich, sie, diese metaphorischen Hasen, in Wahrheit
oft genug Tiger, rücksichtslos aller Mittel, und wenn was Neues
auf den Markt kommt, hat es der Verbrecher längst, ehe es wir
Staatsanwälte und die Polizei in die Hände bekommen. Bis wir
elektronische Überwachungen und so fort verwenden durften,
waren die Kriminellen längst vollständig vernetzt, oder wie man
da sagt.

Doch das wollte ich nicht erzählen, ich will erzählen, wie ein
Jäger zum Hasen werden kann. Ja. Da hatte ich in der Abteilung
einen sogenannten scharfen Hund, einen jungen Staatsanwalt.
Damals mußte man drei Jahre Assessor sein, bevor man Staatsanwalt wurde, drei Jahre zusätzliche Lehrzeit mit eingeschränkter
Zeichnungsbefugnis, das heißt, man mußte seine Anklagen oder
Einstellungsverfügungen dem nächsthöheren Chef zur Unterschrift vorlegen. Kammerer, lassen Sie mich ihn so nennen, wobei
ich gleichzeitig zugebe, daß mein Gedächtnis für Namen schon

so schlecht ist, daß es wegen mir keines Datenschutzes bedürfte, ich weiß wirklich nicht mehr, wie er hieß, also: Kammerer. Er war eben vom Assessor zum Staatsanwalt befördert worden und war etwas, was ich einen rechtsgescheitelten Nurjuristen zu nennen pflege. Er war ziemlich groß, rechthaberisch und trug immer braune Anzüge. Nicht, daß Sie sich in die Irre führen lassen: Er war rechtsgescheitelt und trug braune Anzüge und war Mitglied der SPD, später sogar eine Zeitlang im Bezirkstag oder so etwas in der Richtung. Er war rechthaberisch und er gehörte zu der besonders unangenehmen Sorte rechthaberischer Leute, nämlich zu denen, die dann auch noch wirklich recht haben. Ich war froh, daß ich älter war als er und er mein Untergebener, nicht ich seiner.

Ich habe für mein dienstliches Leben immer den Grundsatz befolgt: ›Gehe nie zu deinem Fürst, wenn du nicht gerufen wirst ...‹, und zu den Zeiten dann, als ich selbst *Fürst* geworden war, habe ich diesen, wie ich glaube, hochwichtigen, wenn nicht existenzerhaltenden Grundsatz freimütig meinen Hintersassen gepredigt. Geht man, ohne gerufen zu werden, zum *Fürst* mit irgendeinem Anliegen, das den *Fürsten* nicht die Bohne interessiert, weil ihn Anliegen der Untergebenen nie interessieren (meist mit gutem Grund), hört er nicht richtig zu, dafür nimmt er, der *Fürst*, jedoch sofort die Gelegenheit wahr, um entweder etwas hervorzuziehen, was unangenehm ist, wenn nicht gar einen Auftrag zu erteilen, der der Natur der Sache nach auch unangenehm ist und den womöglich ein anderer bekommen hätte, wenn man nicht so unvorsichtig gewesen wäre, sein Gesicht ungerufen dem *Fürsten* zu zeigen. Es ist schon meist nicht geheuer, wenn man zum *Fürsten* gerufen wird, also läßt man es füglich bleiben, ihn zu belästigen, wenn man nicht gerufen wird.

An den Grundsatz dachte ich, als der Staatsanwalt Kammerer zu mir kam, ungerufen. Ich sagte jedoch nichts, schon weil Kammerer bleich war wie der Tod zu Altötting. Ich werde versuchen, zur Auflockerung meiner Erzählung das nun folgende Gespräch im Wortlaut wiederzugeben. Nach einleitenden Floskeln und meiner Frage, ob er sich nicht wohl fühle, hielt er mir nur stumm einen Zettel hin: Es war ein Anhörbogen der Polizei. Ich weiß nicht, ob diese gefürchteten Fragebögen auch heute noch blau sind, und zwar von einem besonders unangenehmen Graublau, damals waren sie jedenfalls so. Es waren oder sind jene Fragebögen, *Anhörbögen*, die der Verkehrssünder zugeschickt bekommt, wenn er etwas ausgefressen hat. Er kann sich dann zu den Vorwürfen äußern, was in der Regel gar nichts hilft. Die Polizei glaubt ihm nicht; mit Recht meistens.

Ich schaute mir den Anhörbogen an, dann schaute ich Kammerer an.

›Sechsundneunzig sind Sie gefahren im McGraw-Graben statt zulässiger sechzig‹, sagte ich.

›Ich war es nicht‹, sagte Kammerer.

Ich lehnte mich in meinem Sessel zurück. Bis jetzt hatte ich gemeint, es handle sich um eine kurze Unterredung, und hatte Kammerer keinen Platz angeboten.

›Bitte‹, sagte ich und deutete auf den Stuhl dem Schreibtisch gegenüber, ›Sie waren es nicht?‹

›Nein!‹ sagte er.

›Sie sind‹, sagte ich, ›schon einige, wenn auch nur kurze Zeit Staatsanwalt. Sie waren drei Jahre Gerichtsassessor bei der Staatsanwaltschaft. Sie sind selbstredend Volljurist, haben studiert und die freudvollen Referendarjahre abgeleistet, Sie sind in gewisser Weise zwar kein alter, aber doch schon ein etwas gesetzter Hase, und Sie wissen, daß das jeder sagt: Ich war es nicht.‹

›Ich war es wirklich nicht‹, sagte er.

›Auch das sagt jeder.‹

Er senkte den Kopf.

›Haben Sie sich‹, fragte ich, ›das Photo schicken lassen, das die Polizei geblitzt hat?‹

Er reichte es mir.

›Ist das Ihr Auto?‹

›Es ist mein Auto, jedenfalls das gleiche Auto – gleiche Marke, gleicher Typ.‹

›Und das Kennzeichen stimmt auch?‹

Kammerer nickte.

Ich schaute das Bild genauer an. ›Das Gesicht des Fahrers kann man nicht erkennen. Aber, verzeihen Sie mir die Bemerkung vorhin, wenn Sie es nicht waren … Es läßt sich ja genau feststellen, wann das war …‹

›Donnerstag, 14. Juni, neun Uhr elf‹, sagte Kammerer.

›Ja‹, sagte ich, ›das steht hier. Und wo waren Sie am 14. Juni, neun Uhr elf –?‹

›An meinem Schreibtisch.‹

›Sitzung hatten Sie nicht zufällig?‹

›Nein‹, sagte er, ›leider. Ich habe auch schon alle Kollegen gefragt und in der Geschäftsstelle und so weiter. Es meinen alle, daß ich da war … Ich bin immer da, das wissen Sie!‹

›Ist schon gut, gut …‹

›… meinen alle. Beschwören kann es keiner.‹

›In dem Fall schade, daß wir keine Stechuhren für Staatsanwälte haben, was das Ministerium aus ganz anderen Gründen für wünschenswert hält …‹

›Was soll ich denn machen?!‹ rief er verzweifelt.

›Zahlen‹, sagte ich.

Er nahm seinen Anhörbogen und das Photo und ging mit gesenktem Kopf hinaus.«

*

Hat er seinen Datentick vergessen? 14. Juni? Tag der Schlacht von Marengo im Jahr 1800, die nicht nur die Weltgeschichte verändert hat, sondern auch für Puccinis Tosca *so wichtig geworden ist.*

*

»Es ist eine alte Weisheit, daß Juristen, denen etwas unangenehm Juristisches widerfährt, besonders tölpelhaft reagieren. Sie vergessen alles, was sie an Erfahrungen in ihrem Beruf, also in fremden Fällen, gemacht haben. Sie vertrauen womöglich lautstark auf die Justitia mit Schwert und Waage und bedenken nicht, daß man vor Gericht bestenfalls ein Urteil bekommt, aber keine Gerechtigkeit. Sie versteigen sich sogar so weit, der Presse Leserbriefe zu schreiben, kurzum, sie verhalten sich oft kindischer als juristische Laien.

Ich habe einen Richter gekannt, nicht irgendeinen kleinen Amtsrichter, sondern einen ausgewachsenen Senatspräsidenten in der ganzen Fülle seiner forensischen Aura, Verfasser eines Kommentars zur Grundbuchordnung oder so etwas in der Richtung, der wohnte in Haidhausen in einem der alten Häuser dort, das eine Tordurchfahrt in den Hinterhof hatte, und in dieser Tordurchfahrt lag seitlich der Länge nach eine Leiter. In besagtem Hinterhof parkte der Senatspräsident jedoch sein Auto, und die Leiter machte das Durchfahren des Tores zwar nicht unmöglich, behinderte es aber und zwang den Senatspräsidenten, sich mit seinem Auto scharf links zu halten, und als er dann mit dem Außenspiegel an der Wand streifte, verklagte er den Hauseigentümer ...

Ich will die Einzelheiten dieses Rattenschwanzes von Prozessen nicht darlegen, die sich aus diesem beschädigten Spiegel, der Leiter und dem von da ab in ständiger juristischer Weißglut lebenden Senatspräsidenten ergaben. Der Gipfel der Lächerlichkeit war erreicht, als sich der Senatspräsident nicht entblödete, den Amtsrichter auf Schadensersatz zu verklagen, der seinen Antrag auf einstweilige Verfügung zur Entfernung der Leiter abgewiesen hatte. Es stellte sich übrigens im Laufe des Verfahrens heraus, daß der Senatspräsident gar kein Recht drauf hatte, im Hinterhof zu parken, das hatte er sich nur im Rahmen seines Mietverhältnisses angemaßt, und die Leiter hatte der Maler hingelegt, der im Auftrag des Senatspräsidenten – in Schwarzarbeit, daher billiger – dessen Wohnung gestrichen hatte.

Ich bin wieder einmal in Nebengeleise hineingeraten, verzeihen Sie. Ich weiß jedoch, wo ich mit der Geschichte des Staatsanwalts Kammerer und seines Bußgeldbescheides stehengeblieben bin.

Er belästigte mich mit seiner Angelegenheit vorerst nicht mehr direkt, doch ich hörte aus der Abteilung und der Behörde überhaupt, daß Kammerer praktisch von nichts anderem mehr redete als von dem himmelschreienden Unrecht, das ihm da widerfahren sei. Er erzählte jedem, der es hören wollte oder nicht, meist nicht, die ganze Geschichte und daß er bei den Augen seiner toten Mutter schwöre, er sei es nicht gewesen... Er wurde allen höchst lästig und böse, wenn ein Kollege zu sagen wagte, Kammerer solle in Gottes Namen das lächerliche Bußgeld zahlen und die Sache vergessen; der schwarze Punkt in der Verkehrssünderkartei in Flensburg werde ja auch eines Tages wieder gelöscht. Nein, Kammerers innerer Horizont schien völlig verdüstert, und zwar rundum. Wie ein gigantischer Felsberg verstellte dieser Bußgeldbescheid jeden Gedankenweg, und es war, stellte ich fest, förmlich eine krankhafte Persönlichkeitsveränderung bei dem jungen Staatsanwalt eingetreten.

Er legte natürlich Widerspruch ein, schöpfte alle Rechtsmittel aus, ließ es sogar zu einer mündlichen Verhandlung kommen, was äußerst kompliziert war, weil sich ein Richter nach dem anderen selbst ablehnte, das heißt, sich aus Gründen persönlicher Bekanntschaft oder sogar Freundschaft mit dem Betroffenen für nicht unbefangen erklärte. Zuletzt mußte die Sache nach Augsburg abgegeben werden... Ich sage Ihnen! In der Zeit bestellte ich Kammerer zu mir, um ihm gut zuzureden. Ich erklärte mich bereit, aus eigener Tasche das Bußgeld zu zahlen, ich weiß nicht mehr, wieviel es war, vielleicht zweihundert Mark. Darum gehe es ihm nicht, sagte Kammerer, und mit Tränen in den Augen, wirklich, mit Tränen, sagte der Mann, die Abteilung habe schon gesammelt und wollte das Bußgeld übernehmen. ›So eine Schande!‹

Nun – kurz vor der mündlichen Verhandlung in Augsburg passierte etwas, was die Sache in einem anderen Licht erscheinen ließ.

Ja. Da drüben schon die Notenständer hergerichtet werden, werde ich Sie also mit der Fortsetzung der Geschichte vom Staatsanwalt Kammerer bis nächstes Mal auf die Folter gespannt lassen.«

Hier endet der achte Donnerstag des Oberstaatsanwalts Dr. F.

Der neunte Donnerstag des Oberstaatsanwalts Dr. F., an dem die Geschichte vom »Jäger als Hasen« eine dramatische Wendung nimmt.

»Wenige Tage vor der Verhandlung in Augsburg, die daraufhin auch ausgesetzt wurde, bekam Staatsanwalt Kammerer wieder einen Anhörbogen: Rotlicht überfahren.

›Ich war‹, sagte Kammerer, als er mit dieser neuen Sache zwar ungerufen, aber, mußte ich dennoch zugeben, berechtigterweise zu mir kam, ›wie Sie sich vielleicht erinnern, bevor ich in Ihre Abteilung versetzt zu werden die Ehre hatte …‹

›Danke, danke …‹, wehrte ich ab. Kammerer schien viel ruhiger, hatte seine Überlegenheit wiedergefunden.

›… war ich für längere Zeit in der Verkehrsabteilung. Ich kenne jede Ampel in München. Ich weiß, wo geblitzt wird. Abgesehen davon, daß ich sowieso nicht bei Rotlicht über die Kreuzung fahre, weiß ich, daß an der Ludwigsbrücke eine Blitzlichtanlage montiert ist, und werde mich also gerade dort hüten …‹

›Rotlicht?‹ fragte ich.

›Ja‹, sagte er, ›an der Ludwigsbrücke. Nur, dieses Mal habe ich ein Alibi!‹ Er zeigte mir das Datum und die Uhrzeit auf dem Anhörbogen und dann die Sitzungsliste der vergangenen Woche: Zu der fraglichen Zeit hatte sich Kammerer in schwarzer Robe mit weißer Schleife in irgendeiner Strafsache im Sitzungssaal soundsoviel des Justizpalastes befunden. Damals gab es, nur dies einzuflechten, das Strafjustizzentrum an der Nymphenburger Straße noch nicht.

›Merkwürdig‹, sagte ich.

›Glauben Sie mir jetzt?!‹

›Ich habe Ihnen auch vorher schon geglaubt.‹

›Sie haben mir nicht geglaubt.‹

›Lassen wir das. Was ist glauben? Lassen wir das. Hm. Ich nehme an, Sie haben sich der Protokolle der Sitzung, in der Sie waren, versichert?‹

›Selbstverständlich, und ich habe eine Abschrift des Protokolls und eine schriftliche Stellungnahme des Vorsitzenden der Polizei zugeleitet. Die Sache ist erledigt. Das heißt, die Sache ist nicht erledigt.‹

›Merkwürdig‹, sagte ich.

Merkwürdig war auch, und ich hatte sofort das Gefühl, daß hier der Ansatzpunkt für die Klärung dieser Sache war: Für die Verhandlung, an der Kammerer als Staatsanwalt teilnahm, war er ursprünglich gar nicht eingeteilt. Er hatte, das kommt vor und ist gar nichts Besonderes, mit dem Kollegen, der eigentlich eingeteilt war, getauscht, weil der Kollege irgendwie verhindert gewesen war.

Die erste Frage war, ob es möglich ist, daß irrtümlicherweise ein Kennzeichen zweimal vergeben wird. Selbstverständlich bestreitet jede Zulassungsstelle so etwas; Tatsache ist jedoch, daß der ADAC schon mehrmals auf solche Fälle hingewiesen hat, und ich erinnere mich an ein Photo in der ADAC-Zeitung, wo sozusagen schadenfroh zwei verschiedene Autos mit gleichem Kennzeichen nebeneinanderstehend abgebildet waren. In Kammerers Fall ging es sogar noch weiter: Es handelte sich nicht nur um dasselbe Kennzeichen, es war beide Male, bei der Geschwindigkeitsübertretung sowie beim Rotlicht, dasselbe Fabrikat, derselbe Typ und, soweit das auf den Schwarzweißphotos zu erkennen war, derselbe Farbton, zumindest derselbe Helligkeitsgrad der Farbe.

Kammerer wohnte außerhalb der Stadt, sogar außerhalb des Landkreises München. Zuständig für die Kraftfahrzeugzulassung war also eines der Landratsämter im Umkreis von München. Ich weiß noch genau, welches Landratsamt es war, aber ich sage es nicht, tut ja auch nichts zur Sache. Eine Anfrage dort, ob das Kennzeichen von Kammerers Auto vielleicht zufällig und irrtümlich zweimal ausgegeben worden sei, wurde natürlich empört verneint. So was käme nie vor. Eigentlich sogar überhaupt nie, um nicht sogar zu sagen nie und nimmer.

Um die Sache abzukürzen: Im Lauf der nächsten Wochen hagelte es Anzeigen auf Kammerer nieder, von bloßem Falschparken bis verbotenem Linksabbiegen und wieder Rotlicht und gefährlichem Überholen auf der Autobahn. Durch meine Intervention wurden alle Anzeigen niedergeschlagen, auch wenn, wie meist, Kammerer kein Alibi aufweisen konnte, denn es war klar und stand, meinte ich, objektiv fest, daß zwei Auto mit demselben Kennzeichen herumfuhren. Das Verfahren in Augsburg wurde, einvernehmlich mit allen Beteiligten, sehr elegant dadurch erledigt, daß der Richter dort die Sache stillschweigend verjähren ließ und dann einstellte. Und Kammerers Auto bekam ein neues Kennzeichen. Damit war Ruhe – für zwei Monate.

Als die Sache schon fast vergessen war, Kammerer sich wieder beruhigt und in seine strebsamen Bahnen der Dienstverrichtung zurückbegeben hatte, ging es wieder los. Genau so wie zuvor: Geschwindigkeitsübertretungen, Rotlicht überfahren, Falschparken … der Fluch hatte sich, so hätte man sagen können, mit Verzögerung an das neue Kennzeichen geheftet. Aber nun war klar, daß die Sache nicht mit rechten Dingen zuging, und sie erreichte damit sozusagen dienstliche Dimensionen. Der leitende Oberstaatsanwalt, der Chef unserer Behörde, wurde unterrichtet, sogar der Generalstaatsanwalt ganz oben interessierte sich. Wenn diese schon als Verfolgung wirkenden Anzeigen gezielt waren, so war eine Gefährdung des Staatsanwalts Kammerer nicht ausgeschlossen, und es waren also – so der Oberstaatsanwalt – ›Maßnahmen zu ergreifen‹.

Ja. Nur welche?

Der erste, schon anfangs aufgetauchte Gedanke war, daß es sich um einen Racheakt handelte, einen sozusagen tückisch langgestreckten, zermürbenden Racheakt. Also hatte Kammerer schon während der ersten Serie der Anzeigen sowohl sein Gedächtnis als auch alte Protokolle, ganze Akten, Sitzungslisten durchforstet, um vielleicht auf einen Vorfall zu stoßen, wo ein Angeklagter besonders renitent geworden war, sich besonders bösartig aufgeführt, womöglich sogar gedroht hatte – kommt alles vor – oder sich einer (oder eine?) hartnäckig als unschuldig verfolgt gefühlt hatte.

Sie fragen: Nur unschuldig verfolgt gefühlt? Nicht unschuldig verfolgt gewußt?! Ach ja – in der Zeit meines Dienstlebens hätte ich vielleicht vehement abgestritten, daß Unschuldige verfolgt und gar verurteilt worden sind. Doch selbst damals hätte ich hinter meinem eigenen Rücken zugeben müssen, daß auch Richter und Staatsanwälte Menschen sind und sich irren können. Eines allerdings kann ich zur Ehre der Justiz sagen, soweit ich sie überblickt habe, und ich hatte ja doch einigen Überblick: Es ist mir nicht erinnerlich, daß einer absichtlich verfolgt und bestraft wurde, von dem man wußte, daß er unschuldig ist – also vorsätzlicher Justizirrtum, wenn man so sagen kann. Doch daß ein Staatsanwalt oder auch ein Richter sich in die eigene Meinung und Theorie von der Schuld des Angeklagten verrennt? Ich habe Ihnen ja einen Fall erzählt. Hat es gegeben, gibt es, gibt es – nur, sehen Sie, es sind auch Mechanismen eingebaut, die dagegen wirken. Nehmen Sie das nicht zynisch – es ist einfacher für den Staatsanwalt, ein Verfahren gegen einen Verdächtigen einzustellen, wenn er nicht sicher ist, daß der überführt werden kann. Eine Einstellungsverfügung ist oft mit zwei Sätzen erledigt, bei einer Anklage muß er sich, besonders in wackeligen Fällen, ein Dutzend Seiten aus den Fingern saugen.

Und schließlich, doch das darf ich eigentlich nur denken und nicht sagen; als Pensionist sage ich es doch: Wenn er, der Angeklagte, im aktuellen Fall irrtümlich und zu Unrecht verurteilt worden ist, irgendwann hat er schon etwas angestellt, was nie aufgekommen ist und wofür er nicht bestraft wurde. Habe ich das auch schon erwähnt ...?

Ja, nun, zurück zu unserem Kammerer. Als die neue Anzeigenserie losgegangen war, durchforstete er das Material und sein Gedächtnis noch einmal und noch genauer und filterte tatsächlich drei oder vier Fälle heraus, die als Grund für einen Rachefeldzug in Frage kamen. Zwei Fälle entfielen sofort wieder. In diesen zwei Fällen hatte Kammerer in der Hauptverhandlung eine besonders harte Bestrafung gefordert, doch beide Täter saßen noch. Zwar staunt man, was alles gefänglich einsitzende Straftäter unzulässigerweise nach außen heimlich bewirken können, was es da alles für Schleichwege gibt, nicht nur Kassiber, nur daß ein Häftling zu einem derart komplizierten Unterfangen wie dieser Staatsanwaltsverfolgung in der Lage sein sollte, und das sogar zweimal, erschien unwahrscheinlich ... Einer der Straftäter, die Kammerer im Auge hatte, war gestorben, einer ausgewandert und so fort – als einziger blieb ein gewalttätiger Zuhälter, der in der Hauptverhandlung nach der Verurteilung ›gelbäugig und vor Zorn blutwurstfarbig‹, wie Kammerer sagte, gebrüllt hatte, er werde den Richter, den Staatsanwalt und sogar die Protokollführerin ›zu Frikadellen zerquetschen‹. Der Zuhälter hatte inzwischen seine Strafe abgesessen und war wieder frei. Obwohl gerade in solchen Fällen der Grundsatz *Bellende Hunde beißen nicht* gilt – der Grundsatz gilt nur bei bellenden Hunden nicht, die beißen doch –, wurde der Zuhälter einige Zeit von der Polizei beschattet. Er war ein Fall wahrer Resozialisierung, denn der Zuhälter betätigte sich jetzt als Finanzmakler – wenn das eine Resozialisierung ist. Jedenfalls befleißigte er sich eines betont seriösen Lebenswandels, und es tauchte nichts auf, was dafür sprach, daß der Finanzmakler (vormals Zuhälter) der Hase war, der nun den Jäger verfolgt.

Es ging also eine Zeit lang so weiter, man gewöhnte sich innerhalb der Behörde an Kammerers Ungemach und daran, daß er zunehmend wieder alle daran teilnehmen ließ. Kammerer selbst gewöhnte sich nicht daran, im Gegenteil! Besonders als dann, nachdem sein Auto das zweite Mal ein anderes Kennzeichen bekommen hatte, wieder nur kurze Zeit Ruhe herrschte und dann das Ganze aufs Neue anfing. Das stürzte ihn in tiefe Depression, und ich fürchtete ernsthaft um ihn. Da trat etwas ein, was nicht nur mich dazu bewog zu sagen, daß jetzt der Spaß ein Ende habe, sondern auch den Chef und den Generalstaatsanwalt: Auf einer Straße draußen in der Nähe von Deining, die durch ein Waldstück führt, wurde in der Dämmerung oder schon beginnenden Nacht, es war Ende Oktober, Spätherbst, ein Radfahrer, ein älterer Mann, von einem Auto angefahren und so schwer verletzt, daß er auf dem Transport ins Krankenhaus starb.

Und das beteiligte Auto trug, das vermuten Sie jetzt sicherlich schon, das Kennzeichen von Kammerers Auto.

Jetzt also, dachte man, ist die Sache sehr ernst geworden, und als ersten beruhigte ich Kammerer, daß in meinen Augen und auch in denen der Polizei, wenn man so sagen kann, kein Verdacht auf ihn falle, obwohl er als Alibi nur die Aussage seiner Frau angeben konnte und auch das nur sozusagen indirekt: Seine Frau war aus der gemeinsamen Wohnung etwa eine halbe Stunde vor dem Unfallzeitpunkt fortgegangen, um irgendetwas zu besorgen oder irgendwen zu besuchen, und etwa ein halbe Stunde danach zurückgekommen. Als sie fortging, saß, so gab sie an, Kammerer an seinem privaten Schreibtisch daheim vor alten Akten, die er immer wieder auf Verdächtige durchkämmte, und als sie zurückkam, saß er vor dem Fernseher.

Wie bitte? Es ist schon wieder soweit?

Die heilige Cäcilia ruft mit einem Sonnengesang unseres Vaters Haydn. Dann will ich Kammerers Geschick bis zum nächsten Mal ad acta legen.«

Hier endet der neunte Donnerstag des Oberstaatsanwalts Dr. F.

Der zehnte Donnerstag des Oberstaatsanwalts Dr. F., an dem er die Geschichte des »Jägers als Hasen«weitererzählt.

»Kammerer wohnte vom Unfallort so weit entfernt, daß er, selbst wenn er, unmittelbar nachdem seine Frau die Tür hinter sich geschlossen hatte, ins Auto gesprungen, in rasender Fahrt quer durch die Stadt und den Landkreis zu jenem Wäldchen gefahren wäre, den Radfahrer überfahren hätte und ebenso rasant zurückgebrettert wäre, nicht zu Hause sein hätte können, als seine Frau wiederkam.

Unwahrscheinlich – abgesehen davon, daß der Unfall einige Merkwürdigkeiten aufwies, die nicht mit jenem Zeitfenster zusammenstimmten. Der getötete Radfahrer war der Nachzügler eines fröhlichen Herrenausfluges. Er strampelte noch durch das dämmrige Waldstück, als die anderen fünf oder sechs Ausflügler schon weiter vorn auf freier Strecke waren. Einer hatte jedoch etwas gehört und fuhr zurück und fand den Verletzten. Alle hatten das Auto gesehen. Es fuhr langsam, sagten sie, blieb weiter vorn stehen, fast wie absichtlich, so als ob der Fahrer wolle, daß man das Kennzeichen ablesen könne. Das Auto stand dann sogar mitten im nächsten Dorf, wohin einer der Ausflügler geradelt war, so schnell er konnte, um die Rettung zu verständigen. Ja – so ändern sich die Zeiten –, heute hätte mindestens einer der Ausflügler sein Handy dabei, etwas, was es damals schlichtweg und unvorstellbar noch nicht gab.

Eine Beschreibung des Fahrers konnte keiner der Zeugen liefern, nur das Kennzeichen hatte man notiert. Es war schon zu dunkel.

Ich sagte schon, als allererstes beruhigte ich Kammerer. Es wurde gar kein Verfahren gegen ihn eingeleitet, nicht einmal mehr pro forma. Nur sein Auto wurde untersucht, und es fanden sich keine Spuren, die ein Zusammenstoß mit einem Radfahrer hinterlassen hätte müssen.

Die Kripo ging nun, da eine fahrlässige, ja womöglich sogar vorsätzliche Tötung vorlag, mit aller Energie die Aufklärung dieses rätselhaften Falles an. Um es vorwegzunehmen: Sie brachte gar nichts. Die Zulassungsstelle jenes Landratsamtes wurde durchsucht, alle Beamten, Angestellten vernommen, jeder, der dort öfters zu tun hatte – nichts. Die einhellige Aussage: Bei uns kommt so etwas nicht vor. Die Überprüfung der Register erbrachte genauso wenig. Der Täter, so die Meinung des Landrates, der sich im Übrigen maßlos über den Verdacht gegen seine Behörde aufregte, müsse mit gefälschtem Kennzeichen arbeiten. Dagegen sprach, daß alle Polizisten und Politessen, die jemals Kammerers Auto oder, besser gesagt, Pseudo-Kammerers Auto beim Falschparken aufgeschrieben hatten, ein einwandfreies, offensichtlich echtes Kennzeichen festgestellt hatten.

Also mußte doch beim Landratsamt eine sozusagen undichte Stelle sein.

Die restlose Aufklärung gelang nicht der Kripo, sondern, wenn ich so sagen darf, im Schoße der Abteilung.

Jede Gemeinschaft im engeren oder weiteren Sinn, ob es eine Schulklasse ist oder eine Firmenbelegschaft, die Abteilung einer Behörde oder ein Ensemble, ein Orchester oder ein Krankenhaus, hat einen, der der Clown ist. Nun weiß man spätestens seit *King Lear* – übrigens das einzige der Stücke Shakespeares, das ich nicht mag –, daß die Clowns, die Narren, eigentlich die Schlaueren sind. So auch unser Clown: Er hieß – ich erfinde den Namen, denn er ist immer noch im Dienst und immer noch, nehme ich an, der Clown –, er hieß, sagen wir: Penger.

Penger nahm die Sache in die Hand. Zunächst ging er, nach Dienstschluß, allein los, sagte nicht, was er vorhatte, dann, nach einer Woche ungefähr, weihte er mich ein, und ich mußte abends mit ihm gehen, das heißt: nicht direkt mit ihm, nur in die gleiche Richtung. Er wolle nicht allein in jene Gastwirtschaft gehen, die er ausfindig gemacht habe. Es sei besser, sagte er, man habe einen

Zeugen. Ich fuhr also hinaus in eben jene Kreisstadt, in der das Landratsamt war, in dem wir die undichte Stelle vermuteten. Ich betrat das Lokal und hatte mich schon so, sagen wir, so einfach wie möglich gekleidet, um nicht aufzufallen, setzte mich an einen Tisch, bestellte ein Bier und las in einer der herumliegenden Zeitschriften. Das Lokal war ... lassen Sie es mich so umreißen: nicht die erste Adresse am Ort. Hinter der Theke hingen Plakate mit Fußballmannschaften, auf einem höher angebrachten Bord standen Pokale von ausgesuchter Geschmacklosigkeit. Über der Tür hing ein aufblasbarer Hirschkopf. Die Kellnerin ähnelte einem Gerippe in Kittelschürze, und der Wirt, der hinter der Theke stand und das Bier zapfte, war dick wie ein Pferdehintern. Ein paar graubraune Figuren saßen an einem der Tische und spielten Karten, zwei oder drei andere Tische waren von irgendwelchen belanglosen Leuten besetzt, die die Spezialität des Hauses, Gulaschsuppe mit Senf, aßen. Leider bin ich nicht Stegweibel, kann Ihnen die Biermarke also nicht nennen. Vielleicht interessierte Sie das auch nur geringfügig.

Nach etwa einer halben Stunde, wie abgemacht, kam Penger. Ich hatte bis dahin nicht gewußt, daß er in seiner Garderobe über eine derart speckige Lederjacke verfügte. Vielleicht hatte er sie auch nur geliehen.

Ich las weiter in meiner Zeitung, spitzte jedoch die Ohren.

Penger setzte sich an keinen Tisch, sondern lehnte sich an die Theke und bestellte auch ein Bier. Penger trank es zunächst schweigend, trank es aus, bestellte das zweite.

›Wollen S' net sich hinsetzen?‹ fragte der Wirt.

›Bin erst zwei Jahr g'sessen‹, sagte Penger und lachte.

›So‹, sagte der Wirt, ›wegen was, wenn man fragen darf?‹

›Dies und jenes‹, sagte Penger.

›Man fragt ja nur‹, sagte der Wirt.

›Wenn ...‹, sagte Penger und stockte.

›Wenn was?‹ fragte der Wirt.

›Wenn ich einen Ferrari an der Hand hab …‹

›Ach so‹, sagte der Wirt.

›Zweihundertfünfzigtausend unter Brüdern.‹

›Gehört dir?‹

›Sozusagen.‹

›Aso. Sozusagen.‹

›Wenn ich da ein neues Kennzeichen bräuchte?‹

›Was geht mich das an.‹

›Man fragt ja nur‹, sagte Penger, worauf eine Pause eintrat.

›Woher‹, sagte dann der Wirt, man merkte ihm eine gewisse Überwindung an, ›woher weißt du …‹

›Der grinsende Tschimmi hat mir gesagt, daß ich hier fragen soll.‹

Der grinsende Tschimmi hieß eigentlich Herbert Pezmaneder und war für derlei Geschäfte bekannt, selbstredend war er bei uns aktenkundig. Sein Spitzname kam davon, daß ihm einmal bei einer Schlägerei das Kinn und der Oberkiefer schwer verletzt wurden und beim Zusammennähen der Mund schief blieb, die Mundwinkel permanent nach oben. Penger erzählte mir später, daß er den Namen des grinsenden Tschimmi zwar nicht direkt auf gut Glück genannt habe, sondern nach langer, sorgfältiger Kalkulation, wer von den in der Richtung derzeit aktiven Ganoven für so etwas in Frage komme, und tatsächlich stellte sich seine Kalkulation als Treffer heraus.

›Vom grinsenden Tschimmi?‹

›Ja‹, sagte Penger, worauf wieder eine Pause eintrat.

›Wieviel?‹ fragte dann der Wirt, und es war klar, daß Penger damit gewonnen hatte.

›Ein Lappen läuft schon mit für dich‹, murmelte Penger, ich hörte es aber doch. Ein Lappen ist oder war ein Hunderter. Es war immer schon wichtig für den Staatsanwalt, die Gaunersprache zu beherrschen.

›Der Ernst‹, sagte dann der Wirt.

›Welcher Ernst?‹ fragte Penger.

›Der Ernst halt‹, sagte der Wirt.

›Kommt der hier her?‹

›Logo‹, sagte der Wirt.

›Wann?‹

›Heut' war er schon da. Zweimal kommt er nicht.‹

›So. Und wann kommt er meistens?‹

›So gegen fünfe kommt er nicht ungern.‹

›Danke‹, sagte Penger und wendete sich zum Gehen.

›He!‹ sagte der Wirt, ›was ist mit mei'm Lappen?‹

›Wenn's perfekt ist‹, sagte Penger.

›Woher, wenn einer fragen darf‹, sagte der Wirt betont beiläufig und spülte dabei Gläser, ›kennst du den grinsenden Tschimmi?‹

›Die Tankstelle in Germering.‹

›Da haben s' damals alle erwischt …?‹

›Fast alle, den Harri mit'n kurzen Fuß, den Dreifinger, den Krautknochen und den grinsenden Tschimmi auch, mich nicht.‹

›Wie heißt'n du?‹

›Ich bin der Nessuno.‹

›Italiener?‹

›Sozusagen.‹

Penger ging. Nach einiger Zeit zahlte auch ich und ging.

Penger hatte die Vergangenheit des grinsenden Tschimmi, soweit sie aus den alten Akten aufschien, gut memoriert. Im Fall des Tankstellenüberfalls in Germering war Penger tatsächlich dabei – als Sitzungsvertreter in der Hauptverhandlung.

Die Detailkenntnisse Pengers täuschten also den Wirt, der ihm soweit vertraute, daß er dem Ernst sagte, ein Freund vom grinsenden Tschimmi wolle etwas von ihm, und so verlief das Gespräch zwischen Nessuno, alias Penger, und Ernst am nächsten Tag äußerst befriedigend. Da war ich nicht mehr dabei, denn das wäre ja aufgefallen, da waren schon zwei verkleidete Kriminaler Zeugen.

Ernst machte Penger das Angebot, gegen fünf Lappen (viel Geld damals) Kennzeichen und Papiere zu besorgen: ›Absolut echte‹.

›Wie machst du das?‹ hatte Penger dann gefragt.

›Irgendwie‹, sagte Ernst.

Penger ließ sich in der Wirtschaft nie mehr blicken.

Ernst, so bekamen die Kriminaler mit, die in wechselnder Besetzung und ständig die Gäste beschatteten (sehr geschickt, denn sie gründeten einen Stammtisch eines angeblichen Vogelzüchter-Vereins), fragte öfters beim Wirt danach, ob sich der Nessuno nicht mehr gemeldet habe.

Doch Kammerers Peiniger ging in die Falle, die wir ihm stellten. Das war sehr einfach. Kammerers Auto bekam wieder ein neues Kennzeichen. Prompt tauchte bald darauf in der Gastwirtschaft einer auf, der sich mit Ernst treffen wollte, und was stand draußen vor der Tür? Exakt das gleiche Auto wie das Kammerers mit dessen vorhergehendem Kennzeichen.

Womit wir, liebe Freunde, soweit wären. Die zweite Bratsche ist gekommen – ich sage lieber Viola, das klingt viel poetischer, vor allem, weil unsere zweite Bratsche eine Dame ist. Ich habe nie in meinem Leben geheiratet, wie Sie wissen. Das hatte viele Gründe, manche von ihnen kenne ich selbst nicht, doch wenn ich geheiratet hätte, hätte die, wie man früher sagte, Auserwählte eine Violaspielerin sein müssen, eine Edelbratscherin, wie man jene Violaspieler nennt, die nicht erst von der Geige auf die Bratsche übergewechselt sind, sondern von vornherein sich diesem überaus edlen und leider unterschätzten Instrument gewidmet haben. Gehen wir also an das Stück, das mein Bruder, selber ein leidenschaftlicher, wenngleich nicht Edelbratscher ›den Höhepunkt in Bratschers Erdenwallen‹ nennt. Also …«

Hier endet der zehnte Donnerstag des Oberstaatsanwalts Dr. F.

*

Ich darf mich, unter der Heizung sitzend, wieder zu Wort melden. Auch Katzen sind musikalisch, wenngleich sie nicht das absolute Gehör wie die Vögel haben. Mein Bruder, der rote Kater Boris, frißt die Vögel in der Hoffnung, dadurch das absolute Gehör nach und nach zu übernehmen. Natürlich Unsinn. Katzen sind also musikalisch, und darüber darf auch das, was die Menschen bösartigerweise Katzenmusik nennen, nicht hinwegtäuschen. Unsere Lieder sind eben anders. Aber ich wollte nur ergänzen, was der Bruder des Oberstaatsanwalts mit dem Höhepunkt in Bratschers Erdenwallen *nennt: das Streichquintett in C-Dur KV 515.*

**Der elfte Donnerstag des Oberstaatsanwalts Dr. F., an dem er
»Der Jäger als Hase« zu Ende erzählt und von den Schwierigkeiten des Zigarrerauchens in Amerika.**

»Ich hätte letzten Donnerstag, wenn wir unsere freundliche zweite Viola nur um wenige Minuten Geduld gebeten hätten, meine
Geschichte vom *Jäger als Hasen* sogar zu Ende erzählen können,
was die äußeren Fakten anbelangt, denn es ging von da an, wo ich
mit der Erzählung endete, alles sehr schnell. Doch dann hätte ich
ein sozusagen inneres Faktum übergehen, ungesagt lassen müssen, auf das es mir bei dieser Sache unter anderem ankommt.

Ich war dabei stehen geblieben, daß jener Mann, von dem wir
noch nicht wußten, wie er hieß, in jene Gaststätte kam, um sich
mit Ernst zu treffen. Es ist für einen Polizisten nicht schwer, ein
abgesperrtes Auto zu öffnen und im Motor die Fabrikations-
nummer abzulesen. Mit deren Hilfe wurde sehr schnell das wahre Kennzeichen des Autos festgestellt und damit der Halter, und
so wußten wir also, daß er Zierfuß, Eugen hieß. Das sogleich Ver-
blüffende: Dieser Zierfuß war ein absolut unbeschriebenes Blatt,
hatte nicht die geringste Vorstrafe, nie war er gerichtsnotorisch
geworden, weder hier noch anderswo – ein braver Bürger, Hausmeister oder sogar so etwas wie Verwalter eines großen städtischen Schwimmbades, keiner also von den eventuell rachsüchti-
gen Ganoven, nach denen Kammerer so eifrig in den alten Akten
gesucht hatte.

Mit Zierfuß hatten wir jedoch noch nicht die Schwachstelle im
Landratsamt, und darauf kam es ja an. Im Einvernehmen mit dem
Landrat, der endlich einsah, daß da in seinem Amt etwas nicht in
Ordnung war, wurde in den nächsten Tagen der ganze Betrieb
dort überwacht, und tatsächlich tauchte schon bald Ernst auf, verschwand mit dem Mitarbeiter X, ich mache mir nicht die Mühe,
für ihn einen Namen zu erfinden, in dessen Dienstzimmer, und
als man – in Gegenwart des Landrats – dort dann eindrang, fan-

den sich die falsch-echten oder echt-falschen Kennzeichen und Papiere, und zwar die Kennzeichen, die mit den ganz neuen an Kammerers Auto identisch waren, die eben dem Ernst übergeben wurden. Ernst und X wurden festgenommen. X gestand später alles, und danach konnte auch Ernst nicht mehr leugnen.

Der Wirt jener dubiosen Gaststätte wurde zwar nicht festgenommen, aber auch gegen ihn wurde ein Verfahren wegen Urkundenfälschung, Bestechung und so fort, beziehungsweise Beihilfe dazu eingeleitet wie gegen Ernst und X, aber der Interessanteste war natürlich Zierfuß, Eugen. Er wurde festgenommen, als er nichtsahnend in die Gastwirtschaft kam, um seine neuen Kennzeichen abzuholen. Penger ließ es sich nicht nehmen, den neuen Wirt zu spielen, als Zierfuß zu der mit Ernst vereinbarten Zeit in die Gastwirtschaft kam.

Zierfuß stutzte, als er den neuen Wirt sah. Penger spülte Gläser und sagte: ›Sie kommen wegen dem Kennzeichen?‹

Zierfuß verhielt verwundert seinen Schritt.

›Da ist ein kleines Problem aufgetaucht‹, sagte Penger.

Da wollte Zierfuß schnell weg, doch draußen standen schon die Kriminaler … Dem ganzen Sachverhalt gegenübergestellt, konnte Zierfuß nicht mehr leugnen, er leugnete allerdings, den Radfahrer absichtlich angefahren zu haben. Noch heute glaube ich jedoch, daß er ihn zwar nicht töten wollte, wohl aber anfahren, wobei er in seiner kalten und buchstäblich jahrelang konservierten und sozusagen inzwischen versteinerten Wut eine Verletzung oder sogar den Tod des Radfahrers in Kauf nahm. Nachweisen konnte man es ihm natürlich nicht, und so blieb es bei einer Verurteilung wegen fahrlässiger Tötung und Bestechung in mittelbarer Täterschaft und so fort.

Sie fragen nun mit Recht: Warum? Warum hat dieser Zierfuß dies alles getan? Warum hat er so viel Energie, so viel Zeit seines einzigen Lebens, so viele Gedanken und so viel Geld darauf verwendet, einem andern das Leben zur Hölle zu machen? Er war, wie schon gesagt, kein unschuldiges Opfer eines Justizirrtums, er war keiner, der sich zu Unrecht bestraft glaubte, er war auch nicht der Mann etwa der Frau, die plötzlich dem Staatsanwalt Kammerer in unkeuscher Zuneigung verfallen wäre oder etwas in der Richtung – es war eine Lappalie. Die großen Dinge, auch die großen Ärgernisse gehen an den kleinen Geistern (an den großen auch?) vorüber wie ferne Wolkenberge. Die kleinen Stacheln verletzen.

Zierfuß war Zeuge in einem Prozeß gegen einen Schmutzfink, der in jenem Schwimmbad Kinder belästigt hatte. Zierfuß, im Vollgefühl seiner Machtfülle als Haus- und Bademeister, hatte bei seiner Zeugenaussage wohl etwas weit ausgeholt, hatte sie mit selbstverständlich völlig überflüssigen moralischen Arabesken versehen, und Kammerer, der Sitzungsvertreter in dieser Verhandlung war, fuhr in seiner etwas schroffen und metallischen Art Zierfuß über den Mund: ›Schwafeln Sie nicht so herum und bleiben Sie beim Kern der Sache.‹ Und das, nicht mehr als das, hatte Zierfuß nie verwunden … Und kostete jenen Radfahrer, der von all dem nichts ahnte, das Leben.

Und das also ist die Geschichte vom Jäger als Hasen, und diese letzte Fortsetzung war kürzer, als ich angenommen habe, und was tun wir in der verbleibenden Zeit, bis die Spielerin der zweiten Viola eintrifft? Ich schlage vor, wir gehen auf die Terrasse hinaus, dort ist es gestattet, eine Zigarre zu rauchen.

Ja, das Zigarrenrauchen. Kennen Sie meine Erlebnisse als Zigarrenraucher in Amerika? Ich würde mich wundern, wenn ich sie Ihnen nicht schon erzählt hätte. Nicht? Dann erzähle ich Ihnen die Geschichte draußen.«

*

Es kommt mir, Mimmi, entgegen, wenn er draußen raucht. Meine feine Nase! Bedenken Sie.

*

»Also – Zigarrenraucher in Amerika. Die Amerikaner haben es damals in den Jahren der Prohibition gelernt, daß man mit Gewalt den Alkohol nicht unterdrücken kann; oder besser gesagt: die Sauferei. Ich bin natürlich gegen jede Prohibition; jener in den zwanziger Jahren in den Vereinigten Staaten stehe ich im Nachhinein – freilich nur im Nachhinein – zumindest partiell positiv gegenüber, verdanken wir ihr doch einen der schönsten Filme aller Zeiten. Beim Nikotin, beim Rauchen also, hat man, so mutmaße ich, feinere, man kann auch sagen: tückischere Wege eingeschlagen. Man diffamiert. ›La calunnia è un venticello …‹ In America hat die Ausgrenzung der Raucher schon das Ausmaß des ›Colpo di canone‹ erreicht. ›Sie rauchen wirklich noch? Und Sie haben trotzdem einen Verlag für Ihr Buch gefunden? Einen Moment, mein Handy meldet sich …‹

Zwischenbemerkung: Das Handy, also das tragbare Telephon, ersetzt das Laster des Rauchens. Ich gebe ja zu, daß Rauchen schädlich ist und kalter Rauch im Zimmer am Morgen nach der Party störend, nur was ist das alles gegen die immerwährende Penetranz des Handyunfugs?

Zigaretten, mußte ich feststellen, sind nur milderen Formen der Diffamierung ausgesetzt. Wer jedoch eine Zigarre raucht, gilt als Sozial-Schädling. Als undichte Gasleitung, die jeden Augenblick explodieren kann.

Ich wohnte im Waldorf Astoria. Das klingt vornehmer, als es ist. Das ganze Waldorf Astoria ist ein eher verstaubter Kasten, den nur noch der Ruhm zusammenhält, und der ist auch schon so verblaßt wie die Tapeten. Die Bar des Hotels ist ein lärmiger Ort, der mit Dingen dekoriert ist, die wohl ein zweitklassiger Innenarchitekt für afrikanisch gehalten hat. Ich zog, eine weltmännische Geste versuchend, eine Zigarre aus der Tasche – nein, eine Zigarre trägt man nicht lose in der Tasche. Ich zog mein sterlingsilbernes Zigarrenetui aus der Tasche und entnahm ihm eine Regalia Elegantes N° 1 …

Die, wie nicht anders zu erwarten, blondmähnige und etwas dümmlich aussehende Bardame schoß heran, warf einen angeekelten Blick auf die herausgezogene Zigarre, so als ob ich nicht eine Zigarre, noch dazu nichts Geringeres als eine Regalia Elegantes N° 1 herausgezogen hätte, sondern die mir maskulin anhaftende Geschlechtsintimität, und flötete: ›No cigars, please.‹

Ich verließ die Bar. Draußen fragte ich einen schwarzen *Groom*, wo ich im Hotel eine Zigarre rauchen könne. (Daß es auf dem Zimmer nicht gestattet war, hämmerten mehrere Verbotsschilder und sogenannte Ideogramme – für analphabetische Rauchkerle – von den Wänden, Schranktüren usw.) Der Schwarze wies mich in einer Sprache, die er vermutlich für Englisch hielt und nach einigen Rückfragen verständlich war, an einen uniformierten Herrn hinter einem Pult in der Ecke der Halle. Es handelte sich um den *Bell Captain*, um den Hauptmann der Glocken also. Hauptmann mochte er sein, seiner Uniform nach, Glocken bediente er nicht. Mich kümmerte im Moment auch gar nicht, welche rätselhaften Funktionen der Bell-Captain sonst noch ausübte, jedenfalls übte er die Funktion aus, mir freundlich, aber bestimmt zu sagen, daß im ganzen Hotel keine Zigarre geraucht werden dürfe und daß ich im ganzen großen New York, ›in our marvellous Big Apple‹, wie sich der poetische Bell-Captain ausdrückte, kein Hotel und kein Restaurant finden werde, in dem es gestattet sei, eine Zigarre zu rauchen.

So ging ich gedrückt hinaus auf die Madison Avenue und rauchte meine Zigarre auf der Straße, zwischen Wolkenkratzern auf und ab gehend. Wurde ich einer Polizeistreife ansichtig, versteckte ich die Zigarre vorsichtshalber hinter meinem Rücken.

Wenige Tage später schlenderte ich die 6th Avenue hinauf. Ungefähr zwischen 56. und 57. Straße, kann auch sein zwischen 57. und 58., wurzelte mich ein fatamorganischer Anblick an das Pflaster: ein Zigarrenladen.

Was sucht ein Zigarrenladen in New York?

Es war ein erstklassiger, wunderbarer Zigarrenladen, die Auslage voll erlesener Ware, der Blick drüber ins Innere freigegeben: Kisten über Kisten herzerwärmender Sumatras und Brasils. Das gebündelte Lust-Rauch-Vergnügen.

Ich betrat den Laden und fragte den Verkäufer (der aussah wie ein Cosa-Nostra-Boss, der früher als Cowboy gearbeitet hat), warum um alles in der Welt er in New York Zigarren verkaufe. Der Verkäufer lächelte gequält und sagte, er kenne das Problem. Doch es gäbe, wie für alles, eine Lösung. Als ob er Pornographisches anböte, holte er mit verstohlenem Griff eine Visitenkarte unter dem Ladentisch hervor und gab sie mir. Es war die Karte eines Restaurants in der 125. Straße. ›Dort‹, sagte der Verkäufer, ›dort dürfen Sie eine Zigarre rauchen.‹ Zum Dank kaufte ich einige Zigarren; ohnedies keine Strafe, eigentlich.

Vierzehn roßzähnige *Mütter der amerikanischen Revolution* wollten mich schon an der Untergrundstation am Aussteigen hindern. Über vierzig Mitgliederinnen der *Cigars Prevention League*, die alle aussahen wie Eleanor Roosevelt, flehten mich an, von meinem Tun abzulassen. Achtundneunzig Pfarrer der *Anti Cigars Smoking Church* wedelten Weihrauchfässer. Vor dem Lokal sang ein zweihundertstimmiger Gospel Chor Lieder wie: ›Stürze dich, die Deinen und Amerika nicht ins Unglück‹. Unmittelbar vor dem Lokal wurde von einem Hubschrauber der Präsident der *Cigar Banishing Brotherhood* herabgelassen, der mir einen bereits ins Krötengrüne schillernden Fluch nachschleuderte, als ich die Tür öffnete.

Bevor mich dann jedoch die aus den Ritzen des Pflasters lodernden Höllenflammen erfassen konnten, floh ich –

Jetzt, glaube ich, ist unsere Violaspielerin gekommen, und es ist soweit.«

Hier endet der elfte Donnerstag des Oberstaatsanwalts Dr. F., sowohl die Geschichte vom *Jäger als Hasen* als auch die Schilderung der Schwierigkeiten beim Zigarrenrauchen in Amerika.

Der zwölfte Donnerstag des Oberstaatsanwalts Dr. F.
Er beginnt zögernd die Geschichte von der »Großen Familie«
zu erzählen.

»Ob Sie, Herr Dr. F., nicht einmal daran denken sollten, Ihre Erzählungen niederzuschreiben?« fragte Herr Galzing.

Oberstaatsanwalt Dr. F. lächelte und lehnte sich in seinem Sessel zurück. »Ich habe auch schon ab und zu daran gedacht, doch
ich habe mir sagen lassen, daß das Schreiben zwar Freude macht,
vielleicht, daß das Veröffentlichen jedoch sicher mit Ärger verbunden ist. Und sind nicht diejenigen Romane schon geschrieben, die nicht übertroffen werden können? Ich habe doch unlängst, im Zusammenhang mit einem Datum, einen solchen
genannt. Und dann: Ich habe Hemingways Erzählung *Der Alte
Mann und das Meer* immer als Parabel dafür aufgefaßt, daß es
leichter ist, ein Buch zu schreiben, als es an Land zu bringen. Als
ich in Pompeji war, das ist einige Jahre her, und als ich da in dem
Strom der Besucher mitschwamm, an den Fresken vorbei und
was eben dort alles zu sehen ist, stellte ich mir vor …

Ich muß anders anfangen. Pompeji war eine große und bedeutende Stadt im Altertum, mit vielen tausend Einwohnern. Fragen
Sie mich nicht nach der genauen Zahl, die habe ich zwar damals
im Reiseführer gelesen, aber natürlich vergessen. Jedenfalls eine
große Stadt. Und sollte nicht in so einer großen Stadt, horribile
dictu, um im Lateinischen zu bleiben, ab und zu ein Mord vor-
kommen? Vorgekommen sein? Mit Sicherheit sind im Lauf ihrer
Geschichte in der Stadt Pompeji Morde vorgefallen, wahrscheinlich nicht zu wenige. Warum also nicht ein Mord am 24. August 79?
Oder in den Tagen davor?«

»Dieses Datum haben Sie sich gemerkt, im Gegensatz zur Ein-
wohnerzahl?«

»Ja, Sie kennen doch meine Obsession, mir Daten merken zu
müssen, und zufällig ist es auch der Geburtstag einer mir seiner-

zeit nahestehenden Person. 24. August, im Jahr 79 nach Christus, der Aschenregen aus dem Vesuvius deckt die Stadt zu und auch ein kurz zuvor geschehenes Verbrechen eines Mordes oder vielmehr: dessen Spuren. Ein archäologisch interessierter, vielleicht schon pensionierter Kriminalbeamter ...«

»... oder Oberstaatsanwalt«, sagte leise Herr Galzing.

»... auch möglich, prüft aufmerksam die ganzen über Pompeji verstreuten Spuren, alle die versteinerten, konservierten Leichen, die Gerätschaften, und stellt fest, daß der Aschenregen die Spuren jenes Mordes nicht verwischt hat, vielmehr nur zugedeckt und damit förmlich archiviert. Mit detektivischer Genauigkeit geht jener pensionierte, an Archäologie interessierte Kriminalbeamte oder – ich sage das, um einem Einwurf von Ihnen zuvorzukommen, Herr Galzing – oder Oberstaatsanwalt allen diesen Spuren nach, kombiniert, exzerpiert aus den literarischen Quellen, vermißt, prüft, sucht und findet und stellt also, eintausendneunhundert Jahre nach der Tat, fest, daß ein Gaius am 24. August 79 nach Christus oder 831 ab urbe condita einen Publius aus Eifersucht erstochen hat.«

»Der pensionierte Kriminalbeamte oder Oberstaatsanwalt hat also festgestellt, daß eine der versteinerten Leichen nicht durch den Aschenregen umgekommen ist, sondern schon tot war ...«

»Ja, und daß der fliehende Gaius, fliehend vor den Schergen, und als diese vor dem Aschenregen flohen, mit den Schergen vor diesem fliehend noch das Messer in der Hand hatte, dessen Klinge in die Wunde jenes Publius paßte ...«

»Und warum schreiben Sie die Geschichte nicht?«

»Ich habe, bis mich die Wärter unsanft hinausdrängten am Abend, alles nach einem Gaius und einem Publius abgesucht, aber nichts gefunden.«

»Dann erfinden Sie doch die Geschichte!«

»Wozu Geschichten erfinden, wo das Leben uns diese Mühe abnimmt? Ich habe Ihnen zwei erzählt –«

»Und heute die dritte?«

»Ich hatte eine im Kopf für heute abends, ich weiß allerdings nicht, ich weiß nicht …«

»Zu lang?«

»Das kommt darauf an, wie ausführlich ich sie erzähle, nein, das waren nicht meine Bedenken. Meine Bedenken betreffen die Familie, die in der Geschichte, mit der ich im Übrigen direkt zu tun hatte, eine Rolle spielt. Selbst wenn ich wie bei meinen Geschichten bisher fingierte Namen verwende, könnten Sie hinter den wahren Namen kommen, zumal das Ganze seinerzeit ein gewisses Aufsehen erregt hat, obgleich es der Familie gelungen ist, den wahren Kern der Angelegenheit vor der Öffentlichkeit zu verbergen.

Es ist viele Jahre her, ich war ganz junger Ermittlungsrichter, und wir residierten, wenn man so sagen kann, in dem alten Amtsgerichtsgebäude in der Au am Mariahilfplatz. Es hatte jeder von uns vier – oder waren es fünf? – Ermittlungsrichtern reihum den stets unangenehmen Dienst bei Sektionen, das heißt, es mußte einer der Ermittlungsrichter bei den Leichenöffnungen anwesend sein.«

»Nicht schön.«

»In der Tat. Ich träume heute noch manchmal davon, wobei es im Traum immer schlimmer ist, als es in Wirklichkeit war. In meinen Träumen handelt es sich immer darum, die finsteren und blutigen Dinge nicht zu sehen, den Blick abzuwenden, schnell an den halboffenen Türen vorbeizugehen, hinter denen die zerstückelten Leichen liegen, der ganze Traum in blutiges Rot, verwesendes Gelb und Braun getaucht …«

»Sie träumen farbig?«

»Selbstverständlich«, sagte der Oberstaatsanwalt, »es heißt, es gebe Menschen, und das seien nicht wenige, die nicht in der Lage sind oder, besser gesagt, nicht die Gabe haben, farbig zu träumen. Sie träumen schwarzweiß. Ich nicht, ich träume farbig. Daß ich im Traum höre, ist mir selbstverständlich, und ich glaube nicht, daß es Menschen gibt, die sozusagen in Stummfilmart träumen – mit geschriebenen Zwischentiteln vielleicht? Nein, und der Gedanke an den Film hat mich zu der Überlegung gebracht, daß es, außer beim künstlerischen Hilfsmittel der Bleistiftzeichnung, der Radierung und so fort, doch nie seit Menschengedenken bis zur Entstehung der Photographie und des Films eine bloß schwarzweiße Welt gegeben hat. Und trotzdem soll die Natur es gestatten, immer gestattet haben, daß Menschen in einer so unnatürlichen Welt träumen?«

»Es ist«, sagte Herr Galzing, »vielleicht ein Relikt, ein ganz seltsam verstecktes atavistisches Relikt aus der Zeit, als das menschliche Auge noch nicht fähig war, Farben zu erkennen.«

»Wie? Hat es so eine Zeit gegeben?«

»Ich vermute es. Denken Sie an den Entwicklungsstand der Katzen. Katzen sehen keine Farben, nur schwarzweiß und die Abstufungen.«

»Ein trauriges Los für so angenehme Tiere.«

»Sie wissen's nicht anders«, sagte Herr Galzing.

»Es sei dem, wie ihm wolle – eine Floskel, die ich, wo sonst, bei Goethe gefunden habe und besonders hübsch finde, es sei, wie es wolle, ich zielte auf anderes hinaus. Gibt es Menschen, die Gerüche träumen? Vielleicht, ich nicht. Das hilft mir, meine Albträume von den Sektionssälen zu ertragen, welche Säle nie der nüchternen Kachel-Nickel-Realität entsprechen, sondern immer in piranesischen vermoosten Carceri-Kulissen daherkommen. Den Geruch, das wollte ich sagen, träume ich nicht. Wenigstens das nicht.«

»In jenen Tagen mußten Sie ihn ertragen?«

»Als mich das erste Mal, in der zweiten Woche nach meiner Versetzung in das Ermittlungsgericht, der Turnus traf, ging ich also in die Gerichtsmedizin …«

»Warum muß eigentlich da ein Richter dabeisein?«

»Das habe ich zu erklären vergessen. Sofern bei einem Todesfall auch nur der geringste Anhaltspunkt dafür auftaucht, daß es ein unnatürlicher solcher sein könnte, bei Mord, Selbstmord und so fort sowieso, ordnet die Staatsanwaltschaft die Obduktion an. Und gesetzliche Vorschrift ist es, daß bei jeder Obduktion, die dann also im gerichtsmedizinischen Institut stattfindet und die in der Regel der Professor vornimmt, ein Richter anwesend sein muß.«

»Sie mußten nicht selbst mitschnipseln?«

»Das nicht.«

»Was hat das Ganze für einen Sinn, ich meine, daß man einen Juristen belästigt?«

»Das weiß kein Mensch. Die gesetzliche Vorschrift stammt aus einer Zeit, in der die Juristen den Ärzten nicht getraut haben.«

»Trauen sie ihnen heute?«

»Ein weites Feld«, sagte Dr. F.

Dr. Schiezer, der bisher nur stumm zugehört hatte, der Cellist des Abends, lachte ein wenig.

»Als ich also damals«, sagte Dr. F., »und es war zudem ein diesiger Spätherbsttag, das erste Mal zur Gerichtsmedizin ging, wurde ich von einem Kollegen, der schon länger am Ermittlungsgericht diente, vor dem Geruch gewarnt. ›Wenn Sie im Hof des Instituts aus dem Auto steigen‹, sagte er, ›dann stören Sie sich nicht an dem penetrant-säuerlichen Geruch. Der stammt nicht von den Leichen, sondern aus der Essigfabrik, die auf der anderen Seite des Hofes ihr geruchliches Unwesen treibt. Die Leichen riechen anders.‹ Und so war es dann auch. Leichen riechen nach Apfelbisquit – so ist es mir immer vorgekommen. Ein an sich angenehmer Duft, wenn man nicht wüßte, woher er kommt. Der genannte Kollege hat mir eine weitere Empfehlung gegeben: An der Ecke der Straße vor dem Institut für Gerichtsmedizin wird ein Tabakladen betrieben – nicht vom Institut aus, nein, das nicht. Der Tabakier, ob Zufall oder wohldurchdachte Absicht, hält Zigarren vorrätig, sie hießen, wenn ich mich recht erinnere, Schwarzer

94

Adler, kosteten 30 Pfennig das Stück, und gegen den Rauch, der denen entqualmte, war der Geruch jeder Wasserleiche ohnmächtig. Und dieser Zigarren also bediente ich mich. Doch das alles ist nur das, was meine erste Begegnung mit dem Fall, den ich Ihnen eigentlich nicht erzählen wollte, umrankt.

Ich war zwei Jahre lang Ermittlungsrichter. Ich habe viele Leichen gesehen. Jene Leiche jedoch – es war schon gegen Ende meiner Zeit als Ermittlungsrichter, an einem Tag im Juni – war, verzeihen Sie den unangemessenen Ausdruck, die schönste. Eine junge Frau. Sie lag da auf dem Rücken, völlig nackt selbstverständlich, eine grandiose Fülle von goldenen Haaren hing über den Rand der blechernen Bahre, auf der sie in den Obduktionssaal geschoben wurde. Die Frau hatte besonders schöne gepflegte Hände und Füße, sorgfältig lackierte Nägel hier und dort, und zwar weiß lackiert. Auch die Schamhaare waren von Gold; und solche Brüste, die sich selbst im Tod noch fest nach oben wölbten mit Monden von so unbeschreiblicher Ebenmäßigkeit, wie ich sie nie sonst in meinem Leben gesehen habe. Sie lag in Ruhe und Schönheit da, und man hätte meinen können, sie schlafe, wenn nicht der tiefe rote Schnitt quer über ihre Kehle gewesen wäre. ›Ein Rasiermesser‹, sagte der Professor, ›nach der Glätte des Schnittes zu urteilen.‹

Ich zündete mir die ›Schwarze Adler‹ an und setzte mich neben den Protokollführer, der das in seine Schreibmaschine hackte, was der Professor an Obduktionsbefund routiniert und ungerührt zu diktieren begann.«

Die kleine Gesellschaft war schon daran gewöhnt, daß ihre Neugierde oft vorerst unbefriedigt blieb, wenn die Erzählung Dr. F.s durch die Aufforderung der Hausfrau unterbrochen wurde, daß nun die Notenständer aufgestellt seien.

»Haydn, Sonnenaufgang Quartett – opus 76 B-Dur«, sagte der Sohn des Hauses.

Herr Galzing nahm seine Geige aus dem Futteral und meinte: »Nach Ihrer Erzählung hätten wir ›Der Tod und das Mädchen‹ wählen sollen.«

»Das nächste Mal«, sagte Dr. F., »die Geschichte geht ja weiter.«

*

Das stimmt nicht, mein Lieber, wir Katzen sind zwar rotgrünblind, schlimm genug, aber Blau und Gelb und Violett und Orange sehen wir. Wir wissen also, was Farbe ist. Warum, dies nebenbei, gibt es kein ursprünglich deutsches Wort für orange, was bei der Bildung von Adjektiven zu unschönen Formen führt wie: ein ›orangenes‹ Kleid? Warum taucht in der ganzen Malerei bis ins zwanzigste Jahrhundert die Farbe Orange so gut wie nie auf? Fragen über Fragen, die mich quälen, und ich kann ja nicht in Büchern nachschauen. Ob das überhaupt in Büchern drinsteht? Alles mögliche steht, habe ich gehört, in Büchern. Zum Beispiel der mir völlig gleichgültige kategorische Imperativ, aber nicht, seit wann die Welt nach Sekunden mißt.

Ach ja, ach ja. Ich rolle mich zusammen.

**Der dreizehnte Donnerstag des Oberstaatsanwalts Dr. F.,
an dem er die Geschichte von der »Großen Familie« weitererzählt.**

»Große Familie«, fuhr der Oberstaatsanwalt Dr. F. fort, »nicht in
dem Sinn: zahlreiche Familie. Zu der Zeit, von der die Rede sein
muß, wenn ich Ihnen die traurige, ja, um ein meist ungerechtfer-
tigt benutzes Epitheton einmal angemessenerweise zu benutzen,
sogar tragische Geschichte erzählen will, bestand die Familie nur
noch aus drei Personen: Mutter, Sohn und Tochter; die Mutter
verwitwet, die Kinder unverheiratet. Wenn ich Ihnen den wahren
Namen der Familie nennen würde, wüßten Sie sofort alle äußeren Umstände, und ich bräuchte nichts zu schildern. Doch ich
darf den Namen nicht nennen. Der Sohn der Familie lebt noch
und ist heute ... nun, auch das würde zuviel verraten, wenn ich
sagte, was, nein, wer dieser Sohn heute ist.«

»Die Mutter lebt nicht mehr?« fragte Herr Galzing.

»Sie ist vor längerer Zeit gestorben.«

»Und die Tochter«, fragte die Frau des Hauses, »ist jene schöne
Leiche gewesen?«

»So ist es«, sagte Dr. F. »Die Familie lebte in einem der besten
Stadtviertel der Stadt in einem Haus, für das die Bezeichnung
Villa zu niedrig gegriffen ist. Es war keine alte Familie in dem
Sinn, daß sie im Gotha unter Abteilung A, oder wie man da sagt,
aufgeschienen wäre, obgleich ein wenig geadelt im neunzehnten
Jahrhundert, vor allem aber durch tadellose Geschäfte eben seit
jener Zeit immens reich – nur durch tadellose Geschäfte und
durch nur tadellose Geschäfte. Sofern Geschäfte überhaupt tadellos sein können. Es kam mir danach schon so in den Sinn, als ich
mich zwangsläufig mit der Familie, mit dem Rest der Familie be-
fassen mußte, wie weit oder wie wenig weit Geschäfte tadellos
sein können, wenn es einer Familie, einem Familienunternehmen
wie jener oder jenem gelingen konnte, ihr Vermögen durch das

Kaiserreich, die Weimarer Republik, die Nazizeit und das Wirtschaftswunder nicht nur unbeschadet durchzubringen, sondern sogar immer noch zu mehren.

Zu der Zeit allerdings, als ich mit der Tochter aus dieser Familie, die also nackt und schön und tot auf der Blechbahre lag, konfrontiert war, waren die Unternehmen längst verkauft, der Vater lebte die letzten Jahre, die im blieben, als, wie man früher gesagt hätte, Privatier von den sicheren Zinsen eines unvorstellbar gediegenen Vermögenspolsters. Nur ein paar Zinngruben in Südamerika oder dergleichen hatte man zur Vorsicht natürlich behalten.

Die Familie gehörte nicht zu jenen, die ihren Glanz lärmend zur Schau stellen. Ihren Namen hätten Sie vergeblich in den Spalten der *Bunten* oder unter *Ganz privat* in der *Abendzeitung* gesucht. Viel eher hätten Sie ihn in der Sponsorenliste für den Wiederaufbau des Nationaltheaters seinerzeit gefunden oder in der kleingedruckten Liste derer, die zum Ankauf einer Pharaonen-Statue für die Ägyptologische Sammlung oder eines Bündels Kafka-Briefe für die Staatsbibliothek beitrugen.

Südamerika habe ich vorhin nicht zufällig oder nur beispielhaft erwähnt. Es hatte einen Grund, denn die Mutter stammt von dort, aus deutschstämmiger Familie, freilich erblich spanisch-argentinisch vermischt, auch immens reich und – vor allem – ebenso immens katholisch. Wenn man der Familie in einem einzigen Punkt Verschwendung vorwerfen kann, dann in einem katholischen Punkt. Ich habe nach meiner Pensionierung unser erzbischöfliches Ordinariat eine Zeitlang in gewissen heiklen rechtlichen Dingen beraten ... Sie wissen vielleicht nicht, daß ich in Kirchenrecht promoviert habe ... Und spätestens seither weiß ich, was die wichtigste Voraussetzung für eine Heilig- oder Seligsprechung ist.«

»Zwei oder je nachdem drei objektiv bezeugte Wunder?« fragte Herr Galzing.

»Wunder sind relativ leicht zu beschaffen, wie man an der, in vatikanischen Begriffen gedacht, förmlich blitzschnellen Seligsprechung des *Opus-Dei*-Gründers gesehen hat. Nein, die wichtigste Voraussetzung ist Geld.«

»Die schnöde Penunze?«

»Ein Heiligsprechungsprozeß ist teuer, und jene Familie, von der ich erzählt habe, hat sich als Sponsor für die Seligsprechung einer Nonne aus Südamerika betätigt, einer gewissen, sagen wir Mater Maria Liberiana, die im Übrigen eine Tante der – ich muß jetzt doch einen Namen erfinden, dem ungehinderten Fluß der Erzählung zuliebe, sehe ich ein – also nennen wir sie …«, Oberstaatsanwalt Dr. F. zog an seiner Zigarre, »… nennen wir sie Lenfeld …«

»Von Lenfeld«, sagte die Frau des Hauses, »haben Sie ja vorhin erklärt.«

»Richtig. Von Lenfeld. Die seligzusprechende Nonne also war die Großtante oder vielleicht Urgroßtante der alten Frau von Lenfeld, und die Familie betrieb und finanzierte den Seligsprechungsprozeß. Ob der inzwischen durch ist und die Mater Maria Liberiana raketengleich, um mit dem frechen alten Gregorovius zu sprechen, in den Himmel geschossen wurde, entzieht sich meiner Kenntnis. Damals hatte sie, die Nonne, erst den Heroischen Tugendgrad erreicht.«

»Den was?« fragte Herr Galzing.

»Heroischen Tugendgrad«, sagte Dr. F. so hin, als sei das jedem geläufig, schmunzelte dabei jedoch bemerkbar bei näherem Hinsehen.

»Das haben Sie jetzt erfunden«, sagte Herr Galzing.

»Keineswegs«, sagte Dr. F., »das gibt es. Ich schwöre bei den Augen meines Lieblingsmeerschweinchens. Das ist die Vorstufe der Seligsprechung. Wird vom Vatican verliehen. In allem Ernst. Doch zurück zu meiner Geschichte, die Sie ja hören wollen. Immens reich und immens katholisch.«

»Und dann passierte das. Ein Mord«, sagte Herr Galzing.

»Kommt in der besten Familie vor«, erwiderte der Herr des Hauses.

»Es gibt Dinge«, sagte Oberstaatsanwalt Dr. F., »die dürfen einem nicht widerfahren, selbst wenn man sie nicht zu verantworten hat. Jedenfalls ist es so in den Augen von Leuten wie den von Lenfelds. Und dazu gehört ein Mord, schon weil so etwas naturgemäß Aufsehen erregt.

Ich habe schon erwähnt, daß meine, wenn man so sagen darf, Begegnung mit der schönen, wenngleich leider toten Anna von Lenfeld kurz vor Ende meiner Tätigkeit als Ermittlungsrichter stattfand. Wenige Tage später wurde ich, was natürlich schon längere Zeit im Raum stand, zum Ersten Staatsanwalt ernannt, wurde stellvertretender Chef der Abteilung für Kapitalverbrechen, und sogleich war ich mit dem Mordfall von Lenfeld konfrontiert. So herum geht das – daß ich als Staatsanwalt mit einem Verfahren befaßt bin, in dem ich vorher als Richter tätig war. Umgekehrt geht es nicht. Ein Richter ist von Gesetzes wegen in jeder Sache ausgeschlossen, wenn er vorher irgendwann, und sei es noch so geringfügig, staatsanwaltlich darin gewirkt hat. Dies nebenbei.

In meinen ersten Kontakten mit Frau von Lenfeld, der Mutter, und Herrn von Lenfeld, dem Bruder des Mordopfers, hatte ich einen sehr merkwürdigen Eindruck. Den Eindruck nämlich, daß die beiden, Mutter und Sohn, weit weniger Interesse an der Aufklärung des Mordes als daran hatten, die Sache ja nicht an die Öffentlichkeit kommen zu lassen. Die alte Dame von Lenfeld ging dabei – außerhalb unserer Ermittlung – denkbar ungeschickt vor. Sie bot nämlich allen Redaktionen der Zeitungen, die in Frage kamen, Geld. Die seriöseren lehnten ab und schrieben dennoch nichts. Aber die schlafenden Hunde waren geweckt, und eine besonders blöde Journalistin einer der beiden in München erscheinenden Boulevardzeitungen, sie, die Journalistin, war mir schon in anderem Zusammenhang als brunzdumm aufgefallen, sie hatte einen Allerweltsnamen, erinnere ich mich, Meier oder Huber, ging dann dem Mordfall nach und verfaßte einen sozusagen schrillen Artikel, in dem allerdings so gut wie alles schlecht recherchiert und mangelhaft dargestellt war, so daß die Angelegenheit zur Befriedigung der Familie von Lenfeld bald wieder versickerte. Dennoch sollte dieser minder-journalistische Artikel später noch Folgen haben.

Der Merkwürdigkeiten noch nicht genug. Frau von Lenfeld kam eines Tages zum leitenden Oberstaatsanwalt, vorher war sie sogar beim Minister gewesen, der hatte sie zwar höflich empfangen, immerhin war Herr von Lenfeld selig entschiedener Weggenosse der staatstragenden Partei gewesen, wenngleich im Hintergrund, der Minister hatte sie dann aber zu uns herüber verwiesen. So kam sie in das damalige Amtsgebäude in der Maxburg und drückte lang herum, bis sie herausrückte, daß sie … nein, ein Bestechungsversuch war es nicht, wie bei den Zeitungsredaktionen, so primitiv war Frau von Lenfeld nicht, es war vielmehr ein Angebot. Sie würde, sagte sie, eine Stiftung für einen guten Zweck errichten, eine beträchtlich ausgestattete Stiftung, Anna-von-Lenfeld-Stiftung vielleicht für soziale Belange, wenn dafür, wie sie sagte, ›die Akten über diesen Abgrund ein für allemal geschlossen‹ würden.

Der Chef hatte mich dazu gerufen, und so war ich Zeuge des Gesprächs. Selten habe ich den Chef, einen angenehmen und nicht unkultivierten Mann, wenngleich ausgewiesener Sportsfreund, so sprachlos gesehen wie nach diesem Angebot.

›Ja, wollen Sie denn nicht, daß der Mörder gefunden und bestraft wird, Frau von Lenfeld?‹

›Ich habe dem Mörder verziehen. Es war schwer, aber ich habe ihm verziehen. Ich bete vier Stunden täglich für die Seele meiner Tochter und eine Stunde … für den Mörder …‹

›Der hat es wahrscheinlich nötiger‹, dachte ich, sagte es jedoch nicht.

Es war sehr schwierig, die alte Dame vom sogenannten Legalitätsprinzip zu überzeugen, ohne ungeduldig zu werden. Das Legalitätsprinzip besagt – das Gegenteil ist das Opportunitätsprinzip, das auf manchen Gebieten der Verwaltung herrscht –, daß jede Straftat verfolgt werden muß, die der Staatsanwaltschaft oder auch nur einem einzelnen Staatsanwalt dienstlich zur Kenntnis kommt.

Ich will das nicht weiter ausbreiten, wie das mit Frau von Lenfeld war, bis wir sie mit Anstand wieder draußen hatten. Danach war zu bemerken, daß die Familie, die Mutter und der Sohn, die Ermittlungen zwar nicht direkt behinderten, aber von einer Kooperation konnte keine Rede mehr sein.«

»Was hatten Sie denn bis dahin ermittelt? Wo wurde die Leiche gefunden? Was war …«

»Da wollte ich eben ansetzen und fortfahren. Die Leiche der jungen Frau wurde, nur mit einem dünnen, sehr kostbaren Nachthemd bekleidet, in ihrem Auto gefunden, auf dem Rücksitz liegend, und das Auto stand an einem Waldweg im Dachauer Moos. Das Auto war versperrt, der Schlüssel fehlte. Ein Jogger, der dort morgens die unschuldigen Rehe erschreckt, hatte die Leiche hinter der beschlagenen Scheibe bemerkt.

Außer dem Nachthemd trug die Ermordete einigen Schmuck, darunter eine goldene Kette um den Bauch, ein sehr schweres Goldkettchen um die Fessel und einige Ringe, darunter einen mit einem Brillanten vom Gegenwert eines Einfamilienhauses. Ein Raubmord schied also aus. Außerdem schied eine Vergewaltigung aus, das hatte die Obduktion ergeben, und auch, daß außer dem tödlichen Schnitt durch die Kehle keine Gewalt angewendet worden war. Der Professor, der die Obduktion durchgeführt hatte, sagte mir damals schon, gleich danach, daß er vermute, die junge Frau sei im Schlaf ermordet worden. Beweisen durch die Obduktion lasse sich das nicht.

›Entweder im Schlaf‹, sagte der Gerichtsmediziner und fügte

hinzu, denn er neigte wohl von Berufs wegen und zum Schutz zu Zynismus, ›oder sie hat sich freiwillig hingegeben!‹

Diese nicht ganz ernst gemeinte Variante schlossen wir aus, es blieb also der Mord an dem schlafenden Opfer.

Hatte sie in ihrem Auto auf dem Rücksitz geschlafen? Im Nachthemd?

Zwischen dem Auffinden der Leiche und dem Zeitpunkt des Todes lagen nach den Ergebnissen der Obduktion etwa sechsunddreißig Stunden. Der Jogger erschreckte nicht jeden Morgen die Rehe – nur jeden zweiten, sonst hätte er die Leiche schon zwölf Stunden nach der Tat entdeckt, vorausgesetzt, die Leiche wurde mit dem Auto sofort oder sehr bald an die betreffende Stelle im Dachauer Moos gebracht. Es war nämlich nach dem Befund zwar nicht völlig klar, jedoch höchstwahrscheinlich, daß die Tat nicht im Auto stattgefunden hatte, daß vielmehr die Tote ins Auto gelegt wurde, in ihr Auto. Nur eine erotisch sehr kühne Dame würde Spritztouren mit ihrem Auto und mit Schmuck und einem so gut wie durchsichtigen Nachthemd unternehmen, und das hätte gerade zu einem Mitglied der Familie von Lenfeld nicht gepaßt.

Überflüssig anzumerken, daß außer den Fingerabdrücken der Toten keine Spuren in und am Auto zu finden waren. Auch kein Blut. Wenn die Kehle durchgeschnitten wird, blutet das sehr stark. Daß der Mörder das Innere des Autos geputzt hätte? Selbst bei sorgfältigster Reinigung wären Partikel übriggeblieben … nichts davon; dabei hatten die Experten vom Landeskriminalamt das Auto minutiös untersucht.«

Aus dem Nebenzimmer signalisierte das Rücken von Stühlen und das Klappern von Notenständern, daß nun die ernsthafte Unterhaltung des Abends beginnen sollte. Oberstaatsanwalt Dr. F. hatte seine Viola mitgenommen, hatte vergessen, was auf dem Programm stand: Klaviertrio, da brauchte man keine Viola.

»Klavier«, flüsterte Herr Galzing, »ein Instrument für unmusikalische Leute.«

»Habe auch den Verdacht«, murmelte Dr. F. und packte umständlich sein Instrument wieder weg.

So endet der dreizehnte Donnerstag des Oberstaatsanwalts Dr. F.

Der vierzehnte Donnerstag des Oberstaatsanwalts Dr. F.,
an dem er – bevor endlich das Streichquartett in d-Moll
»Der Tod und das Mädchen« gespielt wurde – die Geschichte
von der »Großen Familie« weitererzählt.

»Wo fängt man in solchen Fällen mit den Ermittlungen an?«
fragte Herr Bäßler, ein sonst eher seltener Gast in diesem Kreis,
den Herr Galzing jedoch noch vor Eintreffen Dr. F.s vom bisher
Erzählten unterrichtet hatte.

»Natürlich bei der Familie, die, wie ich schon erwähnt habe,
wenig bis gar nicht kooperativ war.«

»Was war denn die Tochter?« fragte Bäßler

»Schön«, sagte Dr. F., »nach allem, was wir so um sie herum erfuhren, erschöpfte es sich darin: schön. Ja, ja, sie hatte ein wenig
herumstudiert, mehr so Kunstgeschichte oder Meeresbiologie
und dergleichen in München, dann in Besançon und in Zürich
und in Kiel – sie war einunddreißig Jahre alt, als sie starb, und
hatte keinerlei Studienabschluß und offenbar nicht die Absicht
auf einen Beruf.«

»Verheiratet?«

»Nein. Und das Seltsame: keinen Freund, keinen Geliebten,
keine ›Beziehung‹ …«

»Lesbisch?«

»Offensichtlich nicht. Wenn ja, verbarg sie es – so unser dama-
liger Erkenntnisstand. Was sich später herausstellte: Sie war es
nicht. Ganz und gar nicht! Zu dem Zeitpunkt, als sie ermordet
wurde, hätte sie übrigens in Kiel sein sollen, denn das Semester
lief noch. Aber sie nahm, wie schon erwähnt, ihr Studium nicht
allzu ernst.

Die Mutter, verwitwet, hatte selbstredend keinen Beruf, und
der Sohn – nun ja … er konnte es sich leisten, auf die erregende
Existenz als Privatgelehrter hinzuarbeiten.«

»Nur kein Neid«, sagte Herr Bäßler.

»Gebe meinen Neid unumwunden zu, wenngleich mir das Fachgebiet, das Herrn von Lenfelds Interesse bildete, fernliegt: die Psychologie. Und daneben liebte er Autos. Er hatte vier oder fünf davon, wenn nicht mehr, und gelegentlich betätigte er sich inkognito als Testfahrer für eine große Autofirma. Seine Schwester hatte nur ein Auto, ein teures, die Mutter ließ sich von einem Chauffeur in die Kirche kutschieren; woanders ging sie kaum noch hin. Spazieren ging sie in ihrem Privatpark hinter der Villa.

Ich fragte nur der Ordnung halber, ob Mutter oder Sohn irgendeinen Verdacht haben, wer ihre Tochter ermordet haben könnte, ob sie Feinde gehabt hätte, Streit mit irgend jemandem – nein, nein, nein. Sie sei, soviel war herauszubekommen, etwa eine Woche vor ihrem Tod aus Kiel gekommen. Warum? Mitten im Semester? Danach wurde nicht gefragt. Zwei Tage vor ihrem Tod war sie mit ihrem Bruder in die Oper gegangen. Gefunden wurde ihre Leiche an einem Donnerstagmorgen, dem Obduktionsbefund zufolge war der Todeszeitpunkt etwa Dienstag abends. Wann die Mutter und der Bruder Anna zum letzten Mal gesehen haben? Dienstagnachmittag, sagte die Mutter, da hat sie mit mir Tee getrunken. Irgend etwas Auffälliges? Nein. Der Bruder: Dienstag zum Frühstück, danach sei er in die Stadt gefahren, sei auch über Mittag dort geblieben, habe dies und jenes gemacht …

Ob ihnen die Tochter beziehungsweise Schwester nicht abgegangen sei? Am Mittwoch? Man habe angenommen, sie sei zurück nach Kiel gefahren. Ohne sich zu verabschieden? Das sei in der Familie immer sehr locker gehandhabt worden. Jeder gehe seine eigenen Wege. Die gegenseitige Rücksichtnahme, schien mir, grenzte schon an Gleichgültigkeit.

Wir standen mit unseren Ermittlungen, wie so oft, vor einer unübersteigbar scheinenden Wand. Ein Raubmord schied aus, ein Sexualdelikt ebenfalls – sollte es sich um eine mißglückte Entführung gehandelt haben? Oder um eine Entführung der allerbrutalsten Sorte, bei der das Opfer, bevor noch die erste Lösegeldforderung gestellt wird, zur Vorsicht gleich einmal schon umgebracht wird?

Diese These vertrat einer der federführenden Kriminaler, und wir verfolgten die Spur, obwohl vieles dazu nicht paßte. Sollten die Entführer die also nur mit Nachthemd bekleidete Anna von Lenfeld nächtens aus dem Bett geholt haben – ohne Spuren zu hinterlassen, ohne daß die anderen Bewohner des Anwesens (außer Mutter und Bruder immerhin noch ein Hausmeister mit Familie, ein Dienstmädchen und ein Student, der für Gärtnerdienste umsonst im Souterrain wohnte) etwas bemerkt hätten? Warum verbrachten sie die Geisel in deren eigenes Auto? Und vor allem: Es erfolgte keine Lösegeldforderung.

Ja – der eine federführende Kriminaler glaubte nicht daran, das heißt, er glaubte nicht, daß kein Lösegeld verlangt worden war. Er vertrat die nach dem ganzen Verhalten der Familie nicht abwegige Ansicht, daß sie Lösegeld bezahlt hätten – Lösegeld für eine Leiche, um die Schande ja unterm Teppich zu halten, und daß sie es uns nur nicht sagten.

Ich ging hin und versuchte in allem Ernst mit von Lenfelds, Mutter und Sohn, darüber zu reden, und da waren sie in dem Punkt, schien es mir, recht vernünftig. Nein – es sei keine Lösegeldforderung erhoben und auch erst recht natürlich keine bezahlt worden. ›Und wenn Sie uns nicht glauben‹, sagte der Sohn, ›ich gebe Ihnen Vollmacht, über all unsere Konten Informationen einzuziehen, und entbinde die Banken vom Bankgeheimnis …‹

Ich glaubte ihnen. Und es war auch keine Entführung. Es war ganz etwas anderes.«

»Ein Mord aus Eifersucht?« fragte die Frau des Hauses.

»Eine sehr merkwürdige Eifersucht, ja, das kommt ungefähr in die Nähe. Denken Sie daran, was ich über die Katholizität der Familie erwähnt habe.«

»Was haben denn die anderen Hausbewohner ausgesagt? Hat man die nicht gefragt?«

»Selbstverständlich hat man die gefragt, doch es hat gar nichts gebracht. Die Familie hielt sich fern von ihren, fast hätte ich gesagt, Domestiken – wäre beinah angebracht bei dem Lebensstil. Der Student und Gärtner wohnte, wie gesagt, im Souterrain, hatte sein eigenes Hintertürchen und kam mit dem restlichen Haus kaum in Berührung. Die Hausmeisterfamilie wohnte vorn in einem eigenen Haus am Tor, das Dienstmädchen war ältlich und so dumm, daß es brummte.«

»Das sind oft die besten Zeugen, hört man«, sagte Herr Bäßler.

»Da gebe ich Ihnen recht. Und in der Tat gab das Dienstmädchen etwas zu Protokoll, was der wichtigste Hinweis gewesen wäre, wenn wir ihn ernst genommen hätten. Sie sagte nämlich aus, daß einen Tag, nachdem das gnädige Fräulein aus Kiel gekommen sei, ein junger Mann sie, das gnädige Fräulein, besucht habe. Wir fragten natürlich von Lenfelds nach diesem Besuch, doch sie wußten nicht, wer das war. Ein Kommilitone vielleicht. Er blieb auch nicht lang, vielleicht eine halbe Stunde. Das stimmte mit dem überein, was das Dienstmädchen sagte. Was das Dienstmädchen nicht aussagte, weil es das nämlich nicht wußte, und was wir erst später erfuhren, war, daß der junge Mann nur sehr kurz mit Anna von Lenfeld sprach. Danach unterhielt er sich noch den Rest der Zeit seines Besuchs mit der alten Frau von Lenfeld. Selbstverständlich wurde nach dem jungen Mann gesucht. Mutter und Bruder wußten keinen Namen. ›Ein Kommilitone ...‹ Nur den Vornamen: Albin. An der ganzen Universität Kiel war kein Student mit dem Namen Albin eingetragen. Ein Albin an einer anderen Universität? Vierundzwanzig Albine fanden wir. Keiner war's. Der echte Albin studierte, erfuhr ich viel später, in Dänemark.«

»Und was da gesprochen wurde, haben Sie nie erfahren?« fragte Herr Bäßler.

»Doch. *Small talk*, sagten Mutter und Bruder. Eine Lüge, doch das wußten wir damals noch nicht. Der Mord wurde nie aufgeklärt. Das heißt, um genau zu sein, es wurde nie geklärt, wer der Mörder gewesen ist, folglich gab es auch keinen Prozeß, und es war dies der vielleicht einmalige Fall, daß ein Mörder – oder Mörderin – frei herumlief, sozusagen unter den Fenstern der Staatsanwaltschaft durch die Stadt spazierte und frech heraufschaute, und wir kannten den Namen und alles, und es waren uns die Hände gebunden.

Ich berichtige: Weder spazierte der Mörder oder, wie gesagt, die Mörderin auf der Straße herum, noch schaute er respektive sie zu den Fenstern herauf, frech schon gar nicht – aber das andere stimmt.«

»Sie sagten Mörder oder Mörderin?«

»Damit wissen Sie eigentlich eh' schon alles, oder nicht? Nun, die Ermittlungen stockten, versickerten fast, bis zu einem gewissen Abend vielleicht zwei Jahre später, an dem ich, es war ein kalter Januartag, in die Oper ging. Wenn Sie dann den Ausgang der Geschichte kennen – ich sage *Ausgang* nicht *Lösung* – werden Sie auch die feine Ironie des Weltgeistes erkennen, der an dem Abend ausgerechnet die *Walküre* aufs Programm gesetzt hatte.

Es gibt im Nationaltheater hier eine Loge, die ein altes Relikt seiner Bestimmung als Hoftheater ist. Sie wissen ja, Bayern ist zwar, wie es sich nennt, ein Freistaat, also eine Republik, im Kern jedoch eine sogenannte latente Monarchie. Daher solche Relikte königlicher Wittelsbachität – manchmal mehr, manchmal weniger auffallend. Meinen Sie bitte ja nicht, ich sei solchen Relikten gegenüber mißgünstig eingestellt oder würde gar für ihre Abschaffung plädieren. Ich wäre zwar, vermute ich, in einer diktatorischen Monarchie ein strammer Republikaner, aber jetzt, wo wir unsere farblose Republik haben, bin ich froh um all jene staatsrechtlichen Kuriositäten, die ja erst den Reiz des öffentlichen Lebens ausmachen.

Und zu jenen kurios-fürstlichen Relikten gehört eine bestimmte Loge im Nationaltheater, die dem Haus Wittelsbach zur Verfügung steht. Wer die Plätze darin vergibt, und wie das gehandhabt wird, entzieht sich meiner Kenntnis. Ich weiß auch nicht, habe nicht darauf geachtet, wer an jenem *Walküren*-Abend in der wittelsbachischen Loge saß, doch ich hatte meinen Platz in unmittelbarer Nähe, im gleichen Rang und auf gleicher Höhe sozusagen wie jene Loge, und die Plätze dort wurden vom selben Logenschließer betreut, der auch für die Hofloge zuständig war.

Ich kannte jenen Logendiener, weil ich ja recht oft in die Oper gehe und gerade die Plätze in jener Gegend der Ränge bevorzuge. Ich hatte zuvor schon oft mit jenem Logendiener gesprochen, denn er schien mir, und ich hatte recht, anders als alle anderen Logendiener zu sein. Ich weiß, daß er nicht mehr lebt, daher kann ich Ihnen seinen wahren Namen nennen, und der wahre Name hat sich mir ins Gedächtnis geprägt, weil der Mann den ungewöhnlichen Vornamen Wermut trug. Wermut Graef, genauer: Curt Wermut Graef.

Er war damals schon ein alter Mann, war eigentlich gelernter Bühnenbildner, hatte viele Jahre in seinem Beruf mit einigem Erfolg, wenn auch an kleineren Bühnen, gearbeitet, hatte sich dann jedoch auf lukrativer erscheinende Unternehmungen in der Modebranche eingelassen, damit Schiffbruch erlitten, eine Ehetragödie kam dazu, Finanznot, Kündigung der Wohnung, ja – auch etwas Alkohol, vielleicht verständlich in der Situation. Er hatte dann versucht, nach Jahren wieder in seinem Beruf Fuß zu fassen, doch da war er schon zu alt, oder, besser gesagt, die Theater hielten ihn für zu alt.

Er hatte versäumt, für eine Altersversorgung einzuzahlen und so fort, kurzum, der letzte Rettungsanker war dann, daß er als Logenschließer unterschlüpfen konnte. Wenigstens Theaterluft …

Er war übrigens auch ein begabter Maler. Es gelang ihm einmal, in einer Anwaltskanzlei eine Ausstellung zu veranstalten. Ich habe ein Bild gekauft, ich habe es noch: *Sonnenuntergang auf der Île de Ré* – aus der Erinnerung an seine besseren Tage gemalt.

›Herr Oberstaatsanwalt‹, sagte Graef an jenem *Walküren*-Abend, er wußte ja, wer ich bin und wie ich heiße, ›darf ich Ihnen nach der Vorstellung etwas sagen. Dienstlich!‹ betonte er, ›dienstlich!‹«

Drüben saß der junge Dr. Schwarz, der Islamwissenschaftler und bedeutende Cellist, und stimmte ungeduldig sein Instrument.

»Ja«, sagte Dr. F. und stand auf, um seinen Bratschenkasten zu holen, »ich brauche wohl nicht zu sagen, daß ich nach der Vorstellung überzogen von Neugier gewartet habe, bis Graef seine Logenschließermontur gegen seine Zivilkleider vertauscht hatte. Danach lud ich ihn in die *Kulisse* ein, die ja lange Zeit mein eigentliches Wohnzimmer war und die nur wenige Schritte vom Nationaltheater entfernt lag – und immer noch liegt.

Schon auf dem Weg begann Graef zu erzählen. Was – das nächste Mal für Sie.«

So endigte die zweite Fortsetzung der Geschichte von der *Großen Familie*, und so entließ Dr. F. die kleine Gesellschaft in Neugierde und Spannung bis zum nächsten Donnerstag sowie jetzt in das Musikzimmer zu d-Moll und dem *Tod und das Mädchen*.

**Der fünfzehnte Donnerstag des Oberstaatsanwalts Dr. F.,
an dem er die Geschichte von der »Großen Familie« weitererzählt und auf Bitten der Anwesenden zu Ende bringt,
obwohl dadurch der Beginn des Musizierens etwas hinaus-
gezögert wurde.**

»Vielleicht war es gar nicht der Weltgeist, der ausgerechnet die
Walküre gewählt hat, um mich auf die letztes Endes richtige Spur
zu bringen, vielleicht war es eben ein Gedanke über den Inhalt
dieser Oper, die Herrn Graef, den Logenschließer, an eine Zeitungsmeldung denken ließ, die er vor nicht allzulanger Zeit gelesen hatte. Zu der Zeit war die Zeitungsmeldung zwar schon recht
alt, zwei Jahre, wie erwähnt, Graef hatte damals jedoch ein Paar
alter Schuhe in jene Zeitung gewickelt gehabt, ohne der betreffenden Nachricht Aufmerksamkeit zu schenken. Jetzt hatte er aus
irgendeinem Grund diese alten Schuhe wieder hervorgesucht, und
noch im Wegwerfen des Zeitungspapiers war sein Auge auf die
Nachricht gefallen, eben jenen stark verfälschten und stark dummen Artikel, den die erwähnte Minderjournalistin abgesondert
hatte.

Um es kurz zu machen: Graef erinnerte sich daran, daß die beiden Jungen von Lenfelds damals in der Oper waren, und zwar in
der von ihm betreuten königlichen oder quasi-königlichen Loge.
Offenbar bestanden, nicht ganz verwunderlich in dem Umfeld,
Beziehungen der Familie von Lenfeld entweder zum Haus Wittelsbach oder zumindest zu der Stelle, die die Loge vergibt, denn,
so erinnerte sich Graef, die beiden Jungen von Lenfelds – seltener
die Mutter – waren oft Gäste in jener Loge. Und: Graef hielt die
Jungen von Lenfelds für ein Ehepaar.

›Und jetzt‹, sagte Graef, da saßen wir schon in der *Kulisse*, ›lese
ich, sie waren Geschwister.‹

›Nun gut‹, sagte ich.

›Ich weiß nicht richtig, wie ich Ihnen das sagen soll. Es ist nicht ganz einfach. Schließlich will der Mensch dezent bleiben. Es waren so Vorfälle. Gewisse Vorfälle. Eigentlich ein Vorfall. Wir sind zu äußerster Diskretion verpflichtet. Ich sage immer: ein Logenschließer ist so diskret wie ein Arzt. Es war damals auch nicht Indiskretion von mir. Ich habe geglaubt, die Loge sei leer. Das war nicht damals, also das letzte Mal, als ich die zwei gemeinsam gesehen habe, also, es war früher, viel früher. Ich hatte vergessen, daß ich die beiden in die Loge hineingelassen hatte, und es war auch zugesperrt, von innen, das kann man; aber ich habe einen Schlüssel, und weil zugesperrt war, habe ich gemeint, die Loge sei leer, und wie ich aufsperre, sehe ich – es war eindeutig. In der Loge. Ich habe natürlich sofort wieder zugemacht, auch nicht verpetzt. Die beiden haben, glaube ich, gar nichts bemerkt, nun ja, so beschäftigt. Ich habe mir gedacht: Hat dieses Ehepaar daheim keine Gelegenheit –? Ich habe angenommen: Ehepaar, weil beide von Lenfeld geheißen haben. Jetzt lese ich: Sie waren Geschwister. Und das wollte ich Ihnen doch sagen. Wahrscheinlich nicht wichtig?‹

Sehr wichtig war gar kein Ausdruck für diesen Hinweis. Ich dankte Graef und unterrichtete ihn auch später bei Gelegenheit von Opernbesuchen vom Ausgang der Geschichte … die keinen Ausgang hatte.

Ein inzestuöses Verhältnis! Das gab der inzwischen schon alten Angelegenheit eine neue, überraschende Dimension.

Nun bekam auch jener junge Mann, der Anna von Lenfeld zuletzt besucht hatte, eine neue Bedeutung für den Fall, und da wir, wie ja auch das Dienstmädchen gesagt hatte, vermuteten, daß es ein Kommilitone Annas gewesen sein könnte. Ich rechnete. In der Zwischenzeit dürfte jener Albin sein Studium abgeschlossen und vielleicht promoviert haben. Kunstgeschichte? Meeresbiologie? Albin hatte, wie erwähnt, in Dänemark studiert, weshalb wir ihn nicht gefunden hatten, hatte aber dann in Deutschland seinen Doktor gemacht. Es gab in der betreffenden Zeit nur eine einzige meeresbiologische Doktorarbeit von einem Doktoranden mit dem Vornamen Albin. Er hieß Gelzer und zwar inzwischen Assistent an einer anderen Universität, nicht schwer zu finden, und ich fuhr selbst hin, um ihn zu vernehmen.

Er zeigte sich außerordentlich überrascht in seinem etwas verstaubten Institut an einem Schreibtisch aus dem neunzehnten Jahrhundert und umgeben von ausgestopften Seefischen, doch was er dann zwar zögernd, aber genau aussagte, war hochinteressant.

Er hatte sich, kein Wunder bei der mehr als nur attraktiven Anna, in die Kommilitonin verliebt. Er hatte, wie man früher sagte, ernste Absichten, und auch sie schien, meinte er, nicht abgeneigt. Wie sich das Verhältnis entwickelte und ob und wie … Intimitäten haben mich nie mehr als notwendig interessiert. Die Sache ging wohl ein halbes Jahr, und es scheint, daß Anna dem angehenden Dr. Gelzer Hoffnungen auf eine Ehe gemacht hatte. Ich will von dem eher biederen Herrn nichts Schlechtes denken, ich kann mir jedoch durchaus vorstellen, daß ihm der Gedanke an eine Heirat mit einer derart reichen Erbin in Hinblick auf künftigen Lebensstandard nicht gerade unangenehm war.

Warum Anna nach München fuhr, was ihre letzte Reise werden sollte, ist nie ganz klar geworden. Gelzer meinte, auch damals noch, als ich ihn vernahm, sie habe der Mutter und dem Bruder sagen wollen, daß sie zu heiraten beabsichtige.

Aber sie blieb länger aus als abgemacht. Da kam Gelzer die Sache merkwürdig vor, und er fuhr ihr nach.

Dann ging es – hinter verschlossenen Türen – Schlag auf Schlag. Anna erklärte Gelzer, daß sie ihn nicht heiraten könne – bevor Gelzer noch fragen konnte, warum, stürzte der Bruder herein, tobte und erklärte, daß Anna ihm und nur ihm gehöre. ›Ich blickte‹, sagte der biedere Gelzer, und zwar ohne Ironie, auch nach der ganzen Zeit noch entsetzt, ›in einen Abgrund.‹ Ja, er gebrauchte diesen altmodischen Ausdruck. Er blickte in einen Abgrund.

Ja nun, es stimmt schließlich.

Als er sich aufraffte, mit zugeschnürter Kehle Anna zu fragen, ob das alles wahr sei, nickte sie nur. Und dann kam die Mutter. Sie hatte, so Gelzers Eindruck, von dem inzestuösen Verhältnis ihrer Kinder nichts gewußt, nichts geahnt. Sie bekam Krämpfe, als ihr Gelzer die Dinge vorhielt, buchstäblich Krämpfe. Vor allem habe sie immer wieder ›Sünde! Was für eine Sünde –‹ geächzt. Anna habe ihn dann hinausgeschoben, und er sei gegangen. Er sei noch einen Tag in München geblieben, unschlüssig, ob er nochmals zu Anna und ins Haus von Lenfeld gehen solle. Es kam ihm alles wie ein grotesk-gruseliger Film vor, sagte er, und er habe sich dann dazu entschlossen wegzufahren. Es sei ihm gewesen, sagte er, als herrsche im Haus dort die Pest. Vom Mord hat er nichts mehr gehört, er war im Grunde genommen ›schmerzlichfroh‹, so sein wörtlicher Ausdruck, daß Anna nie mehr in Kiel aufgetaucht sei. Von der Auflösung ihrer Wohnung in Kiel, denn selbstredend hatte sie keine Studentenbude in Untermiete, sondern ein standesgemäßes Penthouse in der besten Gegend Kiels – sofern es in Kiel eine *beste Gegend* gibt, ich kenne mich dort oben nicht aus –, von der Auflösung der Wohnung und so fort, was alles der Bruder besorgte, erfuhr Gelzer nichts mehr.

Ich habe an dieser Stelle etwas nachzuholen, was ich bisher nicht erwähnt habe. Es gab eine, wenngleich indirekte, so doch nahe Beziehung nichtdienstlicher Art zwischen der Familie von Lenfeld und mir, hatte sie schon gegeben, bevor die Familie aktenkundig im Referat für Kapitaldelikte der Staatsanwaltschaft wurde. Das Verbindungsglied war mein leider viel zu früh verstorbener Freund Betzwieser.

Betzwieser war Geistlicher Rat, Monsignore und Pfarrer von Herz Jesu in Neuhausen und somit zuständig für den geistlichen Sprengel, in dem die von Lenfelds wohnten. Sie erinnern sich vielleicht an die seinerzeit beliebten Geschichten von ›Don Camillo und Peppone‹, die auch verfilmt wurden. Einer der Filme hatte den genialen Titel ›Don Camillo – Monsignore ma non troppo‹, und dieses ›non troppo‹ traf unbedingt auch auf Betzwieser zu, auch wegen des musikalischen Anklanges. Betzwieser war im Ordinariat drinnen nicht gut angeschrieben, nicht nur, weil er gelegentlich die Messe noch nach altem lateinischem Ritus las, weil er Mitglied des *Rotary Clubs* und ein vorzüglicher Damenfreund war. Er war der Meinung, daß die Kirche mit den ›sogenannten Errungenschaften des zweiten Vaticanums‹ – so wörtlich Betzwieser – eine Reform mit billigster Münze erkauft habe, nämlich durch Abschaffung des weltverbindenden Lateins, des einigenden Bandes der Katholiken.

›Man hätte‹, so Betzwieser, ›das Latein und die alte Messe und meinetwegen sogar den Tragsessel des Papstes und die Straußenwedel beibehalten sollen – und statt dessen das Zölibat abschaffen!‹ Er war der Meinung, daß das Zweite Vaticanum die schützende Hand des Heiligen Geistes über die Kirche verschenkt habe.

Ich hatte viele Jahre einen regelmäßigen Stammtisch, dem auch Betzwieser angehörte. Er fand in einem damals erstklassigen und heute leider, wie so vieles, heruntergekommenen Restaurant statt, und Betzwieser wies sich dort als Kenner der Champagnersorten aus. Daß er nebenbei ein großer Tierfreund war, habe ich schon erwähnt? Nein? Er erfrechte sich einmal, einen Gottesdienst für Tiere zu halten, was natürlich sofort die *Abendzeitung* auf den Plan brachte, die dann ein Bild abdruckte, auf dem Betzwieser in vollem Monsignore-Ornat zu sehen war, eine Katze auf dem Arm.

Am nächsten Tag wurde er sofort ins Ordinariat zitiert, wo ihn eine hohe geistliche Charge mit – so Betzwieser wörtlich – der ihm eigenen weinerlichen Stimme zurechtgewiesen habe: ›Herr Betzwieser‹, habe er gesagt, ›da stehen Sie in der Zeitung in geistlichem Gewand und Sie küssen einen Hund.‹ ›Erstens‹, so Betzwieser, habe er geantwortet, ›war es kein Hund, sondern eine

Katze, und zweitens erinnere ich mich an Darstellungen unseres Heilands mit dem Lamm über den Schultern.‹

Daraufhin habe die Charge nichts mehr gesagt, doch Pluspunkte in der Personalakte brachte es Betzwieser freilich nicht.

Außer den Tieren galt die ganze Liebe Betzwiesers der Kunst und der Musik. Er war mit vielen Malern und Bildhauern befreundet, und sein Kirchenchor, der zu den wenigen gehörte, die die ganz große Tradition der klassischen katholischen Kirchenmusik pflegten, genoß einen Ruf weit über die Stadt hinaus.

Das Ordinariat behandelte Betzwieser zwar mißtrauisch, doch höchst vorsichtig, weil er in seiner Gemeinde ungemein beliebt war, weil er die Finanzen der Pfarrei durch Beibringen bedeutender Spenden glänzend aufpolierte und weil überhaupt das Gemeindliche in gleichem Maß erblühte, wie es in anderen Gemeinden abstarb. Dennoch war man dort im Ordinariat wohl froh, als Betzwieser *heimgerufen* wurde, und flugs besetzte man die Pfarrei mit einem jener windschnittigen Geistlichen, die zur Klampfe Jesus-Rock singen lassen und die Leute aus der Kirche graulen. Der Weltgeist ließ sich das nicht gefallen, und kurz nach Betzwiesers Tod brannte die Kirche ab …

Und Monsignore Betzwieser also war der Beichtvater der Familie von Lenfeld, und so wußte er alles, was den Tod Anna von Lenfelds betraf, längst vor uns, aber sein Mund war durch das Siegel des ja auch durch die Strafprozeßordnung sanktionierten Beichtgeheimnisses, das er sehr ernst nahm, verschlossen. Als ich ihm von dieser Entwicklung der Ermittlungen erzählte, blitzte nicht einmal eine Andeutung von Hinweis aus seinem Blick.

Es versteht sich, daß ich nach dem, was wir von Graef und von Gelzer erfahren hatten, sehr bald die Mutter und den Sohn von Lenfeld nochmals vernommen habe, und zwar selbstverständlich getrennt. Sie mußten, wie ist nie geklärt worden, Wind davon bekommen haben, daß die Sache nach zwei Jahren wieder auf den Tisch kam. Beide von Lenfelds erschienen bereits mit Anwalt vor dem von mir beauftragten Ermittlungsrichter. Ich ahnte zwar, wie die Vernehmungen ausgehen würden, ging jedoch trotzdem hin. Sie machten, wie erwartet, von ihrem Aussageverweigerungsrecht Gebrauch, das sie jedenfalls hatten: als Beschuldigte sowieso und als Zeugen, weil der jeweils Beschuldigte nahe verwandt war – Mutter beziehungsweise Sohn. Wir wußten es: Entweder hatte der Sohn seine Schwester ermordet, seine Geliebte, weil sie aus dem inzestuösen Verhältnis ausbrechen, einem anderen sich zuwenden wollte oder schon zugewendet hatte, aus Eifersucht also, oder aber die Mutter hatte ihre Tochter … ja – geopfert, um diese entsetzliche Sünde aus der Welt zu schaffen. Oder sie haben es miteinander getan, der eine aus diesem, die andere aus jenem Grund. Nachzuweisen war es nicht, mußten wir zähneknirschend einsehen. Da saßen zwei, das heißt, da liefen zwei frei herum, von denen mindestens einer ein Mörder war, und drehten uns eine Nase …

Es gibt zwar die sogenannte Wahlfeststellung, das heißt eine Verurteilung, wenn ein Täter nachgewiesenermaßen eins von zwei bestimmten Delikten mit der einen Tat begangen hat, nicht nachweisbar jedoch welches, etwa, daß es erwiesen ist, der Täter hat einen Gegenstand unrechtmäßig an sich gebracht entweder durch Diebstahl oder durch Hehlerei. Dann kann er per Wahlfeststellung wegen Diebstahls oder Hehlerei verurteilt werden, selbstverständlich nach dem minderschweren Gesetz. Doch es gibt natürlich keine Wahlfeststellung zwischen zwei Tätern …

Nein, sie drehten uns keine Nase, dazu waren sie zu fein. Sie verschwanden aus der Stadt, verkauften alles, gingen nach Südamerika in die Heimat der Alten, – die sich in meinen Augen allerdings verraten hatte, indem sie seinerzeit gesagt hatte: Sie bete für das Opfer und den Mörder … masculini genesis also. Das reichte jedoch zu keiner Verurteilung, und ich behielt es für mich. Nur meinem Freund, dem Monsignore Betzwieser gegenüber erwähnte ich den Verdacht. Er seufzte und schwieg.«

So endete die Geschichte, die Oberstaatsanwalt Dr. F. erzählte, und die er *Eine große Familie* genannt hatte, an jenem Donnerstag, und die Zuhörer schritten nach einigen Minuten nachdenklichen Schweigens zum Musizieren.

*

Daß die geistliche Charge womöglich Jesus-Rock oder Marien-Rap zur Elektro-Klampfe singen läßt, verzeihe ich ihr. Werden schon sehen, wie weit sie kommen, wenn sie selbst ihre eigene Kirche verwässern. Mich, die Katze, geht das nichts an. Wir, die Tiere, sind laut Glaubenskongregation zwar »auch von Gott geschaffene und zu respektierende Wesen« – ja, vielen Dank, das habe ich mich immer schon zu wissen erfrecht –, wir sind allerdings »nicht erlösungsfähig und nicht erlösungsbedürftig«. So also geht mich das alles nichts an. Nur daß jene geistliche Charge, wohl ein Weihbischof oder solches, eine Katze mit einem Hund verwechselt, verzeihe ich ihr nicht.

Der sechzehnte Donnerstag des Oberstaatsanwalts Dr. F., an dem er beginnt, die Geschichte vom »Goldenen Herbst« zu erzählen.

»Sie erinnern sich vielleicht«, begann Oberstaatsanwalt Dr. F., »an eine Fernsehserie mit dem Titel *Goldener Herbst.* Ich will ja heute nichts mehr sagen, wo ich selbst in ein Lebensalter gekommen bin, das durchaus mit dem Herbst verglichen werden kann, doch damals kam mir diese Sendung ganz besonders albern vor. Es war eine Art gemischte Rate- und Musiksendung, in der ausgewählten Greisinnen und Greisen vorgeführt wurde, wie schön das Altern angeblich sei. Die ständige Redewendung des seifigen Moderators war: ›Auch der Herbst hat noch seine warmen Tage.‹ Dabei waren manche der dort vom *Kufsteinlied* oder den *Kastelruther Spatzen* oder ähnlichen Greueln umschmeichelten Unterhaltungsopfer eigentlich längst im Winter ihres Lebens. Doch die Sendung war stark beliebt, selbstredend beim älteren Publikum, sie war aufbauend, positiv, sittenfest und optimistisch, ab und zu floß mit einem Pfarrer dieser oder jener Konfession vorsichtig Religiöses ein, die Greise konnten Kuraufenthalte, Heizkissen, Spezialnachttöpfe und dergleichen gewinnen, nicht ungern trat ein Überraschungsgast auf, das heißt ein verschollen geglaubter Neffe des augenblicklichen Zielgreises, und ähnliches. Die Greise und Greisinnen, die in der Sendung natürlich stets nur als *Senioren*, manchmal schelmisch als *Evergreens* betitelt wurden, wurden sozusagen getröstet, bekamen hinterher Blumen, die Einschaltquoten waren enorm und das Ganze also insgesamt eine ungenießbare Scheußlichkeit. Doch das Widerlichste war der Moderator: Hans-Will Dohmann. Die Seriosität leuchtete aus allen Knopflöchern seiner tadellos dreiteiligen Anzüge. Seine Krawatten bewegten sich haarscharf auf dem schmalen Grat zwischen Designer-Kühnheit auf der einen und dem Bemühen, die Greise ja nicht zu erschrecken, auf der anderen Seite. Hans-Will Dohmann – der Trost der Witwen. Er machte stets ein Gesicht, als wolle er um die Hand der Tochter des betreffenden Greises anhalten.

Aber diese Sendung, die unsereins natürlich nie anschaute, außer wenn man beim Einschalten zufällig auf sie kam und aus Masochismus für ein paar Minuten dabei blieb, spielte bei dem Mordfall, den ich Ihnen erzählen will und mit dem ich damals zu tun hatte, zunächst nur eine periphere Rolle, insofern nämlich, als das tote Mädchen, das an einem regnerischen Julitag, einem Dienstag, erinnere ich mich, dem Tag, an dem 1870 die schicksalsschwere ›Emser Depesche‹ abgeschickt wurde, was mit diesem Mordfall aber nichts zu tun hat, im Pasinger Stadtpark von einem Penner gefunden wurde, eine der Assistentinnen des Moderators Dohmann war, nämlich jenes in zart-braven College-Look gekleidete Mädchen, das nach Abfertigung und Umschmeichelung des jeweiligen Tatterers diesem mit einem flüchtigen Hauchkuß den obligaten Blumenstrauß überreichte.

Das kam alles aber erst später heraus, auch daß das Mädchen Corinna Kergl hieß und nicht viel mehr als neunzehn Jahre alt war.

Der Penner, es war ein besonders widerlicher, schmieriger solcher und hieß Eyring, Georg, fand sie halb von heruntergerissenen Zweigen bedeckt unter einem Busch etwas abseits der Wege im Park. Die Leiche war bekleidet, ich glaube: Jeans und T-Shirt, sommerlich, kann sein auch eine Jacke oder sowas, keine Strümpfe, leichte Sandalen. Ausweise oder dergleichen hatte das Mädchen nicht bei sich oder sie waren gestohlen worden, wie überhaupt zunächst ein Raubmord vorzuliegen schien, denn das Mädchen hatte zwar eine Handtasche, eine bestickte Tasche aus Jeansstoff war es, jedoch keine Geldbörse. Die Tasche lag in einiger Entfernung von der Toten. Es schien mir sogleich als zu absichtlich gelegte Fährte, das heißt, daß ein Raubmord nur vorgetäuscht werden sollte. Dazu paßte, daß das Mädchen ein schweres, erstaunlich schweres goldenes Fußkettchen trug, das der Raubmörder nach Lage der Dinge schwerlich übersehen hätte können.

Der erste Verdächtige war natürlich der weithin stinkende Penner Eyring, Georg, der die Leiche gefunden hatte, doch erstens war dem Eyring zwar alles mögliche an Schweinigeleien zuzutrauen, ein Gewaltverbrechen nach seiner Charakterstruktur aber nicht. Und zweitens war das Mädchen laut Obduktionsbefund etwa vierundzwanzig Stunden tot, als – wie gesagt an einem Dienstag im Juli gegen zehn Uhr vormittags – der Penner sie fand. Für die Tatzeit hatte Eyring ein Alibi. Zwar gilt die bereits erwähnte Regel, daß derjenige, der ein Alibi hat, ganz besonders verdächtig ist, nur hat auch diese Regel eine Ausnahme, und die kam Eyring zugute: Er saß an dem betreffenden Montag im Gefängnis, wegen Übertretung des Hausverbots für den Hauptbahnhof in, vermute ich, mehrdutzendfachem Rückfall, und wurde erst dienstags früh entlassen.

Seltsam war, daß das Mädchen, dessen Identität wir zunächst nicht feststellen konnten, niemandem abzugehen schien. Es gab keine Vermißtmeldung, auch nach Tagen nicht. Nur einer der Kriminaler, ein jüngerer Mann, behauptete steif und fest, er kenne das Mädchen, wisse jedoch nicht, woher. Er sei sicher, das Mädchen öfters schon gesehen zu haben, zerbrach sich den Kopf, es falle ihm nicht ein, wo – seine Kollegen hänselten ihn: Es sei wohl eine verflossene Liebschaft von ihm … Nein, sagte er, sicher nicht, er sei sich sicher, daß er das Mädchen kenne, doch nie persönlich gesehen habe. Freilich: Später stellte sich heraus, daß die Mutter jenes Kriminalers eine leidenschaftliche Zuschauerin des *Goldenen Herbstes* war und keine Sendung ausließ, und der Sohn mußte zwangsläufig manchmal mitschauen und bemerkte die Assistentin.

Dies fiel dem Kriminaler ein, als wir – was dann überflüssig war –, uns aber doch zu einem merkwürdigen Seitenaspekt führte – uns entschlossen hatten, das rücksichtsvoll retuschierte Bild der Toten in den Zeitungen zu veröffentlichen und im Fernsehen zu zeigen. Es gingen daraufhin zahlreiche Hinweise ein, die wir nicht mehr brauchten, denn eine kurze Rückfrage beim Sender ergab Namen und Adresse und so fort.

Corinna Kergl wohnte bei ihrer Mutter und deren Freund. Einen Vater gab es auch, der war von der Mutter lang schon geschieden und lebte irgendwo in Norddeutschland. Er hatte mit der Tochter seit Jahren keinen Kontakt mehr gehabt und war dann übrigens der einzige, der sich um die Beerdigung, ein Grab, einen Grabstein kümmerte. Zur Aufklärung des Mordfalls konnte er nichts beitragen.

Bevor ich die eigenartige Vernehmung des Stiefvaters referiere, die ich nur aus zweiter Hand kenne, nämlich aus dem Protokoll, das zwei Kriminaler aufnahmen, und aus deren ergänzenden, deftigeren Schilderungen, erzähle ich den Bericht von meinem Besuch bei Herrn *Goldener-Herbst*-Moderator Hans-Will Dohmann in dessen Villa in Grünwald. Das machte ich selbst, das wollte ich mir doch nicht entgehen lassen.

Mein erster Eindruck war: Wie man sich doch täuschen kann. Die Einrichtung einschließlich der Ehefrau Dohmann erste Sahne, wie man so sagt. Gediegen, geschmackvoll, stilvoll. Frau Dohmann: gepflegt und liebenswürdig, der seifige Moderator: ein gebildeter, geistvoller Mann, den ich sofort zu meinem letzthin erwähnten Herrenstammtisch eingeladen hätte, wenn ich nicht erstens dienstlich hiergewesen wäre und mir zweitens nicht hätte denken können, daß ihm bei seinen Verpflichtungen eine solche Einladung höchst lästig gekommen wäre.

Er wußte inzwischen vom Tod seiner Assistentin. Am Sonntag war die letzte Folge des *Goldenen Herbstes* aufgezeichnet worden, an der Corinna mitgewirkt hatte. (Das Augenzwinkern Herrn Dohmanns bei Nennung der Sendung war unübersehbar. Wahrscheinlich, dachte ich mir damals, kann man so eine bescheuerte

Sache nur machen, wenn man intelligent ist und natürlich zynisch.) Die Sendungen, so Herr Dohmann, tun zwar so, als seien sie live, werden aber aufgezeichnet, schon weil die Greise häufig unberechenbar und kindisch seien und man nie wisse, ob nicht einer durchdreht. Am Sonntag also war Corinna noch da, überreichte brav ihre Blumen, verabschiedete sich wie immer: bis dann ... das hieß in dem Fall bis Mittwoch, doch am Mittwoch war Corinna, ganz untypisch für sie, ohne Entschuldigung nicht erschienen – freilich, so Herr Dohmann, jetzt wisse er, warum. Damals habe er sich nur kurz geärgert, doch man ärgere sich beim Fernsehen eh ständig, und man habe eine andere Blumenüberreicherin eingesetzt.

Nein, aufgefallen sei ihm, Dohmann, an jenem Sonntag bei Corinna nichts. Sie sei gewesen wie immer, allerdings habe er auf ›sonderliche sozusagen seelische Einzelheiten‹ (so Dohmann wörtlich) nicht geachtet. Er könne jedoch einiges erzählen, was für uns vielleicht von Interesse sein könnte. Es sei kein Wunder, sagte er, daß sich die Familie nicht gemeldet habe, daß ihr die Tochter nicht abgegangen sei. Es sei eine ganz und gar ungewöhnliche Familie, ›oder vielleicht‹, so Dohmann wörtlich, ›inzwischen schon eher gewöhnliche‹. Die Mutter lebe mit einem Mann zusammen, der, wenn er sich recht erinnere, eben von der zwölften zur dreizehnten Bewußtseins-Stufe gelangt sei, zur Stufe des reinen Hedonismus. Das heißt, er tue gar nichts mehr. Wovon die Familie lebe, sei ein Rätsel, denn auch Corinnas Mutter gehe keinem eigentlichen Beruf nach. Sie sei Dozentin an einer privaten Lehranstalt für Selbstfindung. Da gebe sie Kurse und halte esoterische Sessionen. Viel Geld bringe das nicht, und das einzige regelmäßige Einkommen sei das Corinnas – nunmehr gewesen. Große Sprünge habe man davon nicht machen können, abgesehen davon habe sich Corinna zunehmend geweigert, von ihrem nicht gerade sauer, doch zumindest verdienten Geld etwas abzugeben, und darüber sei es, das habe Corinna ihm,

Dohmann, einmal geklagt, oft zu ziemlich handgreiflichem Streit gekommen.

›Glauben Sie‹, fragte ich, ›daß womöglich dieser Stiefvater …?‹

›Eher nicht‹, meinte Dohmann, ›sie werden die Gans nicht ge …‹ Er merkte, welche Geschmacklosigkeit ihm zu entschlüpfen drohte, und ich sagte: ›Ich verstehe.‹

›Nicht wegen einem Streit ums Geld‹, sagte Dohmann, ›eher aus anderen Gründen.‹

›Aus welchen Gründen?‹

›Die Zustände in der Familie grenzen, so scheint es mir nach den Schilderungen der armen Corinna, ans Asoziale. Corinnas properer Anstrich nach außen war ein Wunder. Nein, war der Ausdruck der Opposition gegen die Schlamperei zu Hause.‹

›Aber deswegen …?‹

›Nein, etwas anderes. Corinna deutete es mir nur an. Der Stiefvater war … an ihr … interessiert.‹

›Und sie nicht an ihm?‹

›So ist es. War es.‹

›Wußten Sie‹, jetzt sagte ich ihm, was ich auch Ihnen, liebe Freunde, bisher nicht erzählt habe, das hatte sich durch die Obduktion ergeben, ›wußten Sie, daß Corinna im vierten Monat schwanger war?‹

Dohmann klappte der Kiefer hinunter. Nach einigen Augenblicken sagte er: ›Das ist ja … dann – nein, das habe ich nicht gewußt.‹

›Wie lange haben Sie Corinna gekannt?‹

›Sie bewarb sich kurz nach ihrem achtzehnten Geburtstag. Wir nehmen nur Volljährige. Seitdem also, fast ein Jahr.‹

Ich bedankte mich und ging.

Und jetzt – ich höre die Signale – gehen auch wir hinüber. Es wird fürchterlich, sage ich Ihnen. Dieses Streichquartett von Bartók ist ein Mount Everest. Ob wir uns dazu versteigen sollen? Jedenfalls

125

hätten Sie sich einen besseren Bratscher als mich beschaffen sollen.«

»Sie haben«, sagte Herr Galzing, »den Ravel ja auch geschafft.«

»Mehr mit Anstand als mit Bravour«, seufzte Oberstaatsanwalt Dr. F.

Damit endet der erste Teil der Erzählung des Oberstaatsanwalts Dr. F. vom *Goldenen Herbst.*

Der siebzehnte Donnerstag des Oberstaatsanwalts Dr. F.,
an dem er die zweite Fortsetzung der Geschichte vom
»Goldenen Herbst« erzählt.

»Ganz«, sagte Oberstaatsanwalt Dr. F., »habe ich mich vom Bartók-Quartett letzter Woche noch nicht erholt.«

»Sie waren doch der Sache irgendwie gewachsen«, sagte die Frau des Hauses.

»Sie sagen mit Recht irgendwie – noch schlimmer als beim Ravel.«

»Sie mögen Ravel nicht?«

»Im Gegenteil, im Gegenteil!« rief Dr. F., »es hat Zeiten in meinem Leben gegeben, in denen ich ohne die Musik Ravels nicht leben zu können glaubte. Ja, in denen ich die Musik Ravels jeder anderen vorzog. Es gibt wenige Komponisten, von denen ich sagen kann, ich hätte jeden Ton ihrer Musik gehört. Außer für Brahms trifft das bei mir für Ravel zu. Nicht einmal Mozart! Man stelle sich vor! Nicht einmal Mozart. Gut, bei Ravel ist es leichter, sogar bei Brahms. Gibt es eine weitere Verbindung zwischen beiden? Ich glaube: ja. Beide haben keine einzige Note geschrieben, hinter der sie nicht mit ganzem schöpferischem Ernst standen. Beider Musik ist gewappnet aus dem Schienbein des Gottes entsprungen.«

»Und wie geht es mit dem *Goldenen Herbst* weiter?«

»Ja«, Dr. F. lehnte sich zurück, »also der Stiefvater Corinnas war wenig gesprächig, war sogar, wie sich der vernehmende Kriminaler ausdrückte, ›zähflüssig‹. Obwohl er, der Stiefvater – er hieß Horst Ungerau – offensichtlich nichts zu tun hatte, außer sich in seinem Sitzsack zu räkeln und selbstgedrehte Zigaretten zu rauchen, war er ungehalten über den Besuch des Kriminalers und äußerte sofort, daß er für Bullen nichts übrig habe. Das ging, sagte der Kriminaler, auch bereits aus der Bibliothek hervor, sofern man den großen Bücherhaufen so nennen kann, der um

127

den Sitzsack herum aufgeschichtet war. Die zuoberst liegenden Titel, die der Kriminaler wahrnahm, ließen auf eine, milde gesagt, antiautoritäre, antikapitalistische Weltanschauung schließen. ›Gemischt mit Buddhismus, vermute ich‹, sagte der Kriminaler, ›worauf auch der etwas strenge Geruch in der Wohnung hindeutete.‹

Ich versuche, aus dem Gedächtnis das Protokoll wiederzugeben, das der Kriminaler von der Vernehmung angefertigt hat:

Kriminaler: ›Ihre Tochter oder Stieftochter, also Fräulein Corinna Kergl, ist ermordet worden.‹

Ungerau: ›Mhm.‹

Kriminaler: ›Sie hat mit Ihnen und Corinnas Mutter in einem gemeinsamen Haushalt gelebt?‹

Ungerau: ›Was fragen Sie, wenn Sie eh alles wissen.‹

Der Kriminaler unterdrückte, das stand nicht im Protokoll, die Äußerung, daß die Kriminalpolizei das Entscheidende eben nicht wisse.

Kriminaler: ›Wann haben Sie Corinna das letzte Mal gesehen?‹

Ungerau: ›Weiß ich doch nicht.‹

Kriminaler: ›Haben Sie sie denn nicht vermißt?‹

Ungerau: ›Warum sollte ich?‹

Kriminaler: ›Auch nicht die Mutter?‹

Ungerau: ›Die Mutter ist nicht da.‹

Kriminaler: ›Was heißt: ist nicht da?‹

Ungerau: ›Cuba.‹

Kriminaler: ›Bitte?‹

Ungerau: ›Ich weiß nicht, warum man mir Schwerhörige schickt. Ich sagte: Cuba. Die Mutter ist auf Cuba. Ist nach Cuba gefahren. Insel Cuba.‹

Kriminaler: ›Ach so – schon vorher?‹

Ungerau: ›Seit vier Wochen.‹

Kriminaler: ›Urlaub?‹

Ungerau: ›Kongreß. Hat das was mit der Sache zu tun?‹

Kriminaler: ›Nein, nur: Dann weiß die Mutter noch gar nichts vom Tod ihrer Tochter?‹

Ungerau: ›Woher soll ich wissen, was sie weiß?‹

Und so weiter und so fort. Es war völlig sinnlos, den Kerl danach zu fragen, ob er irgendeinen Anhaltspunkt habe, irgendeinen Verdacht in einer bestimmten Richtung und dergleichen. Der Kriminaler brach dann auch die Vernehmung deswegen ab, weil es schließlich und gerade nach der Art, wie Ungerau reagierte, nicht ausgeschlossen schien, daß Ungerau selbst als Täter in Frage kam. Einige Beamte des Dezernats neigten zu diesem Verdacht, nach dem, was Dohmann über das Interesse des Stiefvaters an der Stieftochter geäußert hatte.

Nur ganz zum Schluß fragte der vernehmende Kriminaler den Ungerau, ob er wisse, daß Corinna schwanger war, worauf Ungerau antwortete: ›Das wird der Fabi gewesen sein.‹

›Der Mörder?‹ fragte der Kriminaler.

›Weiß ich nicht‹, sagte Ungerau, ›jedenfalls der Schwängerer.‹

Von diesem Fabi, recte Fabian Hirsmüller, wußten wir schon, nämlich aus der sonst unergiebigen Vernehmung einer mit Corinna befreundeten Mit-Assistentin in der Sendung *Goldener Herbst*. Das war diejenige Assistentin, die die Greise zu ihrem Stuhl führte. Fabi, so wußte die Kollegin, war seit einigen Monaten mit Corinna befreundet, liiert, ›sie waren zusammen‹ im Jung-Jargon gesprochen. Daß Corinna schwanger war, wußte die Kollegin nicht.

Den jungen Mann ließ ich durch den Ermittlungsrichter vernehmen und ging selbst zur Vernehmung hin. Schließlich kam auch er als Täter in Frage. Um es jedoch gleich vorweg zu sagen: Er hatte ein Alibi. Zwar gilt das mehrfach vom Alibi Gesagte natürlich auch hier, doch Fabis Alibi konnten wir absichern: Er war in der Schule. Fabi war um zwei Jahre jünger als Corinna, also erst siebzehn, und ging noch aufs Gymnasium. Übrigens ein zwar fast zwei Meter langer, ziemlich kindlicher Mensch, etwas, was man als sauberen, anständigen Jungen bezeichnen würde. Aber nun, wer weiß …

Wo war ich stehengeblieben? Ach so – beim Alibi. Fabi war zur Tatzeit in der Schule und zwar wirklich. Wir fragten die Lehrer, fragten Mitschüler, es wurde an dem Tag sogar eine Arbeit geschrieben, ich glaube Mathe, und die hatte Fabi nachweislich mitgeschrieben. Das Gymnasium, das Fabi besuchte, eine Anstalt in der Nähe des Deutschen Museums, ist so weit vom vermutlichen Tatort entfernt, daß er in den Pausen nicht einmal mit einem Hubschrauber hin- und zurückgekommen wäre.

Dabei fällt mir ein, trage es nach, daß aus allem, was vorgefunden wurde, sich als höchst wahrscheinlich ergeben hatte, daß Corinna dort ermordet – erwürgt – worden war, wo sie der Penner Eyring später fand.

Das Überraschende an Fabis Aussage war, daß er von Corinnas Schwangerschaft nichts wußte. Oder tat er nur so? War er ein so guter Schauspieler, daß er eine Betroffenheit über diese Frage, eine Betroffenheit, die den elendlangen Burschen fast weinen machte, perfekt spielte? Ich glaubte das schon damals nicht, das heißt, ich glaubte Fabi.

Ich habe Sie, liebe Freunde, vielleicht auf eine falsche Fährte gelockt. Fabi, das stellte eine Blutprobe fest, schied als Vater der Leibesfrucht der getöteten Corinna aus. Und auch Herr Ungerau kam nicht in Betracht – fragen Sie nicht, welcher Anstrengungen es bedurft hatte, den Buddha-Marxisten dazu zu bringen, daß er sich ein Quentchen Blut abzapfen ließ. Es mußte also noch einen anderen Mann im Leben Corinnas gegeben habe. Den Mann, der ihr das goldene Fußkettchen geschenkt hatte? Ein Geschenk, das ich weder dem Herrn Ungerau noch dem Gymnasiasten Fabi zutraute. Finde ich, sagte ich mir, mit diesem Mann, dem Vater des Kindes, das nie geboren werden wird, den Mörder?

Als ich, sagte ich letzthin, zu Herrn Dohmann kam, war ich aufs angenehmste davon überrascht, wie kultiviert ein Mann sein kann, der solchen Schrott von sogenannter Unterhaltung verbricht. Doch ein alter Staatsanwalt läßt sich auch von der eigenen Wahrnehmung nicht täuschen. Das hatte sich damals in meiner als Routine gedachten Frage geäußert – und ich sagte zu Dohmann auch, daß er sich nichts denken solle, das sei nur Routine –, wo er denn zur Tatzeit sich aufgehalten habe.

›In Berlin – eine Konferenz über die Konzeption einer anderen Sendereihe, die übrigens meiner Meinung nach nicht zustande kommen wird‹, hatte Dohmann damals gesagt.

Es stimmte. Ohne daß Dohmann davon erfuhr, erkundigten wir uns auf einem vertraulichen Weg. Dabei erfuhren wir nebenbei von der Flugangst Dohmanns. Sie wissen von diesem Phänomen, das keine Einbildung ist oder jedenfalls eine übermächtige Einbildung, die besonders für jene schmerzlich ist, die sich zum Jet-set zählen, und zu denen gehörte natürlich einer wie Dohmann. Tja, dieses Phänomen wurde ihm letzten Endes zum Verhängnis, womit ich Ihnen, liebe Freunde, den Täter schon verraten habe. Zum Verhängnis wurde ihm, daß ein Taxifahrer ihn erkannte …

Es war nämlich so, daß Dohmann, sehr bald nachdem Corinna bei ihm als Assistentin anfing, mit ihr ein Verhältnis hatte, das, wie man so sagt oder früher so sagte, nicht ohne Folgen blieb. Es mag sein, doch das erfuhren wir nie, daß es Corinna darauf anlegte, damit rechnend, daß Dohmann sie heiraten würde, der ihr vielleicht schon alles mögliche versprochen hatte im Liebesrausch eines ältlichen Playboys, ohne das alles ernst zu nehmen, und zuletzt drohte vielleicht sogar Erpressung und Skandal, und der feine Dohmann sah keinen Ausweg, außer das Mädchen … ja … zu beseitigen. Eine Affekthandlung seitens Dohmann, die Tötung also nach und in einem Streit, schied aus, denn Dohmann hatte die Tat sehr schlau geplant.

Nur nicht schlau genug, und er hatte seine Prominenz nicht ins Kalkül gezogen.

Er wußte, daß er an jenem Dienstag nach Berlin zu fahren hatte, wie immer – er hatte oft dort zu tun – mit dem Zug. ICE über Nürnberg und Leipzig, an meinem lieben Naumburg vorbei, sehr bequem ohne Umsteigen, im Grunde angenehmer als in dem engen Flugzeug bei dem kargen Service der Lufthansa. Der ICE hält wenige Minuten, nachdem er von München-Hauptbahnhof abgefahren ist, nochmals in Pasing.

Als ich den ersten deutlichen Verdacht in Richtung Dohmann hatte, erkundigte ich mich noch beim Zugchef jenes einen ICE, der einzig in Frage kam, und der wußte, daß ein Herr, der ihm irgendwie bekannt vorkam, darauf drängte, daß seine Fahrkarte nach Berlin gleich nach Abfahrt, also noch vor Pasing, abgezwickt wurde. Erste-Klasse-Passagiere behandelt die Bahn wie rohe Eier, und so machte das der Zugchef.

Dohmann stieg jedoch in Pasing schon aus. Dorthin hatte er Corinna bestellt, wahrscheinlich unter gewissen Versprechungen, vielleicht für eine klärende Aussprache und ›du wirst sehen, es wird alles gut‹ und so fort. Ich stelle mir das vor, war ja nicht dabei. Und im zu jener Tageszeit menschenleeren Stadtwald warf er ihr einen Gürtel um den Hals und zog zu … Das geht schnell, sehr schnell, habe ich mich beim Gerichtsmediziner erkundigt, und fast lautlos.

Und dann ging Dohmann hinaus auf die Straße, deren Namen ich nicht weiß, ich kenne mich in Pasing nicht aus, es ist die Straße, die vom Pasinger Marienplatz am Stadtpark vorbei nach Süden Richtung Gauting führt; er wollte zum Pasinger Marienplatz zurück und machte den Fehler, statt dort in ein Taxi zu steigen, ein zufällig – nun ja, groß ist so ein Zufall an jener vielbefahrenen Straße nicht – vorbeikommendes Taxi heranzuwinken, um, seine Flugangst unterdrückend (die andere Angst war stärker), zum Flughafen zu fahren. Er hatte, auch das stellten wir unschwer fest, einen geeigneten Flug gebucht.

Und dieser Taxifahrer erkannte Dohmann und meldete sich

eines Tages bei uns. Es kam ihm nämlich komisch vor, daß jemand mit Fluggepäck aus dem Stadtwald herauskommt und zum Flughafen gebracht werden will. Und außerdem ein ›Promi‹ ist, wie sich der Taxifahrer ausdrückte.

Ja … es war die Aufzeichnung für den *Goldenen Herbst*, die die letzte sein sollte, die Dohmann moderierte. Ich hatte den Haftbefehl in der Tasche, wartete jedoch, bis die Sendung abgedreht war, die neue Assistentin der letzten Greisin den Blumenstrauß überreicht hatte. Dann kam Dohmann heraus, strahlte, und ich eröffnete ihm, daß er seinen *Goldenen Herbst* hinter Gittern verbringen werde.

Dann strahlte er nicht mehr.«

Dies war der siebzehnte Donnerstag des Oberstaatsanwalts Dr. F. und der Schluß der Geschichte vom *Goldenen Herbst*.

**Der achtzehnte Donnerstag des Oberstaatsanwalts Dr. F.,
an dem er die Geschichte von den »Zeugenaussagen« beginnt.**

»Das ist sehr lange her«, sagte Oberstaatsanwalt Dr. F., »sehr lange, viele Jahre, da arbeitete ich noch auf der anderen Seite der Gerechtigkeit. Parenthese: Ich bitte den ironischen Unterton zu hören, den nicht nur ich, den viele Juristen bei Nennung des Wortes Gerechtigkeit nicht unterdrücken können. Gibt es die Gerechtigkeit? Die Gerechtigkeit an sich vielleicht schon, als Idee, als edlen Gedanken wie Freiheit und Gleichheit. Nur ist sie herzustellen? Es gibt ein altes, böses, wenngleich leider oft richtiges Wort unter Juristen, ich habe es schon erwähnt: Man bekommt bei Gericht allenfalls ein Urteil … aber keine Gerechtigkeit. Das hängt damit zusammen, daß natürlich jeder unter Gerechtigkeit etwas anderes versteht. Meist das, was ihm nützt. Ich habe noch keine Partei erlebt, die nach verlorenem Prozeß gesagt hätte: Die Gerechtigkeit hat gesiegt.

Doch das alles nur nebenbei, und aus dem ironischen Unterton dürfen Sie nicht schließen, daß nicht unsere Richter wenigstens versuchen, im Großen und Ganzen der Gerechtigkeit nahezukommen, wobei es schwierig ist, diesem Ding nahezukommen, wenn man nicht weiß, wo es ist. Der ironische Unterton ist also oft ein Zeichen von Resignation. Dennoch …

Was wollte ich sagen? Ich wollte ganz etwas anderes sagen, nämlich eine Geschichte erzählen, die den Wert von Zeugenaussagen beleuchtet.

Sie spielt, wie gesagt, zu der Zeit, als ich noch Referendar war, und zu meiner Referendarzeit war das Salär der Referendare noch nicht so üppig wie heutzutage. Das Referendardasein ist jene juristische Zwischenstufe nach dem ersten und vor dem zweiten Examen, eine Art juristischen Kaulquappenexistenz. Man ist zwar schon aus dem Ei geschlüpft, doch noch nicht vollgültiger Frosch.

Als Referendar wird man von Stelle zu Stelle gereicht in Justiz und Verwaltung, wird Richtern zur Ausbildung zugeteilt und darf oder muß Urteilsentwürfe und Noten verfassen, nimmt an Seminaren und Arbeitsgemeinschaften teil und so fort, darf sich jedoch auch schon bei einem Anwalt als juristischer Helfer verdingen und kann dort, je nach Temperament des Anwalts, relativ selbständig arbeiten. Davon habe ich seinerzeit, um mein schmales Budget aufzubessern, Gebrauch gemacht, und ich kam zu einem Anwalt, der eine eigene Geschichte wert wäre, vielleicht erzähle ich sie einmal, obwohl kein Kriminalfall – oder doch? Er war das, was Herzmanovsky in einem der üppigen Personenverzeichnisse seiner Theaterstücke als *randösterreichischen Granden* bezeichnete. Meiner hieß Dr. Theodor von Uzorinac-Kohary und hatte zwei Herzinfarkte schon hinter sich, am dritten sollte er wenige Jahre später sterben. Weil Uzo, so nannte man ihn, nur mehr begrenzt belastbar war, sich aber dennoch – dies nebenbei – grenzenlos belastete, wurden ihm drei Referendare als oberlandesgerichtlich bestellte Vertreter bewilligt, und einer davon war ich, und als solcher Vertreter konnte ich praktisch alle Rechte wahrnehmen und alle Arbeiten übernehmen, die ein zugelassener Anwalt machen darf.

Nirgendwo während meiner Ausbildung habe ich mehr gelernt als bei Uzo, und nicht zuletzt die Skepsis gegen Zeugenaussagen. Und ich wurde mit dem Fall Gluhos konfrontiert.

Heimito von Doderer unterscheidet zwei Arten von Lügen: die freche Lüge, bei der der Lügner, die volle Wahrheit klar im Hinterkopf, seinem Gegenüber ins Gesicht lügt. Diese Lüge, so Doderer, ist zwar moralisch verwerflich, für den Lügner jedoch ungefährlich, weil er weiß, daß er lügt. Die andere, viel weiter verbreitete Lüge, die auch bei allen Zeugenaussagen und Einlassungen von Beschuldigten und Parteien eine weit größerer Rolle spielt, ist die sozusagen indirekte Lüge. Der Lügner legt sich eine Pseudowahrheit zurecht, die er so stark verinnerlicht, daß er sie zuletzt selbst glaubt, und wenn er diese Lüge äußert, sagt er subjektiv die Wahrheit. Diese Lüge, so Doderer, ist für den Lügner gefährlich, weil er durch die Verdrängungs- und Zurechtrükkungsarbeit seelischen Schaden nimmt. Er verletzt sein Inneres.

Außer Doderers Lügenkategorien sind dann noch Äußerungen von Politikern, namentlich Wahlversprechen, zu erwähnen, die meist gemischte frech-indirekte Lügen sind, und die sehr subtile Art der unwissentlichen Lüge, das heißt, jener Äußerungen, die auf schlechtes Gedächtnis zurückzuführen sind, deren Äußerer jedoch hartnäckig an den von ihnen falsch registrierten Fakten fest- und diese für Wahrheit halten. Das hängt mit der ja allgemein zu bemerkenden schlechten Beobachtungsgabe der Menschen zusammen und dann mit retrogradem Wunschdenken. Wenn man etwas in der Vergangenheit so und so beobachtet haben will oder wenn gar irgendwelche als Autorität empfundenen Instanzen es schon so und so darstellen, richtet sich das Gedächtnis danach aus wie die Eisenfeilspäne nach dem Magneten.

Und so war es, letzten Endes, im Fall Gluhos.

Dieter Gluhos, achtundvierzig Jahre alt, geschieden und gelernter Dreher, aber derzeit – das heißt also: damals, zu der Zeit, in der meine Geschichte spielt – ohne Arbeit und auch ohne festen Wohnsitz, war kein eigentlicher Mandant von uns. Er wurde Uzo aufs Auge gedrückt, das heißt, Uzo wurde vom Gericht zum Pflichtverteidiger bestellt.

Ein Pflichtverteidiger wird vom Gericht dann bestellt, wenn der Beschuldigte sich keinen Anwalt leisten kann und wenn ein Fall der sogenannten notwendigen Verteidigung vorliegt, das heißt, wenn etwa der Beschuldigte in Untersuchungshaft sitzt oder wenn ihm ein besonders schweres Verbrechen angelastet wird, Mord unter anderem. Und das war bei Gluhos der Fall.

Uzo wurde also Gluhos' Pflichtverteidiger, überließ jedoch die vorbereitenden Bearbeitungen mir, und so besuchte ich Gluhos in Stadelheim. Er war eine abgewrackte Elendsgestalt von nicht gerade überragenden Geistesgaben, bettelte mich als erstes um eine Zigarette an und betitelte mich hartnäckig mit ›Herr Doktor‹, obwohl ich ihm gleich sagte, daß ich das nicht sei – noch nicht, ich promovierte, wie üblich, während der Referendarzeit.

Er sei es nicht gewesen, ganz bestimmt nicht, jammerte er. Die ›Dame‹ sei schon tot gewesen, als er ins Haus eingedrungen sei … Das Eindringen, also den Einbruch – oder versuchten Einbruch, möglicherweise war es ein rechtlich relevanter Rücktritt vom Versuch, aber ich will hier kein strafrechtsthematisches Kolleg halten und lasse es dahingestellt – gab er zu.

›Die Dame war schon tot‹, sagte er.

Bei der ›Dame‹ hatte es sich um die zur Zeit ihres – ohne Zweifel gewaltsamen – Todes gut achtzigjährige Katharina Knöpfmüller gehandelt, eine Witwe, die allein in ihrem Haus in einer ruhigen Straße im Stadtteil Neuhausen gewohnt hatte. In jenem Stadtteil – mancher von Ihnen kennt ihn ja – stehen seit vielen Jahrzehnten sogenannte Siedlerhäuser, meist einstöckige Bauwerke, selten in Reihe, häufig allein in einem Garten, wenngleich nahe am nächsten. Jedes Haus anders, eine menschliche Gegend, und damals auch noch von förmlich dörflichem Charakter. Jeder kannte jeden – oder fast. Es gab Milchfrau und Bäcker, es gab einige Gastwirtschaften, deren verräucherte Täfelungen mit Hirschgeweihen geschmückt waren, und an den Wänden hingen die gerahmten Spielkarten mit dem Vermerk, daß diesen Herz-Solo-Du der Stammtischbruder Holzwein Franz Xaver am Dreikönigstag 1929 gespielt habe. Der Herz-Solo-Du ist, wie Sie vielleicht nicht wissen, die Sternstunde des Schafkopfspielers und so selten wie ein Komet.

Um nicht zu prahlen: Die Zahl 1929 und den Namen Holzwein Xaver habe ich jetzt im Augenblick erfunden. Diese Erfindung charakterisiert jedoch die biedere Gegend, die im Übrigen nicht proletarisch war, sondern bürgerlich bis kleinbürgerlich. Einige verstreute Villen in mauerumfriedeten Parks brachten sogar ein großbürgerliches Element in das Quartier, zudem nicht zuletzt das nahegelegene Schloß Nymphenburg zusätzlich fürstlichen Schimmer herüberfunkelte. Dennoch: fast ein Dorf. Die Großstadt begann eigentlich erst vorn am Rotkreuzplatz, und wenn die Bewohner der Gegend dorthin gingen, hatten sie das Gefühl, nach auswärts zu geraten.

Ich kenne diesen Stadtteil gut, habe selbst zwei Jahre dort gewohnt, allerdings viel später, als schon die Dörflichkeit Neuhausens an vielen Stellen durchlöchert, als es von der Großstadt schon durchschossen war.

Frau Witwe Knöpfmüller wohnte also in so einem Siedlerhaus eher größeren Zuschnitts, wohnte allein in dem Haus, das eigentlich viel zu groß für sie allein war. Sie hatte nie Kinder gehabt, für die vielleicht die Größe des Hauses berechnet war – das Leben wollte es nicht. Der Mann der Frau Knöpfmüller, Maurermeister und kleiner Bauunternehmer, war damals schon lange tot. Frau Knöpfmüller, die, wie sich herausstellte, keine näheren Verwandten hatte, war freundlich und beliebt gewesen und hatte ihr kleines Leben in dem abgezirkelten Bereich des dörflichen Neuhausen verbracht. Sie war mit niemandem enger befreundet gewesen, verfeindet schon mit gar niemandem. Sie war nicht reich, doch sie war gut versorgt, und man nahm allgemein an, daß sie Bargeld auf der hohen Kante hatte – nicht auf der Bank oder Sparkasse, welchen Institutionen sie, wie manche alte Leute, nicht traute.

Und diese brave, gute Frau war erschlagen worden; brutal erschlagen mit einem stumpfen Werkzeug, wohl einem Hammer.

Ihre Leiche wurde erst Wochen nach der Tat gefunden, was, und das spielte in der Geschichte eine Rolle, unmöglich machte, den genaueren Todeszeitpunkt festzustellen. Die Obduktion ergab nur: vor circa zwei bis drei Wochen. Gefunden hatte sie die Pfarrschwester von St. Theresia, die zunächst antelephonierte, dann hinging, weil Frau Knöpfmüller schon zweimal, ohne dies vorher anzukündigen, nicht zum geselligen Seniorenabend der Pfarrei gekommen war. Es sei nicht das erste Mal, sagte die Pfarrschwester später aus, daß sie durch solche Aufmerksamkeit auf ein Unglück gestoßen sei, was Wunder bei alten, oft alleinstehenden Leuten, daher sei sie nach dem Ausbleiben der Frau Knöpfmüller unruhig geworden – mit Recht, wie sich leider herausstellte.

Ich kürze jetzt die Sache ab: Die Pfarrschwester verständigte nach mehreren Versuchen, Frau Knöpfmüller herauszuläuten, und nachdem die Pächterin des Blumenkiosks vorn erklärt hatte, die alte Dame schon lang nicht mehr gesehen zu haben und so fort, die Polizei, die nach einigem Zögern dann das Haus öffnen ließ und also die Leiche fand.

Die Feststellungen am Tatort ergaben den, wie erwähnt, gewaltsamen Tod der alten Frau, ergaben auch, daß ein Fenster zum Keller, das hinten in den kleinen Garten hinausging, eingeschlagen, der Mörder also auf diesem Weg ins Haus eingedrungen war, und daß alle Schubladen und Behältnisse durchwühlt und durchsucht worden waren. Es schien von vornherein klar, daß ein Raubmord vorlag, wenn man auch nicht wußte, was und wieviel fehlte, weil man nicht wußte, wieviel vorher dagewesen war.«

Damit endete für diesmal die Geschichte von den *Zeugenaussagen*, und Oberstaatsanwalt Dr. F. drückte seine Zigarre aus und begab sich ins Musikzimmer.

*

Man drückt keine Zigarre aus, lieber Herr Oberstaatsanwalt. Lassen Sie sich das von einer Katze sagen. Eine Katze hat, wie jeder weiß, eine feine Nase, und die wird durch den kalten Rauch beleidigt. Sie, die Nase, wird auch durch den warmen Rauch beleidigt, mehr jedoch durch kalten. Doch nicht deshalb sage ich das – würde das sagen, wenn ich reden wollte. Es wundert mich, daß Sie, Herr

Oberstaatsanwalt Dr. F., eine Zigarre herzlos ausdrücken wie eine gewöhnliche Zigarette. Eine Zigarre ist edel. Sie verdient es, zu Asche zu sterben.

Ich ziehe mich aus diesem Zimmer zurück. Ich begebe mich hinaus in die warme Juninacht. Eine Elster macht uns die Küchenreste von heute mittag streitig. Mein Bruder Boris hatte schon eine Auseinandersetzung mit dieser blöden, krächzenden Elster.

Der neunzehnte Donnerstag des Oberstaatsanwalts Dr. F. und die Fortsetzung der Geschichte von den »Zeugenaussagen«.

»Legen Sie mich nicht auf die genauen Wochentage fest, daran kann ich mich nach so langer Zeit nicht mehr erinnern. Ich rekonstruiere die Fakten, wie sie für die Geschichte wichtig sind.

Die Leiche der alten Frau wurde, wie erwähnt, etwa zwei oder drei Wochen nach dem Mord gefunden. Es war Sommer, das weiß ich noch, und der Zustand der Leiche dürfte daher nicht sehr ansprechend gewesen sein. Der genaue Todeszeitpunkt konnte so nicht mehr festgestellt werden. ›Ungefähr vor zwei Wochen‹, stand im Obduktionsbefund – habe ich schon gesagt? Ja.

Nun gab es da einen pensionierten Senatspräsidenten. Den inzwischen abgeschafften pompösen Titel erlaubte man sich damals noch. Später kam dann ein Bundesjustizminister, früher Oberbürgermeister von München, der bekannt dafür war, daß er alles um- und aufwühlte und von rastlosem Erneuerungsdrang beseelt war. Er erfand eine Justizreform … Ja nun, wer wüßte besser als ich, daß die Justiz damals reformbedürftig war – und heute noch ist. Doch davon will ich nicht reden. Schon weil ich mich seit meiner Pensionierung vom Feld der Justiz weggegeben habe auf ein Feld, das Sie kennen.«

Er deutete auf seinen Instrumentenkasten.

»Nur so viel: Bisher hat, soweit ich sehe, jede Justizreform, die versucht wurde, am falschen Ende angegriffen. Und die Justizreform jenes erwähnten, aktionsfreudigen Ministers erschöpfte sich letzten Endes in der wenngleich lautstark bekrähten Abschaffung der Titel Rat und Senatspräsident und so fort. Eine kostengünstige Reform. Die neuen Titel waren dann viel schöner – oder nicht? Derjenige, der sich früher Oberamtsrichter nennen durfte, hieß von da ab Wauri.«

»Wie bitte?«

»Sie hören richtig. Wauri. Das ist die Abkürzung für *Weiterer aufsichtsführender Richter …* Aber zurück zum Senatspräsidenten a. D., von dem ich gesprochen habe. Er führte den Titel auch später noch, denn jene Reform sparte gnädigerweise die Pensionisten aus, zog ihnen also nicht die wohlerworbenen Titel unter dem Hintern weg … Es gab sogar einen Fall, ich weiß es noch genau, da ging ein alter, noch nicht ganz pensionsreifer Senatspräsident einen Tag vor Inkrafttreten der Titelkastration in den Ruhestand, nur damit er sich nicht von seinem Titel trennen mußte. Das war ihm, und das will bei Richtern etwas heißen, wichtiger als die Geldsumme, um die sein Ruhegehalt wegen des vorzeitigen Pensionsdatums gekürzt wurde.

Dieser Senatspräsident war nicht jener – Sie verstehen –, die Sache spielt auch viel früher, aber jener Senatspräsident a. D. war auch kurios. Sie müssen sich vorstellen: So ein Vorsitzender eines immerhin hohen Gerichts hat eine gewisse Machtfülle, und die entweicht plötzlich am Tag seiner Pensionierung. Der Arme fällt in ein schwarzes Loch. Er ist niemand mehr … nicht jeder hat das Glück …«

Oberstaatsanwalt Dr. F. lächelte und deutete auf die Zuhörer und auf seine Viola.

»… kurzum, man muß sich irgendwie beschäftigen, und jener Senatspräsident a. D. beschäftigte sich damit, daß er von acht Uhr dreißig bis zwölf Uhr dreißig, und dann wieder von vierzehn Uhr dreißig bis sechzehn Uhr dreißig – an Werktagen mit Ausnahme von Samstag – in Neuhausen die Straßen abging und die falsch geparkten Fahrzeuge aufschrieb.

Eine sauber geführte Liste mit exakten Daten sowie Kennzeichen, Automarke und Farbe legte er jeweils am Montag um acht Uhr fünfzehn, bevor er seinen ersten Kontrollgang antrat, im nächsten Polizeirevier den meist eher befremdeten Wachhabenden vor. Mit der Zeit gewöhnten sich die Polizisten daran, und sie unterließen es nach einiger Zeit tunlichst, die senatspräsidentliche Liste *i. P.* zu archivieren – im Papierkorb. Denn der Senatspräsident erkundigte sich bei Gericht laufend nach dem Ergebnis der Verfahren, die durch seine Mühewaltung ausgelöst worden waren.

Und der alte Senatspräsident hatte noch eine weitere Leidenschaft. Er schaute nächtens mit seinem alten Armeefeldstecher, der ihm von seinem, ich nehme an, in verklärter Erinnerung schwebenden Kriegsdienst verblieben war, von seinem Haus aus in die Gegend. Angeblich, so gab er zu Protokoll, um nächtliche Falschparker dingfest zu machen. Auf meinen späteren Einwand, daß in der Umgebung seines Hauses das Parkverbot generell um 19 Uhr ende, zog er sich aufs Sternebeobachten zurück. Lassen wir es dahingestellt, was er tatsächlich beobachtete, jedenfalls entdeckte er dabei an einem Dienstag, das war in der vorvergangenen Woche vor der Entdeckung der Leiche, einen Mann, der in der Dunkelheit durch den Garten des Knöpfmüllerschen Hauses lief, hinten über den Zaun stieg und durch einen weiteren, sich anschließenden Garten verschwand, vermutlich in die jenseitige Parallelstraße.

Als der Senatspräsident von dem Mord an Frau Knöpfmüller erstens durch die Blumenhändlerin und zweitens durch die Presse erfuhr, meldete er seine obige Beobachtung, und man untersuchte den hinteren Gartenzaun auf Fingerabdrücke, wurde, da es ein Eisenzaun war, fündig und kam dem Gluhos auf die Spur. Dessen Fingerabdrücke also am Gartenzaun …

Gluhos war bei einer Bahnhofsrazzia aufgegriffen worden, saß in Stadelheim wegen Hausfriedensbruches gerade seine drei Tage ab, als man feststellte, daß sich seine Fingerabdrücke an jenem Zaun gefunden hatten.

Er hatte ein imponierendes Vorstrafenregister: meist so Sachen wie Verstoß gegen das Bahnhofsverbot, das heißt, gegen das Verbot, sich ohne Grund im Bahnhof aufzuhalten, Betteln, Ausweislosigkeit, gelegentliche kleine Diebstähle, allerdings zwei, drei Mal ein Einbruch, jedes Mal als kleines Licht in einer Bande – also

Schmieresteher und so fort. Keine Gewaltverbrechen, nur einmal eine Körperverletzung, da hatte er einem Komplizen, der ihn übers Ohr hauen wollte, einen Zahn eingeschlagen.

Seine Vernehmungen gestalteten sich nach dem gleichen Muster, nach dem sich Einlassungen von Schriftstellern vollziehen, deren seinerzeitige Nazigedichte aufgetaucht sind. Zunächst schwor Gluhos Stein und Bein, daß er jene Gegend in Neuhausen überhaupt nicht kenne, dann gab er zu, dort gewesen zu sein, für die Tatzeit jedoch ein Alibi zu haben. Als sich das Alibi als brüchig herausstellte, gab er zu, in jener Straße gewesen zu sein, damals, und als ihn bei einer Gegenüberstellung der Senatspräsident einwandfrei erkannte, räumte er ein, ins Haus eingebrochen zu sein, doch er sagte: ›Die Dame war schon tot.‹

Er sei, so gab er bei der Polizei, später vor dem Ermittlungsrichter und dann auch mir gegenüber an, als ich ihn als, wenn man so sagen kann, Hilfspflicht-Verteidiger das erste Mal besuchte, in der Absicht ins Haus eingedrungen, und zwar eben durchs Kellerfenster, um, ja, warum wohl, um zu stehlen. Gebe er zu. Er habe nämlich geglaubt, das Haus sei zumindest seit einigen Tagen unbewohnt, denn es habe sich darin nichts gerührt, es sei kein Licht gemacht worden. Er habe das einige Zeit beobachtet. Er habe, so seine Aussage, endlich einmal ein Ding allein drehen wollen, nicht mit Komplizen, die ihn dann um seinen Anteil betrügen, sondern auf eigene Rechnung. Er habe sich auch vorsichtig erkundigt, so nebenbei wie möglich, und dabei erfahren, daß die Dame nicht unvermögend sei und vermutlich Geld im Haus aufbewahre. Also sei er eingestiegen – am soundsovielten, jenem Dienstag also ... Die Dame sei aber schon tot gewesen. Er selbst sei förmlich zu Tode erschrocken, als er die Leiche da in ihrem Blut liegen sah – bereits getrocknetes Blut, sie müsse schon länger dagelegen sein; nein, verwest sei sie nicht gewesen, dennoch ein grausiger Anblick, logisch, und das in der Nacht, und überhaupt, er habe sofort die Flucht ergriffen, ohne irgendwas anzurühren, erstens, weil er nicht gern in der Nähe einer Leiche sei, und zweitens, weil ihm sofort klar war, daß ihm, dem vielfach Vorbestraften, der Mord in die Schuhe geschoben würde.

Kein Mensch glaubte ihm, auch ich nicht, muß ich zugeben. Zwar war ein solches Verbrechen außerhalb der aus seinen bisherigen Straftaten ersichtlichen kriminellen Charakterstruktur ... aber wer weiß.

Um den genaueren Todeszeitpunkt und damit den Zeitpunkt der Tat zu ermitteln, wurden eine Menge Zeugen vernommen. Gluhos hatte nämlich für die Zeit vor jenem Dienstag, als er vom Senatspräsidenten im Garten der Ermordeten beobachtet wurde, ein lückenloses und feuerfestes Alibi, das einzige, das ich immer ungefragt gelten ließ: Er saß nämlich bis Montagfrüh wieder einmal im Gefängnis. Nur sein behauptetes weiteres Alibi bis Dienstag brach zusammen.

Es wurde die Milchfrau befragt, die Bäckerin, der Gemüsehändler, alle Nachbarn. Sie waren sich alle einig, die Frau Knöpfmüller noch am Samstag, am Sonntag, am Montag gesehen zu haben. Die Bäckerin wußte sich sogar zu erinnern, wieviel und welche Semmeln Frau Knöpfmüller am Dienstag gekauft hatte. ›Omei omei‹, sagte sie, ›die Semmeln hat s' wahrscheinlich gar nimmer g'essen.‹ Und der Pfarrer sagte aus, daß er Frau Knöpfmüller wie jeden Sonntag bei der Halbneunuhr-Messe an ihrem angestammten Platz gesehen, daß er ihr, wie immer, die Kommunion gereicht habe.

›Und 's war alles net wahr, und 's war alles net wahr‹, um Nestroy abzuwandeln, obwohl sicher alle Zeugen subjektiv die Wahrheit gesagt haben.

In einem aufsehenerregenden Indizienprozeß wurde Gluhos zu lebenslanger Haft verurteilt, Zuchthaus hieß es damals sogar noch. Gluhos bestritt bis zuletzt, allerdings mehr und mehr resignierend, die Tat. Da es ein Schwurgerichtsprozeß war, verteidigte natürlich nicht ich, der Referendar, sondern der Chef persönlich, Uzo seligen Angedenkens. Es half nicht viel, besser gesagt: gar nichts. Der Indizien waren zu viele.

Ich mache einen Sprung von vielen Jahren. Als ich, wie es damals hieß, als Erster Staatsanwalt wirkte, war ich eine Zeitlang in der Gnadenabteilung mit einem Drittel-Referat. Die Staatsanwaltschaft hat nämlich auch mit den Gnadensachen zu tun, und wenn ein Begnadigungsgesuch kommt, prüft die Staatsanwaltschaft die alten Akten, prüft das Gnadengesuch, das Verhalten des Strafgefangenen in der Haft und so fort, befürwortet dann das Gesuch oder auch nicht und leitet die Sache ans Ministerium weiter, das daraufhin begnadigt oder auch nicht.

So kam mir die Sache Gluhos, Dieter wieder auf den Tisch. Ich war, es ist nicht anders zu sagen, gerührt. Die Tiefe der Jahre blickte zu mir herauf: Wie jung war ich damals, wie lebendig stand Uzo vor mir, damals längst tot. Ich blätterte in den Akten, fand meine Unterschrift auf dem einen oder anderen Papier. Pflichtgemäß machte ich einen Vermerk mit dem Hinweis darauf. Im relativ unformellen Gnadenverfahren spielt so etwas keine Rolle, und ein Interessenskonflikt wäre ja längst obsolet gewesen. Dennoch der Vermerk …

Und ich stieß auf ein Protokoll aus dem Verfahren, das seinerzeit völlig übersehen worden war, auch von mir, ein ganz kurzes Protokoll, dem niemand Bedeutung beigemessen hatte und das mir jetzt wie ein Blitz in die Augen sprang.

Ein vergilbtes, dünnes, maschinenbeschriebenes, an den Rändern eingerissenes Blatt Papier: Protokoll der Vernehmung des Olanger, Christoph, damals acht Jahre alt, Sohn einer Nachbarin der Ermordeten. Sie erinnern sich, daß als Zeitpunkt des Verbrechens ein Dienstag angenommen wurde, und der Bub hatte ausgesagt, daß schon seit Samstag aus dem Kamin des Hauses von Frau Knöpfmüller kein Rauch mehr aufgestiegen sei und daß Frau Knöpfmüllers Katze am Samstag früh vergeblich maunzend Eingang ins Haus gesucht habe.

Einzig das Kind hatte richtig beobachtet. Alle anderen, alle anderen …

Nun gut. Ich konnte Gluhos' Gnadengesuch auch ohnedies befürworten, denn seine Führung während der Haft war tadellos, außerdem war er schwer krank. Noch bevor sein Gnadengesuch – Aussetzung der weiteren Strafe auf Bewährung – genehmigt wurde, starb er. Vielleicht besser für ihn? Oder ist alles besser als der Tod? Gott, wenn es ihn gibt, sei seiner Seele, wenn es sie gibt, gnädig.

Und der Fall hatte nochmals einige Jahre später ein Nachspiel. Bei der Aufklärung eines Bandenüberfalles auf eine Tankstelle wurde ein gewisser Warnboltz, Helmut festgenommen, weil bei der Durchsuchung von dessen Wohnung ein Sparbuch auf den Namen Katharina Knöpfmüller gefunden wurde. Nachforschungen ergaben, daß Warnboltz mehrfach vergeblich versucht hatte, das Guthaben abzuheben, und endlich kam heraus, daß er ein Neffe der Frau Knöpfmüller war.

Nachdem er wegen gemeinschaftlich begangenen Raubüberfalls, das heißt Raubmordes in der Sache des Tankstellenüberfalls, zu lebenslänglicher Haft verurteilt worden war, gestand er dann auch den Mord an seiner Tante. Er hatte sie in den Jahren davor in unregelmäßigen Abständen aufgesucht und sie um Geld angepumpt. So auch an jenem – merken Sie auf! – Freitag, und als die Tante ihm diesmal nichts mehr geben wollte, erschlug er sie und nahm mit, was er fand.

In der Tat also war Frau Knöpfmüller, das Opfer jenes brutalen Verbrechens, schon tot gewesen, als Bäckerin, Gemüsehändler, Nachbarin und der Pfarrer sie lebend gesehen haben wollten, war tot, als der wegen dieser Tat, zu Unrecht also, verurteilte Gluhos in das Haus eingedrungen war. Dessen Schilderung stimmte also. Nur das einzige Kind hatte zwei Nebenumstände, die zu denken geben hätten sollen, aber nicht gegeben haben, richtig beobachtet.

147

Das Ganze zeigt nicht nur, daß Kinder in der Regel bessere Beobachter sind als Erwachsene, sondern auch etwas anderes: Die damals einvernommenen Zeugen hatten aus der Zeitung erfahren, daß Gluhos am Dienstag ins Haus des Mordopfers eingedrungen war. Das prägte ihr Erinnerungsvermögen unbewußt in falscher Weise. Das Kind war von dieser fatalen Information frei, weil es keine Zeitung gelesen hatte. Doch auch ohnedies bin ich seitdem meinen Referendaren, Mitarbeitern und jungen Kollegen zu predigen nicht müde geworden: Ein Kind sagt, wenn es nicht lügen *will*, die Wahrheit. Dem Kind zwingt sich die Realität noch unverstellt auf.«

Eine Zeitlang war es still im Zimmer.

»Also ein Justizirrtum«, sagte dann Herr Galzing, »wieviel mag es davon geben?«

Oberstaatsanwalt Dr. F. seufzte, sagte jedoch nichts.

»Und was ist eigentlich aus der Katze geworden, die seit Freitag nicht mehr ins Haus konnte?« fragte Frau Schneider, die Sopranistin.

»Deren Schicksal konnte nicht geklärt werden«, sagte Oberstaatsanwalt Dr. F., »als ich von ihrer Existenz erfuhr, waren Jahre vergangen. Ja – auch ich habe mir sogleich Gedanken darüber gemacht, und ich habe gehofft, daß Bastet, die Göttin der Katzen, vielleicht ihre schützende Pfote über sie gehalten und ihr ein warmes Plätzchen woanders zugewiesen hat.«

An diesem Abend wurde Schuberts *Hirt auf dem Felsen* gespielt. Wie immer bei diesem Stück war Oberstaatsanwalt Dr. F. zu Tränen gerührt.

**Der zwanzigste Donnerstag des Oberstaatsanwalts Dr. F.,
an dem er eigentlich die Geschichte vom »Wohnheim in der
Westendstraße« erzählen will, es jedoch anders kommt.**

»So setze ich also dem großen Uzo ein Denkmal in diesem freundlichen Kreis hier«, sagte Oberstaatsanwalt Dr. F., nachdem er,
schon zur Erzählung von der Geschichte vom *Wohnheim in der
Westendstraße* ansetzend, mit der entsprechenden Bitte seitens
des Herrn Galzing unterbrochen worden war, »ich tue es nicht
ungern, denn in der Tat war Uzo, also Dr. iuris utriusque Theodor Ritter von Uzorinac-Kohary, einer der bemerkenswertesten
Menschen, denen ich je begegnet bin, und die Westendstraße läuft
uns ja nicht davon.

Ich verdanke ihm viel, nicht nur die Liebe zum Balkan und
allem Balkanischen, was Geschichte und Kultur anbelangt, nicht
nur die Kenntnis der Krischevazer Statuten, jener geheimnisvollen Trinkordnung slawisch-byzantinischer Herkunft, nicht nur
das einzig wirksame Rezept gegen alle Krankheiten, selbst Krebs
kann damit geheilt werden: heißer Slibowitz mit Zucker, sondern
vor allem eine menschliche Anschauung von der Jurisprudenz.

›Man kann‹, hat mir Uzo nicht nur einmal gesagt, ›eine Anwaltskanzlei betreiben wie einen Kramerladen (wobei auch Kauf-
häuser als Kramerläden zu gelten haben, nur als große solche),
das heißt, man sieht nur auf Aufwand und Profit … Oder man
betreibt sie, um den Menschen, die zu einem kommen, zu helfen.
Nebenbei gesagt: ob sie recht haben in ihrer Angelegenheit oder
nicht.‹

Und das gilt, weiß ich seitdem, eigentlich für die ganze Jurisprudenz. Nur vergessen es viele Juristen zu oft … diejenigen mit
den Kramladen-Seelen.

›Geduld bringt Rosen!‹ war einer seiner Sprüche, wenn er stun-
denlang, Wichtigeres oder angeblich Wichtigeres hintanstellend,
einem Mandanten zuhörte, der sein Gerechtigkeits-Wehweh zu

leiern nicht müde wurde. Allein durchs Zuhören erledigte er manche Fälle. Ich erinnere mich an den Fall einer alten Frau, die sich von ihrer Cousine betrogen fühlte. Es ging wohl um tatsächliche oder behauptete Darlehen und Schulden aus alter Zeit, und alles auf dem Hintergrund dessen, was mit Doppeldeutigkeit Familienbande genannt wird. Die pelzbesetzte Alte schwitzte in nicht enden wollendem Strom die horrenden Bosheiten ihrer Cousine aus, und als sie endlich erschöpft war, fragte sie den geruhig zugehört habenden Uzo: ›Habe ich recht? Juristisch gesehen?‹ Uzo antwortete leise, aber deutlich: ›Nein.‹ Worauf die Alte zufrieden die Kanzlei verließ.

Uzo war, wie schon erwähnt, ein randösterreichischer Grande. Seine Muttersprache war Deutsch, er war in Wien aufgewachsen, doch seine Familie hatte, wie schon der Name sagte, kroatische und ungarische Wurzeln. Nicht ohne Stolz erzählte er, daß jener Zweig des Hauses Wettin, der sich Sachsen-Coburg-Kohary nannte und den, wenngleich teilweise nur kurz, die Krone von Bulgarien, Portugal und Brasilien zierte, mit ihm weitschichtig verwandt war.

Seine wundeste Stelle war seine körperlich kleine Statur. Ich muß sagen, ich merkte das sozusagen gar nicht bei seiner in vieler Hinsicht überragenden inneren Statur, nur einmal, als ich mit seinem Auto fahren mußte, weil ich es in die Werkstatt zu bringen hatte zum Reifenwechsel oder dergleichen, wunderte ich mich, daß ich beim Fahren mit dem Kopf gegen das Dach innen stieß. Der Mechaniker in der Werkstatt erklärte mir dann leise lachend, daß der Sitz für Dr. Uzorinac speziell höher gestellt worden war.

Uzo sprach perfekt und wohl, soweit mir berichtet wurde, akzentfrei Serbo-kroatisch, Deutsch sprach er mit leicht wienerischem oder, besser gesagt, schönbrunnischem Einschlag mit geringfügiger, angenehmer Prise slawischer Würze. Stets überaus korrekt gekleidet und gescheitelt, ein Aristokrat, der nie auf die-

sen Stand pochte, ein Mensch voll von Schrullen und Witzen –
und ein tiefer Mensch.

Er hatte viel Unglück – nein, ein Unglück. Er ging als relativ
junger Jurist, er mag damals knapp dreißig Jahre alt gewesen sein,
weil er sich wohl Chancen fürs Fortkommen ausrechnete, 1940
in das eben neu gegründete, damals schon aus Jugoslawien her-
ausgebrochene Kroatien: Königreich Kroatien. Meines Wissens
das letzte Königreich, das neu gegründet wurde. Es sollte eine
Sekundogenitur der italienischen Dynastie Savoyen werden, und
ein italienischer Prinz namens Aimone ließ sich herbei, den
neuen kroatischen Thron zu besteigen, allerdings nur aus der
Entfernung. Sein Königreich betrat er nie. ›Er war ja kein Selbst-
mörder‹, sagte Uzo, einer seiner Regierungsräte, der seinen (zeit-
weiligen) König deshalb ›Tomislav der Unsichtbare‹ nannte.
Prinz Aimone hatte nämlich statt dieses unkroatischen Namens
den eines mittelalterlichen Königs von Kroatien angenommen
und hieß deshalb bis zum unrühmlichen Ende seines Reiches:
Tomislav II.

Uzo ging also nach Kroatien und wurde Beamter im königlichen Amt für Wasser- und Wegebau. Als die Titopartisanen, unterstützt von den Alliierten, das Königreich Kroatien beseitigten,
welches faschistische Land übrigens als allerletztes kapitulierte,
sogar noch nach Hitler-Deutschland –, als dann also die Sieger
einmarschierten, dachte Uzo, gestützt auf sein gutes Gewissen,
daß er ja nichts Böses angestellt hatte, gar nichts Böses angestellt
haben konnte im Amt für Wasser- und Wegebau, und versäumte
es, nein, lehnte es ab zu fliehen, wollte den neuen Herren sein
tadellos aufgeräumtes Referat ordnungsgemäß übergeben, aber
man verhaftete ihn und verurteilte ihn zu lebenslänglicher Haft.
Die Begründung des Urteils habe er, sagte mir Uzo, nie verstanden, sprachlich schon, inhaltlich nicht. Die wahren Gründe, Haß
und Rache, standen ohnedies nicht im Urteil. Uzo verschwand
also in den Tiefen kommunistischer Gefängnisse.

Nun ging dem Ganzen aber noch eine Geschichte voraus, eine, Sie wundern sich, Liebesgeschichte. Die weiß ich nicht von Uzo, denn darüber sprach er nie, die weiß ich von einer Person, die ich deshalb ungern in meine Erzählung einführe, weil sie, ich kenne mich, dann auszuufern droht. Es handelt sich um den auch längst schon verstorbenen Dr. Rudolf Trofenik, den enorm schnauzbärtigen, kaisertreuen Slowenen, der in Schwabing dadurch bekannt war, daß in jedem seiner Stammlokale, und er hatte mehrere, die Musikkapelle – so was gab es damals noch – auf den Schlag, wenn Trofenik das Lokal betrat, das eben erklingende Musikstück unterbrechen und den *Radetzky-Marsch* anstimmen mußte – bei großzügigem Trinkgeld danach, versteht sich. Er war ein starker Trinker von der Sorte, die nie betrunken ist. Er war von mürrischer Freundlichkeit, ein guter Mensch.

Trofenik hatte Uzo in Zagreb, das Uzo selbstredend immer Agram nannte – ›Sie sagen ja auch Rom und nicht Roma, Kopenhagen und nicht København, Moskau und nicht Moskwa‹ –, kennengelernt, wo Trofenik einen kleinen Verlag betrieb. Im Gegensatz zu Uzo setzte sich Trofenik rechtzeitig ab. In München richtete Trofenik seinen Verlag wieder auf. Er verlegte spezielle wissenschaftliche Werke historischer Art, besonders in Bezug auf Südosteuropa, was lang die einzige Quelle für fremdsprachige Bücher aus jener damals sonst schwer zugänglichen Region war. Er lebte recht gut davon. Friede seiner Asche. Ich war bei seinem Begräbnis. Selbstverständlich spielte eine Kapelle den *Radetzky-Marsch*.

Trofenik also erzählte mir, daß sich Uzo in die Frau eines deutschen Diplomaten verliebt hatte, der zur deutschen Botschaft in Agram gehörte – oder war es der deutsche Konsul in Mostar … Wer weiß, jedenfalls blieb Uzos Liebe nicht unerwidert. Maleen hieß sie. Ich kannte sie, da war sie schon nicht mehr jung, aber immer noch eine schöne Frau … einen Kopf größer als ihr Theodor, was ihrer unverbrüchlichen Liebe keinen Abbruch tat.

Wie die Dinge sich damals in Agram und in Mostar entwickelten, weiß ich nicht, weil auch Trofenik es nicht wußte, nur soviel war klar, daß Maleen, da von ihrem Mann noch nicht geschieden, mit diesem sich nach Westen absetzte, vielleicht in der Meinung, auch Uzo würde fliehen. Es ging ja alles durcheinander, und in dem tosenden Chaos war es gar nicht immer möglich, einander eine Nachricht zukommen zu lassen. Ich selbst habe ja …, aber das ist eine andere Geschichte.

Zehn Jahre saß, nein, der altertümliche Ausdruck ›schmachtete‹ ist in dem Fall ganz unironisch angebracht, Uzo in Titos Gefängnissen. Der Gedanke an Maleen erlosch nicht, obwohl er von ihr, sie von ihm, zehn Jahre lang, zehn lange Jahre lang nichts hörte. Sie wußten voneinander nicht einmal, ob sie überlebt hatten.

Nach zehn Jahren entstand ein gewisses politisches Tauwetter, Tito rückte noch mehr vom Ostblock ab, nicht unbedeutende wirtschaftliche Interessen tauchten auf, das führte dazu, daß eine Anzahl politischer Gefangener freigelassen wurde, unter anderem Uzo.

Er wurde nach Wien abgeschoben, erfuhr dort irgendwie, daß es seinen Freund Trofenik nach München verschlagen hatte, fuhr nach München, stand unangemeldet plötzlich vor Trofeniks Tür und fragte – so Trofenik mir gegenüber –, bevor er noch ›Grüß Gott‹ sagte: ›Wo ist die Maleen?‹

Uzo hatte richtig vermutet, daß Trofenik mit Maleen zumindest in loser Verbindung geblieben war, und Trofenik gab ihm die Telephonnummer und sagte: ›Hier ist das Telephon.‹

Und dann, erzählte Trofenik, telephonierte Uzo zwei Stunden.

Trofenik war erleichtert, denn … ich weiß nicht, ob es romantischer so oder erstaunlicher so ist, es war nun einmal so: Maleens Ehe war zwar inzwischen geschieden, sie lebte jedoch mit einem Mann, einem Journalisten, in Stuttgart zusammen, ohne mit dem allerdings verheiratet zu sein. Auf das zweistündige Lebenszeichen hin ließ Maleen den Stuttgarter fallen wie die sprichwörtlich heiße Kartoffel, packte noch am gleichen Tag ihre Koffer und fuhr zu Uzo nach München.

Ich kannte, wie gesagt, auch Frau von Uzorinac. Es ergab sich ein zwangloser persönlicher Kontakt der Mitarbeiter der Kanzlei mit der privaten Sphäre des Chefs, denn die Kanzlei und die Privatwohnung Uzorinacs befanden sich im gleichen Haus, auf dem gleichen Stockwerk, und oft kam Frau von Uzorinac herüber und brachte auf einem Tablett den *turska kava*, den kohlschwarzen türkischen Kaffee in den winzigen Kupferkännchen mit Messingstiel für uns alle.

Es war das alles, das Wiedersehen der Liebenden, ihre Eheschließung, die Gründung der Kanzlei, etwa sieben, acht Jahre zurück, als ich für einige Monate in die Kanzlei eintrat, und immer noch lebten und verkehrten Uzorinacs miteinander wie Flitterwöchner – in aller Dezenz, versteht sich.

Die sehr geselligen Uzorinacs schlossen auch mich wie alle Mitarbeiter der Kanzlei nicht von ihrem gesellschaftlichen Leben aus, und oft, auch später noch, als ich längst bei der Justiz war, war ich zu Gast dort, lernte die eingangs erwähnten Krischevazer Statuten kennen, aber auch die südosteuropäische Sitte des Mantelschnapses, wenn nach dem Essen, dem Plaudern, dem Abend, der bei Uzos oft lang dauerte, die Gäste sich dann verabschiedeten und schon im Mantel waren, Frau von Uzorinac auf einem Tablett für jeden ein Glas Slibowitz brachte, eben den Mantelschnaps.

Und Uzo bewies Größe. Was er durch das Regime Titos erlitten hatte, hinderte ihn nicht daran, Tito sachlich zu sehen und zu beurteilen, und in seinem Buch *Der Zauberer von Brioni* stellte er auch die ja unstreitig vorhandenen positiven Seiten des halbkommunistischen Tito-Regimes heraus. Aber jugoslawischen Boden betrat er nie mehr, obwohl er nichts mehr zu befürchten gehabt hätte.

Das war Uzo, Dr. Theodor von Uzorinac-Kohary, ich habe viel gelernt von ihm, habe ich schon erwähnt – daß die Juristerei nicht wie ein Kramerladen gehandhabt werden sollte vor allem. Die Befolgung dieses Prinzips führte bei Uzo manchmal zu grotesken Ergebnissen. So hatte er einmal einen ebenfalls aus Randösterreich stammenden Weinhändler zu vertreten, der war wegen Weinpanscherei, also Vergehen gegen das Lebensmittelgesetz, angeklagt. Uzo verteidigte ihn mit, soweit nach ziemlich eindeutiger Sachlage möglich, einigem Erfolg, und danach bat der Weinhändler, das Honorar in Wein abgelten zu dürfen. Und was tat der gute Uzo? Der große, kleine Mann? Er nahm den Wein, und er trank ihn sogar.

Ja – das war er. Friede seiner Asche. Aber jetzt ist es höchste Zeit für … was haben wir heute? Brahms e-Moll, oh – ich sehe, die Frau des Hauses hat eine Anregung aufgegriffen und bringt zwar keinen Mantel –, nun, wie soll ich sagen? Geigenbogenschnaps.«

Damit endete der zwanzigste Donnerstag des Oberstaatsanwaltes Dr. F.

Der einundzwanzigste Donnerstag des Oberstaatsanwalts Dr. F., an dem er wieder nicht die Geschichte vom »Wohnheim in der Westendstraße« erzählt, weil ihm eine andere eingefallen ist, für die er keinen passenden Titel findet.

»Die Geschichte, die ich Ihnen heute erzählen will – nein, es ist immer noch nicht die Geschichte vom *Wohnheim in der Westendstraße*, die läuft uns ja nicht davon –, die heutige Geschichte eignet sich nicht, in der Form erzählt zu werden, die nicht anders als englisch genannt werden kann, in der in dieser Hinsicht klassischen Sprache, als ›Who dunnit‹ – als klassische Kriminalgeschichte also, die so aufgebaut ist, daß der Leser oder, wenn ich von uns ausgehe, Zuhörer erst beim letzten Satz weiß, daß der Täter der Gärtnergehilfe war. Meine Geschichte, die ich *die vom Hausmeister Sondermeier* nenne, entwickelt sich aus der Täterperspektive und beginnt mit einem heftigen Streit zwischen dem Hausmeister Sondermeier und seiner Frau in der im übrigen durchaus nicht unansehnlichen, wenngleich erwartungsgemäß geschmacklos, auf Zierdeckchen und Nippes-Basis beruhend eingerichteten Hausmeisterwohnung in einem eher großen, aber feinen Wohnblock in München-Schwabing mit Penthouse-Charakter, beste Lage, und daher der Quadratmeter nicht billig. Es sind alles Eigentumswohnungen, keine unter zweihundert Quadratmeter, die größten über fünfhundert, das sind die beiden Penthouses ganz oben. Keine der Wohnungen wird von ihrem Eigentümer bewohnt, alle sind vermietet – gegen teure Miete, und dementsprechend sind die Mieter. Ich will ja nichts gesagt haben …«

»Schickeria Schwabing-style«, sagte Herr Kahnmann.

»Ja. Und eins der Penthouses bewohnte ein Herr namens Bernhard Holzberg, der sich, weil er es für feiner hielt, Kevin und gelegentlich Doktor nannte und die Ursache für den Streit der Hausmeistersleute war. Nicht, daß das einen eifersüchtigen Hintergrund gehabt hätte, nein; der stets maßgeschneidert, wenngleich immer einen Strich zu schrill umtuchte, etwa vierzigjährige, vorwiegend sonnenstudiogelederte *Dr. Kevin* Holzberg hätte sich libidinös kaum für die gut sechzigjährige, in Kittelschürzen gehüllte Erna Sondermeier interessiert. Umgekehrt allerdings, unterschwellige Komponente, hatte Frau Erna eine, wie sie meinte, rein mütterliche Extrasympathie für den smarten Holzberg aufgebaut, die sie, weil eben als rein mütterlich empfindend, auch nicht unterdrückte. Dagegen fühlte sie für ihren Mann schon seit Jahren mehr oder weniger verachtende Gleichgültigkeit, weil er es zu nicht mehr als zum Hausmeister gebracht hatte, was sich gelegentlich in dem Ausruf entlud: ›Wenn mir ein Mensch verraten könnte, warum ich diesen Trottel geheiratet habe!‹«

*

Kevin, ein irischer Heiliger. Ich kenne einen Kater in der Nachbarschaft, dessen Menschen sich nicht entblödeten, ihn, er ist ein entfernter Vetter von mir, Kevin zu nennen. Kevin, auch Coemgen – ich weiß nicht wie ich das aussprechen würde, wenn ich sprechen wollte – oder Caymanns oder Kyminus. Nichts dagegen zu sagen, zumal er hundertzwanzig Jahre alt geworden sein soll. Aber Kevin ist ein nebliger Frühlingstag, ein Märztag mit Nebelwatte um die kahlen Bäume. Kevin gehört dorthin, wo der Nebel das Allgemeine ist. Ich kann ja nur, wenn ich nicht auf der Schulter des Lesenden sitze, was selten gestattet wird, verkehrt herum lesen. ›Neblicht‹ habe ich einmal gelesen. Goethe. Neblicht – Kevin, ein neblichter Name. Man sollte auf den Schimmer achten, den die Namen verbreiten. Jener Kater heißt, aber das wissen jene Menschen nicht, in Wirklichkeit Tamarakoes.

*

»Die Ursache für diesen Streit waren 494 Pakete des Waschmittels XIP, die stark behindernd im Schlafzimmer der Sondermeiers lagerten – und das seit zwei Jahren. Nageln Sie mich nicht fest, es könnte auch Trockenfutter für Hunde gewesen sein oder sonst etwas, jedenfalls aber Schachteln größeren Umfangs, und zwar 494. An die Zahl kann ich mich genau erinnern. Leicht zu merken. KV 494, Rondo für Klavier-Solo. Zahlen bis 626 merke ich mir mithilfe des Köchelverzeichnisses.

Die XIP-Pakete hatte sich Erna Sondermeier von Herrn Doktor Kevin Holzberg andrehen lassen, der damals, kurz nachdem er eingezogen war, eine XIP-Vertriebsorganisation aufzog … im großen Stil, wie er sagte. Frau Sondermeier übernahm 500 Packungen und zahlte bar. Schon damals hatte Sondermeier gemotzt, doch Holzberg hatte Frau Sondermeier mit einem derartigen Wasserfall von Verkaufsargumenten überschüttet, daß davon noch einige Spritzer über Frau Sondermeier bis zu ihrem Mann täuften, die so nach einiger Zeit auch Sondermeier vom unausbleiblichen Erfolg des Verkaufssystems überzeugten. Das System bestand darin, daß Sondermeiers, die pro Paket 6 DM bezahlt hatten, die Ware hundertstückweise an Unterverkäufer weitergeben sollten für 8 DM und diese sie für 9 DM an Unter-Unterverkäufer hinunterwälzen sollten …«

»Schneeball«, sagte die Hausfrau.

»Genau«, sagte Oberstaatsanwalt Dr. F.

»Ist das nicht verboten?« fragte Herr Galzing.

»Selbstverständlich«, sagte Oberstaatsanwalt Dr. F., »aber das war sozusagen das wenigste. Sondermeiers setzten ganze sechs Stück ab, der Rest lagerte wie Blei im Schlafzimmer unter den Ehebetten, auf den Kästen und Schränken und so fort, und der Anblick war ein ständiges Ärgernis, wie sich denken läßt. Außerdem stellte Sondermeier fest, daß praktisch das gleiche Waschmittel oder Hundefutter oder was es war, im Supermarkt in der Hohenzollernstraße 4 DM pro Paket kostete.«

»Und«, sagte Herr Prof. Momsen, »das Hundefutter bildete von da an einen ständigen Zankapfel, und eines Tages erschlug Sondermeier seine Alte.«

»Mitnichten«, sagte Dr. F., »es kam noch viel schlimmer. Der Streit, der den Eingang zu meiner Erzählung bildete, bewegte sich hauptsächlich in Vorwürfen nicht seitens, sondern gegen den Hausmeister Sondermeier. Ich weiß nicht, ob Sie sich, ob ihr euch, liebe Freunde, an die IOS-Aktien erinnert?«

»Und ob«, sagte Herr Galzing, »das war ein sogenannter Investmentfonds, in Wirklichkeit waren es Windeier, die nur einem Obergauner namens Bernie Cornfield und einigen Unterganoven Gewinn brachten, denen allerdings in Millionenhöhe.«

»Auch eine Art Schneeballsystem«, sagte Herr Kahnmann, »mit hohlen Aktien.«

»Brach 1970 zusammen«, sagte Herr Galzing.

»Meine Geschichte«, sagte Oberstaatsanwalt Dr. F., »spielt davor, als noch viele an die Wunderaktien des Bernie Cornfield aus den USA glaubten. Und auch Doktor Kevin Holzberg hatte von Waschmittel respektive Hundefutter auf IOS-Aktien umgesattelt und hatte, man glaubt es kaum, aber die Dummheit der Leute ist ja chimborassisch, den Sondermeiers weisgemacht, daß sie mit IOS-Aktien, die er ihnen zum Kauf anbietet, den Verlust aus dem XIP-Geschäft wettmachen könnten. Aus Kulanz und, Holzberg machte eine große, weltmännische Geste, da er sich doch ›ein wenig verantwortlich fühle‹ für die Pleite mit dem XIP, biete er, wozu er eigentlich gar nicht befugt sei, sehr günstige Sonderkonditionen beim Kauf der IOS-Aktien an, ›– sehr, sehr günstige. Da würden sich andere die Finger lecken …‹

Sondermeiers leckten sich die Finger ab, jedoch nur, um die Geldscheine zu zählen, die sie zu horrendem Zinssatz bei der Bank als Darlehen nahmen, bei Freunden und Bekannten pumpten und dann Herrn Holzberg gaben, der ihnen dafür IOS-Aktien aushändigte, mit denen sie wenig später nur noch die immer noch herumstehenden XIP-Pakete bekleben und damit vielleicht verschönern konnten, denn das Beste an den IOS-Aktien war die feine blaßgrüne Farbe.

Der Streit, mit dessen Schilderung ich die Geschichte begonnen habe, eskalierte und führte zwar nicht zum Mord, wohl aber zu einer Ohrfeige, die Sondermeier seiner Frau verabreichte, wobei dann noch herauskam, daß hundert Mark nach Berechnung Sondermeiers in der Haushaltskasse fehlten – Sondermeier hatte gleich auch noch als quasi Vorwärtsverteidigung die schlampige Haushaltsführung Frau Ernas ins Feld geführt. Und die Überprüfung des Barbestandes, in der Küchenschrankschublade befindlich, von Frau Sondermeier verteidigt, führte zu besagter Ohrfeige. Jene hundert Mark waren als heimliches Darlehen seitens Frau Sondermeier an den charmanten Doktor Kevin Holzberg geflossen.

›Aber er hat versprochen, nächste Woche zweihundert zurückzuzahlen‹, jammerte Frau Erna, ›und ich glaube, mein Gebiß ist jetzt verbogen.‹

›Zweihundert?‹ fragte Sondermeier.

›Ja – zweihundert.‹

›Wann?‹

›Vorige Woche. Und was mach ich jetzt, wenn das Gebiß …‹

Herr Sondermeier schleuderte die in seinen (auch nicht nur in seinen) Kreisen dafür vorgesehene rhetorische Aufforderung seiner Frau entgegen, setzte seinen Trenker-Hut auf, ohne den er nie die Wohnung verließ, und fuhr zu Herrn Dr. Kevin Holzberg hinauf in den fünften Stock.

Es wurde im Zug der Ermittlungen, die aus Gründen, die Sie nachher hören werden, mit gutem Recht nicht sonderlich angestrengt geführt wurden, nie klar, ob Sondermeier die schwere Schaufel nur zufällig dabei hatte, weil er nach der Unterredung mit Holzberg noch oben oder sonstwo irgend etwas räumen oder beseitigen wollte, oder ob er die Schaufel bereits in drohender Absicht mitnahm. Jedenfalls erschlug er mit dieser Schaufel Herrn Bernhard vulgo Kevin vulgo Doktor Holzberg, als dieser sich nicht nur weigerte, die zweihundert ausbedungenen Mark herauszurücken, sondern hohnlachend das Darlehen überhaupt leugnete.

Es wurde auch nie klar, ob Sondermeier den Holzberg erschlagen oder nur schlagen wollte, also ob Mord oder Totschlag oder Körperverletzung mit Todesfolge vorlag.

Sondermeier ließ Holzberg liegen, wie er lag, und ging. Später fuhr Sondermeier nochmals in Holzbergs – nunmehr weiland Holzbergs – Penthouse hinauf, öffnete mit dem Passepartout, den er als Hausmeister hatte, stellte fest, daß Holzberg noch so dalag, wie von der Schaufel getroffen, horchte an Holzbergs Brust, stellte weiter fest, daß kein Herzschlag und kein Atem mehr zu spüren war, verschloß die Wohnung, merkte, daß er in der Aufregung seinen Trenker-Hut vergessen hatte, ging in die Hausmeisterwohnung, setzte den Hut auf, verließ die Wohnung wieder –

›Wo gehst denn hin? mit der Schaufel?‹ fragte Frau Erna.

Herr Sondermeier wiederholte die oben erwähnte rhetorische Aufforderung, setzte sich in seinen VW 1500, fuhr zur Isar und versenkte die Schaufel. Dann fuhr er wieder heim, hängte den Trenker-Hut an den Haken und setzte sich vor den Fernseher, wo seine Lieblingssendung, nämlich Mickymaus, lief.

›Und?‹ fragte Frau Sondermeier.

›Was und?‹

›Hat er dir die Zweihundert gegeben?‹

›Nein‹, sagte Sondermeier.«

Diesmal wurde der Abend länger. Für die heute verhinderte Hausfrau war Herr Hanshaas erschienen und spielte den Cellopart im *Amerikanischen Quartett* von Dvořák. Wolfram Hanshaas, fast gleich alt wie Dr. F., war Kollege von ihm, inzwischen auch pensioniert, und sie hatten sich, obwohl beide Angehörige eines Mittags-Kaffee-Stammtisches, seit Hanshaas' Pensionierung aus den Augen verloren; nach Jahren sahen sie einander jetzt wieder. Sie tuschelten gleich über alte Zeiten, und um in der Gesellschaft nicht unhöflich zu erscheinen und keine Sonderunterhaltung zu führen, meinte Hanshaas: »Erzähl' doch die kleine Geschichte von der Schubkarre... Sie müssen wissen«, sagte Hanshaas zu den Freunden, »daß wir gleichzeitig Referendare in der Kammer des Landgerichtsdirektors Adam waren. Das war gar kein Dorfrichter Adam, auch wenn er genauso dick und kugelköpfig war und bei der Verhandlung schwitzte. Nur schwer erkannte man so die Eleganz seiner Verhandlungsführung. Erzähl du...«

»Die Schubkarre«, sagte Oberstaatsanwalt Dr. F., »die Schubkarre. Es war kein bedeutender Fall, und vor die Strafkammer statt vors Amtsgericht war die Sache nur gekommen, weil es sich um einen damals noch verschärft strafbaren Metalldiebstahl gehandelt hat. Dem Täter war das nicht klar, aber ich will jetzt nicht auf die Problematik eingehen, daß es damals nur einfacher Diebstahl war, wenn man eine gotische Madonna aus Holz entwendete – sofern sie nicht direkt aus einer Kirche war – ein schwerer jedoch, wenn man ein Straßenschild aus Blech stahl. Das drang nicht ins Bewußtsein der Bevölkerung, stammte übrigens aus dem Ersten Weltkrieg, wo jedes Stück Eisen wertvoller war als alles andere.

Nun gut, der Fall wurde vor der Strafkammer angeklagt. Der Angeklagte – weißt du noch, wie er hieß?«

»Nein«, sagte Hanshaas.

»Ich auch nicht. Er leugnete. Entwendet worden war von einem Firmengelände, umzäunt, dennoch leicht zugänglich, ein irgendwie spezieller Motor. Der Angeklagte war früher einmal bei der betreffenden Firma beschäftigt gewesen, weshalb man davon ausging, daß er sich im Firmengelände auskannte, vielleicht sogar, unberechtigt natürlich, einen Schlüssel fürs Tor behalten hatte. Der Motor wurde im Schrebergartenhäuschen des Angeklagten, der übrigens einschlägig vorbestraft war, mehrfach sogar, gefunden. Er leugnete hartnäckig: Nein, den Motor habe der *Durstige Gerd* gebracht und gebeten, daß er ihn im Gartenhäuschen einstellen dürfe. Wie der *Durstige Gerd* heißt? Das wisse er leider nicht. Alles, was er wisse, sei, daß der *Durstige Gerd* in einem bestimmten Stehausschank am Waldfriedhof Stammgast sei – gewesen sei, denn dort sei er auch schon länger nicht mehr aufgetaucht.

Alles Lüge, wie offensichtlich, nur – vorerst – nicht zu widerlegen.

Die Zeugen wurden vernommen. Die Tatzeit stand fest, der Angeklagte hatte kein Alibi, das heißt, nur ein sehr dürftiges solches: Er sei an dem Abend und bis spät in die Nacht hinein in seinem Stamm-Stehausschank *Zur Lindenwirtin* in Milbertshofen gewesen. Der Tatort war in der Arnulfstraße, mehrere Kilometer entfernt. Die *Lindenwirtin*, deren Aussehen, erinnere ich mich noch deutlich, nicht mit dieser romantischen Bezeichnung übereinstimmte, bestätigte erst lautstark: Ja, ja, der – sagen wir – Lucky sei an dem Tag bei ihr gewesen, er sei ja jeden Abend da … mußte dann, in die Enge getrieben, jedoch zugeben, daß sie nur vermute, daß er da war, eben weil er jeden Abend da sei – mußte zugeben, daß es Abende gab, selten zwar, wo er nicht da war – kurz und gut, kein Alibi und die Tatsache, daß der gestohlene Motor im Gartenhäuschen des Angeklagten gefunden wurde, lastete als schwerer Verdacht auf ihm.

Es gab auch noch weitere Zeugen, zwei Arbeiter, die in einer Barackenunterkunft auf dem benachbarten Grundstück wohnten und – unabhängig voneinander – beobachtet hatten, daß dort einer einen schwereren Gegenstand auf einen Schubkarren lud und ihn fortschob, das heißt, hier taucht der Angelpunkt auf. Der eine Zeuge sagte, daß der Mensch dort drüben den Schubkarren aus dem Nachbargelände hinausschob, der andere sagte, er zog den Schubkarren. Beide Zeugen waren sich im Übrigen ziemlich sicher, wenngleich nicht ganz sicher, daß der Angeklagte mit dem Schubkarrenschieber beziehungsweise -zieher identisch sei. Der Vorsitzende beharrte mit einer uns Referendaren nicht

ganz verständlichen Hartnäckigkeit bei diesen Zeugenverneh-
mungen, veranstaltete fast so etwas wie ein Kreuzverhör. Erstens:
Warum sie den Vorfall nicht gleich der Polizei gemeldet hätten?
Etwas verlegen sagte der eine Zeuge: ›Kein Telephon in der Nähe.‹
Der andere Zeuge: ›Mein Motor war's nicht, und ich bin kein
Freund der Polizei.‹ Der andere wieder: ›Es war ja nicht mitten in
der Nacht, nur abends. Wenn es mitten in der Nacht gewesen
wäre …‹ und so fort. Mit allergrößter Hartnäckigkeit hackte der
Vorsitzende auf der Frage herum, ob der Dieb – ›sei es der Angeklagte gewesen oder nicht –‹, so Landgerichtsdirektor Adam wörtlich, den Karren nun geschoben oder ob er ihn gezogen habe.
›Gezogen‹, sagte der eine Zeuge, ›geschoben‹, der andere. Hin und
her, geschoben – gezogen, gezogen – geschoben, als ob es die wichtigste Frage in einem Mordprozeß gewesen wäre. Selbst der Angeklagte, bemerkten wir, staunte über dieses Fragespiel, und als
sich der Vorsitzende eher beiläufig und freundlich an den Angeklagten wandte, dessen Anwesenheit er über die Fragerei vergessen zu haben schien, und fast seufzend fragte: ›Haben Sie ihn jetzt
gezogen oder geschoben?‹, sagte der Angeklagte: ›Gescho …‹,
und dann merkte er es, vollendete das Wort aber doch kleinlaut
›…ben…‹

Vorsitzender Adam verzog keine Miene, die Protokollführerin
platzte heraus, verschluckte jedoch schnell das Lachen, so ging es
auch uns Referendaren, der Staatsanwalt grinste, nur der Verteidiger sprang auf und schrie: ›Das ist eine unfaire Verhandlungsführung – ich beantrage das aus dem Protokoll zu streichen!‹

›Nicht nötig‹, sagte der Vorsitzende, ›das kommt gar nicht ins
Protokoll. Das dient nur der inneren Überzeugungsfindung des
Gerichts.‹

Es gab eine relativ milde Strafe. An mir war es, das Urteil zu entwerfen. Ich schilderte dieses ›Kreuzverhör‹ in aller Ausführlich-
keit, gespickt mit feinen juristischen Floskeln, wie nur ein Lehr-
ling es macht. Der Vorsitzende Adam strich väterlich lächelnd

diesen ganzen Absatz und sagte: ›Nichts für ungut, Herr Kollege, das ist sehr schön geschrieben, nur wir setzen stattdessen den einfachen Satz dahin: Strafmildernd kam in Betracht, daß der Angeklagte zur Aufklärung des Falles beigetragen hat.‹«

Damit endete für diesmal der Donnerstag des Oberstaatsanwalts Dr. F. Herr Hanshaas wurde vom Hausherrn eingeladen wiederzukommen, auch wenn seine Cellostimme nicht gebraucht werde, weil er offenbar weitere Geschichten in Dr. F. stimuliere.

Der zweiundzwanzigste Donnerstag des Oberstaatsanwalts Dr. F., an dem er, da am einundzwanzigsten Donnerstag keine Fortsetzung der Erzählung stattfinden konnte, mit der tragikomischen Geschichte des »Hausmeisterpaares Sondermeier« fortfährt.

»Was Sondermeiers nicht wußten, war, daß Holzberg schon seit einigen Monaten die Miete für seine Penthouse-Wohnung nicht mehr bezahlt hatte, daß deswegen bereits die Kündigung erfolgt und ein Räumungsprozeß beim Amtsgericht anhängig war. Was Sondermeiers auch nicht wußten, war, daß schon seit einiger Zeit mehrere Ermittlungsverfahren gegen Holzberg liefen, manche gegen ihn allein, manche gegen ihn und seine Komplizen und Mitgauner.

Holzberg hatte mehrere Vorladungen zur Kriminalpolizei unbefolgt gelassen, hatte auf eine Ladung zum Gerichtstermin in der Räumungssache nicht reagiert und so fort. Jedenfalls erschien, das war drei oder vier Tage nach der Tat des Hausmeisters, ein Polizist vom nächsten Revier, um nachzuschauen. Der läutete zuerst bei Holzberg im fünften Stock. Als niemand öffnete, fragte er, ohne große Erkenntnisse zu erzielen, bei einigen anderen Bewohnern des Hauses, zuletzt beim Hausmeister.

Frau Erna öffnete und erklärte dem Polizisten wahrheitsgemäß, daß sie den Mieter Holzberg seit einigen Tagen nicht gesehen habe. Das sei jedoch nicht weiter auffällig, weil er öfters verreise. Eine Frau Holzberg oder dergleichen? Gibt es nicht, sagte die Hausmeisterin, Holzberg lebe allein dort oben. Der Polizist dankte und ging.

Abends läuft im Fernsehen ein *Tatort* oder dergleichen. Obwohl Sondermeier an und für sich Mickymaus vorzieht, sitzt er doch mit seiner Bierflasche und dem gefälligen *Rondell* mit gemischtem Knabbergebäck vor dem Fernseher. Auch Frau Sondermeier läuft ab und zu herein, schaut ein wenig zu, versteht nichts, sieht nur die häufig auftretenden Polizeiuniformen und sagt: ›Übrigens, die Polizei war da und hat nach dem Holzberg gefragt.‹

Erwin Sondermeier vergeht sofort der Appetit auf weiteres Knabbergebäck und selbst aufs Bier, er schaltet den Fernseher aus…

›Was ist denn, warum erschrickst du denn so?‹

Nach einigem Hin und Her rückt Sondermeier voll Verzweiflung damit heraus, daß er den Holzberg erschlagen hat.

Es folgt dann eine Szene aus der inneren Hölle des Kleinbürger- und namentlich aus der eines Hausmeisterlebens. Vorwürfe, Schreie, Tränen, alles, was im Lauf dieser Ehe an Unzuträglichkeiten vorgefallen war, taucht, zum Teil maßlos aufgebläht, in dieser bis weit in die Nacht hinein währenden Diskussion aus dem brodelnden Seelenpfuhl wie Jauchegeruch wieder herauf. Mehrfach rotzt Frau Sondermeier ihr ›Wenn mir einer sagen könnte, warum ich den Menschen geheiratet habe!‹ gegen den Himmel respektive den Plafond der Hausmeisterwohnung. Mehrfach setzt Herr Sondermeier seinen Trenker-Hut auf, um davonzulaufen, setzt ihn dann aber wieder ab. Als man sich endlich beruhigt oder, besser gesagt, bis zu einer gewissen Ernüchterung müde geschimpft hat, setzt sich die Einsicht bei den beiden durch, daß etwas unternommen werden muß.

›Hat dich jemand gesehen dabei?‹

›Ausgeschlossen.‹

›Mit der Schaufel hinaufgehen?‹

›Weiß ich nicht. Ich geh oft mit einer Schaufel herum.‹

›Wo ist die Schaufel jetzt?‹

›Weg.‹

Und so fort. Eine gewisse Beruhigung verschaffte die Tatsache, daß der Polizist nicht nach Sondermeier, sondern nur nach Holzberg gefragt hatte. Inzwischen war Mitternacht vorüber, Stille im Haus. Erwin Sondermeier setzte nun seinen Trenker-Hut wieder auf, und unter ständigen Stoßgebeten der Hausmeisterin, die sich in dieser Not vorübergehend an ihre fromme Jugend erinnerte, fuhr man dann in den fünften Stock hinauf. Unter Beobachtung äußerster Sorgfalt öffnete Sondermeier mit dem Generalschlüssel nochmals die Wohnung. Frau Sondermeiers Stoßgebete wurden zwar nicht lauter, aber noch gestoßener. Sie rief Heilige an, von deren Existenz selbst die Ritenkongregation im Vatican keine Ahnung haben dürfte. Nicht allerdings den heiligen Kevin.

Kevin liegt immer noch so da, wie ihn der Hausmeister erschlagen hat. Nach weiterer, allerdings eher sachlich geführte Debatte beschließen Sondermeiers, die Leiche vorerst in die eigene Wohnung zu bringen. Der Hausmeister lüftet kurz den Trenker-Hut, wischt sich den kalten Schweiß von der Stirn, dann wickelt er den schon etwas steifen *Kevin* Holzberg in Säcke, schleppt ihn zum Lift.

›Wenn dich jemand sieht?‹ jammert Erna Sondermeier.

›Um die Zeit – niemand‹, sagt Sondermeier, schwitzt dennoch Blut.

Doch es ist tatsächlich niemand unterwegs. Es ist inzwischen ein oder zwei Uhr in der Nacht. Erna Sondermeier putzt das Blut weg, räumt auf, so, daß man meinen könnte, Holzberg sei verreist. Sie schaut prüfend um sich – dann nimmt sie als Schadensersatz für XIP und IOS einiges aus Holzbergs Wohnung mit: eine *Rolex* die auf Holzbergs Nachttisch liegt und die, was Erna Sondermeier nicht weiß, noch nicht bezahlt ist; eine chinesische Vase (unecht, das weiß Erna auch nicht, wäre ihr auch gleichgültig), eine aufwendige Weltzeit-Tischuhr und eine höchst moderne, abstrakte Stahlplastik, kleineres Format, die sich dann unten in Sondermeiers Wohnung neben und zwischen den Nippes besonders seltsam ausnimmt.

Und Kevin wird, weil er schon streng riecht, in Plastikmüllsäcke dreifach oder vierfach luftdicht verpackt und – vorerst, sagt Sondermeier – unter den vielen XIP-Paketen zwischengelagert.

So ist vorerst Ruhe eingekehrt, denn kein Polizist zeigt sich mehr in den folgenden Tagen, niemand fragt nach Holzberg, offenbar geht er niemandem ab. Doch eines ist klar, die Leiche muß weg. Sondermeiers wälzen tage- und nächtelang Pläne dazu, finden zu keinem Entschluß.

Etwa eine Woche danach bemerkt Frau Sondermeier, daß sich im Penthouse des Holzberg selig etwas rührt. Da Frau Sondermeier dies am hellen Tag bemerkt, befürchtet sie keine Gespenster, legt sich auf die übliche hausmeisterliche Lauer und stellt fest, daß eine junge Frau von mannequinesken Formen dort ein- und ausgeht, stellt sie sozusagen dienstlich zur Rede und erfährt, daß es sich bei der Frau um die, wie sich das Mannequin ausdrückt, *ständige Begleiterin* Doktor Kevin Holzbergs handelt, die einen Schlüssel zur Wohnung hat, sich allerdings wundert, daß *Kevin* nicht da ist, wo sie ihm doch telegraphiert hat, daß sie von ihrem Phototermin auf den Bahamas zu ihm nach München käme. Das Telegramm, wie überhaupt die ganze Post, die seit *damals* gekommen ist, hat Erwin Sondermeier beseitigt und ungelesen verbrannt. Welche Spuren er damit verwischen hat wollen, wäre ihm selbst wohl unklar gewesen.

Nach zwei Tagen im Penthouse, nach zwei Tagen ohne Nachricht von *Kevin*, ohne daß er selbst auftauchte, beginnt das Mannequin herumzutelephonieren, ruft alle ihr geläufigen Freunde und Bekannten Kevins an, doch keiner weiß, wo er steckt, keiner hat ihn seit soundsoviel Tagen gesehen, von ihm gehört. Im Mannequin wächst der Verdacht: Ihr Kevin hat eine andere. Das Mannequin wendet sich nun vertraulich an die Hausmeisterin: Von Frau zu Frau ... ist ihr irgendwas aufgefallen? Daß eine andere zu Kevin gekommen ist? ›Nein‹, sagt die Hausmeisterin. Da sieht das Mannequin die nun wirklich hier ins Auge springende Stahlplastik. Sie stutzt, die Hausmeisterin merkt es – schaltet schnell: Ja, die gehöre Herrn Doktor Holzberg, er habe sie als Pfand für geliehene hundert Mark dagelassen.

Das Mannequin ist konsterniert, nicht nur, weil ihr Freund es nötig hat, bei den Hausmeistern Geld auszuleihen, sondern vor allem, weil er dafür die Stahlplastik verpfändet, die sie ihm geschenkt hat. Mit dem Satz: ›Da stimmt nicht nur etwas nicht‹ verläßt sie die Hausmeisterwohnung.

Dieser Vorfall und dazu noch, daß jetzt mehr und mehr Anfragen nach Holzbergs Verbleib eintrafen, allerdings nicht seitens der Polizei, sondern offensichtlich vom Zivilgericht, vom Gerichtsvollzieher und von Gläubigern, das Telephon gesperrt wird und so fort, veranlaßt nun die nervöser werdenden Sondermeiers zum Handeln, das heißt: zu einem Versuch dazu. Kevin muß weg ... abgesehen davon wird, trotz luftdichter Folie, der Geruch langsam unerträglich. Auch beginnt sich die Folie aufzublähen.

Die Zumutung Sondermeiers, die Leiche zu tranchieren – Erna hat ja in ihrer Jugend bei einem Metzger als Verkäuferin gearbeitet –, weist seine Frau zurück. Als ganze Leiche geht der ehemalige Kevin nicht durchs Feuerungsloch der Zentralheizung. Sondermeier hat es versucht – aussichtslos. Es war dann fast noch schwieriger, die halb im Kessel steckende Leiche wieder herauszuziehen.

Auch ein anderer Versuch mißlingt. Spät in der Nacht schleppen Sondermeiers, Blut schwitzend, hinter jedem Eck einen Polizisten vermutend, die Leiche in Richtung Isar, nachdem sie sie im Auto so nahe wie möglich ans Wasser herangefahren haben. Sehr nahe kann man nicht heran mit dem Auto. Das Unternehmen wird abgebrochen. Trotz der späten Stunde zu viele Leute unterwegs. Wieder stellt sich der ohnedies leidige Rücktransport der Leiche als noch schwieriger heraus als der Hintransport.

Inzwischen haben sich jedoch Dinge ereignet, die den Sondermeiers das Gefühl geben, die Schlinge ziehe sich um ihren Hals zusammen. Das Mannequin, das nach wie vor in der Wohnung haust und auf *Kevin* wartet, hat seltsamen Besuch bekommen. Zwei Herren, die sich davor gehütet haben, Nadelstreifenanzüge, schwarze Borsalinos und schwarzweiße Schuhe zu tragen, solche jedoch sozusagen innerlich trugen, läuteten eines Tages an *Kevins* Tür und drückten ungestüm herein, als das Mannequin einen Spalt geöffnet hatte, fragten rüde nach *Kevin*, glaubten nicht, daß er nicht da sei, durchsuchten die Wohnung, wobei sie nicht zimperlich vorgingen, und mußten endlich einsehen, daß *Kevin* tatsächlich nicht da war, verzogen sich unter so dunklen wie unmißverständlichen Drohungen. Kein Zweifel: Holzberg war in noch andere, heiklere Geschäfte als XIP- und IOS-Handel verwickelt, und da war offenbar noch eine Rechnung offen.

Was Sondermeiers dann zur Verzweiflung treibt – die von jenem Besuch nichts wußten, vom Hintergrund schon gar nicht –, ist, daß ab jenem Tag ein Gorilla auf dem gegenüberliegenden Gehsteig Posten bezieht, um *Kevins* Rückkehr abzupassen. Sondermeiers halten die wechselnden Posten für Polizisten.

Da ersinnt Frau Erna Sondermeier einen Plan, eine Schnapsidee, wie sie nur Leute ihrer Bildungsschicht ausbrüten können. Sie geht zum städtischen Bestattungsamt, sagt, daß ihr Mann verstorben sei, und bittet um Überstellung eines Sarges.

Dem war ein längeres, auch hastiges Gespräch zwischen den Eheleuten Sondermeier vorausgegangen, die ein weiteres Zuziehen der Schlinge um ihren Hals deswegen vermuten, weil nun tatsächlich die Polizei mit größerem Aufwand in Holzbergs Penthouse ermittelt – auf die Anzeige des Mannequins nach dem Überfall hin.

›Er muß begraben werden‹, sagt Erna Sondermeier.

›Aber ...‹

›Richtig begraben, echt‹, sagt sie, ›mit Sarg und so.‹

›Und wie willst du das machen?‹

›Statt dir – also – quasi, daß du ...‹

›Oho – oha! Und ich?‹

›Du mußt dich halt in Zukunft verstecken. Oder ist es dir lieber, daß du ins Zuchthaus kommst?‹

171

›Warum ich? Und nicht du?‹

›Weil du eine Begräbnisversicherung hast‹, sagte Erna Sondermeier, ›und ich nicht.‹

Doch es ging nicht so glatt, wie Erna es sich vorgestellt hatte. Zwar findet sie, schwarz gekleidet, das Bestattungsamt, nur als der Beamte dort nach Totenschein, Todesursache und so fort fragt, verheddert sich Erna Sondermeier. Es wird ihr heiß und kalt und unbehaglich, weil der Beamte deutlich stutzig wird. Schließlich flieht sie förmlich aus dem Amt, achtet nicht mehr auf das, was der Beamte ihr hinterherruft.

Nun ging es Schlag auf Schlag. Sondermeiers erfuhren, daß die Wohnung nun aufgrund eines Versäumnisurteils vom Gerichtsvollzieher geräumt werden soll. Das Mannequin ist inzwischen verschwunden. In höchster Verzweiflung schleppen nun Sondermeiers die schon nicht mehr sehr ansehnliche Leiche hinauf – in der Nacht vor dem Räumungstermin – und hängen sie ans Gestänge der Wendeltreppe, die von der eigentlichen Wohnung zur Dachterrasse führt. Es sollte wie Selbstmord aussehen, aber die Obduktion ergab selbstverständlich sofort, daß Holzberg längst tot gewesen war, als man ihn aufhängte.

Die Aufregung im Haus war groß. Auf Sondermeiers fiel – vorerst – keinerlei Verdacht, doch Frau Sondermeier bekam eine Vorladung zur Kriminalpolizei.

›Jetzt ist's aus‹, sagte Erna.

Erwin Sondermeier brütete nur noch vor sich hin.

›Nur, frage ich mich, warum ich? Du hast ihn ja umgebracht ...‹ Wahrscheinlich ein geschickter Trick der Kriminalpolizei, dachte sie. Als sie dann vernommen wurde, erfuhr sie, daß es gar nicht um den toten Holzberg ging, sondern um eine Anzeige, die das Bestattungsamt erstattet hatte, weil jenem Beamten das Verhalten Erna Sondermeiers allzu fremdartig vorgekommen war. Er vermutete allerdings keinen Mord, sondern einen Versicherungsbetrug oder etwas in der Richtung.

172

Bei der Vernehmung redete Erna Sondermeier derart dumm daher, daß der Kriminalbeamte sehr bald von ihrer vollen Unschuld überzeugt war.

›Und lebt er also noch? Ihr Mann?‹ fragte der Kriminaler.

Erna nickte unter Tränen.

›Sie können gehen‹, sagte der Kriminaler.

Wenig erleichtert, aber doch etwas, ging Erna Sondermeier nach Hause. Sie hatte nicht die Wahrheit gesagt, objektiv gesehen. Als sie heimkam, sah sie den Hausmeister Sondermeier auf dem Sofa liegen. Er hatte sich die Kehle durchgeschnitten. Vorher noch hatte er sich – was in so einem Menschen in der Todesstunde vorgeht? einem an sich humorfreien Hausmeister? – den Kranz umgehängt, der seinerzeit für die vorgebliche Beerdigung schon angeschafft worden war. In der Hand hielt er einen Zettel, auf dem stand: ›Erna, sage alles. Dein Erwin.‹«

Der dreiundzwanzigste Donnerstag des Oberstaatsanwalts Dr. F., an dem er endlich die Geschichte vom »Wohnheim in der Westendstraße« erzählt.

»Ich könnte auch«, sagte der alte Oberstaatsanwalt, »die Geschichte *Spaghetti in Tinte* nennen, wenn das nicht so despektierlich klingen würde. Ich bleibe aber bei *Wohnheim in der Westendstraße*, obwohl der andere Titel von vornherein schon darauf hinwiese, daß Italiener eine große, ja eigentlich die größte Rolle in der Sache spielten. Sie wissen, meine Freunde, daß die ersten Gastarbeiter Italiener waren, damals in den sechziger Jahren, erst später kamen die Jugoslawen, dann die Griechen und Türken und so fort. Inzwischen sind die Italiener längst heimgekehrt, sofern sie nicht hier ein italienisches Restaurant betreiben, und Italien importiert, wenn man so sagen darf, seinerseits Saisonarbeiter aus dem meist östlichen Ausland. Aber damals – nun gut, unter den vielen Italienern, die sich als Gastarbeiter verdingten, fand sich damals eine Gruppe von fünf Männern, die eine sogenannte »Partie« bildeten. Sie arbeiteten nur zusammen, waren keine Hilfsarbeiter, sondern ausgebildete Fachkräfte, ihr Anführer, ein gewisser Enzo – den Familiennamen würde ich auch dann nicht nennen, wenn ich ihn noch wüßte – war sogar Elektrikermeister. Alle fünf stammten aus einem mittelgroßen Ort im Hinterland von Neapel, alle fünf wohnten in einem Wohnheim für Gastarbeiter in der Westendstraße, und die Partie verdingte sich bei einer deutschen Elektrikerfirma, die allerdings nur aus einem einzigen Mann bestand, der – ich wähle irgendeinen Namen – Braunagel hieß. Braunagel seinerseits setzte die Partie für einen Auftrag der Bahn ein, die damals noch *Bundesbahn* hieß.

Und da passierte es – so meinte man anfangs. Enzo verunglückte tödlich, kam eines Morgens unvorsichtigerweise an eine Starkstromleitung und war sofort tot. Das war weiter draußen

174

auf dem Bundesbahngelände, wo die Partie damit beschäftigt war, eine Oberleitung zu reparieren.

Die vier Kollegen des Toten betteten ihn in den Schotter neben dem Geleis auf eine Decke, doch selbst sie sahen, daß da nichts mehr zu machen war. Einer der vier lief in die Bauhütte, wo Braunagel war und einige Bundesbahnangehörige, ein Ingenieur auch. Nur das vorwegzunehmen: Der Ingenieur sagte später aus, er habe sich über die Reaktion Braunagels gewundert, als der Italiener, atemlos, die Schreckensnachricht herausstieß. Er habe den Eindruck gehabt, sagte der Ingenieur, daß Braunagel gar nicht überrascht gewesen sei, daß er die Überraschung nur und noch dazu ungeschickt gespielt habe.

Man verständigte dann sofort die Bahnpolizei, dann die Kripo, auch einen Arzt. Es wurde alles, wie es sich gehört, aufgenommen, photographiert und so fort. Ich war damals frisch ernannter Staatsanwalt, und der Abteilungschef, ein von mir sehr geachteter Oberstaatsanwalt namens Dr. Gietl, beorderte mich zum Unglücksort. Als ich dort ankam, war man eben dabei, den Toten in den Metallsarg zu legen, um ihn in die Gerichtsmedizin zu bringen.

Sie fragen sich vielleicht, was ein Staatsanwalt am Unglücks- oder Tatort schon groß tun kann. Die wirkliche Arbeit, die Vorarbeit für die – zu erhoffende – Aufklärung leistet die Polizei. Der Staatsanwalt, der auf dem Papier *der Herr des Ermittlungsverfahrens* ist, steht meist nur dumm herum und nicht selten im Weg. Seine eigentliche Arbeit beginnt ja erst nach Abschluß der Ermittlungen am Schreibtisch und dann im Gerichtssaal. Der erwähnte Oberstaatsanwalt Dr. Gietl, der für alles eine kurze Lösung wußte, erteilte auch für diese Situation seinerzeit uns Assessoren einen goldwerten Rat. ›Was tun Sie, damit Sie nicht herumstehen wie ein Gartenzwerg? Sie lassen sich Bericht erstatten.‹

So ließ ich mir Bericht erstatten. Der alte erfahrene Oberkommissär (so hieß das damals) Brandmeier erstattete mir diesen Bericht, wobei er sagte, daß ihm die Sache höchst komisch vorkomme, wenn dieser Ausdruck, so wörtlich Brandmeier, angesichts des Toten angebracht ist. ›Warum? Wieso?‹ Seine Nase sage ihm das, sagte Brandmeier. Wie alle bei der Staatsanwaltschaft wußte auch ich, daß man sich auf Brandmeiers Nase verlassen konnte. Und auch hier hatte er recht. Das stellte sich noch am gleichen Tag heraus, als die gerichtsmedizinische Obduktion ergab, daß Enzo schon tot war, als er am Bundesbahngelände mit der Starkstromleitung in Berührung kam, also: in Berührung gebracht wurde.

Nun wurden die Arbeitskollegen des Toten in die Mangel genommen. Diese Vernehmungs-Mangel war schwierig, weil die vier Italiener plötzlich kein Wort Deutsch mehr sprachen – vielleicht war es tatsächlich auch schon vorher so gewesen. Eine Vernehmung mittels Dolmetscher ist immer so wie das Anhören einer Symphonie mit Watte in den Ohren.

Die vier Italiener blieben eisern dabei, daß so, wie sie von vornherein angegeben haben, Enzo von der Plattform des Werkstattwaggons (oder wie man das Gefährt nennt) an die Starkstromleitung gekommen sei, daß es einen Blitz gegeben habe und Enzo auf der Plattform umgefallen sei. Auch Drohungen, daß man alle vier unter Verdacht zumindest einer fahrlässigen Tötung stellen könnte, änderten nichts an ihren Aussagen. Sollte sich der Gerichtsmediziner getäuscht haben? Als Todesursache hatte er tatsächlich einen Starkstrom-Stoß festgestellt – doch der Tod, so der Professor, sei etwa zwölf Stunden vor dem vorgeblichen Unfall auf dem Bahngelände eingetreten.

Der Klein-Unternehmer Bräunagel wurde vernommen: Er war denkbar unwirsch, redete in fast unmenschlicher Weise nur davon, daß man von Gastarbeitern nichts als Scherereien zu erwarten habe und daß nun, ohne ihren *Capo*, die ganze Partie nichts mehr wert sei.

Inzwischen war die Witwe Enzos aus Italien gekommen. Nachtragen muß ich, daß Enzo noch ein relativ junger Mann gewesen war, um die vierzig. Seine Frau eine Schönheit, ich war beeindruckt, als ich mit ihr redete. Es war kein Verhör, sondern ein Gespräch. Enzos Frau suchte mich im Büro auf, und ich führte die Unterhaltung mit ihr mit Hilfe meiner bescheidenen Italienischkenntnisse – nun, es ging. Ich erfuhr, daß Enzo in seiner Heimatstadt einen ganz anderen sozialen Rang eingenommen hatte als hier im Wohnheim Westendstraße. Er war, wie schon erwähnt, Elektromeister gewesen, die Familie hatte einen größeren Elektroladen, der Vater war eine Zeitlang Bürgermeister der Stadt gewesen. Das half uns alles aber bei den Ermittlungen nicht weiter.

Die Kripo vernahm dann nach und nach alle anderen Hausbewohner des Wohnheimes, und da kam man auf eine Spur. Nach längerem, zögerlichem Hin und Her gab ein Grieche – ich weiß noch, er führte den stolzen Vornamen Agamemnon – zu Protokoll, daß Enzos Partie immer oder jedenfalls häufig nach Feierabend nochmals von Braunagel abgeholt wurde und oft erst spät in der Nacht zurückkam.

Aha! Schwarzarbeit.

Daß es sinnlos war, Braunagel oder die vier Italiener danach zu fragen, war klar. Die Kripo beschattete also die Italiener, doch dabei kam nichts heraus. Sie blieben von Stund an nach Feierabend brav im Wohnheim oder gingen in eine Gastwirtschaft. Also beschattete man Braunagel und dabei fand man schon nach wenigen Tagen die Schwarzbaustelle – das heißt, der Bau selbst war kein Schwarzbau; der Bauherr, ein gewisser Lettl, errichtete sein künftiges Eigenheim draußen in Deisenhofen größtenteils – natürlich verbilligt – mit schwarzarbeitenden Handwerkern. Der gewiefte Brandmeier, der schon erwähnte Oberkommissär mit der untrüglichen Nase, ließ es sich nicht nehmen, zusammen mit einem zweiten Kriminaler in aller Früh in den Bau zu schleichen, sich zu verstecken und zu warten. Tatsächlich kam nach einiger Zeit der Bauherr Lettl und dann Braunagel. Wie die Indianer bei Karl May

– so wörtlich Brandmeier später – gelang es, durch einen noch unverschlossenen Schacht ein Gespräch zwischen den beiden zu belauschen. Es war ein sehr erregtes Gespräch. Der Bauherr Lettl warf Braunagel vor, daß er seine Leute nicht mehr schicke, Braunagel hielt dem entgegen, daß ihm die Sache zu gefährlich geworden sei. Es kam zum Streit, denn Lettl drohte, die noch ausstehende Summe für Braunagels Arbeit nicht zu zahlen, sie schrien, Braunagel ergriff eine schwere Holzlatte, doch bevor er losschlug, traten Brandmeier und sein Kollege dazwischen – Ausweis vorgezeigt: ›Kriminalpolizei.‹

Das Weitere war dann nicht schwer herauszubekommen. Der Unglücksfall war auf der Schwarzbaustelle vorgefallen. Pfusch rächte sich tödlich in diesem Fall. Enzo war beim Bohren auf eine elektrische Leitung gestoßen, die dort nicht sein sollte. Er war sofort tot.

Ob Braunagel bewußt log oder ob er es wirklich selbst nicht besser wußte: Er hielt den vier Arbeitskameraden vor, daß, da der Unfall bei der Schwarzarbeit passiert war, die Witwe Enzos keinerlei Rente bekäme. (Das stimmt natürlich nicht.) Die Idee, Enzo nochmals an Starkstrom zu hängen, und zwar bei ›echter Arbeit‹, stammte von Braunagel, freilich, denn er hatte das größte Interesse daran, die Sache zu vertuschen.

Die vier Italiener gaben nun alles zu, vor allem, muß zu ihrer Ehre gesagt werden, als wir sie beruhigen konnten, da Enzos Witwe die Rente bekäme. Sie rückten damit heraus, daß sie, es sei grauenvoll gewesen, mit dem toten Enzo im Kofferraum die ganze Nacht in Braunagels Auto unterwegs gewesen waren, weil sie es nicht wagten, den Toten ins Wohnheim zu tragen. Ständige Angst vor der Polizei: vier Gastarbeiter mitten in der Nacht unterwegs … Doch es ging, wenn man so sagen kann, gut. Die vier schleppten den toten Enzo, vor Arbeitsbeginn und als noch wenig Leute unterwegs waren, unter höchsten Vorsichtsmaßnahmen zum Werkstattwagen – den Rest kennen Sie.

Das Ermittlungsverfahren wegen fahrlässiger Tötung gegen Lettl und Braunagel wurde eingestellt, weil der genaue Hergang des Unglücks nicht mehr zu klären und nicht festzustellen war, wer auf dem chaotischen Bau für die Führung der elektrischen Leitungen – in strafrechtlichem Sinn – gradezustehen hatte und wer Enzo gesagt hatte, er solle an jener neuralgischen Stelle bohren. Es gab aber doch einige Verfahren, auch gegen die vier Italiener, wegen Verstoßes gegen Steuer- und Versicherungsgesetze und andere sogenannte strafrechtliche Nebentatbestände. Das interessierte mich nicht weiter, doch ein Anruf interessierte mich und sogar brennend, der nach einiger Zeit bei der Staatsanwaltschaft, genauer gesagt, bei mir einging.

Ich erkannte sie an der Stimme: Enzos Witwe. Mein Italienisch ist, wie erwähnt, nicht gut genug. Ich verstand nur, daß sie schrecklich aufgeregt war und etwas ganz Wichtiges mitzuteilen hatte. Zum Glück hatten wir damals einen Kollegen bei uns, der ein Sprachgenie war und dessen Steckenpferd es war, Fremdsprachen zu lernen. Damals lernte er, wenn ich mich recht erinnere, gerade seine vierzehnte Sprache: Siamesisch. Ich sagte zur Witwe Enzos: ›Un attimo, per favore …‹, soweit reichte mein Italienisch. Dann rannte ich hinüber, zum Glück war der Kollege da, kam mit und übernahm das Gespräch. Ich hörte am anderen Apparat mit, verstand jedoch nicht sehr viel, denn die Unterhaltung wurde immer schneller und – so erfuhr ich danach vom Kollegen – immer süditalienischer. Ich sah nur, daß der Kollege zwei Namen und eine Autonummer notierte. Dann hängte er ein und lehnte sich laut ausatmend zurück.

›Und?‹ fragte ich.

›Höchst unerfreulich‹, sagte er. ›Der Bruder des Ermordeten, also der Schwager der Witwe, und ein der Familie eng verbundener Freund sind hierher unterwegs. Ob sie Schußwaffen dabeihaben, wußte die Frau nicht. Das Einpacken der Messer hat sie jedoch beobachtet. Die sind mit Leukoplast unterm Autoboden angeklebt. Der der Familie eng verbundene Freund hat das Leukoplast künstlich verdreckt.‹

›Ganz verstehe ich nicht‹, sagte ich.

›Rache‹, sagte der vielsprachige Kollege, ›vergessen Sie nicht, daß das Süditaliener sind.‹

›Die Familie glaubt nicht an einen Unfall?‹

›Die Witwe ist eigens unter einem Vorwand in die Provinzhauptstadt gefahren, um gefahrlos telephonieren zu können. Sie scheint die einzig Vernünftige der Familie zu sein und will nicht, daß etwas Schreckliches – noch etwas Schreckliches passiert. Wir sollen um alles in der Welt nicht verraten, daß sie uns die Sache gesteckt hat, sonst geht es ihr an den Kragen.‹

›Und wen wollen sie umbringen?‹

›Die vier anderen Italiener der *Partie*. Sie halten die Sache für vertuscht, den Staatsanwalt für bestochen – vergessen Sie nicht, daß Süditaliener im Spiel sind.‹

›Und warum in aller Welt sollen die vier Italiener ihren Arbeitskameraden umgebracht haben?‹

›Irgendeinen Grund einander umzubringen haben die dort immer.‹

Was konnten wir tun? Es war wieder einmal ein Fall, der so aussah, als ob man erst warten müsse, bis etwas passiert, um tätig werden zu können. Aber ich wurde doch vorher schon tätig. Ich ließ die vier Italiener, die nach wie vor bei Braunagel arbeiteten und im Wohnheim Westendstraße wohnten, warnen, worauf einer der vier verschwand und nie mehr auftauchte. Die Zöllner an der Grenze in Kufstein und Scharnitz wurden unterrichtet. Damals gab es ja noch Grenzkontrollen. Unschwer wurde jenes Auto herausgefischt, die Messerbatterie gefunden, außerdem zwei Pistolen, die in der Türverkleidung versteckt waren. Grund genug, die Kerle vorläufig festzunehmen und zu verhören, ohne daß die Witwe Enzos und ihr *Verrat* ins Spiel gebracht werden mußten.

Der Rest ist schnell erzählt. Die zwei Rächer stritten jede Mord-

180

absicht ab. Sie war ihnen ja auch, wollte man die Witwe Enzos nicht bloßstellen, nicht nachzuweisen, und ich veranlaßte, daß nur eine Anklage wegen unerlaubten Waffenbesitzes erfolgte. Die Rächer wurden verurteilt und dann nach Italien abgeschoben. Meine Hoffnung, daß dieser Schreckschuß sie davon abhalten würde, wiederzukommen, erfüllte sich zum Glück. Nur ein Rest bleibt zwar nicht ungesagt, sondern in der Schwebe: Warum verschwand der eine aus der Gruppe, nachdem er von den nahenden Erinnyen erfahren hatte? Sollte womöglich doch …? Dieser Rest bleibt nun in der Tat ungesagt, und wir wenden uns nun, ich höre schon die Frau des Hauses ihr Instrument stimmen, der Krone der Musik zu, dem Streichquartett.«

Auf den Pulten lagen an diesem Donnerstag die Stimmen von Giuseppe Verdi.

✻

Ich bin die Katze Mimmi (schwarz-weiß getigert) und kann Gedanken lesen. Ich schicke voraus, daß die Behauptung, Katzen seien unmusikalisch (siehe den Artikel »Katzenmusik« in Grimms Wörterbuch), falsch ist. Sie wenden ihre Musikalität nur nicht nach außen. Das Gleiche gilt von der Sprache. Wir könnten sprechen, wenn wir wollten. Soll ich das eine oder andere Gedicht diesen Blättern hier beisteuern? Wir dichten, mein Bruder Boris – ein roter Kater – und ich.

Kein Tag ist mehr zu uns gekommen
nicht Nacht nicht Stern nicht Göttergrollen
hat es denn wirklich kommen sollen
daß wir die Zeichen nie vernommen?

Nie wirklich uns am Riemen rissen
und niemals uns ans Hirn gefaßt
und auch den letzten Halm verpaßt
daß es nur so hat kommen müssen?

Hat keiner von den Potentaten
den Mut gehabt sich umzusehen
der Hähne warnend kreisches Krähen
hat keiner je korrekt erraten?

Nein, nein, es kommt und muß so kommen
weil ohne nichts und ohne Lesen
die, die dafür gestellt gewesen
die Zeichen blöde nicht vernommen.

Mein Bruder allerdings macht nur ganz kurze Gedichte. Hier ist
eins. Es heißt: »Frage«.

Was für schwarze Trompeten
tönen durch eisige Flur?
Sind es die letzten Kometen?
Ist es die Feuerwehr nur?

Der vierundzwanzigste Donnerstag des Oberstaatsanwalts Dr. F., an dem er den vielleicht eigenartigsten Fall erzählt, von dem er je erfahren hat.

Vielleicht, dachte die Katze Mimmi, die auf den Knien der jungen Tochter des Hauses saß, *kann ich den ungeklärten Rest der Sache beisteuern, von dem der Oberstaatsanwalt nichts weiß.*

*

»Es war, forensisch gesehen, eine ganz kleine Sache. Meine Abteilung hatte nichts damit zu tun, ich erfuhr nur durch die Erzählung eines Kollegen im Café *Frantzmann* davon, eine Stätte, die auch längst schon in die Tiefe der Jahre spurlos hinabgesunken ist. Nach der Mittagszeit versammelten sich dort zwanglos immer einige Richter und Staatsanwälte, um nach dem kargen Mittagsmahl in der ebenso kargen Kantine sich geistig etwas aufzuwärmen und auch körperlich, denn der Kaffee dort im *Frantzmann* war ungleich besser als der in der Kantine. Und so diente dieses Café dem – manchmal sogar dienstlich fruchtbaren – Gedankenaustausch, und dort also erfuhr ich durch einen Kollegen von der Sache mit den 23 Millionen Mark. Deutsche Mark – die es damals noch gab.

So ganz klein allerdings war die Sache, wenn man sie aus der Sicht des Betroffenen betrachtete, auch wieder nicht. Es war eine Anklage gegen einen Beamten eines Finanzamtes wegen Amtsmißbrauchs. Ich weiß noch seinen Namen. Es war ein merkwürdiger Name, der leicht ins Komische schillert. Ich nenne ihn nicht, weil sein Träger vielleicht noch lebt. Sagen wir, er hieß Mausbeigl – ist der Name komisch genug? Ja. Mausbeigl, Holger, damals, als das Verfahren gegen ihn lief, etwa vierzig Jahre alt. Er war grau wie eine Maus, fast kahlköpfig, so gut wie ohne Kinn, hatte nahe zusammenstehende kleine Augen und einen Gesichtsausdruck, von dem man beim ersten Hinsehen nicht wußte, ob er ängstlich oder tückisch war. Vielleicht aus beidem gemischt. Im Dienst war er unauffällig, weder besonders tüchtig und strebsam noch nachlässig oder schlampig. Er mache, sagte sein Vorgesetzter später in der Verhandlung aus, seine Arbeit ordentlich, wenngleich nicht übermäßig schnell. Grobe Schnitzer seien ihm nie unterlaufen. Im Kopfrechnen sei er so gut, daß er keinen Taschenrechner brauche. Besonders umgänglich im Kollegenkreis sei er nicht, sei jedoch auch nicht unbeliebt. Er sehe scharf auf seine gewohnheitsrechtlich erworbenen Privilegien. Die einzige Auseinandersetzung mit ihm im Dienst habe es gegeben, als eine etwas höherrangige Kollegin die Entfernung der vier im Lauf der Jahre ziemlich groß gewordenen Kakteentöpfe Mausbeigls vom Fenstersims des Dienstzimmers forderte, weil unschöne Wasserränder entstanden waren. Es kam zum Streit, der eskalierte, als die etwas höherrangige Kollegin Mausbeigls Kakteen, die zur Gattung der Opuntia cochenillifera gehörten, also zu dieser flach-oval-fleischigen Sorte, als ›eingepflanzte Schlappschuhe‹ bezeichnete. Der Vorgesetzte habe schlichten müssen und einen Kompromiß erzielt: Mausbeigl ließ ein Brett von der Größe des Fenstersimses anfertigen, auf das er dann die Töpfe stellte. So entstanden keine unschönen Wasserränder mehr. Die Kollegin mußte sich zufriedengeben, obwohl die Wasserränder nur ein Vorwand gewesen waren.

Das alles, liebe Freunde …«

*

Ein anregender Name, dachte die Katze Mimmi, *schade, daß ich den Mausbeigl nicht persönlich gekannt habe.*

*

»… weiß ich, bitte sich das zu erinnern, aus den kollegialen Erzählungen im Café *Frantzmann*. Gesehen habe ich Herrn Holger Mausbeigl später, allerdings nur aus gewisser Entfernung. Der Kollege, der dienstlich mit der Sache zu tun hatte und auch in der Verhandlung die Anklage vertrat, sagte zur Charakteristik Mausbeigls: Er habe ausgesehen, als trage er Knickerbocker. Er habe aber tatsächlich keine Knickerbocker getragen. Und ausgerechnet dieser Mann war einem Staatsgeheimnis auf der Spur – hätte es fast gelüftet. Leider nur fast.

Es gab auch eine Frau Mausbeigl. Sie war etwas älter als ihr Mann und schon Witwe, als Mausbeigl sie heiratete. Sie tauchte im Verfahren nicht auf, weshalb mein Gewährsmann nicht wußte, wie sie aussah. Er vermutete einen Typ Frau in geblümter Kittelschürze. Sie hatte einen Sohn aus erster Ehe, der zu jenem Zeitpunkt längst aus dem Haus war, und von Mausbeigl keine Kinder. Frau Mausbeigl hatte eine fast schon zur Leidenschaft ausgewachsene Angewohnheit, die insofern für das Verfahren indirekt von Bedeutung war, als sie den Stein ins Rollen brachte: Frau Mausbeigl las in der Zeitung weder den politischen noch den kulturellen Teil, weder die Lokalnachrichten noch gar die Wirtschaftsberichte, nicht einmal den Sport, nur die Anzeigen, und zwar hier nur die in der Tat oft seltsame Blüten hervortreibende Rubrik *Vermischtes*.

So fand Frau Mausbeigl eines Tages, es war nach Feierabend und ihr Mann war schon zu Hause, eine nur aus einer Zeile bestehende Annonce, die so lautete«, Oberstaatsanwalt Dr. F. schrieb zwei Wörter auf einen Zettel und reichte ihn herum. »Fällt Ihnen etwas auf?«

*

Keinem fiel etwas auf, nur ich sah es. Ich saß inzwischen auf einem meiner Lieblingsplätze, nämlich auf der einen Ecke des Schrankes, der die Musikalien enthält – in schrecklicher Unordnung, nebenbei gesagt, doch was kümmert das eine Katze. Der Hausherr sagt immer wieder, er müsse endlich das Notenmaterial ordnen, aber ich fürchte, solange er auch so findet, was er sucht, und sein Schubert liegt ohnedies obenauf, geschieht nichts.

Was ich auf dem Zettel sah? Wir aktzeptieren.

*

»Wir aktzeptieren«, sagte der Oberstaatsanwalt Dr. F. »nur zwei Wörter. ›Wir‹ fett gedruckt und ›aktzeptieren‹ mit tz. Frau Maus-

beigl zeigte es ihrem Mann, obwohl sie ihn sonst mürrisch unin-
teressiert an dieser Unterhaltung wußte.

›Schon komisch‹, sagte sie.

Herr Mausbeigl reagierte diesmal interessiert, fand die Annonce in der Tat merkwürdig und dachte lange darüber nach. Das
tz könnte ein Druckfehler sein, überlegte er, doch je mehr er darüber nachdachte, desto unwahrscheinlicher erschien es ihm. ›Das
ist ein Zeichen, ein Code, eine Nachricht. Die fehlerhafte Schreibweise dient der Verifizierung für den Adressaten. Da steckt etwas
dahinter.‹

Und es steckte etwas dahinter.

Mausbeigl schnitt die Annonce aus, klebte sie auf ein DIN-A4-
Blatt sauber in die Mitte, schrieb das Erscheinungsdatum der Zeitung dazu und ging am nächsten Tag in seiner Mittagspause – das
Kantinenessen versäumend – zur Anzeigenabteilung der Zeitung
und fragte, wer die Annonce aufgegeben habe.

Das könne und dürfe man ihm nicht sagen.

Mausbeigl nahm Urlaub. Er hatte genug Urlaubstage übrig.
Frau Mausbeigl verreiste allenfalls zu ihrer Mutter nach Iserlohn
oder kann auch sein Quakenbrück. Auslandsreisen lehnte sie ab.
Der Norden war ihr zu kalt und im Süden störte sie das Olivenöl,
mit dem man dort kocht. Außerdem mochte sie Gegenden nicht,
in denen man nicht Deutsch spricht. Was in Österreich und in
der Schweiz gesprochen wurde, hielt sie nicht für Deutsch. Mausbeigl allein in Urlaub fahren zu lassen, hielt sie für sittlich zu wag-
halsig. Eine höchst überflüssige Sorge angesichts des Charakters
und der Erscheinung Mausbeigls. Also sammelten sich oft Wochen und Wochen an Urlaubstagen an, die Mausbeigl zustanden,
immer wieder mußte er sie, soweit zulässig, ins nächste Jahr übertragen lassen, ja es verfielen sogar Urlaubsansprüche. Mausbeigl
fand das offenbar nicht tragisch. Er ging gern ins Büro. Solche
Menschen gibt es.

Doch jetzt nahm er Urlaub, jedoch nur, um sich in das öffentlich zugängliche Archiv jener Zeitung zu setzen und – rückwärts von der Ausgabe jenes Tages ab – die Rubriken ›Vermischt‹ sorgfältig zu durchforschen. Tatsächlich fand er in der Ausgabe, die vier Tage älter war, die gleiche Annonce: ›Wir akzeptieren.‹ – ohne tz. Vier Tage vorher wieder – auch ohne tz. Dann, weiter zurück, nicht mehr. (Offenbar waren Frau Mausbeigl diese Annoncen seinerzeit entgangen.) Er stieß jedoch auf eine andere Seltsamkeit. Die Zeitungen waren gebunden, in zwangsläufig großformatigen Bänden, pro Monat ein Band. Von jeder Ausgabe war ein Exemplar archiviert, die Exemplare chronologisch hintereinander angeordnet. Es mochte auf die durch die minutiöse Suche nach der winzigen Annonce geschärfte Aufmerksamkeit Mausbeigls zurückzuführen sein, daß er eine Irregularität bemerkte: In dem Band, in dem die Zeitungen zusammengebunden waren, die aus demjenigen Monat stammten, der dem Inserat vorausging, der – rückwärts geordnet – die letzte (vorwärts gerechnet erste) der geheimnisvollen Annoncen enthielt, fand sich ein Exemplar der Zeitung doppelt.

Mausbeigl stutze. Ein Versehen? Vielleicht durch jahrelange Beobachtung dienstlicher Sorgfalt, etwa bei Steuerprüfungen in Betrieben, begann Mausbeigl zu vergleichen. Die beiden Exemplare wiesen einen vollkommen gleichen Text auf bis auf eine einzige Stelle, eine Notiz unter den Kurznachrichten. Den Wortlaut kann ich Ihnen nicht mitteilen, ich habe diese Nachricht ja nie gelesen, aber sinngemäß kann ich sie wiedergeben ...«

*

Ich weiß den Wortlaut. Ich blende für kurze Zeit die Rede des Oberstaatsanwalts aus und meine Kenntnis ein: »Bei der Redaktion ging ein anonymes Schreiben für den Bundeskanzler ein. Ein Bedürftiger, so das Schreiben, bitte um die Überweisung von 23 Millionen Mark. Andernfalls werden die Folgen fürchterlich sein. Es handelt sich vermutlich um einen makabren Scherz. Dennoch wurde das Schreiben weitergeleitet.«

*

Nachdem der Oberstaatsanwalt sinngemäß die gleichen Worte gesprochen hatte, fuhr er fort: »An wen weitergeleitet? fragte sich Mausbeigl. Und vor allem, warum wurden die Druckmaschinen angehalten, offenbar kaum daß sie angelaufen waren, um diese Nachricht aus dem Satz zu reißen?

Mausbeigl verbiß sich nun in die Sache. Welche Schritte er hintereinander unternahm, weiß ich nicht. Daß eine Nachfrage bei der Annoncenabteilung der Zeitung ohne Antwort bleiben würde, wußte er, versuchte es gar nicht. Auch bei der Polizei und bei der Staatsanwaltschaft wurde er nicht fündig. Er schrieb sogar ans Bundeskanzleramt und legte die Abschrift der Zeitungsmeldung bei. Er bekam ein von einem persönlichen Referenten unterzeichnetes Schreiben sichtlich formaler Art, in dem ihm für sein Interesse an der Arbeit des Herrn Bundeskanzlers gedankt und ihm für seinen weiteren Lebensweg alles Gute gewünscht wurde.

Der Wunsch ging nicht in Erfüllung.

Mausbeigl kam auf eine nicht anders als dienstlich abwegig zu bezeichnende Idee. Er ging in die Buchhaltung der Redaktion, zeigte seinen Dienstausweis vor und erklärte, eine Steuerprüfung durchführen zu müssen. Sein Auftreten war korrekt und einleuchtend. Er brauchte ja seine Rolle nicht zu spielen, er brauchte nur das zu tun, was er dienstlich oft genug getan hatte. Als erstes ließ er sich die Buchungsunterlagen der Annoncenabteilung jenes Zeitraums vorlegen, in dem die betreffenden Anzeigen in der Zeitung erschienen waren. Es war für ihn nicht schwer, den Inserenten dadurch festzustellen. Mausbeigl, nehme ich an, stockte der Atem, als er las: das Bundeskanzleramt.

Und noch etwas: Der Abrechnung lag, wie üblich, eine Kopie der Annonce bei. Bei den beiden ersten war das tz zu einfachem z korrigiert, erst der dritten Annonce lag ein handschriftlicher Zettel bei, auf dem mit Rotstift geschrieben stand: tz!

Die Sache geriet dann in größere Dimensionen. Mausbeigl

schrieb nochmals ans Bundeskanzleramt, schrieb genau, was er an Ermittlungen erzielt hatte, bekam diesmal eine Antwort, die nicht formalmäßig abgefaßt war, von einem anderen, vermutlich höherrangigen persönlichen Referenten abgefaßt, in dem es hieß –«

Oberstaatsanwalt Dr. F. unterbrach seine Erzählung, nahm einen Schluck aus seinem Glas Sherry und sagte dann: »Man kann leider keine jüdischen Witze mehr erzählen, ohne in den Geruch des Antisemitismus zu kommen. Außer man ist selbst Jude. Erzähle ich so einen Witz, behaupte ich notfalls, ich sei Jude. Das ist ja schwer nachzuprüfen außer in der Sauna, doch erstens gehe ich nicht in die Sauna und zweitens würde ich dort keine jüdischen Witze erzählen, wahrscheinlich überhaupt keine Witze. Noch gefährlicher ist es mit Zigeunerwitzen. Man darf ja nicht einmal mehr das Wort Zigeuner benutzen, ohne gegen das, was ich als *Political Incorrectness* bezeichne, zu verstoßen. Ich benutze es dennoch, denn ich habe nichts gegen Zigeuner, im Gegenteil, und da fällt mir ein, daß ich Ihnen ein anderes Mal die wirklich anrührende, ja tragische Geschichte der Zigeunerin Hertha Weiß erzählen könnte. Die kenne ich, im Gegensatz zu dem, was ich Ihnen heute berichte, aus erster Hand, nämlich aus meiner.

Wenn ich Ihnen also versichere, daß ich weder gegen Lehrlinge etwas habe, wenn ich sie Lehrlinge und nicht *Azubi* nenne, nichts gegen Neger, wenn ich sie Neger und nicht – ja, wie? Wie darf man Neger *political incorrect* nennen? Das ändert sich, habe ich den Eindruck, stündlich. Ich habe nichts gegen Putzfrauen, wenn ich sie Putzfrauen und nicht Reinigungsdamen nenne, ich habe nichts gegen Bäume, wenn ich sie Bäume nenne – wissen Sie, wie Bäume *political correct* heißen? Großgrün… Ja, und ich habe nichts gegen Zigeuner, wenn ich sie Zigeuner nenne, und ich erlaube mir einen Zigeunerwitz zu erzählen, ich glaube, er stammt von Roda Roda, der ihn aber vermutlich auch nicht erfunden, sondern nur kolportiert hat, einen Witz, um umrißhaft die Argumentation des Bundeskanzleramtes gegenüber Mausbeigl aufzuzeigen.

Es war im Ungarn der alten Zeit. Eine Zigeunersippe hatte einen großen Kupferkessel. Eine andere Sippe lieh sich diesen Kessel für einige Tage aus, und als sie ihn zurückgab, war in dem Kessel ein Loch. Die Sippe, der der Kessel gehörte, beschwerte sich beim Obergespan, und der hörte den Chef der anderen Sippe an, und der verteidigte sich wie folgt: Erstens haben wir nie von denen einen Kessel ausgeliehen, zweitens haben wir ihn unbeschädigt zurückgegeben und drittens war das Loch vorher schon drin.

Der persönliche Referent schrieb in leicht ärgerlichem Ton etwa in diesem Sinn: Daß von einer Annonce dieser Art seitens der Bundeskanzleramtes keine Rede sein könne, schrieb der Referent, wer er, Mausbeigl, denn sei, daß er in so penetranter Weise ein ohnedies mit Arbeit überhäuftes Amt belästige, und er solle sich um seine eigenen Angelegenheiten kümmern. Der Ton verärgerte den Mausbeigl natürlich zusätzlich und spornte ihn in seiner Aktivität an.

Mausbeigl antwortete nicht sofort, denn er geriet durch diese freche Antwort nicht in Hitze, sondern in kalte Wut. Er formulierte lang an seinem nächsten Brief und schrieb dann: Er sei ein Staatsbürger und verantwortungsbewußt, weshalb er meine, nicht er sei für das Bundeskanzleramt da und schon gar nicht für den Herrn persönlichen Referenten Z., sondern umgekehrt. Außerdem sei er als wenngleich kleiner Finanzbeamter durchaus in der Lage zu beurteilen, was es heißt, mit Arbeit überhäuft zu sein, und er glaube nicht, daß die Arbeit eines der vielen vermutlich überzähligen persönlichen Referenten diesen so überhäufe wie einen kleinen Finanzbeamten die seine. Doch das seien alles untergeordnete Fragen, denn die übergeordnete Frage sei die, wie es dem mit Arbeit überhäuften persönlichen Referenten entgehen habe können, was beiliegende Photocopie beweise.

Die Photocopie, die Mausbeigl beilegte, war natürlich die des Zahlungsbeleges aus der Buchhaltung der Zeitung.

Oder – fügte Mausbeigl pfeiltreffsicher hinzu – sei die Antwort vielleicht eine bewußte Lüge gewesen?

Es kam lange keine Antwort. Mausbeigl schickte nach einiger Zeit eine Copie seines Schreibens mit einer weiteren Copie des Zahlungsbeleges und schrieb dazu, daß der Herr persönliche Referent sich nicht einbilden solle, ihn, Mausbeigl, durch Stillschweigen sozusagen ›moralisch aushungern‹, das heißt ermüden zu können.

Auch darauf bekam Mausbeigl keine Antwort, jedenfalls keine direkte. Er wurde zu seinem Chef gerufen. Der Chef war erstaunt über die nahezu schon impertinenten Antworten, die der bisher eher stille und unauffällige Beamte auf die Vorhaltungen gab. Er sei, sagte Mausbeigl, obwohl Finanzbeamter, selbst auch Steuerzahler, wie der Chef sehr gut wisse, und als solcher habe er das Recht zu wissen, was mit seinen Steuergeldern geschehe.

›Wenn sich jeder um die zwei Mark vierzig kümmern möchte, die das Bundeskanzleramt ausgibt ...‹, sagte der Chef, doch Mausbeigl unterbrach ihn, eigentlich ungehörig, den Chef zu unterbrechen, und schoß wiederum einen Pfeil ab, der saß: ›Es dreht sich nicht um die zwei Mark vierzig Annoncengebühren, sondern um 23 Millionen.‹

›Dreiundzwanzig Millionen *was*? Einwohner?‹

›Mark‹, sagte Mausbeigl, ›D-Mark.‹

Der Chef verstummte und blätterte in dem Akt hin und her, der vor ihm lag. Er lenkte ab: ›Sie haben viel Zeit für Ihre querulatorischen Unternehmungen.‹

›Alles in meiner Freizeit‹, sagte Mausbeigl, ›respektive im Urlaub.‹

›Und woher haben Sie überhaupt diesen Beleg von der Buchhaltung da?‹

›Das ist meine Privatsache‹, – war es natürlich nicht, wie Sie sich denken können, meine Freunde, und führte auch letzten Endes zu dem oben erwähnten Verfahren wegen Amtsmißbrauches. Doch vorerst war es eine Antwort, auf die der Chef nichts erwidern konnte, zumal Mausbeigl nun schon nicht mehr nur impertinent, sondern auftrumpfend fortfuhr: ›Ich gebe es bekannt, wenn man mir offenlegt, ob und wie die Annonce mit der Nachricht über die 23 Millionen zusammenhängt. Diese Nachricht hier‹, sagte Mausbeigl und reichte dem Chef eine Photocopie jener seinerzeit unterdrückten Pressenotiz, die er, wohl ahnend, warum er zum Chef gerufen wurde, mitgenommen hatte.

Der Chef wackelte kurz wie von einer Ohrfeige getroffen mit dem Kopf und zwinkerte mit den Augen.

›Können Sie zu dem Vorgang nehmen‹, sagte Mausbeigl, ›und Ihrem Bericht über unser … hm … Gespräch beilegen.‹

Im Inneren des Chefs schwappte die Entscheidung über sein Verhalten gegenüber dem renitenten Untergebenen zwischen zwei Polen hin und her –«

*

Ich frage mich, ich, Mimmi auf dem Notenschrank, woher Herr Oberstaatsanwalt Dr. F. das alles so genau weiß? Wo er alles nur aus zweiter, wenngleich zugegebenermaßen gut unterrichteter Hand erfahren hat? Und war derjenige, der dem Oberstaatsanwalt Dr. F. diesen bis heute mysteriösen Fall erzählte (nur für mich nicht mysteriös, wie Sie sehen werden), in der Lage, in die im Augenblick schwappende Seelenlage eines – was mag er wohl gewesen sein? Regierungsrat? Oberregierungsrat? – höheren Finanzbeamten zu blikken? Nun gut, es gibt Dinge, die können nur so und so gewesen sein, und das mag die jahrzehntelange Erfahrung dem Oberstaatsanwalt souffliert haben. Und schließlich muß er seine Erzählung mit Ausschmückungen würzen.

*

»… hin und her zwischen wütendem Toben und zähneknirschender Menschlichkeit, neigte sich zunächst zum Toben, entschied sich dann, nach kräftigem Ausatmen, zu sozusagen dienst-lich-menschlichem Zureden:

›Lieber Herr Mausbiegel …‹

›Mausbeigl‹, sagte Mausbeigl.

›Verzeihung, Mausbeigl – warum wollen Sie sich und dem Amt unbedingt Schwierigkeiten machen? Und wenn es 23 Millionen sind – sind es Ihre Millionen?‹

›In gewisser Weise schon‹, sagte Mausbeigl trotzig.

›Ja, ja – doch, aber bekommen Sie etwas von den 23 Millionen, wenn Sie die Sache aufklären? Wobei ich daran zweifle, ob Ihnen eine Aufklärung gelingt.‹

›Wissen Sie mehr als ich von dieser Sache?‹

›Keineswegs, ehrlich‹, sagte der Chef. Es war keine Lüge.

›Vielleicht helfen Sie mir‹, sagte Mausbeigl, der jetzt deutlich Oberwasser fühlte, ›dann kommen wir besser voran. Sie haben die größeren Möglichkeiten.‹

›Herr Mausbiegel – Mausbeigl wollte ich sagen‹, der Chef dämpfte seine Stimme bis noch unterhalb oder oberhalb der Menschlichkeit, je nachdem, wie man will, bis zu einer Art Väter-lichkeit, obwohl Mausbeigl älter war als der vorgesetzte Oberregie-rungsrat, ›ich habe das Gefühl, das ist eine ganz dunkle Sache. Da gebe ich Ihnen recht. Es ist eine womöglich gefährliche Sache …‹

›Das Gefühl habe ich auch‹, sagte Mausbeigl.

›Warum wollen Sie in ein Wespennest stechen, Herr Maus-beigl?‹

›Weil ich wissen möchte, was das für Wespen sind.‹

So – oder so ähnlich verlief das Gespräch Mausbeigls mit sei-nem Chef, der es später sehr genau in dem Strafverfahren schil-derte.

Mausbeigl schrieb noch ein paar Mal an das Bundeskanzler-amt, an den Kanzler persönlich, versuchte sogar, dort anzuru-fen, alles natürlich ohne Erfolg. Er erntete lediglich ein paar Formularbriefe, daß ›der Sache nachgegangen‹ werde.

193

Etwa einen Monat, nachdem Mausbeigl noch einmal an den Bundeskanzler geschrieben hatte, er werde nunmehr, sofern keine genügende Aufklärung erfolge, ›an die Öffentlichkeit gehen‹, und mit der BILD-Zeitung drohte, kam unangemeldet eine gepflegt wirkende Dame mittleren Alters zu Mausbeigl ins Büro, stellte sich als Frau Dr. Feigenblatt vor und bat um eine Unterredung unter vier Augen. Mausbeigl, der sein Büro mit einem Kollegen teilte, führte die Dame in ein Besprechungszimmer, das den Charme dienstvorschriftlicher Einrichtung ausstrahlte.

›Warum wollen Sie's unbedingt wissen?‹ fragte die Dame.

›Also gibt es etwas zu wissen?‹ fragte Mausbeigl.

›Das habe ich damit nicht gesagt‹, sagte Frau Dr. Feigenblatt, die vermutlich ganz anders hieß.

›Doch haben Sie es gesagt, indirekt‹, sagte Mausbeigl, ›und darf ich fragen, wer Sie sind und woher Sie kommen?‹

›Sie fragen zuviel, Herr Mausbeigl‹, sagte die Dame, die sich im Gegensatz zu Mausbeigls Chef bemühte, den Namen korrekt auszusprechen.

›Nicht mehr als notwendig‹, sagte Mausbeigl, ›und wenn Sie mir nicht sagen, was Sie von mir wollen, betrachte ich unsere Unterhaltung als beendet. Ich habe zu tun. Ich nehme an, Sie haben den Stoß unerledigter Akten in meinem Fach Einlauf bemerkt.‹

›Die Unterhaltung ist quasi dienstlich‹, sagte Frau Dr. Feigenblatt einen Ton kühler.

›Ja, dann‹, sagte Mausbeigl, ›und?‹

›Es geht Sie doch gar nichts an!‹

›Das kann ich erst beurteilen, wenn ich weiß, was für ein es dieses *es* ist. Hat die Annonce mit den 23 Millionen zu tun?‹

Ich weiß nicht, ob es Ungeschick war oder ein unbedachter verbaler Ausrutscher, die Dame sagte: ›In gewisser Weise ja.‹

›In gewisser Weise? Und in welcher Weise?‹

›Also …‹, sagte die Dame, stockte dann. Hatte sie bemerkt, daß sie mehr gesagt hatte, als sie sagen hätte sollen?

›Also?‹ fragte Mausbeigl.

›Ich kann Ihnen versichern, daß die 23 Millionen nicht in falsche Hände gekommen sind.‹

›Es dreht sich darum‹, sagte Mausbeigl, ›wer beurteilt, was falsche und was richtige Hände sind.‹

›Ich sehe schon‹, sagte die angebliche Frau Dr. Feigenblatt mit zugekniffenem Mund, so daß man es kaum verstand, ›ich sehe schon.‹ Sie stand auf.

Mausbeigl sagte nichts und stand auch auf, öffnete der Dame nach einigem Zögern die Tür, versuchte, diese Geste höflich zu gestalten, nicht als Hinauswurf.

›Ich warne Sie‹, sagte Frau Dr. Feigenblatt eher leise und verschwand. Es war natürlich nicht so, doch Mausbeigl sagte später im Verfahren, es sei ihm vorgekommen, als sei ›die Person, wer immer sie war‹, wie vom Erdboden verschluckt gewesen. Wahrscheinlich war Mausbeigl so verwirrt und hirnverdreht, daß er nur nach innen schaute und einige Minuten lang geistesabwesend war und nicht sah und hörte, wie die Person, wer immer sie war, auf ihren mäßig hohen Stöckelschuhen den kahlen Gang hinunterstackelte.«

Die Zeit, die üblicherweise für Dr. F.s Erzählung zur Verfügung stand, war längst überschritten. Er bat um Entschuldigung –

»Nicht nötig, keine Ursache«, sagte die Hausfrau, »es wird das nächste Mal eine Fortsetzung geben.«

Dr. F. legte seine zu Ende gerauchte Zigarre in den Aschenbecher. Eine Zigarre drückt man nicht aus, wissen wir, eine Zigarre verglüht eines sozusagen natürlichen Todes. Er stand auf und nahm seine Bratsche aus dem Kasten.

»Ja, das nächste Mal, am nächsten Donnerstag. Einmal wird es der letzte Donnerstag gewesen sein.«

»Aber lieber Freund!« sagte Herr Galzing.

»Wieso? Ja, doch. Wissen Sie, wie alt ich bin? Ich habe keine

Angst vor dem Tod. Vielleicht Angst vor dem Sterben? Das ja, seit ich vor vier Jahren das erste Mal ernsthaft im Krankenhaus war. Sie wissen es ja. Bis dahin habe ich immer gemeint, so etwas passiert nur anderen. Dann ist es mir passiert.«

»Ich weiß«, sagte die Hausfrau, »wir mußten Sie damals ziemlich viele Donnerstage entbehren.«

»Es war eigenartig, wie die Ärzte das Wort Krebs vermieden haben. Haben von Tumor geredet, von Geschwür, von Verwachsung oder – ganz fachmännisch – von Raumforderung. Ich hatte eine fremde Raumforderung in mir.«

»Aber es ist doch«, sagte Dr. Schiezer, der es wissen mußte, »alles gutgegangen.«

»Jaja – doch. Nur die Tatsache des eigenen Todes in – jetzt hören Sie genau das Wort – absehbarer Zeit ist konkret geworden. Nun gut. Ich hoffe, daß ich an jenem letzten Donnerstag …«

»Jenem fernen Donnerstag«, sagte die Frau des Hauses und legte ihre Hand leicht auf Dr. F.s Arm, mit dem er seine geliebte, dunkle Bratsche hielt.

»… nicht eine Geschichte unterbreche und dann nicht mehr zu Ende erzählen kann.«

Man ging ins Musikzimmer.

»Auch ein ferner Donnerstag«, sagte Dr. F. leise zur Hausfrau, »kann ein zu naher Donnerstag sein.«

*

Da die Tür offen bleibt, höre ich alles, auch wenn ich auf dem Notenschrank sitzen bleibe. Abgesehen davon hören Katzen so gut, daß ich auch durch die geschlossene Tür die Feinheiten wahrnehmen könnte.

Daß wir Katzen rotgrünblind sind, habe ich Ihnen ja bereits erörtert. Das hat einen tieferen Sinn: Wir sehen die Mäuse im Gras besser. Musikalisch gesehen sind wir nicht rotgrünblind. Da erkenne ich alle Farben. Wenn ein großes Orchester spielt – ich gehe ja selten in einen großen Konzertsaal oder in die Oper – einmal, ja, das

muß ich Ihnen erzählen. Es muß ja nicht immer der Alte da quas-
seln. Da war ich in Verona. Sie glauben nicht, daß ich in Verona
war? Selbstverständlich war ich in Verona, Boris auch, mein Bruder
und Geliebter. Bitte? Worüber regen Sie sich auf? Inzest? Hat nicht
auch Kleopatra ihren Bruder geheiratet? Und sind wir Katzen nicht
Ägypter?

Ich schweife ab. Auch eine Katzeneigenart. Ich schweife zurück:
Verona. Eine Woche und einen Tag waren wir unterwegs. Kein Pro-
blem für Katzen. Boris hat, nun ja, so ist er eben, ein »homme de
femme« würde man unter Menschen sagen, hatte anderes zu tun
und in Verona sind sehr viele hübsche Katzen. Möchte nicht wis-
sen, wieviele Neffen und Nichten ich jetzt dort habe. Ich jedenfalls
bin in die Arena. Jede Katze sollte einmal im Leben die »Aida« ge-
sehen haben. Wegen Ägypten. Als ich nichtsahnend, das heißt nicht
ahnend, daß die Scheinwerfer da herumleuchten, auf dem Mauer-
rand ganz oben über der Bühne herumspazierte, war ich plötzlich
die Hauptperson des ganzen Stückes. Die Sänger sangen zwar wei-
ter, die Musiker spielten weiter, der Dirigent fuchtelte weiter, doch
die vielen tausend Leute hörten und achteten auf nichts mehr, schau-
ten nur auf die Katze, auf mich, die ich da auf der Mauer entlang-
ging. Ich stutzte ein wenig, als der Scheinwerfer direkt mich erfaßte,
dann war es mir peinlich, und ich hatte im ersten Moment den Ge-
danken, sofort zu verduften. Sie wissen, wie schnell eine Katze ins
Unauffindbare verschwinden kann. Doch dann überlegte ich, daß
ja vermutlich ich die einzige wirkliche Ägypterin in dem ganzen
Spektakel war, ging langsam bis zum Ende des Mauerrandes und
sprang dann von da aus ins Finstere hinunter.

Ich glaube, es schrieb später sogar eine Zeitung darüber und
nannte das die »denkwürdige Aida-Aufführung mit der Katze«.

Aber, wie gesagt, oft bin ich nicht in der Oper oder im Konzert;
dennoch ist mir diese sozusagen weiträumige und vielfarbige Musik
vertraut. Die Menschen hier in dem Haus, die mir gehören, lassen
oft genug ihren Musikapparat laufen, und da höre ich Mahler und

Wagner und Berlioz – lieber sind mir jedoch die feinen Farben. Die, wie meine Menschen es nennen, Kammermusik. Feinere Linien ohne die aufdringliche Pastosität – obwohl, wenn so ein Richard Strauss daherschwellt, geht mir schon das Herz auf – dennoch, was sie hier neulich gespielt haben: Regenlied-Sonate haben sie gesagt. Das gefällt einer Katze. Draußen der Regen und man liegt im Trockenen auf der Fensterbank, und alles zeichnet sich im Regenlied nur in Weiß ab und in den, einer Katze natürlich geläufigen, unendlichen Abstufungen von Grau, bis zu einigen kräftigen schwarzen Linien …

Ja – das eine und das andere. »Es klingt ein Lied in allen Dingen.« Aber im Regenlied und ähnlichem klingen die Freude und die Melancholie gleichzeitig, wozu Katzen ja ohnedies neigen. So ist mir jeder von den Kompositoren verdächtig, der keine Kammermusik geschrieben hat. Eine Komposition für vier Streichinstrumente – da wird auf den Zahn gefühlt, da ist nichts zu übertünchen … da kann nicht mit Tricks gearbeitet werden. Ich nenne keinen Namen – nur einen, damit kein Mißverständnis entsteht, nenne ich: den Verdi, den, dessen »Aida« ich einmal unwillentlich optisch bereichert habe. Der hat immerhin ein Streichquartett geschrieben. Sie haben's einmal gespielt, meine Menschen da. Es ist auch ein Regenlied, aber ein Regen, der zwischen Magnolienblüten zur Erde fällt …

Jetzt fangen sie an. Auch ein Lieblingsstück von mir. Sie nennen es Köchel vierhundertfünfundsechzig. Da kratzt der Meister gewaltig am Ohr, und manche haben das mißverstanden. Das Mondkalb hat es mir im stillen verraten: Die ganze Musik hat darin bestanden, daß man peu à peu Dissonanzen schön zu finden angefangen hat. Die ganz Alten haben nur die Oktave gelten lassen. Arme Teufel. Dann hat man die Quinte entdeckt und damit zwangsläufig die Umkehrung davon, die Quarte. Da war schon viel gewonnen. Als man dann anfing, die Terz und damit die Sext schön zu finden, gab es kein Halten mehr. Dann kamen die Sept und die Sekunde ins Spiel, und man hat gemeint, damit soll es gut sein, aber dann hat

*eben dieser Meister mit Köchel vierhundertfünfundsechzig die klei-
ne Sekunde respektive die große Sept salonfähig gemacht …*

*So, jetzt habe ich genug geredet. Sie haben das Beste versäumt,
die Einleitung zum Quartett – aber hören Sie: Der Oberstaatsanwalt mit der Bratsche hat gepatzt. Sie wiederholen. Jetzt bin ich still.
Ja, die Bratsche. Der Bratscher kennt nur zwei Lagen: die Erste Lage
und die Notlage. Hat der Oberstaatsanwalt selbst einmal gewitzelt.
Stimmt aber nicht. Und jetzt bin ich wirklich still.*

Fünfundzwanzigster Donnerstag des Oberstaatsanwalts Dr. F. Er erzählt die Fortsetzung der »23-Millionen-Geschichte«.

»Ich darf an dieser Stelle – vorausschicken ist nicht mehr der richtige Ausdruck – also einfügen, daß die Geschichte trotz aller Bemühungen nie aufgeklärt werden konnte, ich Sie also, liebe Freunde, im Unklaren lassen muß, so wie ich selbst und wie alle Beteiligten letzten Endes im Unklaren geblieben sind.«

＊

Ich nicht. Miau. Ich werde zu gegebener Zeit das Wort ergreifen.

＊

»Ich hoffe«, fuhr der Oberstaatsanwalt fort, »daß ich damit nicht jede Spannung aus der Geschichte herausnehme ...«

»Im Gegenteil, im Gegenteil«, sagten einige der Gäste.

»Die Sache wäre auch überhaupt im Sande verlaufen oder, besser gesagt, niemals daraus heraufgesickert, trotz der Bemühungen des Mausbeigl, wenn er nicht nach einiger Zeit einen Helfer gefunden hätte, der selbst vielleicht nicht schlauer war als er, jedoch über weiterreichende Verbindungen verfügte oder zumindest wußte, wo solche Verbindungen liefen.

Zunächst wandte sich Mausbeigl an die Kriminalpolizei, erstattete förmliche Anzeige, rannte in der Staatsanwaltschaft alle Türen ein. Niemand wußte etwas von der Sache, niemand interessierte sich dafür. ›Wir sind nicht zuständig‹, hörte er oft. Der eine oder andere, dem Mausbeigl auf die Nerven ging, gab zwar zu – man muß Querulanten ähnlich wie Geisteskranke behandeln und ihnen, soweit möglich, recht geben –, daß in der Tat diese Zeitungsannoncen eigenartig seien, komisch schon, ja, nur ob da gleich ein Verbrechen dahinterstecke? Der Anknüpfungspunkte seien leider zu wenige.

Selbstverständlich wandte sich Mausbeigl, wie er gedroht hatte, an die Presse. Auch da hatte niemand Interesse, am wenigsten die Redakteure jener Zeitung, in der die Annoncen erschienen waren. Nur ein einziger Journalist, er hieß Pern, bildete ein Ausnahme. Er hieß übrigens nicht Pern, ich verschlüssele den Namen so, daß er, sollte er dies jemals lesen, weiß, wer gemeint ist. Dieser Pern war kein großer Starjournalist, eher im Gegenteil. Er hatte sich, obwohl für mindere Provinzblätter arbeitend, den Spezialzorn eines damals prominenten Politikers zugezogen, ich nenne seinen Namen nicht, derjenige, der weiß, wer mit Pern gemeint ist, errät auch den Politiker. Pern hatte ein paarmal über dessen finanzielle Machenschaften oder angebliche Machenschaften in polemischer Weise geschrieben, in einer eher mild polemischen Weise, die in keinem Vergleich zu dem stand, mit dem große Blätter und bedeutende Journalisten jenen Politiker beschleuderten. Ob zu Recht oder nicht soll hier dahingestellt bleiben. Jedenfalls verfolgte dieser Politiker aus unverständlichen Gründen jenen ganz unbedeutenden Pern mit geradezu manischem Haß, überzog ihn mit Prozessen und machte ihm insofern den Garaus, als es kaum noch eine Redaktion wagte, Pern zu beschäftigen. Selbst den linkesten Zeitungen stand es nicht dafür, zumal Perns journalistische Schreibe alles andere als brillant war. Es blieb Pern letztlich nur die Arbeit für die *Bäckerblume* oder *Medi-Zini*, die Apothekenzeitschrift für unsere Kleinen und dergleichen.

Und dieser Pern trat eines Tages ins Büro Mausbeigls.

Pern war ein langes, vornübergebeugtes Skelett, sah weit jünger aus, als er war, was vielleicht an seinen langen, herunterschlenkernden Armen lag, seiner blonden Haartolle und dem Verlegenheitsgrinsen, das er stets an den Tag legte wie alle Leute, die sich quasi dafür entschuldigen, daß sie auf der Welt sind. Vielleicht war diese angeborene Opferhaltung der Grund, daß er die Zielscheibe des politikerseitigen Hasses war.

›Was kann ich für Sie tun?‹ fragte Mausbeigl, der zunächst meinte, es handle sich um einen dienstlichen Besuch.

Pern grinste, schaute bedeutungsvoll auf den natürlich neugierig aufblickenden Zimmerkollegen Mausbeigls am Schreibtisch gegenüber und schob Mausbeigl einen Zettel zu.

›23 Millionen‹ stand auf dem Zettel.

Mausbeigl wendete den Zettel hin und her und schaute den grinsenden Pern an. Der Zimmerkollege wurde noch neugieriger.

›Mein Name ist Pern‹, sagte Pern, ›er wird Ihnen nichts sagen.‹

›Nein‹, sagte Mausbeigl, ›und …‹

Pern schüttelte grinsend seinen Kopf und deutete nun nochmals auf den Zettel.

›Um fünf Uhr habe ich Dienstschluß‹, sagte Mausbeigl. ›Kennen Sie das Café *Sportklause*?‹

›Ich werde es finden‹, sagte Pern, verbeugte sich, grinste noch einen Grad grinsender und ging.

›Was wollte der?‹ fragte der Kollege

›Ach, nichts‹, sagte Mausbeigl und wandte sich demonstrativ seinen Akten zu. Den Zettel knüllte er zusammen und warf ihn in den Papierkorb.

Kurz nach fünf Uhr also traf sich Mausbeigl mit Pern im Café *Sportklause*.

Mausbeigl war zunächst mißtrauisch. Er wußte nicht, ob die Fadenscheinigkeit dieses Menschen, der gleichzeitig so geheimnisvoll tat und so unbeholfen war, echt oder Tarnung war, ob dieser grinsende Mensch ihn hereinlegen oder ihm helfen wollte. War die Schäbigkeit des Trenchcoats, den Pern auch im Café nicht ablegte, Verkleidung oder Dürftigkeit? Es war keine Verkleidung.

›Schicken Sie die gleichen, die unlängst diese Frau geschickt haben?‹

›Mich schickt niemand. Außer ich selbst‹, entgegnete Pern und: ›Wie hieß die Frau?‹

›Frau Dr. Feigenblatt.‹

Pern erweiterte sein Grinsen zum Lachen: ›Feigenblatt. Das ist fast ein Beleidigung für Sie. So einen Decknamen zu wählen. Die halten Sie für blöd.‹

›Der Name ist mir gleich schon merkwürdig vorgekommen. Doch der Name hat mich nicht interessiert. Wer sind die – die mich für blöd halten?‹

›Der Bundesnachrichtendienst oder der Verfassungsschutz. Den Militärischen…‹ Pern lachte wieder, ›Abschirmdienst schließe ich eher aus.‹

›Und wer sind *Sie*?‹

›Pern. Ich bin Journalist. Ein sogenanntes kleines Würstchen.‹ Perns Grinsen verzog sich zu bitterem solchen. »Ich habe von Ihren Versuchen gehört, in verschiedenen Redaktionen Interesse für Ihre Angelegenheit zu finden.‹

›Es ist nicht meine Angelegenheit. Es ist eine allgemein politische Angelegenheit. Des Volkes und der Steuerzahler und so.‹

›Auch gut. Aber nun, Herr Mausbeigl‹, Mausbeigl bemerkte mit Genugtuung, daß Pern seinen Namen richtig nannte, ›wie sind Sie hinter diese Sache gekommen?‹

Die für einen Beamten der unteren Gehaltsstufen sozusagen anheimelnde Schäbigkeit Perns, die Tatsache, daß er nicht ›Mausbiegel‹, sondern richtig ›Mausbeigl‹ gesagt hatte, und überhaupt, daß da zum ersten Mal ein Mensch saß, der ihm seine Geschichte abzunehmen bereit war, öffnete die Schleusen von Mausbeigls Mitteilungsdrang. Er erzählte alles, einschließlich – was er bisher immer im Unklaren gelassen hatte bei seinen diversen Anzeigen und Eingaben – woher er wußte, daß das Bundeskanzleramt die Annoncen aufgegeben hatte.

›Kein Zweifel‹, meinte Pern danach, ›da ist jemand erpreßt worden. Wer? Von wem? Womit?‹

›Ja‹, sagte Mausbeigl, ›das ist die Frage.‹ Wer konnte sie beantworten?

Obwohl Pern durch die erwähnten Verfolgungen, ich neige dazu, zu sagen: Verfolgungsmachenschaften des Ministerpräsidenten als so etwas wie ein Paria für alle Redaktionen galt, hatte er doch Verbindungen zu ehemaligen Redaktionskollegen, und manche Journalisten standen ihm sogar heimlich sympathisierend nahe. So auch einer in einer großen Presseagentur, der Folgendes herausfand und an Pern mit der Drohung weitergab: ›Wenn du mich als Quelle nennst, leugne ich. Ich rate dir überhaupt, die Finger von der Sache zu lassen.‹

In der Tat war seinerzeit, das lag zu dem Zeitpunkt, als Pern die Sache gewissermaßen Mausbeigl aus der Hand und in die eigene nahm, etwas mehr als ein halbes Jahr zurück, eine erpresserische Drohung im Bundeskanzleramt eingegangen. Die Geldforderung: 23 Millionen D-Mark. Wie man weiß, kommt solches öfters vor. Makabre Witzvögel machen das oder primitive Figuren, die schnell zu Geld kommen wollen und ebenso schnell gefaßt sind. Bemerkenswert an dieser Erpressung war jedoch erstens die Höhe der Summe, zweitens, daß die Art und Weise, wie die Erpresser schrieben und den Brief zustellten, sozusagen höchst professionell war, und drittens die Art der Drohung. Sie drohten damit, eine Katastrophe ungeahnten Ausmaßes über die Bundesrepublik hereinbrechen zu lassen. Was für eine Katastrophe das sein würde, schrieben sie nicht, sie fügten nur in einem Postskriptum einige der geheimsten Geheimcodes der Bundeswehr, der Regierung, des Kanzlers und so fort an, das heißt, sie zeigten, daß sie in die Tiefen aller Sicherheitsvorkehrungen eingedrungen und also wirklich gefährlich waren. Und also: 23 Millionen. Und: Annonce in der betreffenden Zeitung und ›aktzeptieren‹ mit tz.

Die betreffenden Stellen änderten sofort die Codes, worauf einige Tage danach ein neuerliches Erpressungsschreiben einging, das die neuen Codes enthielt. Es war also klar, daß die Erpresser Kontakte mit einem tief im Geheimbereich sitzenden Komplizen haben mußten. Es sickerte auch etwas durch, weshalb es zu den anfänglichen Zeitungsmeldungen kam, die sofort vom Bundespresseamt dementiert wurden. Es schaltete sich sogar der Presserat ein, der dringend empfahl, die Angelegenheit auf sich beruhen zu lassen.

Das Bundeskanzleramt ›aktzeptierte‹ also. Ich sagte, man hielt nach reiflicher Überlegung die Drohung für wirklich gefährlich, und beinahe wäre die angedrohte Katastrophe, wie immer sie ausgesehen hätte – wohl etwas Atomares, nehme ich an –, durch den Eigensinn eines Setzers über die Bevölkerung hereingebrochen, weil dieser Setzer eigenmächtig, wenngleich wohlmeinend, den vermeintlichen Tippfehler korrigierte.

Das alles wußte der Kollege Perns, mehr wußte er nicht.

Es stand also fest, daß die Bundesregierung sich der Erpressung beugte, die 23 Millionen bezahlte, fragen Sie mich nicht, aus welchem Etat das genommen wurde; als Kosten für Radiergummi oder als Aufwendungen im Zusammenhang mit einem Papierkorbbrand, zwei beliebte kameralistische Verschleierungsmöglichkeiten, können die 23 Millionen wohl nicht verbucht werden. Um Nachahmungstäter nicht zu ermuntern und um nicht nach außen dringen zu lassen, wie erpreßbar die Bundesregierung ist, wurde die Sache nicht nur unter einen Teppich gekehrt, sondern unter einen ganzen Stapel von Teppichen.

Meine lieben Freunde, ich glaube, es ist wieder soweit, daß die Muse der Musik ruft, Euterpe ist es, wenn ich mich nicht irre. Heute bin ich nur Zuhörer, auch schön, und da das Klaviertrio unter anderem das *Notturno* von Schubert spielt, besonders schön. Die Bratsche braucht es nicht. Gibt es eigentlich ein Klaviertrio in der Besetzung Klavier-Bratsche-Cello? oder Klavier-Geige-Bratsche? Ich weiß es nicht.«

Niemand wußte es.

*

Es ist wie mit dem Fahrrad. Es bilden sich klassische Standards heraus. Jetzt sind diese Leute, die sich nun ins Musikzimmer begeben, um Schubert und Beethoven zu huldigen, ausgepichte Kammermusikfreunde und -kenner und stehen vor der Frage, ob es Klaviertrios in der Besetzung Klavier-Geige-Bratsche oder Klavier-Bratsche-

Cello gebe, wie, salva venia (aber sie hören ja nicht, was eine Katze denkt), die höchst unmusikalischen Ochsen vor dem Tor. Ich sehe von meinem Beobachtungsposten aus auf diesem scheußlichen schwarzen Art-déco-Notenschrank, daß drüben in der Bibliothek der Sohn des Hauses, er spielt ja selten mit, er ist Hornist – wann gibt es schon Kammermusik mit Horn, ja, ja, Beethoven und Brahms je ein Stück –, blättert und blättert und zieht einen Band nach dem anderen heraus. Ich werde sehen. Ich versäume zwar diesen Äonenflügelschlag des Schubert-Notturnos, doch die Neugier überwiegt, wie bei meiner Gattung üblich. Ich springe hinunter, möglichst lautlos versteht sich, um es noch weniger laut zu machen, benutze ich, um nicht die ganze Höhe auf einen Sprung überwinden zu müssen, was selbstredend keine Schwierigkeit für mich bedeutete, dennoch aber womöglich einen kleinen Plumps hervorriefe, die hohe Lehne des gepolsterten Sessels, in dem eben noch der Oberstaatsanwalt gesessen ist. Wird nicht gern gesehen, wenn ich bei der Gelegenheit, eine unüberwindliche Verlockung, ein wenig am Polster kratze. Dunkelgelber Gobelin. Nun, es sieht ja niemand. Dann springe ich auf die oberste Reihe der Bücherwand. Der Sohn des Hauses schaut kurz auf zu mir, vertieft sich dann wieder ins Buch. Was hat er da? Ich prüfe: In der Reihe der MGG fehlt jetzt ein Band. Wahrscheinlich schaut er unter Kammermusik nach. Findet nichts. Verzieht den Mund. Ich gähne zwischendurch. Wir Katzen können so lustvoll gähnen wie sonst kein Tier. Er schiebt den Band zurück, nimmt einen anderen heraus – was für einen? Halt, halt – ja. Katzen sehen auch sehr schnell. Unter Viola schaut er nach. Mein Bruder Boris hatte einmal eine zwar sehr kurze, aber heftige Beziehung zu einer Katze namens Viola, eine trotz ihres Namens ordinäre Person. Schwärzlich-braun gefleckt. Einer der daraus entstandenen Neffen hat mir dann ein Frühjahr lang nachgestellt – es war das Frühjahr, in dem meine Leute hier mit nur mäßigem Erfolg versucht haben, ein Quartett von Kodály zu spielen – ich habe ihn natürlich abgewiesen. Schwärzlich mit braunen Flecken!

Was hat er gefunden, inzwischen? Seine Miene hellt sich auf. Er stellt den Band zurück und nimmt wieder einen anderen. Er steht zur Bücherreihe gewandt und hält des Buch für mich verkehrt herum in der Hand. Ich kann auch lesen, was auf dem Kopf steht. Ignaz Lachner: sechs, sage und schreibe sechs Trios für Klavier, Violine und Viola. Na also.

Sie hätten aber nur mich fragen müssen. Ich war einmal irrtümlich, ich bin sicher: irrtümlich, so brutal sind meine Mitbewohner nicht, daß sie so etwas absichtlich täten, im Notenschrank eingesperrt, habe mir die Zeit damit vertrieben, in der Unordnung nachzuforschen. Und dort liegen sogar die Noten zu so einem Klaviertrio von Ludwig Thuille für diese Besetzung. Aber mich fragt ja niemand. Ich würde auch nicht antworten. Könnte schon, würde nicht.

Der sechsundzwanzigste Donnerstag des Oberstaatsanwalts Dr. F., an dem er die »Geschichte von den 23 Millionen« zwar beendet, deren Ende jedoch nicht erzählen kann.

»Mausbeigls Chef war auch nicht auf den Kopf gefallen. Er *klärte*, wie auf jiddisch scharfes, tiefes Nachdenken heißt, einen Vormittag lang, dabei kam er zu dem Ergebnis, daß der für ihn springende Punkt der Umstand war, wie Mausbeigl hinter das Bundeskanzleramt als Auftraggeber der bewußten Inserate gekommen war. Der Chef *klärte* dann noch den Nachmittag lang und stellte sich vor, wie er das anstellen würde, hatte die Erleuchtung, griff zum Telephon, rief die bewußte Zeitungsredaktion an, kam nach einigen Hin- und Herverbindungen an die richtige Stelle, erfuhr, daß an dem und dem Tag ein Steuerrevisor im Haus gewesen sei und Unterlagen geprüft habe. Den Namen des Revisors wisse man leider nicht.

›Danke, das genügt vorerst‹, sagte der Chef, ließ sich dann zur Vorsicht mit der zuständigen Revisionsabteilung verbinden, oder wie das heißt, ich kenne mich in den amtlichen Eingeweiden der Finanzverwaltung nicht aus, und erfuhr, wie er schon erwartet hatte, daß zur betreffenden Zeit mitnichten irgendeine Revision oder Steuerprüfung in der Buchhaltung jener Redaktion angeordnet worden war.

Der Chef *klärte* einen weiteren Vormittag, überlegte, ob er Mausbeigl frontal angehen, das heißt zur Rede stellen solle, entschloß sich dann jedoch zu quasi detektivischem Vorgehen. Um ungehinderten und unbegründeten Zugriff zu Personalakten zu haben, war Mausbeigls Chef nicht hoch genug. Da sind alle Behörden – mit Recht – kleinlich. Doch in seiner Schublade hatte der Chef ein halbdienstlich, halbprivates Photo, das auf der letzten Weihnachtsfeier aufgenommen worden war. Da war Mausbeigl zu sehen, wie er einen Zimtstern aß. Dieses Bild und ergänzend ein anderes, das vom *Wiesennachmittag*, das heißt, ich sage das für unseren Freund Schippmann, der uns heute mit seinem Oboenspiel erfreuen wird, aber von weit her kommt und mit hiesigen Bräuchen nicht vertraut ist, von dem üblichen, ja gewohnheitsrechtlich verankerten Betriebsausflug auf das Oktoberfest stammte. Auch auf diesem Bild war Mausbeigl zu sehen, diesmal einen irdenen Maßkrug, einen sogenannten *Keferloher* in der Hand. Der Chef ging mit den beiden Bildern in die Buchhaltung der betreffenden Zeitungsredaktion, zeigte – dienstlich einwandfrei – seinen Dienstausweis und fragte den Chefbuchhalter oder den, ich weiß es nicht, der dafür in Frage kam, ob er den seinerzeitigen *Revisor* erkenne. Ohne zu zögern deutete der Chefbuchhalter auf Mausbeigl.

Der Chef schritt aber nicht sofort gegen Mausbeigl ein. Er ahnte, daß die ganze Sache in Dimensionen reichte, die ihm ungeläufig waren, so sehr, daß jedwede Aktivität ihm dort zum Schaden gereichen konnte. Wenn sich der Beamte, sofern er nicht tollkühn ist, irgendeiner Sache nicht sicher ist, schiebt er vor allem die Verantwortung auf andere, und zwar, wenn es irgend geht, auf die über ihm laufende Schiene. Dieses im Übrigen keineswegs auf deutsche Verhältnisse beschränkte Verhalten rettete nach dem Krieg manchen eigentlichen Schreibtischtäter mittels des beliebten *Befehlsnotstandes* vor der gerechten Strafe.

Doch ich schweife ab.

Der Chef verfaßte einen Bericht über den Vorfall, stufte ihn unter *Personalsache. Vertraulich* ein und gab ihn an die übergeordnete Finanzdirektion weiter. Er hörte fernabkegelnd die Sache in Höhen verschwinden, die außer seiner Sichtweite waren, glaubte nach einiger Zeit schon, daß die Angelegenheit – was ihm das liebste gewesen wäre – dort oben versickert sei, als sie dann doch immer lauter werdend wieder herankegelte, bis auf seinem Schreibtisch die Anweisung landete, Mausbeigl vorläufig vom Dienst zu suspendieren und Anzeige wegen Amtsmißbrauches zu erstellen.

So kam es einesteils zum Verfahren gegen Mausbeigl, andernteils dazu, daß Mausbeigl vorerst einmal unbegrenzt Zeit hatte.

Ob es Zufall war, ob er ihm von jemandem empfohlen wurde oder ob er ihn schon vorher, vielleicht aus dienstlichen Gründen, gekannt hat, weiß ich nicht, spielt auch keine Rolle – jedenfalls nahm Mausbeigl einen der damals bekanntesten Anwälte in den hiesigen Gerichten zum Verteidiger: Hermann Lux. Lux, der es auch verdient, daß ich ihm erzählend ein Denkmal setze, war zwar berühmt – und das nicht nur wegen seiner juristischen Fähigkeiten –, keineswegs jedoch einer der sogenannten Staranwälte. Es war eine geschickte Wahl Mausbeigls oder ein glücklicher Zufall, wie man sehen wird.

Mit den sogenannten Staranwälten ist es ohnedies so eine Sache. Mag sein, daß es im amerikanischen Justizbetrieb anders ist, hier bei uns habe ich noch keinen Richter, nicht den ängstlichsten und dümmsten erlebt, der vor einem Staranwalt gezittert hätte. Oft trifft sogar ein gegenteiliger Effekt ein. Wenn ein Angeklagter oder im Zivilprozeß eine Partei großspurig mit dem Staranwalt auftritt, ist mancher Richter, obwohl er es auch da nicht sollte, *gegen* denjenigen voreingenommen – oder muß jedenfalls innerlich dagegen kämpfen, nicht voreingenommen zu sein.

Natürlicherweise gibt es, dies außerdem, gute und weniger gute und schlechte und ganz schlechte Anwälte. Es ist allerdings wie beim Kartenspielen: Mit miserablen Karten kann selbst der geschickteste Spieler nicht gewinnen, und wenn einer alle Trümpfe in der Hand hat, tut sich selbst der Stümper schwer zu verlieren. Die eigentliche Aufgabe des Anwalts ist es, die Qualität des Blattes, das ihm der Mandant hinhält, und die Chancen damit zu beurteilen.

Dies alles, ach, was bin ich für ein Abschweifer, nur so nebenbei. Aber es ist doch so – Freund Schiezer wird mir recht geben.«

»Unbedingt«, entgegnete Dr. Schiezer, »und ich habe den großen, auch in körperlicher Hinsicht überragenden Lux auch noch gekannt. Als Patient.«

*

Ich kann natürlich nicht umblättern. Das heißt: Ich könnte schon umblättern, doch das hinterließe Krallenspuren im Buch, und wenn ich so ein Buch ganz lesen würde, könnte ich nicht dafür garantieren, daß ein späterer Leser noch viel Freude daran hätte.

Ich muß mich also bescheiden. Ich lese nur mit. Das heißt, wenn einer meiner dienstbaren Geister hier im Haus im Sessel sitzt und liest, also ein Buch aufgeschlagen vor sich hält, setze ich mich, die Vorderpfoten bequem untergeschoben, in geeignete Nähe und lese mit. Zum Glück habe ich, wie alle Katzen, sehr scharfe Augen und kann daher selbst kleine Buchstaben aus der Entfernung ohne weiteres lesen. Ich lese schneller als ein Mensch. Katzen können alles schneller tun als ein Mensch – auch leben, doch das nur nebenbei. Ich bin also immer schon mit den zwei Seiten fertig, wenn der Mensch umblättert. Das ist manchmal nervtötend, wenn das letzte Wort unten etwa nerv- heißt, das halbe Wort also, und ich ewig warten muß, bis er oder sie da unten endlich umblättert und ich erlöst den Rest des Wortes tötend zu sehen bekomme.

Freilich kann ich mir die Lektüre nicht aussuchen. Ich habe es versucht, ein Buch herauszukrallen und als deutliches Zeichen, daß ich dieses lesen will, auf den Boden fallen zu lassen.

*

»Ich weiß nicht, was diese Katze plötzlich hat, sie wirft sonst nie irgend etwas hinunter, schleicht um Vasen und Gläser herum, ohne etwas zu zerschmeißen – nur Bücher. Sie krallt sie heraus und wirft sie zu Boden. Was hat sie da herausgezogen? Egon Friedell, *Kulturgeschichte Ägyptens und des alten Orients*!«

*

Würde mich doch interessieren, logisch: Ägypten. Doch sie haben das Buch wieder hineingestellt, haben meinen Wink nicht verstanden. Haben sich überhaupt mir gegenüber aufgeführt, wie es un-

ziemliche Domestiken tun. Leider kennen sie die Sache mit dem Griff ans Genick …

Lassen wir das. Ich bin also auf die Auswahl angewiesen, die die Dienstmenschen treffen, und da ich außerdem nicht immer mitlese, weil ich oft anderes zu tun oder schlichtweg keine Lust habe, führt das, muß ich leider sagen, zu einer Halbbildung.

Schreiben wäre mühsamer als Lesen, die Krallen in Tinte tauchen … nein. Auf einer Schreibmaschine herumhüpfen könnte ich. Aber wie das Papier einspannen? Bliebe der Computer. Auch da muß man Papier einlegen, ausdrucken … Vor allem aber: Rentiert es sich? In der stolzen Selbstsicherheit einer Katze habe ich keinen Zweifel daran, daß ich eine breite Leserschaft fände. Wie breit? Vor allem wie lang? Auf wen kommt es mir an?

Da sitzt ein sehr alter Mann, dessen Alter schon riecht – nicht stinkt, nein, riecht. Er pflegt sich, sieht auf sich, dennoch riecht das Alter aus ihm. Er sitzt da in der Nacht und liest mein Buch. Er hat alle Lampen im Saal ausgelöscht, nur die eine nicht, deren Strahl seinen kahlen Kopf streift und aufs Buch fällt. Er liest nicht sehr aufmerksam, er liest nicht, weil ihn mein Buch interessiert, er liest, weil er nicht mehr schlafen kann. Ich sagte: Er sitzt in einem Saal. Es ist ein merkwürdiger Saal in einem großen, alten Haus, ein Saal mit zwei Reihen Fenster, jede Reihe vier Fenster, die Fenster aber alle in der gleichen Wand, die Reihen übereinander. Die obere Reihe ist schwer sauber zu halten, wie man sich denken kann. Es kümmert den alten Mann nicht mehr. Es ist kalt. Er merkt es nicht. Er ist kalt, auch von innen heraus, deshalb friert er selbst nicht. Er trägt eine ärmellose Weste aus bräunlichgrauer Wolle, darunter ein rötliches Hemd. (In Gedanken kann ich rot sehen und grün, besser gesagt: es imaginieren.) Er beugt sich über den Tisch, auf dem Tisch liegt das Buch. Er hat das Buch nicht in die Hand genommen, er hat es auf den Tisch gelegt, beugt sich darüber, die Hände hat er zwischen den Knien gefaltet, sein langer Bart berührt fast das Buch. Er liest lang an den beiden Seiten, die aufgeschlagen sind. Er ist müde. Wahrscheinlich muß er immer wieder ganze Sätze zweimal oder mehrmals lesen, um sie zu verstehen. Es ist ein schwieriges Buch. Der alte Mann ist müde und kann doch nicht schlafen. Ich schreibe keine Bücher, sagte ich ja schon, doch wenn ich Bücher schriebe, schriebe ich schwierige Bücher. Ich habe es, besser gesagt, ich hätte es nicht gern, wenn man hinter dem, was ich in einem Buch schreibe, mich erkennt. Oder …

Oder? Erkennt man gerade hinter einem schwierigen Buch den, der es geschrieben hat, erst recht?

Zu spät. Es ist ein schwieriges Buch. Der Alte muß ganze Sätze zweimal oder mehrmals lesen, um sie zu verstehen, wie gesagt, so schwierig ist das Buch.

Für diesen Mann schreibe ich. Ich wüßte gerne, wie er heißt.

*

»Mausbeigls Verteidiger war klar, daß er schlechte, zumindest nicht sehr gute Karten hatte. Daß Mausbeigl eigenmächtig eine Steuerprüfung aus privatem Interesse ausgeführt hatte, war nicht zu leugnen. In der Verhandlung saßen hinten im Zuschauerraum mehrere drohend unauffällige Herren in dreiteiliger Maßkonfektion, ohne Zweifel Beobachter aus Mausbeigls Behörde und den übergeordneten Behörden und dem Ministerium. Rechtsanwalt Lux setzte auf die schmalen Trümpfe, die er in der Hand hatte: Mausbeigls bislang untadeliges Dienstleben, daß er bei der eigenmächtigen Steuerprüfung weder aus Eigennutz gehandelt noch ihm bekannt gewordene Einzelheiten – mit Ausnahme des Auftraggebers jener Annoncen – nach außen gegeben, also kein Steuergeheimnis verletzt habe.

Soll ich Ihnen ein Geständnis machen, meine Freunde? Mich interessierte zu dem Zeitpunkt der Fall schon so, daß ich mich, ohne mich im Übrigen weiter einzumischen, neben die drohend unauffälligen Herren im Zuschauerraum setzte. Ich kannte den Richter, ein Studienkollege und Duzfreund. Er blickte etwas erstaunt auf, als ich den Zuschauerraum gebührend leise – ich konnte nicht früher, – nach Beginn der Sitzung betrat, gab ihm jedoch durch ein verstecktes Zeichen zu erkennen, daß ich nicht dienstlich hier sitze.

Ich wartete also darauf, daß Rechtsanwalt Lux den einen einzigen Trumpf ausspielen würde, der wirklich stechen konnte. Er spielte und spielte ihn nicht aus. Die Beweisaufnahme wurde geschlossen, der Staatsanwalt hielt ein mageres Plädoyer, dann stand jedoch Lux zu seiner vollen Größe auf, hielt in kurzen knappen Sätzen sein Plädoyer, in dem er zunächst das oben Erwähnte vortrug, dann aber senkte er seinen großen, kurzbärtigen Kopf, zog seine Robe enger um sich und sagte: ›Hohes Gericht, auch in diesem Verfahrensstand sind, wie ein Hohes Gericht besser weiß als ich‹ – Lux bediente sich nicht ungerne altertümlicher Ausdrucksweisen –, ›Beweisanträge zulässig. Ich habe gezögert und zögere noch, solche zu stellen. Wie einem Hohen Gericht, wie auch dem Herrn Staatsanwalt, wie auch ...‹, seine Stimme erhielt für einen Moment einen süffisanten Glanz, ›den Herren hinten im Zuschauerraum nicht verborgen geblieben ist, steckt hinter dieser Straftat, die der Angeklagte zweifelsohne begangen hat, eine Sache von mir unbekannter, aber zu ahnender weit größerer Bedeutung. Deren Aufklärung könnte das Verhalten des Angeklagten zwar nicht im formaljuristischen, wohl aber im moralischen Sinn entschuldigen, wenn nicht sogar rechtfertigen. Ich beantrage daher die Vernehmung des Bundeskanzlers als Zeugen sowie ...‹ und so weiter und so fort. Lux las die von ihm benannten Zeugen von einer sorgsam vorbereiteten Liste ab: diverse Minister, Kabinettschefs und so fort, alle schön mit Namen und Dienstadresse als ladungsfähige Anschrift, Bonn damals noch, und zuletzt ›Frau Dr. Feigenblatt, Vorname und wahrer Name unbekannt, zu laden aber unter diesem Namen beim Bundesnachrichtendienst Pullach.‹

Ein Raunen ging durch die Reihe der drohend unauffälligen Herren, die damit auch etwas von ihrer Drohaura einbüßten.

Selbstverständlich erwartete Rechtsanwalt Lux nicht im Ernst, daß seinem Beweisantrag sofort entsprochen werde, er erreichte jedoch, was er wollte: Der Richter unterbrach zunächst das Verfahren, setzte es dann aus. Das bedeutete, daß Mausbeigl zwar vorläufig vom Dienst suspendiert blieb, doch da das inzwischen angedrohte und auch unausweichliche Disziplinarverfahren vom Ergebnis der Strafverhandlung abhing, also noch nicht durchgeführt werden konnte, weiterhin sein Gehalt bezog und Zeit genug hatte, mit Herrn Pern weiter Ermittlungen anzustellen.

Es gab übrigens nie mehr eine Verhandlung gegen Mausbeigl vor dem Strafgericht. Das Verfahren wurde anders beendet. Nach einigen Wochen kamen die betreffenden Akten zur Staatsanwaltschaft zurück mit der Anfrage, ob nicht vielleicht ›angesichts der ganzen, den Angeklagten entlastenden Umstände‹, gemeint aber war selbstverständlich der sozusagen horrende Beweisantrag Luxens, ›mit einer Einstellung des Verfahrens wegen geringen Verschuldens gem. §153 StPO zugestimmt werden könne‹.

Sowas geht und ist völlig legal. So kann man lästigen Kleinkram abspecken. Nur – in diesem Fall? Der oberste Chef der Behörde besprach sich mit mir über diese Anregung des Gerichts. Ob man in dem Fall nicht das Finanzamt fragen müsse? Fragen schon, sagte ich, es jault auf wie gestochen, sagt nein, und wir stimmen der Einstellung doch zu. Warum soll man nicht eine Behörde, die alle laufend ärgert, nicht auch einmal zurückärgern, wenn sich die Gelegenheit bietet.

So wurde es dann auch gemacht, und die Akten verschwanden für immer im Archiv. Der Bundeskanzler mußte nicht als Zeuge im Verfahren gegen Mausbeigl antanzen. Das war aber alles viel später. Inzwischen hatte sich dies ereignet:

Zu Pern kam eine Dame, die sich als Frau Lindenblatt vorstellte. Sie horchen auf? Feigenblatt – Lindenblatt? Mit Recht. Zwar war, nach der Schilderung von ihr, die Pern seinem Mitstreiter Mausbeigl gab, die Dame Lindenblatt nicht identisch mit Frau Feigenblatt, kam aber unzweifelhaft von derselben Stelle.

Frau Lindenblatt lud in einem Ton – so erzählte es mir Herr Pern später –, der schon einer Vorladung glich, Pern zu einem ›Gespräch‹ ein. Mit wem und warum sagte die Dame nicht, nannte nur Ort und Stunde: eine Villa in Bogenhausen, an dem und dem Tag, sowiesoviel Uhr.«

٭

Oder es liest eine Frau mein schwieriges Buch. Sie sitzt, es ist Sommer, in einem langen, dünnen, weißen Kleid mit einer Bordüre von violetten Blüten um den Saum unten am Kleid und an den langen, weiten Ärmeln, in hohen, weißen Schuhen in ihrem Garten unter einem großen Strauch von Rittersporn (sie sehen, wie poetisch ich sein kann) und ist in mein Buch versunken. Sie wippt leicht mit einem Fuß, und da fällt, nicht ganz unbeabsichtigt, der eine Schuh ins Gras, und nun ist sie zur Hälfte barfüßig.

Ich sitze, denke ich mir, in einiger Entfernung im Schatten eines Baumes und beobachte die Frau.

Für sie schreibe ich das Buch nicht in schwieriger, sondern in leichter Weise. Oder vielleicht versteht sie es, auch wenn es schwierig ist, leicht?

٭

»Pern sagte zu, allerdings unter der Bedingung, daß er nicht allein kommen, daß Mausbeigl mitkommen werde.

›Akzeptiert‹, sagte Frau Lindenblatt.

›Mit tz?‹ fragte Pern.

›Ich weiß nicht, was Sie damit meinen‹, entgegnete die Dame; wußte es aber.

Pern holte Mausbeigl in seiner Wohnung ab. Pern hatte einen alten Renault, an dem alles klapperte, ein ehemaliges Funktaxi, ein sogenannter Mini-Car – gibt es auch längst nicht mehr –, und so fuhren sie durch den Regen nach Bogenhausen. Die Wolken hingen so tief, daß es schien, die Sonne käme nie mehr wieder, und es war ein für den Mai viel zu kalter Tag. Pern sagte: ›Eigentlich müßten wir sie warten lassen. Der Optik halber. Oder?‹ Maus-

beigl sagte nichts. Ihm war nicht wohl bei der Sache. Sie waren
dann sogar zu früh am Ort und warteten im Auto. Bei ausgeschal-
tetem Motor gingen die Scheibenwischer nicht, und so saßen die
beiden wie in einem blinden Glaskäfig. ›Jetzt wäre es soweit‹, sagte Pern, ›sollen wir sie warten lassen? – ›Weiß nicht‹, sagte Mausbeigl. – ›Lassen wir sie warten‹, sagte Pern und zündete sich eine
Zigarette an. ›Sie auch?‹ fragte er und hielt Mausbeigl die Schachtel hin. – ›Nein, danke‹, sagte Mausbeigl.«

*

*Als Katze verabscheue ich den Rauch, selbst den edleren Rauch der
Pfeife oder der Zigarre. Doch mein Buch sollen auch diejenigen lesen, die eine Zigarette rauchen. Nur in meinem Buch wird nicht
mehr geraucht. (Nicht etwa, weil das irgendetwas mit der Schwierigkeit zu tun hat.) Es wird, ist das schon bemerkt worden, in der
Literatur kaum noch geraucht. Unlängst hat einer meiner Dienst-
boten hier ein Buch von einem gewissen Max Frisch gelesen. Da
zündete sich auf jeder Seite einer eine Zigarette an. Es hat sich also
um einen älteren Roman gehandelt. In neueren Romanen raucht
man nicht mehr. Wird man später einmal die Literatur nach* Rauch-
Literatur *und* Nicht-Rauch- *oder* Nach-Rauch-Literatur *einteilen?*

*

»Sie stiegen aus. Pern tat noch einen Zug aus seiner Zigarette,
drückte dann die Kippe – eine fast zierliche, balletthafte Stellung
für einen Moment einnehmend – an seiner Schuhsohle aus, warf
die Kippe in einen Gully, sagte zu Mausbeigl: ›Sie brauchen nicht
zuzusperren. Den stiehlt niemand.‹
    Eine reine Wohngegend, fast keine geparkten Autos, man konn-
te direkt vor dem Haus den Wagen abstellen und schnell durch
den Regen zu der etwas kleinbürgerlich mit Buntglas umfaßten
Haustür gehen. Sie wurde mit Summton geöffnet, ohne daß Pern
und Mausbeigl geläutet hatten. Pern schaute dennoch schnell auf
das Klingelschild: *Institut für angewandte Forschung.* ›Nicht sehr
phantasiereich‹, brummte Pern. Von oben rief eine Stimme: ›Eine

Treppe höher.‹ Es war Frau Lindenblatt, die die Herren erwartete, allerdings nur stumm auf eine angelehnte Tür deutete und dann verschwand. Pern öffnete die Tür, als sei höchste Vorsicht geboten, was jedenfalls im sozusagen körperlichen Sinn nicht der Fall war. Im Zimmer saß ein älterer, grauhaariger, militärisch kurzgeschorener Herr im hellgrauen Zweireiher vor einem Vorhang, und zwar, was merkwürdig war, direkt vor und in unmittelbarer Berührung mit dem Vorhang, einem schweren, nebelgrauen Vorhang.

›Verzeihen Sie, meine Herren, daß ich nicht aufstehe‹, sagte der Mann, ›ich kann nicht. Und verzeihen Sie, daß ich meinen Namen nicht nenne …‹

›Es wäre sowieso nicht der richtige‹, unterbrach ihn Pern.

Der Mann verzog etwas den Mund. Es war nicht zu erkennen, ob es schmerzlich war oder Lächeln andeuten sollte.

›Und er tut ja auch nichts zur Sache. Wer von Ihnen ist Herr Pern? Und wer‹, er schaute auf ein Blatt, das er in der linken Hand hielt, ›Mausbiegel?‹

›Mausbeigl‹, entfuhr es Mausbeigl.

›Verzeihung‹, sagte der Mann im Zweireiher, drehte den Zettel um und wieder um, ›hier steht Mausbiegel.‹

›Dann steht auf Ihrem Zettel was Falsches‹, sagte Mausbeigl leicht giftig.

Wie der Mann den Zettel umdrehte, fiel den beiden auf, daß er nur die linke Hand benutzte, als sei die rechte lahm. Die rechte Hand und den ganzen rechten Arm hielt er seltsam verdreht nach hinten, wie durch einen Spalt im Vorhang hindurch. ›Damit bedient er das Tonband‹, dachte Pern und sagte: ›Wir sagen gar nichts, wenn Sie nicht beide Hände nach vorn nehmen.‹

›Bitte‹, sagte der Herr und nahm auch den rechten Arm nach vorn.

›Und was können wir für Sie tun?‹ fragte Pern mit einer etwas Unsicherheit verratenden Schärfe.

›Sie sind‹, sagte der Mann, ›in der Tat einer, wie soll ich es nennen, unangenehmen Sache auf die Spur gekommen, die besser unter dem Teppich bleiben sollte. Ich hoffe …‹

Pern sprang auf …«

*

Ja, wie eine Katze auf eine Maus: aus der Ruhe in die schnellste Bewegung schnellend. Soll ich's Ihnen vormachen? Na gut, Sie wissen's.

*

»… und riß den Vorhang auseinander. Dahinter war weder eine Tonbandanlage noch ein versteckter Zeuge, dahinter war etwas Grauenerregendes: der angewachsene, sozusagen halbverdorrte siamesische Zwilling des Zweireihermannes, eine blöd schauende, sabbernde Lederpuppe, die jetzt mit den Armen fuchtelte.

›Lassen Sie das!‹ schrie der Mann.

Pern fuhr zurück. Mausbeigl schüttelte nur den Kopf, konnte gar nicht aufhören damit.

›Was ist denn das?‹ hauchte Pern.

›Sehen Sie doch‹, sagte der Mann, griff mit einer Hand nach hinten und beruhigte die Lederpuppe. Dann zog er mühsam den Vorhang wieder zurecht.

›Darum konnten Sie nicht aufstehen‹, sagte Pern leise.

›Wenn er wegoperiert werden könnte, wäre es längst gemacht, das kann ich Ihnen flüstern‹, sagte der Mann, ›aber das hieße, *ihn* töten – meinen‹, er verzog wieder das Gesicht, ›Bruder. Aber das alles tut wohl nichts zur Sache.‹

›Nein‹, sagte Pern.

Der Mann schwieg. Pern schwieg. Mausbeigl schüttelte immer noch den Kopf. Nach einer Weile sagte der Mann: ›Und?‹

›Ach so‹, sagte Pern, ›zweihundertdreißig Mille.‹

›Akzeptiert‹, sagte der Mann.

›Was akzeptiert er?‹ fragte Mausbeigl Pern leise.

›Sie Simpel, verstehen Sie gar nichts?‹ sagte Pern.

›D-Mark?‹ fragte Mausbeigl.

›Was denn sonst‹, sagte Pern.

›Bekommen wir?‹

›Bekommen Sie‹, sagte der Mann, ›hier auf der Stelle.‹

›Ich nehme an‹, sagte Mausbeigl, ›unter der Bedingung ...‹

›Halt den Rand‹, fauchte ihn Pern an.

Der Mann im Zweireiher pfiff, worauf hinter dem Vorhang ein Geräusch hörbar wurde.

›Klar?‹ fragte der Mann nach hinten.

Der Vorhang bewegte sich etwas, zu hören war nichts.

›Klar‹, sagte der Mann dann bestätigend nach hinten und zu Pern und Mausbeigl: ›Wenn Sie hinausfinden, werden Sie auch das Geld finden.‹ Nickte verabschiedend.

Pern stand auf, zog Mausbeigl mit sich, der sich jedoch losriß und sagte: ›Und ich möchte wieder in den Dienst.‹

›Als ob nichts gewesen wäre‹, nickte der Mann.

Unten fanden sie innerhalb der Tür Frau Lindenblatt, die um zehn Minuten Geduld bat, dann, nachdem Pern in dem völlig kahlen Stiegenhaus noch zwei Zigaretten geraucht hatte, mit einer Aktentasche wiederkam.

›Wollen Sie nachzählen?‹ fragte Frau Lindenblatt.

›Da Sie wissen, was passiert, wenn die Summe nicht stimmt‹, sagte Pern, der jetzt deutlich Oberwasser hatte, ›brauchen wir wohl nicht nachzuzählen.‹ Er nahm den Koffer, nickte grüßend, schob Mausbeigl, der der Frau die Hand geben wollte, schnell hinaus, und sie liefen durch den immer noch strömenden Regen zum Auto. Im Auto teilten sie das Geld.

›Behalten Sie die Aktentasche‹, sagte Pern, ›scheint echt Leder zu sein. Ich fürchte, wir hätten mehr verlangen sollen.‹

›Und, nehme ich an‹, sagte Mausbeigl mit scheuem Blick, ›steuerfrei?‹

›Unterstehen Sie sich, das in Ihrer Steuererklärung anzugeben«, sagte Pern und startete den Motor.«

»Und was weiter?« fragte die Hausfrau, nachdem der Oberstaatsanwalt einige Minuten geschwiegen hatte.

»Nichts weiter«, sagte der Oberstaatsanwalt, »leider. Die Geschichte ist aus.«

»Obwohl sie eigentlich erst anfängt«, sagte Herr Galzing.

»Ich habe manches Detail ausgeschmückt«, sagte Oberstaatsanwalt Dr. F., »zum Beispiel, daß das zuletzt genannte Stiegenhaus völlig kahl war …«

»Und daß es in Strömen geregnet hat«, sagte der Sohn des Hauses.

»Nein«, sagte der Oberstaatsanwalt, »das ist keine Ausschmückung, so war es wirklich. Das hat mir Pern erzählt. Den habe ich gekannt. Fast jeder in der Staatsanwaltschaft hat Pern gekannt, weil er ja von jenem Politiker mit Anzeigen überschüttet worden ist. Nachher übrigens nicht mehr.«

»Aha.«

»Ich sage nicht einmal aha«, sagte der Oberstaatsanwalt, »ich habe Pern damals im Zuge meiner, wie ich sie nenne, privaten Nachermittlungen mehrfach gesprochen. Er hat sich, stellen Sie sich vor, mit seinem Anteil einen Laden gekauft und wurde vom Journalisten zum Tabakisten. Das mit dem Regen stimmt. Das Stiegenhaus könnte allerdings auch mit, sagen wir, geschmacklosen Kunstdrucken behängt gewesen sein. Ich stelle es mir jedoch völlig kahl vor. Ich kann nur erzählen, was ich mir in Einzelheiten auch vorstellen kann.«

»Können Sie sich nicht vorstellen, wer die 23 Millionen – abzüglich der 230 000 für Pern und Mausbeigl – bekommen hat?«

»Ich gebe das als Rätsel zur Lösung frei«, sagte der Oberstaatsanwalt.

*

Ich liebe Mendelssohn ganz besonders. Er schwebt zwischen den Zeiten. Wenn man seine Musik als seicht bezeichnet, lügt man. Leicht, ja, das ist sie, leicht und schwer gleichzeitig, fast schon wie die Mozarts. *Auch wie Mozart kennt Mendelssohn das melancholische Dur, und überhaupt ist Mendelssohn einer von denen, die man auf den ersten Ton erkennt, und das ist, meine ich, auch schon etwas Besonderes. Wenn die vier Mendelssohn spielen, versäume ich es nie, mich unter das Sopha zu ringeln (ich bin eine altmodische Katze und schreibe Sopha mit ph, alle Katzen sind eher altmodisch) und leise schnurrend zuzuhören. Heute war f-Moll dran, besonders schön und schon gar nicht seicht, meine Damen und Herren, hören Sie sich diese* seichte *Musik einmal an, ich schweife ab. Dieses f-Moll, aber ich habe den Eindruck, die vier sehen nur zu, daß sie fertig werden. Zum Glück ist Mendelssohn ein Allegro-vivo-Komponist. Man kann die Meister der Musik auch in Allegro-, Andante- oder Adagio-Komponisten einteilen. Brahms war ein Andante-Komponist, Bruckner adagio – das heißt nicht, daß diese Komponisten jeweils nur allegro, andante oder adagio geschrieben haben (man kann noch feinere Einteilungen machen – habe ich schon gemacht, indem ich meinen lieben Felix ... schon der Vorname schmeichelt einer Katze, einer Felis felis – obgleich etymologisch nicht gerechtfertigt ... meinen lieben Felix als Allegro-vivo-Komponisten bezeichnet habe), vielmehr ist es so, daß bei den jeweiligen Komponisten beim jeweiligen Tempo der Geist besonders leicht und deutlich floß. Bei den ganz großen Helden der Vorzeit, Bach, Mozart, Beethoven und Schubert, ist es dann natürlich so, daß sie gleichzeitig Allegro-Andante-Adagio-Komponisten aus einer Schöpferhand waren. Ich schweife schon wieder ab. Warum haben sich die vier so beeilt – und mußten dabei, wie gesagt, Mendelssohn durch unangemessene Hetze malträtieren? Nun, um das Rätsel und dessen Lösung zu diskutieren, das ihnen der Oberstaatsanwalt hingeworfen hat. So wie die Nachbarin mir vor einigen Tagen einen Fischkopf. Habe ihn selbstverständlich nicht angerührt. Doch die vier und die, die nur zugehört haben, haben das Rätsel sehr wohl angerührt und bis spät in die Nacht hinein daran gekaut.*

Ein Mann, dessen Alter man nicht abschätzen kann, sitzt in der Straßenbahn. Er lebt von der Sozialhilfe und von wenigen mildtätigen Zuwendungen. Er ist Komponist. Er ist nur Komponist, etwas anderes hat er nicht gelernt, etwas anderes kann er nicht, etwas anderes will er auch gar nicht können. Es ist noch nie eine seiner Kompositionen aufgeführt, nie eine Komposition gedruckt worden. Er vertraut darauf, daß sich das Gute durchsetzen wird. Darin irrt er sich vermutlich. Er wagt es nicht, eines seiner Werke etwa dem Rundfunk anzubieten. Nein, stimmt nicht. Er hat es einmal gewagt, hat ein Werk zum Rundfunk hingetragen. Er hat ein Werk für kleinere Besetzung ausgewählt, mag sein ein Streichtrio, wollte nicht gleich mit einer ganzen Symphoniepartitur ins Haus fallen. Er hat sein Werk, in Zeitungspapier eingeschlagen, ordentlich von einem Brief begleitet, beim Pförtner des Rundfunkhauses abgegeben. Er wartet heute noch auf eine Antwort. Daß er kein Klavier hat, behindert ihn nicht, denn er hört das, was er schreibt, selbst komplizierte Tonverbindungen und -verwebungen, mit seinem inneren Ohr. Allenfalls, das ist jedoch selten notwendig, hilft ihm ein chromatisches Stahlspiel über eineinhalb Oktaven, so wie es Kinder im musikalischen Anfangsunterricht benutzen. Auf dem Stahlspiel – länglicheckige Blättchen in einem Holzrahmen und zwei Hämmerchen oder Schlegelchen, xylophonartig, aber eben nicht aus Holz, sondern aus gestimmtem Stahl – kann er notdürftig Klänge ausprobieren, doch, wie gesagt, es ist selten notwendig. Zum Glück kennt er einen Optiker, der ihm immer wieder die zu schwach gewordenen Gläser durch stärkere ersetzt, zu ganz niedrigem Preis. Der Optiker berechnet nur das Material, und auch dies sehr stark entgegenkommend. Die geeigneten Gläser nimmt er oft von ausgewechselten Gläsern anderer Kunden. Von jenem Optiker kommt der Komponist, der in der Straßenbahn sitzt. Er hat wieder neue (für ihn neue) Gläser gebraucht. Ob seine Kompositionen von hohem Wert, auf der Höhe des erreichten Materials sind oder ob mit ihnen der Komponist bisher ungeahnte eigene Wege geht oder ob sie Makulatur sind, kann nie-

mand wissen, denn niemand kennt sie, niemand hört sie. Nach dem Tod des Komponisten wird sie der Vermieter oder die Vermieterin der Dachbodenkammer zum Altpapier geben. Der Komponist liest, er hält es dicht vor seine dicken Augengläser, mein schwieriges Buch. Für ihn ist es, hoffe ich, nicht schwierig. Er hat das Buch nicht gekauft, denn fürs Bücherkaufen hat er nicht genug Geld. Er hat das Buch in einer öffentlichen Bücherei ausgeliehen. Für ihn schreibe ich mein Buch. Der Optiker, jedenfalls jener Optiker, liest keine Bücher.

Sie kommen, höre ich, von naheliegenden Ideen bis zu abwegigen solchen, wem die 23 Millionen zugeflossen sein könnten: Terroristen, radikale Muslime, schlicht geldgierige Gauner, die Rechtsnationalen, die IG Metall, der Vatican ...

Ich höre den Oberstaatsanwalt resümieren:

✳

»Ein Schlüssel bleibt, und der ist die Tatsache, daß die Bundesregierung nicht nur kein Interesse an der Aufklärung des Falles hatte, sondern konträr jeden Ansatz dazu zu unterdrücken versuchte. Und dieser Schlüssel paßt zu keiner Lösung, die wir in dieser Runde ventiliert haben.«

»Die Bundesregierung selbst?«

»Sie wird sich nicht das eigene Geld stehlen«, sagte der Oberstaatsanwalt.

»Der Bundesnachrichtendienst? Denken Sie an Feigenblatt und Lindenblatt.«

»Möglich«, sagte der Oberstaatsanwalt.

✳

Falsch, sage ich.

Woher weiß ich das?

Katzen sind mathematische Tiere. Sie sind längst über die kümmerliche menschliche Mathematik hinaus. So etwas wie die Fermat'sche Vermutung oder Diophantische Gleichung löst schon eine *junge Katze mit dem einfachen Rollen eines Ohres. Ich ziehe Ihnen ohne Weiteres die Wurzel aus minus 1 ($\sqrt{-1}$). Das hat noch kein Mensch dem Rachen der Unmöglichkeit aus den Zähnen gerissen. Wir können das, weil wir in mehr als drei Dimensionen denken können.*

Ich weiß also, wer ... und so weiter.

Nicht nur in der vierten, fünften, sechsten Dimension und so fort, vielleicht nicht bis zur siebenundzwanzigsten, bis zur einundzwanzigsten allerdings schon. Nicht nur, sondern auch in den für die Menschen noch viel weniger vorstellbaren Dimensionen unterhalb ihrer ersten. Die Erstdimension ist nämlich gar nicht die erste in Wahrheit. Das ist schon ... lassen Sie mich nachdenken ... mindestens die siebte. Was spielt sich dort ab? Die negative Mathematik, grob gesprochen. Das also weiß eine Katze alles. Woher sonst die Sicherheit, immer auf den vier Beinen zu landen, und woher sonst die neun Leben, eine Tatsache, die der Mensch immerhin schon erkannt hat?

Wenn der Mensch sich die unteren Dimensionen, ich nenne sie einmal so, zunutze machen würde, könnte er das Ende der Welt überleben. Es ist die Frage, allerdings, ob das wünschenswert wäre, selbst wenn er die Partitur des Forellen-Quintetts mitnähme ...

... geräucherte Forelle. Ich hoffe, dem Oberstaatsanwalt fällt ein Stück von der Gabel, ein Stück ohne den ekelhaften Kren. Boris, mein Bruder und Geliebter, hat sich einmal eine lebende Forelle aus dem Teich drunten in der Forellenzucht geangelt. Der Züchter oder Forellist oder wie man den krummfüßigen Grottenolm nennen soll, hat ein Geschrei erhoben und ist mit einem Stecken meinem Boris nach – aber Boris ist samt der Forelle im Maul wie vom Erdboden verschluckt verschwunden. »Die Bestie muß doch da sein! Muß doch! Muß doch!« hat er geschrien, der Forellist, und mit seinem Stock herumgeschlagen, aber Boris war eben tatsächlich nicht vom Erdboden, sondern von den ersten drei Dimensionen nach unten entwichen.

Haben Sie es noch nie erlebt, daß eine Katze derart rätselhaft verschwindet? Eben.

Und daher verschränken sich auch unserem Wissen allerlei Dimensionen, und Raum und Zeit spielt keine Rolle.

Also weiß ich: Falsch.

Ein gar nicht so alter Mann ist es, der mein Buch liest. Ein gar nicht so alter Mann, der jedoch schnauft wie ein Schwindsüchtiger, der eine lange Stiege hinaufgehen muß. Er ist nicht schwindsüchtig, der Mann, der mein Buch liest. Im Gegenteil. Er ist dick wie ein — ich will nicht so ordinär sein wie seine Gegner (und er hat viele Gegner), wenn sie beschreiben, wie dick er ist. Stiernacken. Ja, das läßt meine Erziehung zu, dieses Wort zu gebrauchen. Er ist kurz und dick und schnauft, ist rot im Gesicht. Er ist fast immer rot im Gesicht und er sieht immer aus, als sei ihm der Kragen zu eng. Der Kragen ist ihm zu eng. Es gibt keinen Kragen, der ihm nicht zu eng ist, denn, so sagen seine Gegner, sein Hals wächst schneller (in die Dicke, nicht in die Länge), als er sich Krägen machen lassen kann. Geld genug, um sich Krägen machen zu lassen, selbst solche aus Gold mit diamantenen Knöpfen, hätte er. Nicht zuletzt von den 23 Millionen. Und er schnauft also, schnaubt durch die Nase, wird noch röter im Gesicht. Der Kragen ist schon wieder um Einiges enger geworden. Das komme davon, sagen seine Gegner (und er hat viele, nicht zuletzt unter seinen, hm, Freunden), weil eben der Hals ständig wächst, und das komme wiederum davon, daß er denselben nicht vollkriege. Und so verschwinde der Hals als solcher, werde quasi Körper.

Er schnauft vor Anstrengung; nicht weil er eine steile Stiege hinaufgehen mußte, sondern weil er mein Buch liest. Das Buch heißt: Der Mann ohne Hals, der diesen nicht vollkriegt. Er schnauft erstens, weil es ihn anstrengt, ein Buch zu lesen — er ist es nicht gewohnt —, und zweitens dessentwegen, was ich da in meinem Buch geschrieben habe. Das mit den 23 Millionen. Der Mann wirft das Buch fort. Es fliegt unter den barocken Betstuhl, den ihm der Nun-

tius zum sowiesovielten Geburtstag geschenkt hat. Auf dem er je-doch selten kniet. Eigentlich: nie kniet. Er kniet nicht gern, weil er so schlecht wieder hochkommt. Er wird fuchsteufelswild. »Ich habe mit der Sache nichts, im Wortsinne: nichts zu tun«, schreit er. Nur es hört niemand. Beruhigen Sie sich, alter Mann, es ist doch eh nicht wahr. Die ganze Geschichte ist nicht wahr. Das Buch ist doch erlo-gen. Katzen lügen wie gedruckt und auch wie ungedruckt. Lügen die Wahrheit. Das ist auch eine Dimension unterhalb …

… Jetzt ist ihm ein Stück Forellenfilet von der Gabel gefallen.

*

Damit endete der sechsundzwanzigste Donnerstag des Ober-staatsanwaltes Dr. F.

Der siebenundzwanzigste Donnerstag des Oberstaatsanwalts Dr. F., an dem er keine eigentliche Geschichte erzählt.

»Freilich«, sagte der Oberstaatsanwalt, »war Mausbeigl so etwas wie ein Querulant. Querulanten gehören fast zum täglichen Brot eines Staatsanwalts. Zu meiner Zeit, ich weiß nicht, wie es heute ist, hatte jeder in der Behörde quasi *seinen* Querulanten. Ich hatte allerdings zwei, und zwar zwei Querulantinnen. Die eine erbte ich von meinem Vorgänger im Referat, die andere ... Nun, es war ja so, daß ich meinen Dienst als Assessor in der fernen Provinz beginnen mußte und erst nach der Drohung, in den Bereich des Finanzministeriums zu wechseln, wo man mich genommen hätte und wo ich nur höchst ungern hingegangen wäre, hierher versetzt wurde. Ich war also neu, und jene andere Querulantin hatte die Angewohnheit, auf den damals in den terrorangstfreien Zeiten noch zugänglichen Gängen herumzuschleichen und die Namensschilder zu lesen. Entdeckte sie ein neues Namensschild und also einen neuen Namen, war dessen Träger ihr nächstes Opfer. Sie war insofern nicht, wenn ich so sagen darf, ungefährlich, weil sie völlig normal wirkte, jedenfalls auf den ersten Blick. Auch muß man sagen, daß fast allen querulantischen Anträgen und Belästigungen ein gerechter Kern zugrunde liegt. Irgendwann einmal ist dem Querulanten unrecht getan worden, irgendwann hat ihn jemand absichtlich oder versehentlich gekränkt ... Das bauscht sich in seiner Seele auf, nur es ist nicht gesagt, daß er dann wirklich denjenigen verfolgt, der sein Schuldiger ist. Es ist oft so, daß sich statt dessen eine Querulatorik in eine ganz andere Richtung Luft macht.

Jene Querulantin war eine eher noch junge Frau, sehr einfach, nicht geschmacklos gekleidet, unauffällig, nicht einmal unhübsch. Sie redete weder aufgeregt noch hochdramatisch wie viele Querulanten, sondern ganz leise und mit ruhiger Stimme. War das ihr Trick? Man verstand sie kaum und mußte daher gut hinhören und hörte damit genauer zu, als man wollte, und kam erst mit der Zeit darauf, daß alles Unsinn war, was sie sagte. Im Lauf meiner Dienstzeit habe ich jedoch gelernt, daß man Querulanten sich entleeren lassen muß. Das heißt, man läßt sie reden, das kostet zwar vielleicht im Augenblick eine Stunde Zeit, aber dafür kommt er oder sie nicht so oft wieder.

Die andere Querulantin hatte ich, wie erwähnt, von meinem Vorgänger im Referat geerbt. Mein Vorgänger – ich weiß nicht, ob Gott ihn schon selig hat – war übrigens ein sogenannter Quartalsarbeiter. Er ließ das Referat oft tage-, ja wochenlang verwahrlosen, bis sich die unbearbeiteten Akten zu Bergen stapelten. Das konnte und durfte er, denn ... ich fürchte, ich muß einen Exkurs im Exkurs machen, um Ihnen, liebe Freunde, das zu erklären. In die Verfassung der Bundesrepublik Deutschland ist eine Bestimmung aufgenommen, es ist der Artikel 97, in dem die *Richterliche Unabhängigkeit* garantiert wird. Ein edler Zug der Väter des Grundgesetzes, der die mit Recht als heiligen Pfeiler der Demokratie anzusehende Gewaltenteilung schützen soll. Daß die Richter in schöner, nicht überraschender Einmütigkeit diese Garantie der Unabhängigkeit auch dahingehend auslegten, daß einem Richter keine Dienststunden vorgeschrieben werden dürfen, daran haben die Väter des Grundgesetzes sicher nicht gedacht. Aber es ist nun so. Jeder Ansturm – ab und zu wurde das meuchlings versucht – gegen dieses Privileg der frei zu gestaltenden Dienstzeit wurde vom Fels des Bundesverfassungsgerichtes zurückgeschleudert. Kein Wunder: Sind ja auch Richter dort. Nun war ich selbst immer wieder im Lauf meiner forensischen Karriere, wie üblich, Richter, nie sehr lange, doch kannte ich aus dienstlichem wie privatem Umgang viele Dutzende von Richtern näher. Das Privileg der freien Dienstzeitgestaltung führt nicht zur Faulheit. Das kann ich als Pensionär im Nachhinein den deutschen Richtern bescheinigen. Ich möchte sagen: eher im Gegenteil. Die freie Wahl der Dienstzeit fördert die Eigenverantwortung, und die ist meist stärker als die vorgeschriebene Verantwortung. Der Richter hat sein Referat, sein Bündel Arbeit. Das muß er erledigen. Sich türmende, oben schon kippende Aktenberge sind unangenehm. Ein aufgeräumtes, sauber laufendes Referat befriedigt, macht weniger Arbeit, denn das, was schnell erledigt wird, erledigt sich leichter. Hinausgeschobene Sachen gewinnen zunehmendes Gewicht. Das sieht in der Regel selbst der zur Trägheit neigende Richter ein und wird es, wenngleich seufzend, beherzigen. So regelt in fast natürlicher Weise die Arbeit die Arbeitszeit und nicht wie bei Beamten die Arbeitszeit die Arbeit.

Ja, liebe Freunde, ich habe Richter gekannt, die waren Frühaufsteher, hier vor Ihnen ein extremer solcher. Einer saß um sechs Uhr oder gar schon um halb sechs Uhr an seinem Schreibtisch, allein im ganzen hohlen Gerichtsgebäude, und, beflügelt von der frischen Morgenfrühe, war er um elf Uhr vormittags schon fertig und ging nach Hause. Das Gegenteil davon war ein Kollege, der wachte erst mittags auf, schlurfte gähnend in sein Büro, wurde gegen fünf Uhr munter und arbeitete bis spät in die Nacht hinein. Ein gewisser Fixpunkt für den Richter sind die Sitzungstage; die werden ihm zugeteilt. Das heißt, zum Beispiel Dienstag und Freitag steht ihm der Sitzungssaal Nummer sowiesoviel zur Verfügung. Das heißt nicht, daß er an diesen Tagen Sitzung halten muß. Er kann. Doch bei der nun unleugbaren Belastung der einzelnen Referate wird er wohl oder übel Gebrauch davon machen müssen. Wann er allerdings die Sitzung ansetzt, ist wiederum seine Sache. Jener Frühaufsteher hatte die für die Rechtsanwälte höchst unangenehme Angewohnheit, die erste Sitzung auf sieben Uhr anzuberaumen. ›Früher geht nicht‹, sagte er mir einmal, ›weil da das Gebäude noch geschlossen ist.‹

Ich will mich jetzt nicht auch noch über die verschiedenen Spielarten verbreiten, die bei den Richtern zu beobachten sind, wie sie ihre Arbeit erledigen. Der eine ist schnell, der andere langsam, wobei die Erfahrung gelehrt hat, daß der Langsame zwar der Gründlichere sein kann, nicht aber in der Regel sein muß. Im

Gegenteil, habe ich das Gefühl. Ich habe einen Richter gekannt, der hat gesagt: ›Was man als Richter bezahlt bekommt, ist nicht schlecht, aber überwältigend ist es nicht. Dafür schenkt uns die Justiz mit der freien Verfügung über die Arbeitszeit das Kostbarste, was es gibt: eben die Zeit.‹ Natürlich nur, wenn man vernünftig arbeitet. ›Wenn Sie‹, habe ich meinen Referendaren, die ich auszubilden hatte, immer eingetrichtert, ›eine Akte zur Erledigung zweimal in die Hand nehmen müssen, haben Sie schon etwas falsch gemacht.‹ Ein Richter ist kein Beamter, auch das ist nicht im allgemeinen Bewußtsein verankert.«

»Was ist er dann?« fragte die Hausfrau.

»Ein Richter ist ein Richter. Das Richtergesetz entspricht zwar zum Teil wörtlich dem Beamtengesetz, ist jedoch eben das Richtergesetz. Staatsanwälte sind Beamte. Dennoch sind sie, wenn man so sagen kann, dem Richterstand so nahegerückt, daß auch für sie, die weisungsgebunden sind, die freie Dienstzeitgestaltung stillschweigend gilt. Sonst wäre ja das Wechselbad in der Laufbahn, die einen zumindest in den ersten Jahren vom Staatsanwalt zum Richter führt und zurück und das womöglich ein paar Mal, nicht auszuhalten. Und nur so konnte jener Kollege, er war übrigens begeisterter und aktiver Anhänger des Boxsportes, seinen Hang zur Quartalsarbeiterei ausleben. Wenn er nach den Tagen oder sogar Wochen der Abstinenz in sein Büro kam, wütete er förmlich in den Aktenbergen. Die Verfügungen, Anträge, Anklagen und was es alles gibt, flogen nur so hinaus, von früh bis spät. Die Geschäftsstelle und die Schreibkanzlei ächzten. Nach einem tosenden Höhepunkt nach einigen Tagen war das Referat leer und aufgeräumt und Kollege N. oder wie er hieß, ich weiß es nicht mehr, verschwand wieder in seinen Boxring.

Leider hinterließ er mir sein Referat nach einer Zeit der Abstinenz, das heißt, er hinterließ mir Türme von Akten – und eben die Querulantin.

Der sah man es auf den ersten Blick an. Sie war um die Siebzig,

fett wie eine Made und auch so bleich. An ihre fettigen Haare erinnere ich mich und an ihre Schuhe. Die Schuhe waren wohl zu
groß und vorn kipfelartig hochgebogen.«

»Ein Beweis, verzeihen Sie, wenn ich unterbreche«, sagte Herr
Kahnmann, der sonst kaum redete, »für die Hohlwelt-Theorie:
Die Welt ist keine Kugel, sondern die Innenseite einer Kugel. Das
Universum innerhalb, die Entfernungen optische Täuschungen.
Beweis: Schuhspitzen biegen sich nach oben. Sonst müßten sie
sich ja nach unten biegen. Verzeihung. Wollte nur den alten Witz
anbringen.«

»Ob der Geruch«, fuhr der Oberstaatsanwalt fort, »an den ich
mich so deutlich wie unangenehm erinnere, wirklich vorhanden
oder nur von mir aufgrund ihrer Erscheinung eingebildet war,
weiß ich nicht mehr. ›Sie hören sie immer schon von weitem‹,
hatte mein Vorgänger im Referat gesagt, ›sie hat eine große Rolltasche mit Bügel dabei, und man hört das drohende Rollen durch
die Gänge. Sie müssen sie einfach hinauswerfen.‹ Aber so wird
man keinen Querulanten los. Wenige Tage nachdem ich meinen
Schreibtisch bei dieser Staatsanwaltschaft hier bezogen hatte,
hörte ich das Rollen. Ich hätte die Querulantin in ihr erkannt,
auch wenn mein Vorgänger, der Quartalsarbeiter, sie mir bei der
Übergabe des Referats nicht beschrieben hätte.

›Endlich ein Mensch in diesem Referat‹, röhrte sie, als sie mich
anstelle meines Vorgängers sah. ›Erdrückende Beweise‹, sagte sie
und öffnete den Reißverschluß ihrer Rolltasche.

›Einen Moment‹, sagte ich, ›bevor ich mit Ihnen zusammen
die Beweise prüfe, bitte ich, mir kurz – ich sage: kurz, Sie sehen
den Berg Arbeit vor mir – den Sachverhalt zu schildern.‹

›Es dreht sich um meinen Onkel‹, sagte sie.

›Aha. Den wollen Sie anzeigen.‹

›Nein, woher denn! Der ist doch tot!‹

›Mein Beileid‹, sagte ich. Sie zuckte mit keiner Wimper über
diese Bemerkung, merkte offenbar nichts.

›Onkel Konrad‹, sagte sie.

›Aha. Onkel Konrad. Väterlicher- oder mütterlicherseits?‹

›Mütterlicherseits natürlich. Sonst hätte er doch nicht Wohlbühr geheißen. Sondern Ratgebald-Pinetti.‹

›Verzeihen Sie meine Zerstreutheit‹, sagte ich, ›das war mir im Moment nicht gegenwärtig. Onkel Konrad Wohlbühr, Bruder Ihrer Mutter, einer geborenen Wohlbühr.‹

Sie strahlte (roch jedoch noch immer): ›Ich sehe, endlich versteht mich jemand.‹

›Und den verewigten Herrn Konrad Wohlbühr wollen Sie also anzeigen?‹

›Aber woher denn. Das steht doch alles in meinen ausführlichen Eingaben.‹

›Sie sehen, um dies zu wiederholen, den Berg Akten hier, und ich bin erst kurze Zeit im Referat, konnte also noch nicht alle Akten studieren.‹

›Meine Sache ist doch mit dringend und wichtig bezeichnet? Hoffe ich?‹

›Ohne Zweifel, aber ich bin noch nicht einmal mit den sehr dringlichen und sehr wichtigen Sachen durch.‹

›Ich beantrage‹, sagte sie, ihr Strahlen verschwand, der Geruch verstärkte sich, ich öffnete das Fenster, ›daß meine Sache den Vermerk besonders dringlich bekommt.‹

›Aber der Herr Onkel ist doch schon tot. Ist das dann noch dringlich?‹

›Er wurde‹, flüsterte sie, ›ermordet.‹

›Schlimm, schlimm‹, entgegnete ich, ›der arme gute Onkel Konrad Wohlbühr.‹

›Ach was, arm und gut. Das Scheusal. Zwei Mietshäuser hat er versoffen, statt vererbt, und seine Frau, Tante Sophie selig, verprügelt.‹

›Dann geschieht es ihm ja recht, wenn man ihn beseitigt hat.‹

›Das sagen Sie als Staatsanwalt?!‹ Ihre Stimme wurde dabei sirenenschrill, so daß ich gleich wieder das Fenster schloß.

›Es war nur eine private Bemerkung‹, sagte ich, ›verzeihen Sie.‹

›Ich denke doch‹, entgegnete sie wieder etwas ruhiger, ›daß der Gerechtigkeit Genüge getan werden muß. Auch wenn er ein Ekel war.‹

›Wann ist er denn ermordet worden? Unlängst?‹

›Aber woher. 1922.‹

›Wir schreiben jetzt‹, sagte ich, ›1964 …‹

›Stellen Sie sich vor, das weiß ich‹, meinte sie streng.

›Verjährt‹, sagte ich, ›nach dreißig Jahren.‹

›So ein Mord verjährt nie!‹ entgegnete sie kategorisch, ›darf nicht verjähren.‹

›Und wer hat ihn ermordet?‹

›Ja, der Onkel natürlich!‹

›Er hat sich selbst entleibt?‹

›Sich selbst entleibt! Sich selbst entleibt!! Natürlich nicht. Der andere Onkel. Onkel Konrad.‹

›Im Augenblick kann ich Ihnen nicht ganz folgen …‹

›Onkel Konrad väterlicherseits. Konrad Ratgebald-Pinetti. Der Mörder.‹

›Das ist allerdings seltsam. Mörder und Ermordeter hießen Konrad mit Vornamen?‹

›Endlich beginnen Sie zu begreifen.‹

›Ist ja auch verwirrend.‹

›Kann ich da was dafür? Eben. Ich denke, daß das mordjuristisch keine Rolle spielt, daß beide Konrad hießen.‹

›Hießen?‹ fragte ich.

›Freilich hießen.‹

›Das heißt, beide sind tot?‹

›Natürlich. Habe ich doch alles genau angegeben.‹

›Hm. Das macht die Sache ziemlich kompliziert‹, sagte ich, ›wenn beide schon in der Hölle schmoren.‹

›Wie?‹ fragte sie entsetzt.

›Klar‹, sagte ich, ›der eine, weil er ein Ekel war und seine Frau geprügelt hat, der andere, weil er ein Mörder war. Vielleicht werden sie zur Verschärfung der Strafe im selben Kessel gesotten.‹

Ich wußte, es war ein Risiko, so zu reden. Ich hatte die Beschaffenheit der Dame jedoch richtig erkannt. Sie merkte nichts, war sogar entsetzt: ›Wie? Wer? Aber das möchte ich doch nicht – daß beide in der … in der … im selben Kessel … immerhin nahe Verwandte …‹

Ich bekam, wie man sieht, Oberwasser, hatte auch blitzartig eine Idee.

›Da beide tot sind‹, sagte ich, ›sind sie dem Bereich der Staatsanwaltschaft entzogen. Für die Klärung, ob sie in der Hölle sind und im selben oder in getrennten Kesseln gesotten werden, ist nunmehr das Erzbischöfliche Ordinariat zuständig.‹

Sie schaute mich eine Sekunde lang an. Zwei Sekunden. Dann sprang sie auf, ergriff die Rolltasche mit den erdrückenden Beweisen und verließ grußlos den Raum.

Ich öffnete wieder das Fenster. Die Staatsanwaltschaft war damals in der gleichen Straße wie das Ordinariat, benachbart, einen Block weiter. Ich beugte mich hinaus und sah, wie Frau Ratgebald-Pinetti – oder vielleicht hieß sie, da möglicherweise verheiratet, anders – mit entschlossenem Schritt, die beweisgefüllte Tasche schrecklich rollend, aus der Tür der Staatsanwaltschaft schritt, hinüber zum Ordinariat und dieses erstürmte.

Ich habe sie nie wieder gesehen. Ein bedauernswerter Monsignore hatte nun eine Querulantin mehr. Ich hoffe, der Himmel verzeiht mir. Es war Notwehr.«

*

Wie viele meiner Leser möchte ich nicht kennenlernen? Kann ich mir vorstellen, daß es unter den Lesern meines Buches, sofern ich, wie gesagt, dieses auch, dieses äußerst schwierige Buch überhaupt schriebe, Leute gibt, die ich nicht kennenlernen wollte? Wäre nicht

die Tatsache, daß sie dieses mein schwieriges Buch oder besser gesagt
Buch schwierigen Inhalts überhaupt in die Hand nehmen, dazu angetan, daß ich sie sympathisch finde? Selbst dann, wenn sie es nach
den ersten Seiten wieder weglegen?

Ich weiß nicht, dort dieser junge Mann, vielleicht ein Student,
wenn ein Student, dann allenfalls im ersten oder zweiten Semester,
vielleicht ist er sogar noch Schüler, hat das Buch, mein Buch, von
seinem (schmalen?) Taschengeld gekauft? Er sitzt in der S-Bahn
und liest. Seine Mappe hat er auf den Knien. Täusche ich mich oder
hat er wirklich ein blaues und ein braunes Auge? Das seien böse
Menschen, sagt man. (Bei Katzen kommt so etwas nicht vor, habe
jedenfalls nie davon gehört.) Ich kann mir nicht vorstellen, daß ein
Mensch, auch wenn er ein blaues und ein braunes Auge hat, ein bö-
ser Mensch ist, wenn er sich in ein so schwierig zu lesendes Buch,
wie meines ist, vertieft, das er zudem von seinem schmalen Taschengeld gekauft hat. Jetzt rumpelt er auf, beinah fällt ihm seine Mappe zu Boden. Er hätte, so vertieft, beinah die Haltestelle verpaßt, an
der er aussteigen muß. Er hat nicht mehr Zeit, das Buch – mein
Buch – in die Mappe zu stecken, behält es in der Hand, den Zeigefinger dort zwischen den Seiten eingeklemmt, wo er beim Lesen im
letzten Moment aufgeschreckt wurde, grad noch, als die Türen offen
waren.

Oder hat er das Buch geschenkt bekommen? Ausgeliehen? In der
Gemeindebücherei? Ich habe nicht darauf geachtet, ob dem Buch
am Rücken der charakteristische kleine weiße Zettel mit Buchstabe
und Ziffer aufgeklebt war wie bei Büchern aus Bibliotheken.

Oder hat er es gefunden? Hat einer – wer? – mein Buch irgendwo
liegen gelassen? Vergessen? Womöglich halbabsichtlich. Mein Buch
halbabsichtlich vergessen – ausgesetzt, sozusagen. Dem Verderb preis-
gegeben, wenn nicht jener sympathische junge Mann, Student oder
Schüler, sich seiner angenommen hätte, der mein Buch liest, mein
schwierig geschriebenes, mein nahezu tiefgründiges, ja abgründiges
Buch, mein schwer verständliches, kaum verständliches, eigentlich,

236

um die ganze krasse Wahrheit zu sagen, im Grunde genommen unverständliches Buch liest.

Mein Buch. Ist mein Buch noch mein Buch, wenn ich es schon geschrieben habe?

*

»Und beinahe«, sagte Herr Galzing, der diesmal nur als Zuhörer anwesend war, dennoch zur Vorsicht sein Cello mitgebracht hatte, das dann aber unausgepackt blieb, »hat jene Querulantin, das war natürlich bevor Herr Kollege F. sie ans Erzbischöfliche Ordinariat abgegeben hat, einen öffentlichen Skandal hervorgerufen.«

Oberstaatsanwalt Dr. F. lacht in alter Erinnerung.

»Es war damals alles ziemlich beengt. Wir Staatsanwälte saßen zu zweit, oft sogar zu dritt in einem Zimmer. Zum Glück war es so, daß jeder Staatsanwalt mindestens einmal pro Woche zur Sitzung eingeteilt und also aus dem Zimmer war. Kollegialintern hieß das: ›Er sitzt.‹ Diese Abbreviatur wurde an sich nur innerdienstlich gebraucht. ›Wo ist denn der X.?‹ rief einer ins Zimmer. ›Er sitzt.‹ ›Ach so, danke, wiedersehen.‹ Leider gebrauchte der stets etwas geistesabwesende Kollege K., besonders geistesabwesend, wenn er über Akten saß, diese flapsige Wendung auch gegenüber eben jener Querulantin, die wieder einmal mit ihrer beweisschweren Rolltasche angekommen war: ›Ist Herr Staatsanwalt X. nicht hier?‹ Der gute K., wie gesagt, geistesabwesend: ›Der sitzt.‹ Die Querulantin erstarrte für einen Moment und rollte dann unverzüglich zur Redaktion der *Abendzeitung,* um zu melden, daß Staatsanwalt X. verhaftet worden sei. Die Meldung war schon gesetzt, da kamen einem Redakteur doch Bedenken, und er rief beim Chef der Behörde an …«

Heute abend, an diesem siebenundzwanzigsten Donnerstag: Beethoven Opus 1 Nr. 1 und ein kleines Haydn-Trio in D-Dur.

Der achtundzwanzigste Donnerstag des Oberstaatsanwalts Dr. F., an dem er beginnt, die Geschichte vom »Mord vor siebzigtausend Zeugen« zu erzählen.

»Das war«, sagte Oberstaatsanwalt Dr. F., »in der Tat eine hochdramatische Sache. Ob es gerade siebzigtausend Zeugen waren oder nur … was heißt nur … sechzigtausend oder wieviel, weiß ich nicht und habe es nie gewußt, es waren jedenfalls viele Zeugen, sehr viele. Der Fall spielte in einer Welt, mit der ich, ja, ich glaube, mit der Sie, Ihr alle, liebe Freunde, wenig zu tun habt: in der Welt des Sports. Ich will jetzt nicht die alte Leier andrehen und darlegen, wie unsinnig und ungesund Sport ist. Ich frage mich nur: Sport in der Form, wie er heute die Welt überzieht, gibt es seit wenig mehr als hundert Jahren. Was, um des Himmels willen, haben die Menschen des Schlages, die heute mit Sport oder mit Zuschauen bei Sportereignissen ihre Zeit totschlagen, vorher getan?«

*

Vielleicht, miau, das, was ich tue, wenn ich nichts zu tun habe: nichts.

*

»Wenn ich recht sehe, gilt als eine der gesündesten Sportarten das Fußballspielen. Es herrscht dabei auch das günstigste Preis-Leistung-Verhältnis. Zweiundzwanzig spielen, und die zehn-, die hundert-, die tausend-, vieltausendfache Anzahl von Zuschauern gesundet davon. Ich war nur einmal leibhaftig bei einem Fußballspiel. Ich weiß nicht mehr, wie viele Tore geschossen wurden oder gefallen sind, ich weiß nicht mehr, wer gewonnen hat, aber dennoch ist mir dieses *match*, wie man wohl fachmännisch sagt, unvergeßlich in Erinnerung, und das wird es wohl für jeden sein, der dabei war – sofern er noch lebt. Einer, der zunächst dabei war, lebt nicht mehr.

Lebt nicht mehr – wieviel von denen, die damals im Stadion waren, leben noch? Es kommt mir nur eben nach dem, was ich gerade gesagt habe, dieser Gedanke. Es waren damals, wie gesagt, sechzig- oder siebzigtausend Menschen im Stadion. Es war ausverkauft. Es war ein sogenanntes wichtiges Spiel. Es ging um die Wurst. Um welche Wurst es ging, weiß ich natürlich auch nicht mehr. Wieviel von den siebzigtausend leben heute noch? Es ist viele Jahre her, ich war noch ein junger Staatsanwalt. Wie viele? Ich stelle mir das Bild des ausverkauften Stadions vor, vielleicht aufgenommen mittels eines Satelliten von oben, und nach und nach, im Zeitraffer, verschwinden aus den dichtgedrängten Rängen und Reihen alle die, die inzwischen gegangen sind. Es wäre längst nicht mehr ausverkauft, die Ränge und Reihen gelichtet, auch die Ehrenloge, in der ich saß, denn zumindest von dem einen weiß ich, daß er gegangen ist: der damalige Generalstaatsanwalt, ein ausgemachter Sportsfreund, dennoch ein feiner Mann.

Er hatte, obwohl er wußte, daß ich kein Sportsfreund war und bin, ein Faible für mich, und ihm verdankte ich, wenn man, jedenfalls was mich betrifft, dabei von Dankesworten reden kann, daß ich in der Ehrenloge saß. Der Generalstaatsanwalt war als Sportsfreund und sogar Vorsitzender irgendwelcher Sport-Ehrengerichte befreundet oder zumindest bekannt mit einigen sportiven Schreibtischtätern, das heißt: professionellen Sportfunktionären, man nennt sie wohl die *Jugend der Welt*, und war also immer in die Ehrenloge eingeladen. War jedoch eher die alte Jugend der Welt. Ich war der jüngste in der Loge. Oft nahm der *General* aus Leutseligkeit (und es mochte wohl auch Belohnung für Fleiß und Erfolg sein) einen jüngeren Staatsanwalt oder Assessor mit, lud ihn ein: Das war nicht dienstlich, das war persönlich-menschlich und vielleicht, nein, ich bin sicher, freundlich gemeint.

An jenem Tag: ich. Ich wehrte mich sachte, wies darauf hin, daß ich alles andere als ein Sportsfreund sei, schlug meinen neulich erwähnten Referatsvorgänger als Ersatz für mich vor. Es half nichts. (Ich vermied es diesmal, wie ich es sonst gern halte, aus Mißachtung den gesprochenen Druckfehler *Sprotsfreund* zu gebrauchen.)›Ich weiß‹, sagte der gütige Chef, der aber im Übrigen auch sehr scharf sein konnte, ›daß Sie kein Sportsfreund sind. Doch Sie sollten sich so ein Spektakel vielleicht doch einmal im Leben aus der Nähe ansehen.‹ Er mag recht haben, dachte ich, und sagte zu. Daß es so ein Spektakel werden sollte, ahnten weder er noch ich.

Ich saß also in der Ehrenloge, in der zweiten Reihe mit anderen weniger wichtigen Personen. Vor mir in der ersten Reihe die wichtigen Personen, unter anderem der Generalstaatsanwalt, mein oberster Chef. Sonst die im Sport wichtigen Personen. Ich habe selten in meinem Leben eine solche Ansammlung dämonischer Mißgeburten gesehen. Ich fühlte mich wie Schillers *Taucher*: unter Larven die einzige lebende Brust. Abgesehen vom Generalstaatsanwalt, natürlich.

Das Spiel – was für ein Euphemismus für solch brutalen Ernst, bei dem es ganz im Innersten um Macht und Geld geht … wo geht es nicht darum… Das Spiel ging los. Die kurzbehosten Krummbeine unten auf dem grünen Rasen hüpften und liefen. ›Sie sprangen hin und sprangen her und hatten keine Heimat mehr.‹ Offenbar geriet der Verlauf der Sache irgendwie außer Kontrolle. Die Sportlemuren in der Ehrenloge wurden nervös, als drohe der Weltuntergang. Plötzlich brüllte die Masse der Zuschauer auf, in deren Hirnen offenbar nur noch Jauche brodelte, die Funktionäre um mich herum tobten oder fielen in Zuckungen. Soviel ich erkannte, hatte der Schiedsrichter eine Fehlentscheidung getroffen, die so falsch war, daß sie die Anhänger beider Parteien erboste. Das kochende Sportsproletariat brodelte über, explodierte förmlich, einige hundert der Sportfreunde überrannten die Absperrungen und stürmten aufs Spielfeld. Der Stadionsprecher dröhnte Drohungen, Polizei tauchte auf, allmählich beruhigte sich alles etwas, der Polizei gelang es, unterstützt vom Stadionsprecher, der ankündigte, das Spiel werde abgebrochen, wenn nicht … und dann blieb einer am Rasen liegen: keiner

240

der Spieler, wider Erwarten auch nicht der Schiedsrichter, sondern ein Zuschauer. Er wurde von den Sanitätern weggetragen.

Der Generalstaatsanwalt nahm mich am Ärmel und sagte: ›Ich fürchte, das ist eine Sache für uns geworden.‹ Wir liefen, begleitet von einigen der Sportfunktionäre, in den Raum, in den die Sanitäter den Mann getragen hatten.

Der Mann war tot. Ein Messerstich im Rücken, tief, professionell angebracht, wenn ich so sagen darf. Wer da zugestochen hatte, wußte, wie man zustechen muß, daß das Opfer sofort tot ist.

Nachzutragen habe ich, das habe ich vorhin vergessen, daß die eine Mannschaft aus England kam, die dortige Nationalmannschaft? Oder aus Schottland? Irland? Oder eine prominente Mannschaft von dort, und es ging um irgendeinen Europapokal oder dergleichen. Die andere Mannschaft war eine deutsche, jedenfalls war der Mannschaftskapitän ein Deutscher, wie ich später feststellen konnte.

Ich wußte natürlich, was ich zu tun hatte, ohne daß mir der Generalstaatsanwalt große Anweisungen geben mußte. ›Bericht erstatten lassen.‹ Der Arzt kam, die Mordkommission auf meinen Anruf hin. Draußen lief das weiter, was die Sportsfreunde als Spiel bezeichnen und was für diesen Sportsfreund hier, der auf der Bahre lag, blutiger Ernst geworden war.

Der Arzt stellte fest, was selbst uns Laien unschwer festzustellen möglich war: Der Mann war tot. Der Leiter der Mordkommission, erstaunt, daß der Generalstaatsanwalt hier war, zuckte nur mit den Schultern: Spurensicherung? Tatortüberprüfung? Ausgeschlossen und sinnlos. Der Tote wurde zur Überführung in die Gerichtsmedizin vorbereitet.

*

Mein Buch, mein schwierig zu lesendes Buch, wird Der Venusturm *heißen. Mehr weiß ich davon vorerst nicht. Ich weiß auch nicht, was ein oder was der Venusturm ist. Der sanfte erotische Beigeschmack*

241

*ist mir als Katze nur recht. Katzen, deren Pelze jede optische Ge-
schlechtlichkeit, wenn ich so sagen darf, fast gänzlich verbergen (Kater erkennt man allenfalls an dem größeren Kopf), sind dennoch oder
vielleicht deswegen hocherotische Wesen. Diese eine Leserin meines
Buches verbirgt nichts von ihrer Geschlechtlichkeit – doch das be-
halte ich vorerst für mich.*

*

»Der Generalstaatsanwalt, der Chef der Mordkommission und
ein wenig, soweit es meinem nachgeordneten Rang zukam, auch
ich berieten. Die Sportfunktionäre waren eher lästig. Sie kreischten und waren vor allem darum besorgt, daß dieses wichtige
Sportsereignis weitergehe.

Wegen den, aus welchem Grund immer, bei diesem Anlaß von
vornherein zu erwartenden oder zu befürchtenden Ausschrei-
tungen war viel Polizei aufgeboten worden. Vor allen Zugängen
standen Polizeifahrzeuge und Wachen. Der Chef der Mordkommission ließ über Funk alle abfragen: Niemand hatte inzwischen
das Stadion verlassen, nur ein Mann war von Sanitätern hinaus-
getragen worden. Er hatte bei der Aufregung einen Herzanfall erlitten. Nicht bei der Aufregung um den Toten, sondern weil die
von ihm nicht favorisierte Mannschaft ein Tor erzielt hatte. Der
Name des Mannes und die Namen der Sanitäter wurden jetzt
kursorisch, später genauer überprüft, ergaben keinen Anhaltspunkt.

›Der Mörder ist also im Stadion‹, sagte der Chef der Mordkommission.

›Wir können zwar die wenigen, die bis zum Ende des Spiels das
Stadion verlassen, überprüfen‹, sagte mein Chef, ›aber es ist völlig
unmöglich, die Ausweise all derer zu kontrollieren, die Personalien all derer festzuhalten, die nach dem Spiel in lebensgefährlicher
Flut hinausdrängen, vieltausend!‹

›Die Chance, den Mord aufzuklären, besteht nur noch in der
verbleibenden guten Stunde bis zum Ende des Spiels.‹

›Das Fernsehen hat doch die Szene gefilmt‹, sagte mein Chef.

Das ging schnell. Die Fernsehleute waren kooperativ. Das Stück Film wurde uns vorgeführt, noch einmal und noch einmal und in Zeitlupe: die Szene, in der die Meute die Absperrung durchbricht und auf jene Stelle des Spielfeldes läuft, auf der später dann der Tote liegt. Auch der Tote ist zu sehen – alles nicht sehr scharf. Dann die Sanitäter – der Generalstaatsanwalt läßt abbrechen, zurückdrehen, noch einmal abspielen ...

›Das Spiel muß unterbrochen werden‹, sagte nach einer weiteren kurzen Beratung der Generalstaatsanwalt zum Hauptsportmenschen, einem Baulöwen, an dessen spätere Todesanzeige ich mich erinnere: *Der Fußball war sein Leben*, stand da im schwarzen Rand. ›Wenn sein Leben weiter nichts war als das?‹ dachte ich. Sein Ableben bewahrte ihn übrigens, aber das ist eine andere Geschichte, vor einer längeren Haftstrafe wegen Betruges und Bestechung.

Aber zurück. Der Hauptsportmensch jammerte: ›Ein so wichtiges Spiel. Eine Unterbrechung! Eine Katastrophe – womöglich wird dadurch eine Torchance zunichte gemacht.‹ Er mußte auf einige scharfe Sätze des Generalstaatsanwalts hin nachgeben.

Das Spiel wurde unterbrochen. Die Durchsage lautete sinngemäß: Es ist ein Mord passiert. Der Mörder befindet sich noch im Stadion. Die Personalien aller Zuschauer müssen nachher festgehalten werden. Die Polizei bittet, die Ausweise bereitzuhalten, sich diszipliniert zu verhalten und Geduld zu üben. Und an den Nachsatz kann ich mich wörtlich erinnern, denn auf ihn legte mein Chef Wert: ›Ihr Nachbar kann der Mörder sein; wer eine auffällige Beobachtung macht, soll sie melden; jede Kleinigkeit ist wichtig.‹

Dies also dröhnte aus dem Lautsprecher über die Massen im Stadion hinaus. Dann ging das Spiel weiter, und wir schauten wieder und wieder die eine Sequenz des Fernsehfilms an.

›Es ist doch unmöglich‹, sagte der nun, da das Spiel weiterging, etwas beruhigtere Hauptfunktionär, ich glaube, es war der Präsident eines Vereins, ein leicht kindergesäßgesichtiger Übergewichtler, ›unmöglich, alle zu überprüfen, haben Sie doch selbst gesagt.‹

›Wir werden keinen einzigen überprüfen. Aber die Durchsage, daß es geschehen wird, ist unsere einzige Chance.‹

›Welche Chance?‹ fragte der Sportgewichtige.

›Daß der Mörder nervös wird.‹

Mein Chef und er gaben nun durch Funk nochmals die Anweisung, daß jeder, der vorzeitig das Stadion verläßt, festzuhalten und genau zu kontrollieren sei, seine Personalien zu registrieren seien.

Inzwischen erfuhren wir, daß der Vorfall von zwei anderen Kameras ebenfalls aufgenommen worden war. Wir ließen uns nun auch diese Sequenzen vorspielen. Die eine Aufnahme ergab nichts Neues, auf der anderen jedoch, die einen ganz andern Blickwinkel gehabt hatte, waren zwei Männer zu sehen, beide auffallend ganz in Schwarz, beide liefen mit der Menge, aber der eine drängte, wenn nicht alles täuschte, deutlich gegen den andern hin.

War er der Mörder?«

*

An dieser Stelle entließ der Oberstaatsanwalt seine Zuhörer für diesen Abend aus der Geschichte, und sie gingen alle ins Musikzimmer. Ich zog mich auf das Fensterbrett zurück und blinzelte in die Nacht hinaus, gewärmt von der Zentralheizung von unten.

Der Venusberg *ist bekannt, der* Venusturm *nicht. Dabei, habe ich gehört, gibt es einen solchen, irgendwo. Wo? Ob auch Dichter mein Werk lesen, meinen* Venusturm, *dieses überaus schwierige, gedankenvolle, um nicht sogar zu sagen: gedankenüberfrachtete Werk? Liest es womöglich eine Dichterin? Ich denke diese Dichterin. Sie ist rothaarig und leicht spitzköpfig, sie ist tatsächlich und von Natur aus rothaarig, nicht gefärbt. Als Katze, die einen absolut rothaarigen Bruder hat, kenne ich mich da aus, lasse mich nicht täuschen, obwohl rot-grün-blind. Die Dichterin ist rothaarig und dazu nahezu durchsichtig. Wenn sie redet, hat man das Gefühl, sie sterbe sogleich. Dabei ist sie jung. Sie schreibt Werke voll von so abgrundtiefer Melancholie, daß sich der Leser beim Lesen kaum aufrecht halten kann. Sie, die Dichterin, trägt einen müllsackfarbenen Flauschmantel von edelster Herkunft, wie der eingenähte Stoffstreifen ausweist, bodenlang und unförmig. Sie trägt ihn weniger, als daß sie ihn hinterherschleppt. Überhaupt schleppt sie sich gewissermaßen ständig hinter sich selbst her. Sie ist vor Melancholie oft kaum in der Lage, einen Kugelschreiber zu halten. Die Dämonen der Welt-Unlust umkreisen sie.*

Und die liest mein Buch?

O Dichterin. Wenn du am Fenster stehst, scheint die Abendröte durch dich hindurch. Die Morgenröte scheint nie durch dich hindurch, denn deine Nächte sind Beschwörungen der Finstergedanken, und wenn du gegen vier Uhr schon einschläfst, kannst du von Glück sagen. Dann ist es natürlich nicht möglich, so früh aufzustehen, daß die Morgenröte durch dich hindurch scheint. Es muß bei der Abendröte bleiben. Ab und zu bist du fähig, zum Stift zu greifen, schreibst an deinem neuen Werk, auf das, wie man weiß, die Welt wartet. Du gießest deine Melancholie in die Seiten, bis sie überschäumen, und das kann gefährlich werden, denn dieser Schaum kann aus den Seiten über dich hinüberschwappen und dich selbst wieder einmal in Todesnacht ertränken. Du bist unzählige Male gestorben. Eigentlich stirbst du ununterbrochen. Dein Leben ist der Tod, der nur manchmal zu einem Schatten von Leben heraufstirbt.

Apropos Schatten: Wirfst du, so durchsichtig, einen Schatten? Nein. Dein Werk ist dein Schatten, dein Werk, das das Wappen des unvergänglichen Schmerzes auf der Stirn trägt. Du sinkst nicht aufs, sondern ins Sopha, liest mein Buch, nein, mein Buch liest du nicht, so ein Buch, wie ich schreibe, liest du nicht. Du liest überhaupt nichts – außer die Druckfahnen deiner eigenen Bücher.

Wehe, wenn einer merkt, wie zäh du in Wirklichkeit bist.

Sie spielen drüben, der Vollständigkeit halber erwähne ich das, ein Streichquintett, ein sozusagen gefährliches, denn ein Satz davon ist ein Monument, das so lang schon auf dem Postament steht, daß es niemand mehr sieht – hört in dem Fall, nicht eigentlich mehr hört. Ich bin neugierig, ob die Fünf da drüben heute dieses Monument irgendwie anders aufstellen oder irgendwo anders hinstellen, so daß man es wieder bemerkt.

Der neunundzwanzigste Donnerstag des Oberstaatsanwalts Dr. F., an dem er die »Geschichte vom Mord vor siebzigtausend Zeugen« zu Ende erzählt.

»Nach der Halbzeitpause«, erzählte der Oberstaatsanwalt weiter, »wurde nach kurzer Beratung zwischen meinem Chef und dem Leiter der Mordkommission die Durchsage wiederholt und ein Zusatz ungefähr des Wortlauts angefügt: ›Erhöhen Sie Ihre Aufmerksamkeit. Es ist schon ein Verdacht aufgetaucht, eine Spur gefunden worden.‹

Eine glatte Lüge, wenn man nicht diese minimale Beobachtung, daß zwei schwarzgekleidete Männer aufeinander zugehen, als eine Spur zählt.

Die Posten vor den Eingängen wurden abgefragt: Nein, niemand habe während der Halbzeitpause das Stadion verlassen. Niemand?! Niemand. Im Wortsinn: niemand.

Die Stimmung in jenem Raum, ein größeres, salonartig eingerichtetes Zimmer hinter der Ehrenloge, wurde nun immer hektischer. Zwar war es einigen der Sportfunktionäre wichtiger, dem Spiel zuzuschauen, zwei, drei von ihnen erkannten jedoch den Ernst der Lage und blieben bei uns, schauten sich wieder und wieder die Filmausschnitte an, berieten, was gemacht werden könne. Was dann der Leiter der Mordkommission vorschlug, stieß bei den Funktionären zunächst auf heftigen Widerstand. Selbst die etwas Besonneneren fürchteten nun um die Gültigkeit des Spieles ... als ob das auch nur irgendwie wichtig wäre. Der Leiter der Mordkommission: ›Auch ich bin ein leidenschaftlicher Anhänger des Fußballs, wie Sie wissen‹, das stimmte, ›und dennoch sage ich: Was ist ein Spiel, selbst wenn es ein ...‹, nun weiß ich nicht mehr, ob es zu dieser Kategorie zählte oder zu irgendeiner anderen Wichtigkeit, ›... ein Europapokalspiel ist, gegen einen Mord? Was bedeutet ein Spiel gegen die in diesem Fall tatsächlich blutige Realität?‹ Das mußten die bejahrten Repräsentanten der Jugend der Welt schließlich seufzend einsehen.

Es wurde eine weitere Durchsage gemacht, die dritte: ›Niemand darf den Platz verlassen, wo er sitzt oder steht. Es kommt auf die Mitwirkung aller an. Wer seinen Platz zu verlassen versucht, ist sofort der Polizei zu übergeben.‹

Ein völliges Unding. Wie sollte das gemacht werden, ginge schon rein juristisch nicht. Das hat der Chefkriminaler einkalkuliert, sagte: ›Wir müssen den Mörder nervös machen. Unsere einzige Chance ist, daß er einen Fehler begeht.‹ Es wurde noch schwieriger für den Generalstaatsanwalt und den Leiter der Mordkommission, denn sie verlangten nun eine weitere Pause im Spiel. Die Funktionärshyänen rauften die Haare, schrien zu den düsteren Göttern des Sports, sahen die Welt untergehen, mindestens die Sportwelt, was jedoch bei ihnen völlig gleichbedeutend ist, mußten sich aber letzten Endes zwar nicht dem Argument beugen: ›Nächste Woche findet ein anderes Spiel statt – hoffentlich und sogar wahrscheinlich ohne Mord –, und dieses hier mitsamt den Unterbrechungen ist vergessen …‹, wohl aber allerdings der Drohung durch den Generalstaatsanwalt, das Weiterspielen schlichtweg verbieten zu lassen. ›Also gut, das heißt schlecht‹, sagte der Oberfunktionär, ließ durch den Lautsprecher verkünden, daß auf polizeiliche Anordnung das Spiel abgepfiffen und nach einer Pause von zwanzig Minuten wieder angepfiffen, oder wie man da sagt, werde. Außerdem ließ er auf unsere Bitte hin die beiden Mannschaftskapitäne und den Schiedsrichter herbeirufen.

Interessant übrigens eine Bemerkung, die einer der Funktionäre in dieser Situation machte. ›Kein Spiel wird vergessen!‹ sagte er vorwurfsvoll. Das blieb mir im Gedächtnis, und ich stellte später fest, weil ich darauf achtete, daß selbst in Kreisen sogenannter Gebildeter das Gedächtnis für Sportsereignisse hervorragend funktioniert. Leute, die nicht wissen, wann die Französische Revolution ausgebrochen ist, kennen die Ergebnisse von Fußballmatches über Jahrzehnte.

Es bedurfte wieder nahezu halszuschnürender Überredungskunst, um erst den einen, dann den anderen Mannschaftskapitän und endlich den Schiedsrichter dazu zu bewegen, in den Plan einzuwilligen, der darin bestand, eine neuerliche, noch krassere Fehlentscheidung des Schiedsrichters vorzutäuschen. Das Publikum, so unsere Überlegung, würde vor Zorn überschäumen, es würde einen Hexenkessel geben, und das Durcheinander würde der Mörder benutzen, um aus dem Stadion zu entkommen. Vielleicht.

›Und wenn nicht?‹ fragte der Schiedsrichter.

›Dann haben wir verloren. Aber wir haben alles getan, was wir konnten.‹

Und so schien es, daß wir verloren hatten. Fehlentscheidung, Tumult, Hexenkessel … aber niemand hatte, so die befragten Wachen, das Stadion verlassen.«

*

Katzen können zuhören, und das nicht nur, weil sie selbst nicht reden wollen. Hunde, zum Beispiel, können nicht zuhören. Sie gehorchen nur, wenn man sie anpfeift. Doch zuzuhören, so wie wir Katzen zuhören können, vermögen sie nicht. Mich juckt und drängt es aufzuschreiben, wer dort in der toscanischen Sonne mein Buch liest, meinen Roman Der Venusturm – *oder* Im Venusturm? Roman? *Oder eine Sammlung von Gedichten? Es sei dem, wie ihm wolle. Ich bezähme mich, um dem Oberstaatsanwalt zuzuhören, und ich lasse inzwischen die Dame in der Toscana mit meinem Buch allein.*

*

»Es gingen«, fuhr der Oberstaatsanwalt fort, »dann die üblichen Ermittlungen vor sich. Ich erfuhr später davon, hatte ja mit dem Fall dienstlich nichts zu tun. Aber der Generalstaatsanwalt ließ sich selbstverständlich ständig berichten, und wenn ich ihn traf, wie es sich gelegentlich ergab, erzählte er mir davon.

Auffallend war, daß der Tote keinerlei Papiere bei sich hatte, nichts, was geeignet gewesen wäre, ihn schnell zu identifizieren. Nur einige britische Münzen hatte er bei sich. Hatte der Mörder, taschenspielerschnell, auch die Brieftasche noch entwendet? Es war, wie sich viel später herausstellte, tatsächlich so. Gut, das Alter des Mannes konnte die Gerichtsmedizin auf dreißig plus minus fünf eingrenzen, das ergab im Übrigen auch der Augenschein. Aus den Etiketten der Kleidung und so fort und eben aus den aufgefundenen Münzen war zu schließen, daß der Mann Brite war. Über das Bundeskriminalamt und Interpol wurde nach Vermißtmeldungen in den Vereinigten Königreichen gefragt. Ohne Ergebnis. Aber wer weiß schon, wie bald oder nicht bald ein Mensch abgeht. Inzwischen ruhte der Arme in einer der kühlen Boxen der Gerichtsmedizin. Doch, wie so oft, kam Kommissar Zufall zu Hilfe. Nach einiger Zeit wurde just an der Stelle im Stadion, an der, wenn die Fernsehaufzeichnung von den zwei aufeinander zugehenden schwarzen Männern richtig gedeutet ist, der Mord stattfand, eine tief in den Boden getretene Kreditkarte gefunden – irgendwie bei der Rasenpflege oder dergleichen. Die Kreditkarte gehörte einem Mr. Y. und bezog sich auf eine Bank in Belfast, also Nordirland. Das Weitere ging rasch. Der Inhaber der Kreditkarte, also Mr. Y., war ein Student der Ingenieurwissenschaften, hatte in Belfast gelebt, allein, war seit dem Zeitpunkt des betreffenden Fußballspieles verschwunden. Man vernahm in Belfast seine Mitmieter, die Kassiererinnen im nächsten Supermarkt, machte – entfernte – Verwandte ausfindig und so fort. Vorhalt von Photographien erhärtete die Identität. Man fand heraus, daß er mit dem Flugzeug von Belfast hierhergeflogen war, den Rückflug – naturgemäß, leider – nicht angetreten hatte; er hatte in Belfast still und zurückgezogen gelebt. Das einzig Auffallende: mit zweiunddreißig Jahren noch Student? Und, obwohl in einem fast ausschließlich protestantischen Viertel lebend, Katholik.«

*

250

Jetzt fängt er an, ich kenne ihn ja, sein Lieblingsthema auszubreiten: die Schädlichkeit der Konfessionen, der menschliche Wahnsinn, Schuld und Sühne zu vererben und über Generationen die Animositäten der Vorfahren zu konservieren, die Frage, ob nicht nur die Konfessionen, sondern Religion überhaupt das Grundübel der menschlichen Gesellschaft ist ... Ich ziehe mich lieber ins andere Zimmer zurück, setze mich auf die Fensterbank und illuminiere mit meinen grünen Augen die Mainacht – Nein? – Nein? Es gelingt ihm, die Klippe zu umschiffen? Tatsächlich. Dann bleibe ich da.

*

»Das alles«, erzählte der Oberstaatsanwalt weiter, »brachte nicht viel, eigentlich gar nichts.«

»Was passierte«, fragte der Sohn des Hauses dazwischen, »mit der Leiche des armen Y.?«

»Eine gute Frage«, sagte der Oberstaatsanwalt, »ich nehme an, daß die Leiche nicht heute noch in dem Kühlfach der Gerichtsmedizin liegt. Soweit ich mich erinnere, sind damals, wie schon erwähnt, keine näheren Verwandten ausfindig gemacht worden, niemand, der für die Beerdigungskosten aufkommen hätte wollen und können. Ja – eine gute Frage. Sein Nachlaß war bescheiden. Vermögen hatte er nicht. Wovon er lebte, war völlig unklar – später wußten wir oder vermuteten zumindest, wovon er lebte, und das hing mit seinem Tod zusammen.«

»Leben hängt in der Regel mit dem Tod zusammen und umgekehrt«, murmelte Dr. Schiezer.

»Ja, wohl«, sagte der Oberstaatsanwalt, »nur was mit der Leiche passierte, weiß ich nicht. Darum hat sich nicht die Staatsanwaltschaft und nicht die Kriminalpolizei gekümmert. Gibt es eine Stelle etwa bei der Stadt? Oder beim Land? Beim Bund? Für sozusagen herrenlose Leichen? Ich weiß es nicht. Aber nun weiter in dem Fall. Das Interessanteste an den Erkenntnissen, die uns die Polizei von Belfast durchgab, war, daß Y. eine Zeitlang, ich glaube ein Jahr oder sogar zwei Jahre, in Deutschland gelebt hatte, und zwar in, glaube ich, Würzburg, in einem von Nonnen geleiteten Studentenwohnheim, in dem mehrfach katholische nordirische Studenten untergebracht waren. Die Kriminalpolizei ging dieser Spur nach und befragte die Schwester Oberin, die nur ziemlich zäh und sichtlich ungern antwortete: Ja, sie erinnere sich an Y. Ein Student eben ... Ire, ja ... nichts, was aufgefallen wäre ... Ja, doch, aber das ist wahrscheinlich uninteressant, es habe eine Freundin gegeben, Fräulein Z., auch Irin. Damenbesuch sei ungern gesehen worden, besonders ungern abends ... Ja, ja, gut, gut ... Fräulein Z.

Wieder Rückfrage bei der nordirischen Polizei, und da auf einmal wurde die Spur heiß – nein, heiß noch nicht, doch etwas wärmer. Die Polizei dort in Belfast kannte Miß Z., sehr gut sogar. Militante Katholikin, zumindest diesen Kreisen nahestehend. Davon, daß Z. mit Y. befreundet gewesen war, wußte die nordirische Polizei allerdings nichts. Sie wußte, daß Miß Z. in Deutschland lebte, konnte uns sogar die Adresse mitteilen: hier in der Stadt.

Ich sage ›uns‹ – verstehen Sie das nicht so, daß ich doch dienstlich mit dem Fall zu tun gehabt hätte. Nein, ich solidarisierte mich nur nachträglich mit den Ermittlungsorganen. Und es kürzt ab.

Also wurde Miß Z. vernommen. Eine kühle, selbstsichere und rothaarige Dame. Ja, sagte sie, sie habe vom Tod des Y. gehört. Entsetzlich und bedauerlich. Doch sie könne auch nicht weiterhelfen. Sie hätte seit Jahren keinen Kontakt mehr zu Y., und ihr Verhältnis zu Y. sei auch nicht so eng gewesen, wie die Schwester Oberin, vermutlich in ihrer Sittenstrenge übertreibend, vermutet habe. Nachzutragen ist, daß die Polizei in Belfast deswegen ein Auge auf Miß Z. hatte, weil sie nicht nur Katholikin war, sondern eben in Verbindung mit extremen katholischen Kreisen stand; zumindest bestand der Verdacht. Irgendwelche kriminellen Handlungen in dem Zusammenhang waren ihr allerdings nie nachzuweisen gewesen. Man fragte sie deshalb natürlich auch, ob sie

Anhaltspunkte dafür habe, daß der Mord politische Hintergründe gehabt haben könnte. Alles, sagte Miß Z., könne in Irland, vielleicht sogar auf der ganzen Welt, politische Hintergründe haben, auch dieser Mord. Eine so kryptische wie vermutlich richtige Antwort.

Ich habe Ihnen, liebe Freunde, schon einmal eine Geschichte erzählt, die den Wert von Zeugenaussagen illustriert. Sie erinnern sich vielleicht. Das Problem streift auch diesen Fall, und wie es zur Aufklärung kam, wie man den einen der schwarzgekleideten Männer fand, der den Mord vor siebzigtausend Zeugen beging, schildere ich Ihnen, wie es mir seinerzeit der Chef der Mordkommission geschildert hat. Ich war ja nicht dabei, kann es mir jedoch nach allem lebhaft vorstellen. Es ging damit an, das der bewußte Chef mit einem seiner Mitarbeiter am Fenster des Polizeipräsidiums stand und auf die Straße hinunterschaute. Sie schauten beide hinunter. Sie hatten vorher über einen anderen Fall diskutiert, die Sache mit dem Iren ging dem Chef jedoch nicht aus dem Kopf, auch wenn die betreffenden Akten nicht vor ihm lagen.

›Ein kleines Experiment‹, sagte der Chef.

›Wie bitte?‹ fragte der Assistent.

›Hat mit dem Fall im Fußballstadion zu tun. Sie wissen. Ein kleines Experiment also. Wir sind jetzt – wie lange? – vielleicht zehn Minuten hier am Fenster gestanden und haben auf die Straße hinuntergeschaut. Schräg unter uns ist die Ausfahrt des Präsidiums. Wie viele Autos sind in der Zeit aus dem Tor hinausgefahren?‹

›Wie viele Autos hinausgefahren sind? Keines.‹

›Keines?‹

›Keines!‹

›Denken Sie genau nach.‹

Der Assistent dachte pflichtgemäß genau nach und wiederholte nach einigen Sekunden: ›Keines.‹

›Doch‹, sagte der Chef, ›eines. Ein Funkstreifenwagen.‹

›Ach so‹, sagte der Mitarbeiter, ›ein Funkstreifenwagen schon. Nur …‹

›Ist ein Funkstreifenwagen kein Auto?‹

Und so war es dann in der Tat. Alle Polizisten, die seinerzeit an den Ein- und Ausgängen und Toren usw. gestanden hatten, wurden nochmals befragt, und einer sagte auf die Frage: ›Ist wirklich niemand aus dem Stadion herausgegangen? Niemand? Keine lebende Seele?‹ – ›Ach so, ja, nein, niemand – nur eine Krankenschwester.‹

Die Filmausschnitte von damals wurden nochmals herausgeholt, nochmals abgespielt: Tatsächlich läuft mit der Masse eine Krankenschwester mit. Der Chef der Mordkommission durchwühlt dann die Akten und klaubt jeden noch so spröden Hinweis heraus. Ein Taxifahrer hatte sich damals gemeldet und gesagt, daß er einige Straßenzüge vom Stadion entfernt eine Krankenschwester aufgenommen habe, die am Straßenrand gewinkt habe. Er erinnerte sich daran, weil sie sich im Taxi hinten ungeniert umgezogen habe. ›Sehenswert‹, hatte der Taxifahrer gesagt, ›und noch dazu rothaarig.‹

Ja, meine Freunde, dann wissen Sie alles. Natürlich fragte man sich nach dem Motiv der Tat. Der Y. war ein Spitzel der militanten Protestanten – oder man hielt ihn dafür. Die Z. hatte den Auftrag, ihn zu beseitigen. Bei der Durchsuchung der Wohnung der Z. fand man zwar nicht den Mordauftrag in sauberer schriftlicher Form, doch genug belastendes Material. Erzählenswert ist auch, wie die Kripo die Z., wenn man so sagen will, überführte – zu überführen versuchte. Die Z. wurde nochmals vorgeladen. Kam wieder kühl, selbstsicher und rothaarig; es wurden ihr alle möglichen nebensächlichen Fragen gestellt, auf die Miß Z. ärgerlich antwortete: ›Das habe ich doch alles schon gesagt.‹ Worauf der Chef der Mordkommission sagte: ›Kennen Sie das?‹ und öffnete die Tür zum Nebenzimmer, und dahinter stand eine Schaufensterpuppe in Schwesterntracht. Daraufhin blieb der Z. die Sprache weg, sie stotterte alles mögliche, blieb zwar rothaarig, jedoch nicht mehr kühl und selbstbewußt, und legte endlich weinend ein Geständnis ab … Das sie später widerrief – und im Prozeß wurde sie freigesprochen, weil dem Schwurgericht die Beweise und Indizien nicht ausreichten.

›Macht nichts‹, sagte mir später der Chef der Mordkommission, ›an solche Enttäuschungen sind wir gewöhnt. Das Wichtigste ist mir: Ich weiß es.‹ Und im Übrigen wurde die Z., kurz nachdem sie nach Belfast zurückkehrte, umgebracht. Von wem wohl? Das fiel nicht mehr in unsere Zuständigkeit. Aber seufzte doch schon der alte Olympier, daß Böses fortzeugend Böses muß gebären.«

*

Schubert a-Moll, das sogenannte Rosamunde-Quartett. *Ich heiße nicht* Rosamunde, *ich heiße Mimmi. Ich hieße lieber Rosamunde. Jene Frau, die ohne alle Kleider in der späten, immer noch warmen toscanischen Nachmittagssonne steht, mein Buch in der Hand, den Zeigefinger zwischen den Seiten zur Einmerkung, heißt auch nicht Rosamunde. Es kann auch sein, mein Buch, mein sehr schwierig geschriebenes Buch heißt nicht* Die Venustürme, *sondern* Die Venusstürme?

*

Hiermit endet der neunundzwanzigste Donnerstag des Oberstaatsanwalts Dr. F. und die Geschichte vom Mord vor siebzigtausend Zeugen.

Der dreißigste Donnerstag des Oberstaatsanwalts Dr. F.,
an dem er die »Geschichte der Zigeunerin Helga« erzählte;
eine Ballade nannte der Oberstaatsanwalt diese Geschichte,
schickte voraus: am heutigen Jahrestag sowohl der See-
schlacht von Salamis als auch der Kanonade von Valmy,
was jedoch – auch dies wiederum – mit dieser Ballade
nichts zu tun hat.

»Sie hieß, liebe Freunde, wirklich Helga und hatte einen Familiennamen, der nur genaueren Kennern als einer der typischen
Zigeunernamen auffällt. Auch sonst ist dieser Name im Deutschen recht geläufig. Sagen wir, sie hieß Helga S. Sie hieß nicht S.,
aber bleiben wir dabei. Daß ich Zigeunerin sage und nicht *Sinti
und Roma*, daß ich mir diesen Verstoß gegen die *Political Incorrectness* herausnehme, habe ich schon erwähnt und begründet.
Außerdem wäre es unhandlich zu formulieren …

Helga S. war etwa vierzig Jahre alt und sah nicht aus wie die
landläufige Vorstellung von einer vierzigjährigen Zigeunerin.

Zigeunerinnen mit vierzig sind meist Matronen und mehr-
fache Großmütter mit Goldzähnen, weiten roten Röcken und
bunten Kopftüchern. Helga S. war eine schlanke, unauffällige
Frau, dunkelblond und still. Doch sie war ihrem Blut und ihrer
Abstammung nach noch durchaus eine reinrassige Zigeunerin.

Ich lernte sie kennen, da saß sie in Untersuchungshaft. Ich war
damals, das war Anfang der siebziger Jahre, kurze Zeit Ermittlungsrichter für Strafsachen und – ich weiß nicht, ob ich das
schon einmal erwähnt habe – Haftrichter für weibliche Gefangene, was aufregender klingt, als es war. Das zu schildern, gehört jedoch in eine andere Geschichte. Nur so viel hier, wenngleich es nicht mit der Geschichte der Helga S. zusammenhängt:
Eines Tages wurde unter dem Druck irgendwelcher humanitärer
Frauengruppen (wir schrieben ja etwa 1970, deren Sorgen wollte

ich damals schon haben) die bis dahin geltende Verfügung aufgehoben, daß weibliche Untersuchungsgefangene keine Schminkutensilien haben durften. Die Folge glich einer Explosion. Die Häftlinginnen konnten sich Lippenstifte, Rouge, Nagellack usw. kaufen, und von Stund' an liefen sie herum, bemalt wie Indianer.

Zurück zu Helga S. Vordergründig war sie nichts als eine sogar ziemlich gemeine Trickbetrügerin. Sie baute dabei auf ihr unauffälliges Aussehen, ihre durchaus dezent-gepflegte Erscheinung und ihre stille Art. Sie beobachtete meist in kleinen Lebensmittelläden oder kleineren Märkten die Kunden und suchte sich eine offenbar alleinstehende alte Frau aus. Sie war auch nicht blöd, die Helga S., und ihr Scharfsinn und ihre feine Beobachtungsgabe gaben ihr meist recht – ererbte Spürnase der Zigeunerin? Notwendig für das Leben dort, wo es angeblich so lustig ist, weil man dem Kaiser und auch dem Bundeskanzler keinen Zins zu geben hat? Die Alte mit dem komischen Hut, die zwei einzelne Kartoffeln und eine Scheibe magere Wurst gekauft hatte, lebte allein. Helga S. folgte ihr unauffällig, was bei einer alten Frau nicht schwer ist. Unterwegs kaufte Helga S. ein kleines Blumensträußchen – die, wenn man so sagen kann, einzige geschäftliche Investition.

Der sechzehnjährige Sohn Helga S.s, von dem noch die Rede sein wird, wartete irgendwo in einem Bahnhof, vielleicht sogar in einem Café – im Sommer selbstverständlich auf einer Bank im Park.

Nein, der Blumenstrauß war nicht die einzige Investition. Helga S. hatte auch noch einige billige, maschinengehäkelte Zierdecken in einer Tasche bei sich.

Der Name der alten Frau, auf die es Helga S. abgesehen hat, steht neben dem Klingelknopf. Helga S. wartet eine Weile, bis, so rechnet sie aus, die Alte die schwierige Aufgabe gelöst hat, die zwei Kartoffeln und die Wurst zu verräumen, dann läutet sie. Sie hat sich selten verkalkuliert: Die alte Frau ist froh, daß bei ihr jemand läutet. Wer läutet sonst schon bei einer alten Frau, die allein lebt? Eine Wanduhr, das Erbstück, tickt.

›Verzeihen Sie‹, sagt Helga S. freundlich und ganz unaufdringlich, ›sind Sie Frau Heininger?‹

›Ja, bin ich‹, sagt Frau Heininger.

Helga S. streckt ihr das Sträußchen Blumen entgegen. ›Für Sie.‹

›Für mich?‹

›Ja, wenn Sie Frau Heininger sind, ist es für Sie. Von Ihrer alten Freundin. Und ich soll Ihnen einen Gruß ausrichten. Von Ihrer Freundin aus Düsseldorf.‹

Das sagt Helga S. so in die blaue Luft hinein. Es funktioniert eigentlich immer.

›Aus Düsseldorf? Ich habe doch gar keine Freundin in Düsseldorf …‹

›Verzeihen Sie – warten Sie, ich glaube, das habe ich verwechselt. Nein, nein – die Blumen sind schon für Sie – Frau Heininger – Berta Heininger?‹

›Gerda heiße ich …‹

›Natürlich, wo habe ich meine Gedanken. Frau Gerda Heininger. Das hat schon seine Richtigkeit.‹

›Düsseldorf – nein …‹

›Oder Frankfurt?‹

›Ich habe eine Cousine in Regensburg. Die Ilse …‹

›Richtig! Regensburg. Wo habe ich nur meine Gedanken. Richtig. Ihre Cousine Ilse – wie heißt sie gleich?‹

›Perlmoser.‹

›Logisch. Perlmoser. Ich habe sie im Zug kennengelernt. Von Düsseldorf nach Frankfurt. Deswegen habe ich es verwechselt.‹

›Was? Die Ilse ist so weit mit dem Zug gefahren? Wo sie so schlimm Wasser in den Beinen hat …‹

258

›Ja, stellen Sie sich vor, und das ist besser geworden. Entschieden besser …‹

Den Dialog, liebe Freunde, habe ich erfunden. Sie wissen, ich spreche gern Dialoge: sozusagen allein mit verteilten Rollen. Es muß sich jedoch ungefähr so zugetragen haben, immer nach dem gleichen Muster.

Und Helga S. erzählte Märchen über Märchen von der Cousine Ilse, und die Alte gibt, ohne es zu merken, Stichwort um Stichwort, und sie ist zum Schluß überzeugt davon, eine enge Freundin ihrer Cousine Ilse vor sich zu haben; vor allem aber ist sie erfreut, daß endlich wieder einmal ein Nachmittag nicht so langweilig ist wie die anderen vielen, vielen öden Nachmittage ihres einsamen Greisendämmers.

Das weitere Vorgehen Helga S.s richtete sich nach den Gegebenheiten. Es gab Varianten. Entweder verkaufte sie der Greisin die Billigdecken als brabantische Kostbarkeiten zu einem ›hervorragend günstigen Preis‹ oder sie erbettelte ein Darlehen. Man ahnt nicht, wieviel Geld einsame alte Frauen horten und aus Mißtrauen gegen Banken in Pappschachteln unterm Sofa verstecken. Und wenn die Alte dann die Pappschachtel hervorzog, um die echte Brabanter Spitze zu bezahlen, gelang Helga S. nicht selten ein zusätzlicher Griff, und oft verschwand wohl auch die ganze Schachtel. Immerhin war es ein schöner Zug von ihr, daß sie dann – sie mußte ja in ihrer großen Tasche Platz für die Schachtel machen – der Greisin den restlichen Packen Brabanter Spitzen schenkte. Eine der Geschädigten brachte die Spitzendecken mit zur Staatsanwaltschaft und war fest davon überzeugt, daß der Staatsanwalt gegen Überlassung der Spitzen das gestohlene Geld ersetzen werde.

Einmal gelang es Helga S., einer alten Frau, die ausnahmsweise ihr Geld auf der Bank deponiert hatte, so vertrauenswürdig zu erscheinen, daß sie ihr eine von Helga S. vorgeschriebene Vollmacht unterzeichnete. ›Weil ich nicht genug Geld hier habe, um die wertvollen Spitzen zu bezahlen; und Sie sind wirklich so freundlich, für mich auf der Bank das Geld zu holen?‹ Helga S. räumte das Konto leer. Dieser Fall unter den zahllosen einzelnen Delikten in der dicken Akte *Helga S. wegen fortgesetzten Betruges u. a.* war insofern besonders grotesk, als das Opfer, die alte Frau, vom Abräumen des Kontos nichts gemerkt hatte. Erst die Erben, die mit einigen Zehntausend gerechnet und bereits einen Segeltörn in die Karibik geplant hatten, kamen nach ihrem Tod dahinter.

So spielt das Leben. Helga S. wurde geschnappt, als sie in einer Apotheke ein gefälschtes Rezept vorlegte. Da war nämlich die Sache mit dem Sohn. Er war ihr ein und alles. (Von einem Vater war nie die Rede.) Und er litt an einer sehr seltenen Krankheit; fragen Sie mich nicht nach medizinischen Einzelheiten. Die Krankheit erforderte, daß der Bub in bestimmten – eher kurzen – Abständen eine Spritze bekommen mußte.«

»Aha«, sagte Dr. Schiezer, »kann mir denken, was das war.«

»Was?«

»Ersparen Sie es mir. Nichts ist langweiliger als fremde Krankheiten.«

Helga S., ständig auf der Flucht kreuz und quer durch Deutschland, Österreich, der Schweiz, war verständlicherweise außerstande, die rezeptpflichtige Spritze legal zu beschaffen. Es war nichts anderes als übermenschliche Mutterliebe gepaart mit der aus der Notwendigkeit herausgemeißelten Phantasie, daß es ihr immer und immer wieder gelang, unter diesen Bedingungen, den denkbar schwierigsten, noch dazu im Wettlauf mit der Zeit (die Spritze mußte in ganz genauen zeitlichen Abständen verabreicht werden), dem Sohn die lebenswichtige Behandlung zu verschaffen. Es war unglaublich zu lesen, was für Lügen und Ausreden sie Ärzten und in Krankenhäusern auftischte, um für den Sohn die Spritze zu bekommen, und das, es ist nicht zu glauben, über Jahre hinweg.

So stand die kleine, schlanke Frau, eine stille, unscheinbare Person, vor mir. Sie leugnete nichts. Ihre einzige Sorge galt dem Sohn, ob er regelmäßig seine Spritze bekomme. Das war zum Glück vom Jugendamt geregelt.

Ab und zu kam Besuch für Helga S. Als Haftrichter mußte ich die Genehmigungen ausstellen. Sie kamen immer zu dritt oder zu viert, meist in einem übergroßen Mercedes. Es waren Verwandte, andere S.s, diese allerdings unverkennbar Zigeuner: gestreifte Anzüge, weiße Schuhe, schwarzer Borsalino, weißes Hemd, viel Gold an den Fingern – immer nur Männer, versteht sich, mit Koteletten und neiderregenden Schnurrbärten.

Der Amtsgerichtsdirektor, der unserer Abteilung vorstand, war ein Relikt aus der Nazizeit, brüstete sich gelegentlich seiner Mitwirkung bei Hinrichtungen und hatte panische Angst vor den Zigeunern, die zu Besuch zu Helga S. kamen; er verflüchtigte sich immer sofort und zischte mir nur Warnungen vor den Messern zu. Doch ich kam gut aus mit den gestreiften Herren, die alle fahrende Teppichhändler waren. Ich machte ihnen in Ruhe verständlich, daß immer nur einer zu Helga S. durfte, legte ihnen auch die Sorge um ihren Sohn ans Herz. Helga S. war, wie sie mir sagte, nicht ganz beruhigt. Sie war sich nicht sicher, ob der Sohn bei den fahrenden Onkeln wirklich so versorgt werde, wie er es brauchte.

Helga S. wurde vor der Strafkammer angeklagt. Der Prozeß war eine Sensation, Helga S. ließ jedoch alles stumm über sich ergehen. Nur der Pflichtverteidiger drückte auf die Tränendrüse. Es half wenig. Es war Helga S. auch nicht mehr zu helfen. Sie bekam ein Bündel Jahre aufgebrummt. Der Sohn starb kurze Zeit später. Ob es wirklich mangelnde Fürsorge war oder der bedauerliche Verlauf der Krankheit, weiß ich nicht. Helga S. erhängte sich am Tag nach ihrer Haftentlassung ...«

Jetzt waren alle still. Die Katze drehte sich einmal um sich selbst und ging leise hinaus.

»Ja, ja«, sagte dann der Oberstaatsanwalt, sonst nichts. Keiner der anderen sagte etwas, und erst als die Hausfrau mit einem Ruck aufstand, strömte das normale musikalische Leben wieder in die Seelen der Menschen im Zimmer, und man ging hinüber zum ersten der beiden Streichsextette von Johannes Brahms.

Der einunddreißigste Donnerstag des Oberstaatsanwalts Dr. F., an dem er das Denkmal für den von allen, die ihn kannten, unvergeßlichen Rechtsanwalt Hermann Lux aufzurichten und sodann die eng mit Lux zusammenhängende Geschichte vom »Fröhlichen Abend« zu erzählen beginnt.

»Ja, die Geschichte der Zigeunerin Helga S. Ich werde diese Frau in meinem ganzen Leben nicht mehr vergessen, in ganz anderer Weise als Frauen im Männerleben gemeinhin unvergessen zu bleiben pflegen ... unter Umständen.«

*

Die Venustürme. *Es handelt vielleicht, sofern ein so schwierig zu lesendes Buch überhaupt von etwas handelt, von einem König oder Kaiser – oder vielleicht auch von einem Papst... Ja, Papst wäre gut, von einem Papst also, der zu Ehren der Venus rund um seine Hauptstadt oder besser noch um seinen einsam in den Bergen gelegenen Sommersitz eine Reihe von Türmen errichtet. Offiziell heißt es, diese Türme seien zu Ehren des Planeten Venus errichtet und in jedem Turm befinde sich ein Observatorium, dessen Fernrohr... Ja, es sind zwölf Türme, zwölf Venustürme, und jedes Fernrohr jedes Observatoriums ist so ausgerichtet, daß es reihum in jedem Monat am zwölften auf den Zenit des Venussternes ausgerichtet ist, und der König oder Kaiser oder Papst steigt an dem betreffenden Tag zum Fernrohr hinauf – nicht allein, denn in Wirklichkeit sind die Türme durchaus der Göttin Venus gewidmet, und in jedem Turm wohnt ...*

Ich habe die schöne Frau ganz aus den Augen verloren, fällt mir ein, die ohne alle Kleider in der Nachmittagssonne der Toscana steht, in der Ungeniertheit einer Katze, gekleidet in ihre Schönheit, wenn ich das kurz einmal so geschraubt ausdrücken darf. Sie ist gar nicht allein, keineswegs, eine Gruppe von Freunden, auch ihr Mann ist auf der Terrasse, alle leicht, aber eben doch bekleidet, nur die schöne Frau mit dem Zeigefinger im Buch ist völlig unbekleidet, verbirgt nichts, hält nicht das Buch vor ihre Weiblichkeit, ungeniert, wie gesagt, und der Schatten des einen Oleanders sprenkelt ihren Leib. Einen Sonnenhut hat sie auf und Sandalen mit hohen Absätzen an den Füßen. Die Sandalen bestehen aus ganz dünnen goldenen Riemen, ganz dünn, so, als ob die Dame darauf sehen würde, daß selbst die Sandalen nichts von ihrem Körper verbergen. Arglos, schamlos, selbstsicher im Mantel ihrer bezaubernden – darf ich das sagen? – Enthüllung. Ungeniert strahlend wie die Venus am Himmel.

Und sie liest mein Buch. Sie ist bis zu der Stelle gekommen, wo der König oder Kaiser oder Papst der vierten Venus die schreckliche Geschichte davon erzählt, wie der Tod gestorben ist. Sie wird sich – täusche ich mich, oder ist es so, daß sie ein klein wenig stolz ihre Brüste der Sonne zeigt? – in den Liegestuhl legen, das Buch, mein Buch dort aufschlagen, wo sie ihren mit weißem Nagellack geschmückten Finger eingeklemmt gehabt hatte, und weiterlesen …

Aber ach! Ach! Ich muß ja das Buch erst schreiben.

*

»Lux, Hermann Lux, Rechtsanwalt Hermann Lux, ein Monument für ihn, der selbst schon zu Lebzeiten ein Monument war, und das im doppelten Sinn. In seinem gargantuelischen Körper verbarg sich die weichste Seele der Welt, und wenn er nicht einen scharfen, kurzen Bart gehabt hätte, silbergrau gesprenkelt schon, dann hätte sich diese weiche Seele in seinem Gesicht den Weg ins sichtbare Äußere gesucht, denn es war, ohne Bart, das Gesicht eines Kindes. Er aß und trank für – ja, für wie viele? Das ist die Frage. Sein Leibesumfang war gewaltig und seine Größe an die zwei Meter. Er war nie betrunken. Er war nüchtern, bis ihm der Champagner oder auch das Bier oder der Wein – er verachtete nichts, was trinkbar war – bis zum Scheitel stand, und dann legte er sich hin und schlief. Es gibt unzählige Anekdoten über ihn, so, um nur ein Beispiel zu nennen, die Sache mit dem Sportwagen und dem Hund. Obwohl eigentlich ein Katzenmensch hatte er aus einer seiner meist nur kurze Zeit beglückenden Ehen einen Hund sozusagen geerbt. Seine Exfrau hatte an Wertgegenständen und Hausrat alles mitgenommen, was ihr brauchbar erschienen war. Lux ließ sie gewähren – aus Gutmütigkeit einesteils und nach dem Grundsatz andernteils: ›Fort mit Schaden‹. Nur den Hund, vorher ihr angeblicher Liebling, ließ sie zurück. Das weiche Herz Luxens brachte es natürlich nicht über sich, den Hund – eine bärengroße Bernhardinermischung – ins Tierheim zu geben oder gar einschläfern zu lassen. Er behielt ihn, und so war Lux also mit diesem Tier behaftet.

Nach der Trennung von der Frau – Lux zählte seine Frauen nicht, er bezeichnete sie anders, jene war die ›Lufthansa‹ – lebte Lux eine Zeitlang allein, und er konnte seinen Hang zum Sportauto ausleben. Das heißt, er verkaufte sein großes Auto und kaufte einen winzigen Flitzer, einen Morris oder etwas in der Richtung, höllenrot und höllisch schnell und zweisitzig, und so fuhr Lux, den Hund auf dem Beifahrersitz, in der Gegend herum. Lux und Hund füllten das kleine rote Blechauto bis zum Platzen. Und so kam er eines Tages – in einer Nacht vielmehr – in eine Polizeikontrolle. Lux kam von einem seiner vielen Stammtische und war randvoll, dabei, wie erwähnt, aufrecht wie ein Baum. Die zwei Polizisten ließen ihn dennoch in das gefürchtete Röhrchen blasen, wobei Lux, der sich aus seinem Schnellflitzer herausgeschält hatte, mit Galgenhumor von seiner Turmhöhe herab zu den Polizisten sagte: ›Sie brauchen mich eigentlich gar nicht blasen lassen, ich bin sturzbetrunken. Hier ist mein Führerschein.‹ Der Hund schaute interessiert aus dem Auto heraus, saß im Übrigen brav auf seinem Beifahrersitz. Der Test ergab das, was zu erwarten war, und die Polizisten sagten, daß Lux nun nicht mehr weiterfahren dürfe, und der eine Polizist sagte zu dem anderen: ›Fahr' du das Auto zur Wache.‹ Der zweite Polizist wollte einsteigen, doch der Hund begann sofort, die Zähne zu fletschen. Offensichtlich beunruhigte es ihn, einen Fremden am Steuer zu sehen. Fluchtartig verließ der Polizist den Fahrersitz, der Hund knurrte hinterher.

›Nein‹, sagte der zweite Polizist zum ersten, ›ich fahr nicht, fahr du.‹ Lux sah der Szene zu und spürte, erzählte er später, wie die Felle der Polizisten zwar noch nicht davonschwammen, aber sich schon etwas, wenn man so sagen kann, vom Ufer lockerten.

Es ging eine Weile hin und her zwischen den Polizisten, dann stieg der erste, der offenbar Ranghöhere, doch ein und wollte losfahren. Bei ihm knurrte der Hund nicht, ihn schleckte er, als habe ihn Liebe ergriffen, vehement ab. Unter ›Pfui-Teufel‹-Rufen verließ nun auch dieser Polizist das Auto, wischte sich ab und sagte zu Lux: ›Der Hund muß aus dem Auto.‹ ›Er geht nicht‹, sagte Lux, ›er steigt erst aus, wenn wir in der Garage sind.‹ ›Er muß gehen‹, sagte der Polizist. ›Versuchen Sie's‹, sagte Lux ruhig. Der Polizist zog am Hund an der Beifahrertür. Nun knurrte der Hund deutlich unwillig. Der Polizist sprang zurück.

›Glauben Sie‹, fragte der ranghöhere Polizist, schon fast schmeichelnd, ›daß Sie den Hund auf den Schoß nehmen könnten und beruhigen, während ich fahre?‹

›Sehen Sie, wie groß ich bin? Und sehen Sie, wie groß der Hund ist? Wir haben jeweils allein kaum Platz auf den Sitzen.‹

›Hm‹, sagten die Polizisten, ›wir können den Hund im Auto nicht gut hier herumstehen lassen.‹

›Wäre sehr grausam‹, meinte Lux.

›Wissen Sie was‹, sagte dann der ältere Polizist ganz schnell, zerriß das Protokoll, ›schauen Sie, daß Sie weiterkommen mit Ihrem Hund.‹

Tja, eigentlich wollte ich ja die Geschichte vom *Fröhlichen Abend* erzählen«, meinte der Oberstaatsanwalt, »und ich unterbreche also die Aufrichtung des Lux-Monuments – so ein Monument zu errichten, geht ja ohnedies nicht in einem Zug –, um jene Geschichte zu erzählen, die übrigens auch untrennbar mit Hermann Lux verbunden ist.

Es war an einem Heiligen Abend. Die, wie es im Liede heißt, stille und heilige Nacht war kalt, und keine einzige Gastwirtschaft war geöffnet, was die Unbehausten jedes Jahr vor Probleme stellt. Nicht weil sie gehofft hatten, daß der Wirt ihres Stammstehausschankes überraschender- und völlig unwahrscheinlicherweise sein Lokal nicht zugesperrt haben könnte, sondern weil ihre Schritte um die Tageszeit des Dämmertrunkes wie von selbst und quasi unlenkbar oder unumlenkbar in diese Richtung und bis vor diese, nun heute, am einzigen Tag des Jahres verschlossene Tür führten, trafen einige solcher Unbehauster in bierloser Unwirklichkeit vor dem *Nassen Eck* aufeinander oder wie immer das Etablissement hieß, wo sie ihre viel zu viele Zeit sonst in Bier ertränkten. ›Irgendein Stehausschank muß doch offen haben, irgendein Lokal, irgendwo in der Stadt‹, meinte der eine, Egon der Zapfhahn genannt, weil er zu Zeiten des Oktoberfestes als Hilfsschankbursche arbeitete. ›Zum Bahnhof‹, meinte die einzige Frau in der Gruppe, Milleder, Sieglinde vulgo Knopfsiegi (wegen ihrer kleinen Augen). Also zog die Gruppe in Richtung Hauptbahnhof durch die ausgestorbene Stadt, in der die bis zum Vormittag glitterbunten Weihnachtsdekorationen ihr nahes Ende als Müll ahnen ließen, kaum Autos und Straßenbahnen unterwegs waren und nur die Neonleuchten an ihren Drähten im Eiswind klirrten.

Auf dem Weg zum Hauptbahnhof kamen die Unbehausten am alten, heute nicht mehr vorhandenen ›Mathäser-Bierkeller‹ vorbei, und einer aus der Gruppe drückte im Vorbeigehen aus Jux auf die Klinke einer Seitentür, und – sei es, daß das Schloß defekt war, sei es, daß einfach vergessen worden war, diese Tür abzusperren – sie gab nach und den Weg frei.

Egon der Zapfhahn orientierte sich sehr schnell, band sich eine Kellnerschürze um, die hinter dem Tresen lag, und räumte die Stühle von den Tischen. Die Ordnung in allen Wirtshäusern ist ungefähr gleich, wußte Egon, die Lichtschalter waren schnell gefunden, auch die Tischdecken und die Biergläser sowieso. Leider war die Bierleitung nach unten abgedreht und der Zugang zum Hauptschalter versperrt. Im großen Kühlschrank war jedoch genug Flaschenbier, und es ließ sich sogar die Heizung aufdrehen. Der fröhliche Abend begann, aber er sollte noch unerwartete Weiterungen nach sich ziehen, und das wollen wir, da inzwischen das Eßzimmer zum Musikzimmer umgeräumt worden ist und der Hausherr, seine Geige schon in der Hand, zu uns herübergeschaut hat, fürs nächste Mal aufsparen.«

*

Grau ist eine bescheidene, daher oft mißachtete oder sogar verachtete, in Wirklichkeit edle Farbe. Auch das Grau hat viele Abstufungen, vom Silbergrau bis zum Gewitterwolken-Grau. Grau kann beängstigen, und Grau kann beruhigen. Das Grau der Dämmerung löscht das Licht des Lebens aus. Zugleich Trost, weil es seinen Staubmantel über allen Lebenskrempel deckt. Die ekelhafte und so intelligente Ratte ist grau und die edelsten Katzen sind grau. Wer sich überwindet und gut geschützt an einem Regentag durch die grau tropfende Allee unter dem, wenn man es recht sieht, anheimelnd niedrigen Himmel entlangspaziert, erfährt die ganze Poesie der Farbe Grau, wenn er will. Von so edlem Grau ist die Sonate für Violine und Klavier Opus 78 in G-Dur, Grau in allen Abstufungen mit einigen zarten Einsprengseln in unaufdringlichem Rostrot und von Mondgelb, gelb wie der Mond, wenn er hinter ganz dünnen Wolkenschleiern fast nicht mehr leuchtet.

Schottisch karierte Katzen gibt es nicht; und doch, wenn man meinen Bruder in nicht allzu großer Entfernung durch herbstlich blattloses Gebüsch streifen sieht, könnte man auf den ersten Blick annehmen, Boris, mein Bruder, trage den Tartan MacLachlan. Der Passagier auf der »HMS Gilchrist« auf der Überfahrt von den Shetlands nach Aberdeen sitzt an Deck und wickelt sich zum Schutz gegen die Zugluft in ein Plaid in eben diesem Tartan. Vielleicht ist er ein MacLachlan, vielleicht ist er auch nur unachtsam und hat sich das Plaid in diesem Tartan gekauft, weil ihm das einfache schwarz-rote Muster gefallen hat; oder er hat es geschenkt bekommen. Jedenfalls liest er die englische Übersetzung meines schwierigen Buches. Ich hoffe, die Venustürme sind durch die Übersetzung nicht noch schwieriger geworden, so daß der Gentleman – er trägt natürlich auch eine Mütze, aus Harris-Tweed in Hahnentrittmuster – nicht nur mit dem Wind zu kämpfen hätte, der immer die Seiten vorzeitig umwenden will, sondern auch mit dem Verständnis. Stammt der Gentleman von den Shetlands und reist nach Schottland? Vielleicht in Geschäften? Oder er ist Professor an der alten, schon 1410 gegründeten Universität von Saint Andrews und kommt von seinem Urlaub zum Vorlesungsbeginn zurück. Welches Fach lehrt er? Wer zu so einem einesteils schwierigen, andernteils poetischen Buch wie den Venustürmen greift, lehrt nicht ein Allerweltsfach wie …. nein, ich will niemanden beleidigen, nenne daher kein Beispiel. So ein Gelehrter ist vom mathematischen, astronomischen oder theoretisch-physikalischen Fach. Er steigt in die kosmischen Welten der Lichtjahre und Galaxien hinaus, jongliert mit zehn hoch siebenundvierzig oder hundertsiebenundvierzig oder vertieft sich in die vor Winzigkeit nicht mehr sichtbaren Bauteile unserer Welt, in den Bereich dieser Mikrolinge, von denen man nicht weiß, ob sie Materie oder Energie oder womöglich noch etwas Drittes sind; wenn sie doch Materie sind, dann so klein, daß sie zwischen den Lichtstrahlen hindurchschlüpfen, wie ich zwischen Regentropfen durchschlüpfe, um nicht naß zu werden; oder er balanciert Primzahlen in seinem Gehirn herum und dergleichen und ist drauf und dran, das sogenannte Umkehrproblem der Galois-Theorie für die rationalen Zahlen zu lösen. So einem traue ich zu, daß er – nicht, wie ich vorhin angenommen, von den Shetlands stammend – seinen wohlverdienten Urlaub auf eben diesen Inseln verbracht hat, womöglich auf der nördlichsten, die den sperrigen Namen Unst trägt und auf gleicher Höhe liegt wie die Südspitze Grönlands, wo sonst kein Mensch hinfährt, um Urlaub zu machen, und von welcher Gegend selbst der

Reiseführer zu sagen sich verpflichtet fühlt: »Auch dem Liebhaber nordischer Gegenden erschließen sich die Schönheiten der Insel Unst nur schwer.« Vielleicht hat er auch einen Ausflug auf die Fair Isle gemacht, wo man erst jüngst zum Erstaunen aller Ethnologen eingeborene Spanier entdeckt hat. Sie sind die Nachkommen von Schiffbrüchigen der Großen Armada von 1588, tanzen Fandango und stehen nun unter Naturschutz.

Nichts könnte gegensätzlicher sein zu dem zugigen Schiffsdeck auf der rußigen »HMS Gilchrist« als der toscanische Spätnachmittag, an dem die immer noch sehr warme Sonne die hüllenlosen Brüste jener schönen jungen und auch sonst völlig hüllenlosen Dame bescheint, die jetzt, keinen Gedanken an ihre weithin sichtbare Hüllenlosigkeit verschwendend, die Passage lesen wird, die besonders gut gelungen ist, wie mir in aller Bescheidenheit scheint, die Abhandlung darüber, warum die Sknas, eine spezielle Raubmöwenart des Nordens, immer nur in Schwärmen fliegen, deren Anzahl eine Primzahl bildet. Ich schildere das anhand eines Gelehrten, der an Deck eines Schiffes sitzt und von seiner Lektüre eben durch einen Schwarm von Sknas aufgeschreckt wird. Es sind fünf Sknas.

Der zweiunddreißigste Donnerstag des Oberstaatsanwalts Dr. F., an dem er, nicht ohne vorher zu erwähnen, daß es sich heute um den Jahrestag des ersten Konzertes handelt, das Felix Mendelssohn Bartholdy mit dem Gewandhaus-Orchester in Leipzig gab, die Geschichte vom »Fröhlichen Abend« zu Ende erzählt.

»Ich weiß nicht«, fuhr dann der Oberstaatsanwalt fort, »warum so manche über Mendelssohn die Nase rümpfen. So ein blödes Gerede vom Romantiker unter den Klassikern und Klassiker unter den Romantikern – ich habe fast den Eindruck, man verzeiht ihm nicht, daß er so spät geboren wurde. Daß ihn Richard Wagner und daraufhin die Wagnerianer und ein ganzer Rattenschwanz von Musikkennern oder sogenannten Musikkennern nicht mochte beziehungsweise mochten – bemerken Sie, daß ich das Wort beziehungsweise richtig verwende? Nicht, wie so oft Gedankenlose anstatt des leidgeprüften *oder* ...«

»Können Sie das näher erklären?« fragte Herr Bäßler.

»Dann komme ich noch weiter vom *Fröhlichen Abend* weg ...«

*

Das scheint mir auch so.

*

»... deshalb gestatten Sie mir, das Beziehungsweise-Syndrom ein anderes Mal darzulegen. Nun, daß Wagner Mendelssohn nicht mochte, wird auf Wagners Antisemitismus zurückgeführt, aber das ist, meine ich, nur *ein* Grund, vielleicht nicht einmal der wichtigste. Der Hauptgrund scheint mir zu sein, daß Wagner Mendelssohns musikalische Orientierung nicht verstand. Mendelssohns Absichten waren nicht auf zukunftsstürmende Neuerungen ausgerichtet. Muß denn das sein, eigentlich? Wenn einem genug einfällt, was bisher nicht geschrieben worden ist, wohl aber geschrieben hätte werden können, muß er da Zukunftsmusik verfassen? Mendelssohn füllte Lücken auf. Ist es ganz falsch zu

sagen ... Sehen Sie, Mozart ist 1791 mit knapp siebenunddreißig
Jahren gestorben. Wenn er ungefähr so alt geworden wäre wie
Haydn, hätte er 1830, ja sogar 1840 noch gelebt. Hätte er dann
um diese Zeit so geschrieben, wie Mendelssohn geschrieben hat?
Sicher aber anders als 1791. Mendelssohn der legitime Wieder-
gänger Mozarts? Und dann war da eine tiefe Kluft ganz anderer
Art: Wagner war ein Andante-moderato- und Mendelssohn ein
Allegro-vivace-Komponist. Und dann ganz nochmals außerdem
hat Wagner dem Mendelssohn nie verziehen, daß er ihm Gutes
getan. Schlimmeres konnte man Wagner nicht antun. Zum Beispiel hat ihn Meyerbeer in tiefster Not mit Geld unterstützt, vor
dem Verhungern bewahrt. Das hat ihm Wagner lebenslang nach-
getragen. Das ist sowas Ähnliches wie der berühmte Dank des
Hauses Habsburg. Es ist höchst gefährlich gewesen, Kaisern und
Königen und Fürsten einen womöglich sogar unverlangten Dienst
zu erweisen, denn man zwang sie damit zur Dankbarkeit, und in
dieser Jacke fühlten sie sich nicht wohl, weshalb sie so einen
Dankgläubiger am liebsten nicht mehr sehen wollten.«

»Und so der Musikfürst Richard«, sagte Herr Bäßler, »nur wie
kommen wir zum *Fröhlichen Abend* zurück?«

Es bedurfte nur eines Räusperns seitens des Oberstaatsanwalts.

»Die Gesellschaft blieb nicht lang allein. Nach einiger Zeit hatten zwei Damen des, wie behauptet wird, ältesten Gewerbes der
Welt, auch das horizontale solche genannt, die an diesem Heiligen Abend keinen großen, vielleicht überhaupt keinen Zulauf
hatten, das Licht im Mathäser-Bierkeller entdeckt und kamen
herein, um sich aufzuwärmen. Egon der Zapfhahn braute ihnen
je einen Glühwein und kassierte dafür pro Tasse eine Mark. Egon
erinnerte sich später in der Verhandlung genau an dieses Detail,
und die Nutten sagten aus, daß sie sich über den niedrigen Preis
gewundert hatten.

Danach kamen zwei durchfrorene Herren seriösen Zuschnittes, und damit driftete die Sache ins Boulevardkomische ... wenn nicht -tragische. Auch diese Herren wollten sich aufwärmen. Sie setzten sich abseits an einen Tisch etwas entfernt von der inzwischen lärmigen Gesellschaft, die auch zum Tisch mit den beiden Strichdamen hinüber launige Reden führte, was zur langsam steigenden Heiterkeit beitrug. Die beiden seriösen Herren tranken Tee, der eine – ›Ich muß nicht fahren‹, sagte er – mit Rum. Es stellte sich später heraus, daß die beiden Herren aus Innsbruck kamen und nach Regensburg weiterfahren wollten. Die Situation der beiden bedarf einer genaueren Darstellung. Der eine hatte eine Zweitfrau in Innsbruck, von der die Erstfrau nichts wußte und selbstverständlich auch nichts wissen durfte. Um dennoch die Zweitfrau weihnachtlich zu erfreuen und mit Gaben zu bedenken, mußte der Regensburger eine Ausrede erfinden, und zwar eine harte, durchgreifende Ausrede, warum er an dem der Familie heiligen Tag nach Innsbruck fahren müsse. Die Zweitfrau in Innsbruck einfach inmitten der o so fröhlichen und o so seligen Weihnachtszeit allein sitzen zu lassen in bitteren Gedanken an den Liebhaber, der jenseits der Berge im Lichterglanz des Familienfestes womöglich seine zwar, wie er immer betonte, längst ausgeliebte, nun einmal jedoch unstreitig legale Ehegemahlin umfange, war ohne Risiko einer Katastrophe, womöglich Aus-dem-Fenster-Hüpfen der Zweitfrau oder dergleichen höchst untunlich. Jammerte sie ohnedies stets, daß sie alle Wochenenden allein sei, schon seit Jahren darauf warte, daß die längst versprochene Scheidung endlich stattfinde und so fort. Also verpflichtete der ungetreue Regensburger einen Freund, der ohnedies in die heimlichen Verhältnisse eingeweiht war, ihn dringend in Gegenwart der Legalgemahlin zu einer höchst wichtigen Fahrt nach auswärts zu überreden.

Ich sehe schon, ich muß wieder Namen erfinden, um bei der Schilderung des komplizierten Sachverhalts nicht im Allgemeinen schwebend zu bleiben. Sagen wir also, der ungetreue, mit der

Zweitfrau behaftete Regensburger hieß Brodschelm. Die Zweitfrau in Innsbruck hieß, nun, wie soll sie heißen?«

»Kranebitter«, meinte Herr Galzing, »nahezu alle Innsbrucker heißen Kranebitter.«

»Gut. Kranebitter, Martha. Der hilfreiche Freund hieß Nudlberger, war Junggeselle und verbrachte, was die Sache erleichterte, den Weihnachtsabend sowieso ohne alle Feierlichkeit; er ging niemandem ab und war niemandem Rechenschaft schuldig. ›Der Nudlberger‹, seufzte also Herr Brodschelm am 24. Dezember in der Früh – er hatte die lästige Unterredung immer und immer wieder hinausgeschoben, jetzt war Ultimo dafür –, ›der Nudlberger muß unbedingt nach Burghausen fahren …‹ – ›Ja, und?‹ fragte Frau Brodschelm. ›Er will unbedingt, daß ich mitfahre …‹ – ›Wie? Was? Heute? Am Heiligabend?‹ – ›Janein, er kommt gleich mich abholen.‹ – ›Warum muß er ausgerechnet am Heiligabend nach Burghausen fahren? Und warum mußt du mit? Der Christbaum ist noch nicht aufgestellt, wir müssen noch zu meinen Eltern, dann muß noch die Gans beim Metzger abgeholt werden, dann müssen wir noch auf den Friedhof …‹

Indessen kam verabredungsgemäß Nudlberger und spielte seine Rolle als drängender Freund und stellte seine Fahrt nach Burghausen als förmlich lebenserhaltend dar. Ich verkürze jetzt die Sache und lasse ungesagt, was das war, das Nudlberger ohne Aufschub in Burghausen erledigen mußte, und warum er das nicht ohne Brodschelms Hilfe konnte; mag sein, Brodschelm hatte – ›Je unglaublicher, desto besser‹, hatte er bei der vorausgehenden Unterredung mit Nudlberger gesagt, ›das Unwahrscheinlichste glaubt sie erfahrungsgemäß am ehesten‹ – behauptet, Nudlberger müsse einen Stock mit einem Bienenvolk in Burghausen abholen, und das müsse während der Fahrt quasi gewartet werden, Nudlberger könne das nicht gleichzeitig mit dem Fahren besorgen und so fort.

Das wahre Ziel Innsbruck anzugeben, wagte Brodschelm nicht,

weil da Frau Brodschelm schon mehrfach bei den auffällig häufigen Fahrten ihres Mannes dorthin die Ohren aufgestellt hatte. ›Und zur Bescherung um fünf Uhr bin ich ja längst wieder da‹, versuchte Brodschelm seine Frau zu beruhigen.

Sie kennen, liebe Freunde, das sogenannte Murphy'sche Gesetz: daß alles, was schiefgehen kann, auch schiefgeht. Das gilt von der Weltgeschichte bis zu alltäglichen Haushältigkeiten. Je komplizierter eine Sache eingefädelt ist, desto größer ist die Wahrscheinlichkeit, daß sie mißlingt. So auch bei Brodschelms und Nudlbergers Fahrt nach Innsbruck.

Der Geschlechtsverkehr Brodschelms mit Kranebitter, Martha war höchst unbefriedigend, weil Brodschelm immer nur auf den neben dem Bett seiner Zweitfrau stehenden Wecker schaute. Es begann dunkel zu werden und zu schneien. Während Brodschelm Frau Kranebitter einigermaßen zu beglücken versuchte, dachte er nur: ›Hoffentlich hat der Nudlberger Winterreifen dran.‹ Mit Krallen hielt Frau Kranebitter ihren Geliebten fest: ›Nur noch eine halbe Stunde …‹ – ›Ich muß, Liebste, ich muß, es wird schon dunkel.‹ Und so fort. Viel zu spät konnte sich Brodschelm losreißen, nachdem er mühsam Freude über Marthas Geschenke (einen silbernen Schuhlöffel mit Bambusgriff und ein Tischfeuerzeug in Form eines Golfcaddywagens) möglichst glaubhaft geäußert hatte. In Gedanken daran, daß Nudlberger nun schon alle zerfledderten Zeitungen in dem Café gelesen hatte, in dem er wartete, stieß Brodschelm der an seinem Halse schluchzenden Kranebitter leichtfertige Schwüre ins Ohr, daß er im kommenden Jahr die längst versprochene Scheidungsklage einreichen werde, und kam so endlich durch bereits dezimeterhohen Schnee stapfend zu jenem Café, in dem Nudlberger warten sollte, allerdings nicht wartete, denn das Café hatte inzwischen, es war ja Heiligabend, frühzeitig geschlossen, so daß der schon der Verzweiflung nahe Brodschelm, den in Sternpapier eingewickelten Schuhlöffel und das Tischfeuerzeug in der Hand, über eine Stunde den Nudlberger suchen mußte, den er endlich in der Nähe des Parkplatzes in einer Omnibushaltestelle frierend fand. ›Was tut man nicht alles für einen Freund‹, brummte Nudelberger.

Die Fahrt war eine Qual: die Autobahn nicht geräumt, das Schneien entwickelte sich zum Schneetreiben, am Irschenberg blieb Nudlbergers Auto in einer Wächte stecken. Man mußte einen Bauern suchen, der es mit dem Traktor herauszog. Brodschelm versuchte, die Horrorvision von sich zu schieben, was jetzt, zwei Stunden nach der vorgesehenen Bescherung, in seinem Heim in Regensburg los war. In München dann, es war inzwischen zehn Uhr vorbei, verlangte Nudlberger eine Erholungspause. ›Ist eh schon alles Wurst‹, sagte er, ›vor Mitternacht sind wir nicht in Regensburg, bei den Straßenverhältnissen.‹ Der Verkehrsfunk meldete Glatteisgefahr. ›Ich kann doch meiner Frau nicht sagen‹, wimmerte Brodschelm, ›daß zwischen Burghausen und Regensburg die Pässe verschneit sind. Besser ich rufe gar nicht erst daheim an.‹ – ›Was jammerst denn‹, sagte Nudlberger, ›hab’ *ich* eine Freundin in Innsbruck oder *du*?‹

Nach einigem Suchen nach einem geöffneten Lokal fanden sie, nichtsahnend, jenen Mathäser-Bierkeller, in dem ihnen dann Egon der Zapfhahn den gewünschten Tee servierte.

Damit endet meine Deviation, für die ich um Verzeihung bitte. So ungefähr muß sich das Unheil Nudlbergers und vor allem Brodschelms abgespielt haben, und ich konnte mir nicht versagen, es zu erfinden, da ich ja, als alter Jurist, eine Inklination zu Katastrophen habe. Und zudem kam es für Nudlberger und Brodschelm, kaum glaublich, noch schlimmer. Kurz nachdem sie nämlich die vermeintlich geöffnete Gaststätte betreten und ihr Getränk bestellt hatten, kam weiterer Besuch, der zwar nicht Nudlberger und Brodschelm, auch nicht die Nutten erschreckte, wohl aber die anfängliche Gesellschaft: zwei Funkstreifenbeamte. Die Penner erstarrten, Egon der Zapfhahn wurde zur Salzsäule hinter dem Tresen, aber dann stellte sich heraus, daß die Funkstreifler in sozusagen friedlicher Absicht gekommen waren. Sie rieben sich die kalten Ohren, bliesen in die Hände, nahmen die Mützen ab, und der eine sagte: ›Da schau her, habt ihr offen?‹ Egon der Zapfhahn stotterte: ›J – j- ja.‹ Auch für die Funkstreife war nichts los an diesem Abend. Auch den Funkstreiflern war langweilig, auch sie glaubten es sich leisten zu können, sich ein wenig aufzuwärmen. Sie bestellten einen Kaffee, und als Egon der Zapfhahn, der sich bald gefangen hatte, sagte: ›Aber nur Nes‹, war es ihnen auch recht. ›Laß die Tür einen Spalt offen‹, sagte der ältere Funkstreifler zum jüngeren, ›mach draußen die Autotür auf und dreh den Funk lauter, daß wir's eventuell hören, wenn wider Erwarten – glaube aber nicht.‹ So tranken sie ihren Kaffee und betrachteten die Gesellschaft der – wie habe ich sie genannt? – Unbehausten, die, seit die Funkstreifler den Raum betreten hatten, schweigsam und gedrückt saßen. ›Wir tun euch schon nichts‹, sagte der eine Funkstreifler, ›oder habt's ihr was ausg'fressen?‹ – ›Naa – naaa‹, sagten sie.

Da sprang draußen der Funk an und gab durch: ›Zentrale an Isar 101 – schaut's einmal zum Mathäser hin, komisch, da soll 's Licht brennen.‹ Der ältere Funkstreifler sauste hinaus, schrie: ›Verstanden!‹ in das Gerät, kam wieder herein und erstarrte nun seinerseits zur Salzsäule, aber nur für wenige Augenblicke, dann erkannte er: ›Das sind ja wir!‹

Alle mußten mitkommen. Die Unbehausten waren so etwas gewohnt, sie fügten sich, die Nutten kreischten ein wenig, hatten aber schließlich auch ihre Erfahrungen, nur Brodschelm schrie Zeter und Mordio, was nichts half, denn die Funkstreifler sagten nur: ›Das können S' morgen alles dem Ermittlungsrichter erzählen.‹ Nudlberger brummte: ›Das hat man von seinem Freundesdienst.‹

Das war das Ende des fröhlichen Abends. Die beiden Nutten und Brodschelm und Nudlberger ließ der Ermittlungsrichter am nächsten Tag selbstverständlich sofort frei. Nur die weinerliche

Frage Brodschelms: ›Wie soll ich meiner Frau erklären, warum ich zwischen Burghausen und Regensburg im Gefängnis in München war?‹ konnte der Richter auch nicht beantworten.

Die Unbehausten bekamen ein Verfahren. Ich will jetzt das Bündel von Straftatbeständen nicht aufknoten, das sie erfüllt hatten: Hausfriedensbruch, Diebstahl, Betrug und so fort. Doch nicht deswegen ging der Fall in die Justizgeschichte unserer Stadt ein, sondern weil er zufällig – bei so gebündelten Verfahren richtete sich damals, vielleicht auch noch heute, die richterliche Zuständigkeit nach dem Anfangsbuchstaben des Familiennamens des ältesten Angeklagten – zufällig ins Referat eines der geistreichsten und witzigsten Richter des ganzen Oberlandesgerichtsbezirks fiel. Ich kenne ihn gut und ich ging als Zuhörer in die Sitzung, weil ich schon ahnte, daß der betreffende Richter sich die Gelegenheit zu einem juristischen Feuerwerk nicht entgehen lassen werde. Zumal er auch noch die Pflichtverteidiger aus dem Kreis der im legendären *Meineid-Stüberl* – die auch längst in die Tiefe der Jahre versunkene alte *Cafeteria* der Maxburg – verkehrenden sogenannten Weißbieranwälte aussuchte. Weißbieranwälte sind nach ihrem Lieblingsgetränk benannt, wie ohne weiters zu vermuten. Unter anderem den in vielfacher Hinsicht großen Lux.

Irgendwie hatte sich die Sache herumgesprochen, und der Zuschauerraum des Sitzungssaales war zum Bersten voll. Lachsalve über Lachsalve rollte hin und zurück – schon bei der Verlesung der Anklageschrift, dann bei der Vernehmung der Angeklagten, bei der Zeugenvernehmung, wo die gequälte und gewundene Aussage Brodschelms Heiterkeit erregte, und dann, ja dann bei den Plädoyers der Verteidiger. Es waren, glaube ich mich zu erinnern, sieben Angeklagte, also auch sieben Pflichtverteidiger. Lux bat vorweg, als letzter dranzukommen. Es war zu bemerken, daß er während der sechs anderen Plädoyers eifrig schrieb. Nein, er schrieb nicht die vorangehenden Plädoyers mit, was er schrieb, trat ans Licht, als er endlich als Siebenter aufstand, zu seiner vollen Größe, der die wallende schwarze Robe noch mehr Wucht verlieh, und sein Plädoyer ablas: Er hatte es nämlich in Verse gefaßt und hielt die Verteidigungsrede gereimt.

›So ist denn mein Mandant geständig,
wenngleich mehr tot schon als lebendig …‹

So oder ähnlich hat Lux gedichtet und weiter etwa:

›Und mein Mandant bereut es tief,
wie jener Abend dann verlief,
und mildernd darf in Frage kommen,
daß er so gut wie nichts genommen
als ein paar Pfennig, ein paar Mark,
und draußen war es kalt sehr stark,
ich bitte, Hoh's Gericht, zu lenken
den Blick auf angemessne Milde,
der schweren Jugend zu gedenken.
Wir sind selbstredend ganz im Bilde,
daß Strafe sein muß, die gerecht,
doch ganz ist dieser Mann nicht schlecht,
und er verspricht hier jetzt und nun,
so etwas nimmermehr zu tun.‹

Der Richter verzog keine Miene und zog sich, obwohl er sich als Einzelrichter mit niemandem beraten mußte, ins Beratungszimmer zurück. Er kam nach für seine Verhältnisse geraumer Zeit – er galt allgemein als eher flott und schnell – zurück und verkündete das Urteil. Fast alles war durch die Untersuchungshaft abgegolten – ich weiß die Einzelheiten nicht mehr, aber dann setzte der Richter, wie man so sagt, eins drauf und begründete sein Urteil in Versform. Ein Teil davon ist mir unvergeßlich geblieben, weil er jenseits allen Juxes eine tiefe Weisheit enthielt, eine juristische, forensische Weisheit, die ich, darf ich sagen, zeit meines Dienstlebens beherzigt habe:

›Beim Urteil aber denk' der Richter:
Betrachte niemand als Gelichter
und sitz nicht auf dem hohen Roß;
meist würfelt nur das Zufallslos,
wohin der Lebensstrom dich treibt:
Wer Schandi wird, wer Räuber bleibt.‹

So endete dieser *Fröhliche Abend*.«

Der Oberstaatsanwalt machte eine Pause und legte sichtlich nachdenklich in stillem Ernst, der so gar nicht zu der vorangegangenen Geschichte paßte, seine Zigarre in den Aschenbecher.

»Sie schauen plötzlich in eine andere Welt?« fragte Herr Bäßler.

»Im Grunde genommen hätte ich die Geschichte gar nicht so erzählen dürfen, daß sie belustigt. Es gab nämlich einen Schatten. Es standen zwar sieben Angeklagte bei der Verhandlung vor Gericht und also sieben Verteidiger ihnen zur Seite, aber in den ›Mathäser‹ hatten sich damals in der kalten Heiligen Nacht acht Unbehauste begeben. Und derjenige, der in der Verhandlung fehlte, hatte sich in der Untersuchungshaft erhängt …«

»Wegen der lappalischen Strafe, die er allenfalls zu erwarten hatte?«

»Er hat keinen Brief hinterlassen, nichts. Man wird es nie erfahren.«

»Wie kommt ein Untersuchungsgefangener zu einem Strick?« fragte die Frau des Hauses.

»Er hat«, sagte der Oberstaatsanwalt, »seine Hose mit unendlicher Mühe in Streifen gerissen und diese zusammengeknotet.«

»Hat sich«, meinte Herr Galzing, »buchstäblich selbst einen Strick gedreht.«

»So ist es«, erwiderte der Oberstaatsanwalt und stand auf, »so ist es.«

Und man ging hinüber ins Musikzimmer.«

*

Daß ich eine Katze bin – Mimmi –, wissen Sie. Wissen Sie aber auch, was ich noch oder außerdem oder eigentlich bin? Verzeihen Sie, wenn ich genauso wie der Oberstaatsanwalt vom Hundertsten ins Tausendste komme ... Es ist so bei Katzen, daß sie viel denken. Ich glaube, das habe ich Ihnen schon gesagt – nicht gesagt natürlich, niedergeschrieben, niederschreiben lassen durch ein gewisses Medium ... Lassen wir das, sonst komme ich vom Tausendsten ins Zehn-, wenn nicht Hunderttausendste ... also – schon niedergeschrieben, mitgeteilt, einigen wir uns auf mitgeteilt –, habe Ihnen schon mitgeteilt, daß Katzen deshalb viel denken, weil sie nicht reden. Das Reden verschlingt bei den Menschen soviel Seelenluft, daß fürs Denken fast nichts übrig bleibt. Solche Menschen wie der vor einiger Zeit von mir erwähnte Herr Galois, ein Denkheld, sind selten.

»Denkhelden

sind selten.«

So würde mein lyrischer Bruder Boris reimen. Er hat einen Hang zum Kalauer. Ich vermute, daß dieser Herr oder korrekt gesagt Monsieur Galois ein schweigsamer Mensch war, sonst hätte er nicht so kräftig denken können. Daß er das nach ihm benannte Problem nicht gelöst hat, besagt nichts, denn es war schwer genug, die Frage zu finden. Man kann nicht erwarten, daß er auch noch die Antwort findet, zumal er in so jungen Jahren gestorben ist. Ich heiße gar nicht – nein, das ist kein Gedankensprung, das ist, und auch dies können nur Katzen dank ihrer plapper- und gedankenlosen Maulbewegungsabstinenz, das ist Gedankenkontrapunkt. Ich kann mehrere Dinge gleichzeitig denken. Es gibt da nur das Problem des Niederschreibens. Dieses Pro - ich ble - hei - m - ße - ist so - gar nicht -

schwie - eigen - rig - wie - das - lich - Mimmi - Galois - schon aber
doch - ... sehen Sie! Das Problem des Niederschreibens ist so schwierig zu lösen wie das Galois-Problem, wollte ich sagen und gleichzeitig, daß ich zwar schon Mimmi heiße, aber eigentlich doch nicht.
Mein Buch heißt möglicherweise nicht Der Venusturm oder Die
Venustürme, sondern Das gelbe Herz. Galois ist mit einundzwan-
zig Jahren gestorben. Infolge eines frivolen Duells. So habe ich in
Meyers Konversations-Lexikon gelesen, als es der Sohn des Hauses
einmal an der betreffenden Stelle aufgeschlagen hatte. Ich kann ja
nur, da ich nicht gut auf seinem Kopf sitzen und mitlesen kann, ihm
gegenüber sitzen und lese also alles verkehrt herum, was ich jedoch,
auch eine selbstverständliche Katzeneigenschaft, ohne weiteres be-
herrsche. Ob Das gelbe Herz ein Roman oder ein Gedichtband ist,
weiß ich noch nicht. Mimmi heiße ich nur im sozusagen öffentlich-
menschlichen Bereich und auf diesen Namen höre ich gelegentlich.
Es ist nur wichtig, das weiß man lang schon, daß man für ein Buch
einen Titel erfindet. Das Buch selbst kommt dann von allein. Das
Galois-Problem werden Sie wahrscheinlich nicht verstehen, es sei
denn, Sie wären Mathematiker, zumal ich es auch nur schwer verstanden habe, weil verkehrt herum gelesen. Schon T. S. Eliot hat in
dem Buch, ich schwanke, ob ich es bewundern oder als Verrat betrachten soll, Old Possum Book Of Practical Cats dargelegt – verraten? –, daß wir Katzen immer drei Namen haben: einen für den
wie erwähnt menschlich-öffentlichen Bereich, in meinem Fall Mimmi, dann einen Namen, den wir im Verkehr zwischen Katze und
Katze gebrauchen, dieser mein Name ist Wetterleuchte, und dann
habe ich noch einen ganz geheimen Namen, den nur ich selbst kenne und an den ich denke – so Mr. Eliot –, wenn ich schnurre. Selbstverständlich nenne ich diesen Namen nicht. Es ist damit außerdem
so wie mit dem Geheimnamen, den jeder Jude hat, und nur bei diesem Geheimnamen könnte man ihn wirksam verfluchen. Wer ich
bin, ist etwas anderes, als was ich bin. Ich erzähle das eher der Ku-
riosität halber. Die Bischofssynode zu Rom, der Katzenstadt, eigent-

lich der Katzenhauptstadt, hat herauszufinden geglaubt, daß wir Katzen – ich muß gerechterweise einräumen, daß nicht nur von Katzen die Rede war, sondern von Tieren generell –, daß wir Tiere, wie Seine Eminenz Joseph Cardinal Ratzinger zu sagen beliebte, zwar auch (danke, Eminenz) Geschöpfe Gottes seien, jedoch! nicht erlösungsfähig und nicht erlösungsbedürftig. Daraufhin schrieb die BILD-Zeitung: »Cardinal Ratzinger: Auch der Hund kommt in den Himmel.« Es ist schön von dem Cardinal, daß er uns doch so hoch achtet, wobei die Frage ist, ob die Bischofssynode dabei auch an die Spulwürmer gedacht hat. Aber wenn die Hunde in den Himmel kommen, verzichte ich dankend. Der Ausdruck »blöder Hund« ist nicht von ungefähr entstanden. Ich siedle tote Hunde – nur tote Hunde sind gute Hunde – in der Hölle an. Ich glaube sogar, daß die Hölle deswegen Hölle ist, weil dort die Millionen Hekatomben von toten Hunden sind, die ununterbrochen das tun, was sie am liebsten tun außer fressen und begatten, nämlich kläffen. Wer so ununterbrochen kläfft, ist, wie ohne weiteres einzusehen, nicht in der Lage zu denken. Vielleicht handelt mein Buch Das gelbe Herz davon, daß plötzlich das ganze Erdöl der Welt aus dem Vatican fließt und der Papst darüber gebietet. Und damit über die Welt auch. Ich glaube, das ist selbst für uns Katzen eine furchterregende Vorstellung. Das Buch heißt dann also vielleicht: Das schwierige Herz der Welt. Ich schweife ab. Ich schweife hin und her. Katzenart. Vielleicht heißt mein Buch: Die Abschweifung.

Der dreiunddreißigste Donnerstag des Oberstaatsanwalts Dr. F., der kein Donnerstag des Oberstaatsanwalts Dr. F. war, weil er, was bis dahin noch nie vorgekommen war, fehlte, ohne vorher um Entschuldigung gebeten zu haben.

Man wartete. Die Zeit zwischen dem Abendessen und dem Musizieren verging ohne Erklärung. Es schwiegen alle, als sei es unerlaubt, anderes zu reden.

»Irgendwie«, sagte Dr. Schiezer, »ist es so, als warteten wir, daß Freund F. spricht, auch wenn er nicht da ist.« Es war Dr. Schiezer, den eine ungute Ahnung beschlich, er sagte aber davon nichts.

So mußte also, da der Spieler der Viola fehlte, das vorgesehene Streichquartett ausfallen. Noten für ein Streichtrio in der Besetzung: zwei Violinen und Violoncello waren so schnell nicht greifbar. Also setzte sich der Sohn des Hauses ans Klavier und spielte mit Herrn Galzing die Sonatine Opus 100 von Dvořák. Warum der tschechische Meister diese ausgewachsene Sonate *Sonatine* genannt hat, ist schwer zu erklären.

»Abgesehen von Beethoven haben alle Komponisten ihr Opus 100«, so sagte Herr Galzing, der kleine, dicke, freundliche Mann, »irgendwie unterstrichen.«

»Schubert«, sagte die Frau des Hausees, »daran wagen wir uns auch noch zu gegebener Zeit: das Trio in Es-Dur Opus 100 – aber ich vermute, daß so hohe Opuszahlen bei Schubert nicht von ihm selbst stammen, sondern den Werken von den Verlagen postum verpaßt wurden.«

»Das stimmt fast für alle höheren Opuszahlen Schuberts«, sagte Herr Galzing, der, was die Musik betrifft, alles wußte und deshalb gelegentlich *Der göttliche Heinrich* genannt wurde, allerdings nur hinter seinem Rücken, »nicht aber für das Klaviertrio Opus 100. Das hat in der Tat Schubert noch selbst mit dieser unterstreichenden Opusnummer versehen. Kurz vor seinem Tod. Und auch Meister Dvořák wollte damit, daß er dieser Sonatine die

Opuszahl 100 gab, etwas sagen, denn sein Opus 99, die *Biblischen Lieder*, hat er nach dem Opus 100 geschrieben. Brahms' Opus 100 ist die Violinsonate in A-Dur, die so eng mit der Biographie des Meisters zusammenhängt, Regers Opus 100 sind die ausladenden Hiller-Variationen, das Opus 100 meines Freundes Helmut Eder ist auch ein Kernwerk, seine schattendurchwirkte sechste Symphonie, Schumanns Opus 100 ist die große Ouvertüre zu Schillers ›Braut von Messina‹ und so weiter und so fort. Sie wissen, daß ich unter anderem Werkverzeichnisse sammle. Das Köchelverzeichnis, Schmieders Bachwerke-Verzeichnis, Müller von Asow/Trenners Verzeichnis der Werke Richard Strauss' und viele andere stehen alle bei mir, und eines Tages ist mir das äußerst seltene Verzeichnis der Werke Joachim Raffs antiquarisch in die Hände gefallen, und ich habe sogleich nach dessen Opus 100 gesucht. Es ist eine Festkantate zum, und jetzt halten Sie sich fest, fünfzigjährigen Jubiläum der Völkerschlacht bei Leipzig und heißt *Deutschlands Auferstehung.*«

»Ich fürchte«, sagte die Frau des Hauses, »daß dieses Opus 100 keine Auferstehung feiern wird. Und was ist mit Beethoven?«

»Eben.« Herr Galzing lachte. »Selbstverständlich habe ich auch das Verzeichnis der Werke Beethovens von Kinsky/Halm, das sich für den Musikfreund liest wie der sprichwörtliche Kriminalroman. Wie leicht hätte Beethoven der ungeheuren, weithinschweifenden Klaviersonate in A-Dur, die jetzt Opus 101 heißt, die magische 100 geben können. Nein. Sein Opus 100 ist das Lied für zwei Singstimmen und Klavier auf das Gedicht eines Herrn Rupprecht mit dem Titel Merkenstein, ein Preislied auf ein Schloß in der Nähe von Baden bei Wien. Was sich Beethoven dabei gedacht hat? Ich weiß es nicht.«

»Gar nichts, wahrscheinlich«, sagte Herr Bäßler.

»Richard Wagner hat keine Opusnummern verwendet, nehme ich an«, sagte die Frau des Hauses.

»Das ist richtig«, erwiderte Herr Galzing, »doch bei ihm oder

besser gesagt in seinem Umkreis gibt es eine ähnliche Zahlen-
bombe. Sie kennen mit Recht nicht die dickleibige Cosima Wag-
ner-Biographie von Richard Graf Du Moulin-Eckart. Sie zeichnet sich durch nachgerade panegyrische Unterwürfigkeit aus und
ist nur mit Vorsicht zu genießen. Immerhin ist es dem Grafen jedoch gelungen, die raumgreifende Seelenkaskade der Hohen Frau
beim Tod des Meisters exakt auf Seite tausend anzusiedeln!«

»Sie meinen Seite hundert?«

»Nein. Tausend.«

»Kann man so viele Seiten über Cosima Wagner schreiben?«

»Wenn man will, geht alles. Ob man's lesen kann, ist die Frage.«

*

Das gelbe Herz. *Das schwierige…* Die Abschweifung. *Ich weiß
nicht. Die Titel gefallen mir doch nicht. Ich glaube, ich bleibe beim
Venusturm. Ich stelle mir vor, mein Buch lesen die überlegen lächeln-
den Klugen Jungfrauen am Portal der Kathedrale von Civray. Eine
steht immer auf den Schultern der anderen, bilden so einen Viertelbogen. Den andren Viertelbogen bilden die Törichten Jungfrauen.
Die lesen das Buch auch, aber erst nach den Klugen. Oder die Königin Guinevere liest mein Buch. Sie ist schön, wenngleich etwas
schmalbrüstig. Leider hat sie auf ihrem Bett, vor dem sie steht, keine Katze, sondern nur einen Hund liegen, so ein spitznäsiges Köter-
chen in Morastfarbe. Königin Guinevere hält die Enden ihres Gür-
tels in den Händen. Zieht sie sich an oder aus? Aus der Tatsache, daß
das Bett hinter ihr zerwühlt ist, schließe ich, daß sie eben aufgestanden ist und sich also anzieht. Eine Königin wird nicht in ein unge-
machtes Bett steigen. Sie blickt sinnend in das aufgeschlagene Buch
– mein Buch, Der Venusturm –, das ziemlich weit weg da unten am
niedrigen Frisiertisch liegt. Ist sie trotz ihrer Jugend weitsichtig? Oder
liest sie gar nicht? Schaut sie, so wie es eine Katze tut, in sich hinein in die Ferne? Man weiß, ein geistvoller, wenngleich sonst etwas
geschwätziger Dichter hat es herausgefunden, daß Katzen in dieser
Weise schauen, wenn sie schnurrend an ihren ganz geheimen, nur*

*ihnen selbst bekannten Namen denken. Oder woran denkt die Kö-
nigin? Wo der Kamm hingekommen ist, der vorhin noch neben der
Bürste auf dem Frisiertisch lag? Nein, solche banalen Gedanken
denkt eine Queen Guinevere nicht. Sie denkt über die schwarze Ein-
samkeit eines sinnlos vergeudeten Frühlingstages nach oder über
den Priscillianismus, von dem ihr der Hofkaplan unlängst gepredigt
hatte. Die Priscillianisten hatten gelehrt, daß die bekanntlich ziemlich rätselhafte Erbsünde (wie wird sie vererbt, nach Mendelschen
Gesetzen?) auf den von Natur aus bösartigen Charakter der Menschen zurückgehe. Oder sie trauert um ihre Lieblingshandschuhe,
die sie gestern in der Kirche liegengelassen und nicht mehr wieder-
bekommen hat. Ganz im Hintergrund bemerken wir eine weitere
Person, rot gekleidet, weiblichen Geschlechts. Sie trägt eine Zither.
Ist diese Rotgekleidete die Zofe der Königin? Die sie in die Kirche geschickt hat, um die Handschuhe zu suchen? »Ich habe, o Königin,
die Handschuhe nicht gefunden, doch der Pfarrer hat gesagt, daß
diese Zither liegengeblieben sei und ob sie die statt der Handschuhe
wollen?« Oder die Königin denkt über die Frage nach – sie hat sie
unlängst dem Pfarrer vorgelegt –, ob Gott Brüste habe. Er müsse doch
Brüste haben, da er den Menschen und somit sowohl Männer als
auch Frauen nach Seinem, also Gottes Ebenbild geschaffen hat, und
da die Frauen Brüste haben, muß wohl auch das Vorbild und so
fort. Da ist der Pfarrer wild geworden, hat einen roten Kopf bekommen, so rot wie das Kleid der Zofe da hinten, und hat gefaucht:
»Wenn es heißt, der Mensch ist nach dem Vorbild Gottes geschaffen,
so meint das selbstverständlich: der Mann. Das Weib ist nur ein –
Nebenprodukt.« Die Königin bemerkte die kleine Pause vor dem
letzten Wort, in der Hochwürden das Wort Abfallprodukt gerade
noch verschluckte und angesichts der Königin auf Nebenprodukt
umschwenkte. »Sagt doch schon der heilige Thomas von Aquin: ›Ur-
sprung und Ziel des Weibes sei der Mann. Das Weib ist von Natur
aus untergeordnet.‹ Und nichts von wegen das Weib als Ebenbild
Gottes. Also keine Brüste. Wäre ja noch schöner‹, brummelte er wei-*

ter in seinen Bart hinein. Denkt die Königin etwa darüber nach, welchen Streich sie dem Pfarrer aus Rache für diese Äußerung spielen könnte? Etwa seinen Kanarienvogel vergiften? Ihr Kanarienvogel ist ein Männchen. Sagt man auch bei Kanarienvögel Hahn? Ist mir gleichgültig, ich fresse sie alle, ob Kanarienhahn oder Kanarienhenne. Es war zwar gemurmelt, Königin Guinevere hat es dennoch verstanden. Er hat gemurmelt: »Eher ist der Kanarienhahn ein Ebenbild Gottes als ein menschliches Weib. Wäre ja noch schöner.« Oder soll sie, da der Kanarienhahn ja nichts dafür kann und also ein unschuldiges Opfer wäre, ihren Oberhofmagier rufen lassen (so etwas gab es zu Zeiten der Queen Guinevere, in jenen grauvioletten keltischen Urzeiten noch) und den Pfarrer in einen Frosch verzaubern lassen? Ob er sich dann auch noch als Ebenbild Gottes versteht?

Oder ist ihr der Gedanke an den Tod gekommen? An ihren eigenen, unausweichlichen Tod? Unausweichlich, so jung sie ist? In solchen Momenten rückt der Tod zwar nicht näher, doch er wird deutlicher. Wie schnell vergehen zehn Jahre. Wie schnell vergehen fünfzig Jahre. (Als Katze ist mir diese Zeitspanne unbegreiflich.) Welcher Segen, daß es den Tod gibt. Davon handelt mein Buch, das heißt, möglicherweise auch nur ein Kapitel meines Buches. Vielleicht hat Königin Guinevere oder Ginevra eben dieses Kapitel gelesen und dann nachdenklich das Buch – noch aufgeschlagen – auf den Frisiertisch gelegt. Das Kapitel heißt: »Wenn der Tod stirbt«. Man stelle sich das vor! Niemand stirbt mehr. Nicht nur, daß mit der Zeit, und zwar sehr bald, noch weniger Platz für den einzelnen auf der Welt ist als schon jetzt, sondern auch diese unsägliche Langweile, wenn sich die Lebenszeit ins Unendliche vor einem streckt und zwangsläufig ständig mehr Greise und immer ältere Greise herumhocken, ein Chaos an Hinkenden und Bresthaften. Die Hölle. So gesehen: der Tod der Himmel.

Für die anderen.

*

»Ich weiß nicht«, sagte Herr Galzing, »wie unser Freund, der unerklärlicherweise heute abwesende Dr. F. – hat er jemals bei den Donnerstagen, die ja seine Donnerstage waren, unentschuldigt gefehlt? Um im Schuljargon zu sprechen – nein –, ich weiß also nicht, in welcher Weise er das Monument für den Rechtsanwalt Lux, für Hermann Lux, den Unvergeßlichen, errichtet hätte. Für Lux, dessen einzig angemessenes Monument er in eigener Person und Lebensgröße von zwei Metern und ähnlichem, adäquatem Leibesumfang wäre ... Mein Gott!« seufzte Herr Galzing, »wenn ich mir diesen Lux in Bronze gegossen auf einem Marmorsockel vorstelle ... Die vier Reliefs auf dem Sockel die vier Lebensgrundlagen Luxens darstellend: das Motorradfahren, das Essen und Trinken, die Damenwelt und, vielleicht dies sogar auf der Vorderseite, die Allegorie der Gutmütigkeit und der Hilfsbereitschaft – ja, nun, und eine kleine Justitia schließlich in einer Ecke auch. Davon lebte er schließlich – nicht dafür. Wofür lebte er? Für das Leben.

Ich habe ihn ja auch gekannt, wenngleich vielleicht nicht so gut wie Freund Dr. F., aber immerhin gut genug, um statt seiner Lux dieses Monument zu errichten. Nur womit anfangen? Mitten hineingreifen in dieses pralle Leben? Die Damenwelt. Er schätzte sie, war mindestens zweimal, wenn nicht dreimal verheiratet. Hatte im Grunde genommen kein Glück dabei. Zuletzt beschränkte er sich auf Lebensgefährtinnen, wahrscheinlich aus gemischter Resignation und Rationalisierung: Weil's eh wahrscheinlich wieder schiefgeht, und man spart die Scheidungskosten. Die erste Frau Lux, die habe ich nicht gekannt – oder war es die zweite? – nannte er nur die *Lufthansa*. Sie war Stewardeß, und zwar eine der ersten Stunde nach der Wiedergründung der Gesellschaft. Dadurch hatte sie für sich und auch für den Ehemann einen Bonus für nicht gebuchte Plätze, und zwar den Vorzugsbonus, weil sie in der Reihe der Aspiranten ganz vorn stand. Nicht nur einmal flog Lux schnell entschlossen – das war er immer, der Motorradfahrer – zum Frühstück nach New York und abends zurück für sechs Mark oder sowas. Sie lief davon, die *Lufthansa*.

Die Geschichte mit dem Hund hat Dr. F. neulich erzählt … Lux war kein Kind von Traurigkeit. ›Ich bin wieder in der Akquisitionsphase‹, pflegte er zu sagen, wenn ihm wieder einmal eine davongelaufen war. Die Akquisitionsphase nach der ›Lufthansa‹ war sehr kurz, und Lux erzählte mir einmal, es habe ihn zutiefst befriedigt, daß, als die *Lufthansa* irgendwelche ihr gehörigen Restsachen in der von ihr verlassenen Ehewohnung abholte, bereits die Nachfolgerin die Tür aufmachte.

Ich weiß nicht, Freund F. wüßte es, ob die nächste schon auch die zweite Ehefrau war oder ob es einige Zwischenmenschinnen gab, jedenfalls war die zweite oder dritte die *Französin*. Von ihr hatte er eine über alles geliebte Tochter, und den fast noch darüberhinaus geliebten Enkel durfte er gerade noch erleben. Daß dieser Enkel Kilian hieß, freute ihn deshalb, weil, so wußte Lux zu erzählen, die Statue des heiligen Kilian auf der Brücke zu Würzburg die Hand ausstreckt und die Finger etwas spreizt, und der kleine Finger des heiligen Kilian ist das richtige Maß für die gebratenen Mainfische, und die schätzte Lux … Seine Landkarte war kulinarischer Natur. Sei es im Aischgrund ein Hersteller eines besonderen Meerrettichsenfs, sei es im Trentino eine Brennerei, die Grappa sozusagen noch von Hand herstellte, sei es in der Wachau ein Geheimtip von Weinbauern … von der französischen Landkarte gar nicht zu reden. Dabei war er auch den ganz einfachen kulinarischen Dingen nicht abgeneigt. Ich sah ihn ein frisches Schwarzbrot mit Butter mit dem gleichen andächtigen Vergnügen essen wie ein anderes Mal eine nach kryptischer Rezeptur zubereitete Dorschleber. Noch einen Finger hatte er, nämlich den der Statue des heiligen Virgil an der Fassade des Domes zu Brixen. Virgil streckt die Hand nach vorn aus. Das Gasthaus ›Fink‹ war die lebenserhaltende Station für Lux in Südtirol und auf dem Weg nach Süden. ›Wo der Fink in Brixen ist, willst du wissen?

Ganz einfach. Geh zum Dom, schau die Finger des heiligen Virgil an, und wo der mit dem Zeigefinger hindeutet, in die Richtung gehst du, und dort ist dann der *Fink*.‹ pflegte er zu sagen.

Es war an einem schönen warmen Herbsttag, da fuhren wir, unser vier, zu unserer puren Lust nach Niederbayern. Dr. F. war auch dabei, der hatte dort irgendetwas Privates zu tun, ich weiß nicht mehr, was, ich weiß auch nicht mehr genau, wer der vierte war. Gefahren ist Lux, der nicht nur ein leidenschaftlicher Motorradfahrer, sondern überhaupt Fahrer war. Wir kamen nach Pfarrkirchen, und es was Abendessenszeit. Lux hatte ausgerechnet in Pfarrkirchen keine sättigende Vorzugsniederlassung, das heißt, er war noch nicht so oft dort, daß er die gastronomischen Möglichkeiten schon abgesteckt hatte, also mußten wir ein Gasthaus erst suchen. Wir überließen es selbstverständlich Luxens Spürnase, der nach einigem, nicht langem Auf- und Abgehen auf ein Restaurant deutete und sagte: ›Mir scheint: das.‹ Drinnen wollte die Kellnerin die Speiskarte bringen. Lux wischte das mit zwar freundlicher, aber großer Geste weg und sagte: ›Bitten Sie den Wirt oder Chef oder Geschäftsführer zu mir.‹ Der kam. ›Ist etwas nicht in Ordnung?‹ – ›Nein, nein, nur gesetzt den Fall, ein Freund von Ihnen, den Sie schon jahrelang nicht gesehen haben, käme unvermutet heute in Ihr Lokal. Und er wäre sehr hungrig. Was würden Sie dem servieren?‹

Der Wirt lächelte freundlich den originellen Gast an und holte Luft, um eine erschöpfende Auskunft zu geben. Doch auch diese Auskunft wischte Lux mit großer Geste weg und sagte nur: ›*Das* bringen Sie mir.‹

Und doch«, sagte Herr Galzing und wurde ganz leise, »und doch war Lux, der große, schwere und doch so leichte Lux oft müde und traurig.«

*

Woher ich von den Klugen und Törichten Jungfrauen von Civray weiß? Ich kenne sie. Ich bin in Civray geboren. Wie ich hierher kom-

me? Das ist eine etwas längere Geschichte und geht im Grunde genommen auf die unerwünschte Gefälligkeit seitens eines Briefträgers zurück. Es dürfte an ein Dutzend Jahre her sein, da stand eine Dame, ich will ihren Namen nicht nennen, dem Oberstaatsanwalt sehr nahe. Diese Dame hatte ein Haus, ein eher kleines, aber sehr ansprechendes Haus an einem idyllischen Flecken an der Charente. Dort verbrachte der Oberstaatsanwalt, damals noch nicht a. D., ein paar Urlaubstage mit der ihm sehr nahestehenden Dame. In der Nähe des Hauses der Dame gab es, gibt es vermutlich noch, eine ferme, in der die Dame die Eier fürs Frühstück kaufte, und diese ferme ist mein und meines Bruders Geburtsort. Vier oder fünf Geschwister waren wir – als Katze habe ich ja keinerlei Familiensinn, selbst meinem Bruder gegenüber habe ich gemischte Gefühle –, und die Dame war überwältigt von uns, namentlich von meiner, ich bitte das jetzt nicht als Selbstlob zu betrachten, ich berichte nur, und es war eben so, von meiner damals schon voll entwickelten gestreiften Katzenschönheit, gepaart noch dazu mit dem Zauber der frühen Jugend … Und von der etwas täppischen, roten und großköpfigen Putzigkeit meines Bruders, und so konnte sie nicht widerstehen und erklärte dem Bauern, daß sie uns, sobald wir das entsprechende Alter erreicht hätten, zu sich nähme. (Das rettete uns wahrscheinlich vor dem Tod durch Ertränken.) Das war nun zu der Zeit soweit, als der Oberstaatsanwalt bei der Dame seine Urlaubstage verbrachte, und wir trieben uns schon mehr oder weniger häufig um jenes Haus herum.

Es kam schon zu einer kleinen, wenngleich für eine Katze bemerkbaren Verstimmung zwischen der sehr nahestehenden Dame und dem Oberstaatsanwalt, weil der nämlich früher abreisen wollte, als die Dame angenommen hatte. Leichtsinnigerweise hatte der Oberstaatsanwalt die wahre Dauer seines ganzen, viel längeren Urlaubs der Dame eröffnet und sich so die Möglichkeit verschlossen, den Zwang des Dienstantrittes als Vorwand für seine frühere Abreise vorzuschieben. Das Zerwürfnis dauerte aber nicht an. Mag sein, es brodelte nur unter der Oberfläche. Eine heftige Versöhnung fand statt, der Abschied war rührend, und der Oberstaatsanwalt nahm, wenngleich ungern, uns zwei Katzen in einem eigens angeschafften verschließbaren Korb mit. Ich hätte vorausschicken sollen, daß die sehr nahestehende Dame in derselben Stadt wie Dr. F. wohnte und daß wir in diesem Haushalt aufgenommen werden sollten, der, so hatte ich das Gefühl, bald der gemeinsame Haushalt der besagten Dame und des Oberstaatsanwalts hätte werden sollen, wenn es nach ihr gegangen wäre. Es ging jedoch nicht nach ihr.

Der Oberstaatsanwalt nahm uns Geschwister aus zweierlei Gründen ungern mit. Erstens scheute er den Transport an sich, die lange Strecke vom äußersten Westen Frankreichs bis hierher. Wir in dem Korb mußten in regelmäßigen Abständen herausgelassen werden, auch gefüttert und so fort, wobei das Herauslassen auf Rastplätzen der Autobahn schwierig war – immer nur einer von uns wurde herausgelassen, sonst – Sie können sich's denken. Die Fahrt dauerte gut und gern doppelt so lang dadurch. Zweitens gab es damals noch die Grenzkontrollen zwischen Frankreich und Deutschland, und an und für sich wäre für uns Katzen ein tierärztliches Zeugnis notwendig gewesen, womöglich Quarantäne und wer weiß, was alles. Die Dame, in solchen Dingen locker denkend (in anderen auch), sagte: »Ach was, laß dich nicht erwischen. Sieh zu, daß du möglichst nachts über die Grenze fährst, wenn die Grenzer müde sind und nicht aufpassen.« Der Oberstaatsanwalt als Jurist dachte in diesen Dingen allerdings schon aus Dienstgewohnheit und überhaupt enger, doch er wollte das Ansinnen seiner Freundin nicht ablehnen, nur nicht ein neues Zerwürfnis heraufbeschwören ... und auch, davon gleich, aus anderen Gründen.

Er muckte zwar noch einmal auf: »Ob es nicht doch besser ist, zum Veterinär zu gehen? Und die Sache legal zu machen?«

»Dazu ist es zu spät. So schnell geht das nicht. Das dauert vierzehn Tage. Ich kenne das.«

»Und warum hast du es nicht früher gesagt?«

»Ich wußte ja nicht, daß du so unbedingt übermorgen schon fahren mußt.«

»Selbst wenn ich, wie ursprünglich vorgesehen, noch die ganze Woche bleiben könnte, hätte das nach deiner Berechnung nicht gereicht.«

»Jetzt springe einmal über deinen juristischen Schatten und denke praktisch.«

Die Heimfahrt war für den Oberstaatsanwalt eine Qual, nicht nur wegen der Versorgung von unsereiner, sondern weil er ständig den dunkelgrauen Gedanken der Grenzkontrolle über sich schweben fühlte. Nun, es ging gut. Die Grenzer schliefen wirklich fast, und der Oberstaatsanwalt kam mit uns wohlbehalten hier an, hütete uns bis zur Ankunft der Dame – meinte er. Die Dame konnte übrigens, wogegen schwer etwas einzuwenden war, den Transport nicht selbst bewerkstelligen, weil mit dem Zug unterwegs.

Nun stand dem Oberstaatsanwalt, sie werden es vielleicht nicht glauben wollen, wenn Sie ihn so aus diesem Buch kennen, eine weitere Dame sehr nahe, die sich auch darauf vorbereitete, daß ihr Hausstand demnächst der gemeinsame solche werden sollte, in welche Richtung der Oberstaatsanwalt jedoch auch hier keinerlei Absichten geäußert hatte. Diese Dame war der wahre Grund, warum der Oberstaatsanwalt früher aus Civray abreiste, denn diese Dame hatte in jenen Tagen Geburtstag, und einen runden noch dazu. Unglückseligerweise hatte diese, die zweite Dame, einen heftigen Brief nach Civray geschrieben, postlagernd, der erst nach Abreise des Oberstaatsanwalts dort ankam. Postboten wissen alles. Also brachte der Postbote – er kannte die erste Dame und ihr Haus –, um gefällig zu sein, den postlagernden Brief dorthin, die Dame las den Absender, öffnete in ihrer, wie schon beschrieben, über Legalitäten sich hinwegsetzenden Art, ohne Rücksicht auf Postgeheimnis et cetera den Brief …

Kurzum, es kam zur Katastrophe, vorbereitet dadurch, daß der Oberstaatsanwalt der zweiten Dame nur schwer erklären konnte, *warum er von einem angeblichen Herrenausflug in Weingegenden mit zwei Katzen behaftet zurückkehrte; beide Damen kündigten in harscher Form dem Oberstaatsanwalt die Freundschaft auf, was diesen veranlaßte, in vertrautem Kreise zu sagen: »Zum Glück beide, nicht auszudenken, wenn nur eine ... Ich wäre womöglich hängengeblieben.« Wir zwei Katzen, mein Bruder Boris und ich, blieben hängen, denn die erste Dame wollte nunmehr, in eigenartiger beleidigter Haltung uns gegenüber, von Katzen nichts mehr wissen. Der Oberstaatsanwalt war verzweifelt. Sein Leben war auf Freiheit, auch auf solche von Haustieren, zugeschnitten. Selbst schon die äußerlichen Gegebenheiten waren für Katzenhaltung bei ihm denkbar ungünstig. Zum Glück verblieben die erwähnten restlichen Urlaubstage, und die verwandte der Oberstaatsanwalt darauf, ein Heim für uns zu suchen, das er endlich dann im Haus seiner Donnerstage fand.*

So also ist es zu erklären, daß ich die Klugen und Törichten Jungfrauen von Civray kenne.

*

»Er war Motorradfahrer«, fuhr Herr Galzing fort, »doch das besagte in seinem Fall nichts. Er war trotz allem, trotz seiner Lebensprallheit, ein innerer Mensch. Er spielte, was zu seiner Erscheinung paßte, Posaune – und auch Cello. Wer ihn einmal zufällig – anders als zufällig war das nicht möglich, weil er solche Stunden für sich behielt – dabei überraschte, wie er Schuberts *Winterreise* hörte, weiß, welch tiefinnerer Mensch dieser Hermann Lux war. Und konnte doch auch kindlich strahlend dem Harmoniegewitter einer Blaskapelle zuhören. Er war ein barocker Mensch, und wenn ich ihn porträtieren wollte und könnte, würde ich ihn darstellen die eine Hand auf einen Totenkopf gelegt, in der anderen ein Champagnerglas hebend. Ein barocker Mensch. Wenn er in einer unserer großartigen Barockkirchen stand, Wies oder Rottenbuch oder Weltenburg – er liebte sie –, hatte man das Gefühl, daß das der richtige Rahmen für ihn war.

Ja, ja, so war er.

Sein größter Erfolg war nicht anwaltlicher Art, sondern der Champagner-Import. Das kam so. Er war einmal zu einem Motorradrennen nach Wales gefahren. Er beteiligte sich an sowas nicht als Fahrer, das hatte er wohl in seiner Jugend gemacht, doch als Ausrichter und Funktionär des betreffenden Verbandes. Auf der Heimfahrt kam er zwangsläufig durch die Champagne, und da er nur ungern auf der Autobahn fuhr, das war ihm zu langweilig, da gab es nichts zu entdecken, benutzte er die Landstraße und kam an ein eher unscheinbares Schild: *200 m à gauche Cave Champagne Joannès-Lioté & Fils* oder so ähnlich. Seine Nase habe ihm gesagt, so Lux am nächsten Tag am Juristenstammtisch, habe ihm gesagt: ›Halt!‹, und das Motorrad habe sich förmlich von allein herumgerissen. Es war eine kleine Kellerei, und der kontaktfreudige Lux unterhielt sich, er sprach gut Französisch, bald angeregt mit Monsieur Joannès-Lioté und auch mit dem Fils und probierte den Champagner und fand, daß das, was ihm die kleine Kellerei kredenzte, mit den bedeutenden Marken nicht nur ohne weiteres mithalten konnte, sondern sie sogar übertraf. Und das bei äußerst gefälligem Preis. Leider konnte er, da mit Motorrad unterwegs, nur eine Flasche mitnehmen. Er schenkte sie am nächsten Tag am Stammtisch aus: ›Ist das ein Champagner oder nicht?‹ (›Schampaninger‹ pflegte er unter Hintanstellung seiner Französischkenntnisse zu sagen.) Alle waren höchst angetan bis begeistert, und schon am nächsten Wochenende fuhr Lux mit dem Auto zu *Joannès-Lioté & Fils* und lud es voll, für sich und für jeden seiner Freunde je eine Kiste.

Es wuchs sich aus. Ich will die Sache verkürzen. Lux meldete, wegen der Umsatzsteuer, ein Gewerbe an. Die Champagnerkisten kamen palettenweise. Lux mußte sein Auto auf die Straße stellen, damit er den Champagner in der Garage lagern konnte. Er gab ihn praktisch zum Selbstkostenpreis weiter, einen geringen Betrag schlug er für die Transportkosten auf. Zuletzt hatte er den

Handel so erweitert, daß Joannès sich weigerte, mehr als drei Viertel seiner Produktion an Lux anzuliefern, weil er sich aus geschäftlich-kalkulatorischen Vorsichtsgründen auf mehr als nur einen einzigen Abnehmer stützen wollte. Und alles machte Lux ohne Profit, aus reiner Freude über die Freude seiner Freunde. Eine über alle Maßen gehende Hilfsbereitschaft. Es konnte sein, was wollte. Einmal mußte in meinem Garten ein kranker Baum gefällt werden: Lux war da mit Säge und Beil, fällte den Baum und transportierte ihn ab. Beim Kirchenchor fiel ein Baß aus. Lux sprang ein und sang mit. ›Nicht schön‹, sagte er, ›aber richtig.‹ Eine Fuhre lebender Forellen mußte von Reichenhall nach München transportiert werden, weil ein Freund eine Zucht aufmachte. Lux besorgte einen blechausgekleideten Autoanhänger und erledigte die Fuhre. Und so weiter. Immer alles aus Gefälligkeit. Und er brachte auch noch eine Flasche Champagner mit.

Ich weiß nicht, ob Sie sich erinnern. Es ist viele Jahre her, da stürzte ein Sportflugzeug in einem der Außenbezirke auf ein Fast-Food-Restaurant einer berüchtigten Kette von Distributoren watteartiger Semmeln mit Hackfleischfüllung und Zwiebeln. Nun, um die Semmeln wäre es nicht schade gewesen, aber gräßlicherweise kamen mehrere Menschen dabei ums Leben.

Lux' Haus, in dem er auch seine Kanzlei betrieb, lag unmittelbar benachbart. Der Feuerball versengte Luxens Bäume im Garten auf einer Seite und der einen von Luxens Katzen das Fell, nur das Fell, zum Glück. Lux selbst war zu Hause, und zwar nicht in der Kanzlei, sondern in der Wohnung. Er hatte an dem Nachmittag ein Zerwürfnis ernsterer Art mit seiner, wie er es nannte, derzeitigen *Favoritin*, hatte sich geärgert und beschlossen, den Lebensgroll in Lebensfreude zu verwandeln. Er öffnete – er vertrat damals einen persischen Halbmafioso in Rechtssachen und hatte so Zugang zu persischem Kaviar imperialer Qualität zu Minimalpreisen – eine Zweihundert-Gramm-Dose Kaviar, löffelte sie aus und trank dazu zwei Flaschen *Joannès-Lioté*; der Lebensgroll war

weitgehend niedergeknüppelt, da öffnete er die nächste Flasche
Champagner, es gab einen Knall, der über den beim Öffnen einer
Champagnerflasche hinausging, Gluthitze schwallte ins Haus,
alles war in feuerrote Glut getaucht ... Lux erzählte später, er habe
laut zu sich selbst gesagt: ›Luxe, jetzt ist es soweit ...‹

Doch er erkannte dann bald, daß etwas und dann auch was
passiert war, und war einer der ersten, die geholfen haben.

Und nur zwei, drei Jahre später war es dann leider wirklich soweit. Mit einer Kiste Champagner am Motorrad hinten festge-
schnallt, fuhr er nach Naumburg an der Saale, um einen Freund
zu besuchen, der sich nach der sogenannten Wende dort vorübergehend aufhielt, besuchte und betrachtete die weltberühmte Uta
im Dom und stellte fest, daß die zu Unrecht nicht weltberühmte
Reglindis auf der anderen Seite mindestens genauso schön ist,
trank mit seinem Freund die eine oder andere Flasche des mitge-
brachten *Joannès & Fils* aus, schlief tief und fest, fuhr ausgeruht
am nächsten Tag wieder nach Süden, um das Gäufest in Straubing
zu besuchen, fuhr, wie er es gewohnt war, nicht auf der Autobahn,
sondern auf der Landstraße durch den spätsommerdurchflute-
ten Bayrischen Wald ... wohl ein wenig zu schnell, ein wenig zu
beschwingt und in einer Kurve frontal gegen einen Lastwagen.
Der große, gute, schwere, leichte Lux war sofort tot.

Das Schönste, was man von ihm sagen kann? Daß er seinen
Freunden heute noch immer fehlt.«

Damit endete der dreiunddreißigste Donnerstag des Oberstaatsanwalts Dr. F., der eigentlich der erste Donnerstag des Herrn Galzing war.

Der vierunddreißigste Donnerstag des leider wiederum abwesenden Oberstaatsanwalts Dr. F. und zweite Donnerstag des Herrn Galzing.

Wir Katzen haben, sagt man, neun Leben. Nachdem ich einmal, bei einem allzu kühnen Spaziergang entlang der Dachrinne des anderen Hauses, was einer Katze nicht passieren dürfte, aber es ist mir eben passiert, durch einen unvorsichtigen Tritt, hervorgerufen durch momentane Orientierungslosigkeit, die wiederum darauf zurückzuführen war, daß unvermutet eine finstere Gewitterwolke den Mond verdunkelte, vier Stockwerke tief aufs Pflaster gefallen bin und dies überlebt habe, gestaucht zwar und erschrocken, vor allem darüber erschrocken, wie schnell so ein Fall ist, rechne ich mein erstes Leben als verbraucht. Ich befinde mich also im zweiten, habe noch den Rest dieses und sieben weitere gut. Sofern alles den gehörigen und ordentlichen Gang der Dinge geht.

Ich werde also noch in viele Venustürme gelbe Herzen an die Wände malen. Ich werde mir noch manches ausdenken. Zum Beispiel eine Detektivgeschichte. Bei mir ist, ich glaube, das gibt es noch nicht, ein Kaminkehrer der private Detektiv. Er beobachtet die Morde durch die Kamine von oben. Und das liest jene schöne, nackte Frau in der Toscana. Der Oberstaatsanwalt hat einmal gesagt, da war allerdings nur sein engster Freund, Professor Momsen (welcher nicht mit dem Mommsen mit zwei m zu verwechseln ist), im Zimmer, daß er nur einmal im Leben eine Frau kennengelernt habe, die jene drei Eigenschaften in und auf sich vereinigt habe: schön, intelligent und schamlos. Das sei ein Glücksfall gewesen, und es wundere ihn nicht, daß ihm so eine Frau nur einmal begegnet sei.

Jetzt wird ihm, habe ich am Rande mitbekommen, so eine Frau wohl nicht mehr begegnen können, außer als Krankenschwester, und da wird sie die dritte Eigenschaft kaum ausleben können.

*

»So ganz das richtige ist es nicht«, sagte Herr Galzing, »wenn unser Freund F. nicht da ist.«

»Doch Sie, lieber Galzing, verfügten doch über genausoviele Möglichkeiten, ins volle Menschenleben hineinzugreifen?«

»Ich war fast mein ganzes dienstliches Leben auf dem Gebiet des Zivilrechts tätig. Das ist zwar, für meine Begriffe, nobler, eleganter als das Strafrecht, ist jedoch der Natur der Dinge nach nicht so voll von dem, was man an Menschenleben herausgreifen kann – oder wie man da sagen soll. Freilich steht der Mensch auch vor dem Zivilrichter in einer Grenzsituation und läßt die Maske fallen!«

»Oder setzt eine Maske auf?«

»Das«, antwortete Herr Galzing, dem nun doch seine Dienstbezeichnung nicht mehr vorenthalten werden soll, wenn schon Dr. F. mit der seinen immer geschmückt war, also: Richter am Oberlandesgericht Galzing, auch a. D., »das«, antwortete er, »entlarvt ihn fast noch stärker. Doch Blutrünstiges wie im Strafrecht ist in Zivilprozessen relativ selten, und das Komische, Groteske und damit Erzählenswerte spielt sich meist im Juristischen ab. Ich könnte Ihnen groteske Vorfälle aus dem Kostenrecht erzählen, doch damit Sie den Witz genießen könnten, müßte ich Ihnen vorher ein Kolleg über eben dieses Kostenrecht halten, und das, fürchte ich, wäre nicht unterhaltsam. Und letzten Endes und überhaupt ist das Menschenleben, das da, sei es vor dem Straf-, sei es vor dem Zivilrichter, ausgebreitet wird, in den meisten Fällen nicht so voll, wie der Laie meint. Auch bei der juristischen Arbeit ist der größte Teil unterhölzisches Gestrüpp, aus Alltäglichem und Kleinkramischem gemischt. Die Perlen, die im Aktenstaub verborgen sind, sind selten.«

»Ganz glauben wir Ihnen nicht, Herr Galzing.«

»Ja, gut, ich könnte Ihnen als Notbehelf, als Lückenbüßer für etwas, was unser Freund F. ausbreiten würde, die Geschichte vom Winninger Weiher erzählen – die füllt höchstens einen Abend, und wir hoffen doch, daß dann …«

»Wir hoffen«, sagte die Hausfrau.

»Obwohl …«, sagte Dr. Schiezer sehr ernst, er mußte es wissen.

»Elpis«, sagte Professor Momsen, »ihr kennt sie wohl, sie fliegt durch alle Zonen, ein Flügelschlag und hinter uns Äonen.«

»Hoffen wir, daß es nicht unser Äon ist, den der gute F. hinter sich läßt. Und wie geht die Geschichte vom – wie sagten Sie, Galzing?«

»Ich sagte Winninger Weiher, doch damit habe ich quasi die Geschichte schon zu erzählen begonnen. Der Weiher hieß aber anders, und ich werde alle Eigennamen ändern, denn es leben zwar vielleicht, nein, fast sicher die damals unmittelbar Beteiligten nicht mehr, die Sache ist lang her, wohl aber sehr nahe Angehörige, Verwandte, die Erben. Ich sagte: Es ist lang her, und Sie können ermessen, wie lang, wenn ich mit der Geschichte in meine Referendarzeit zurückblicke.

Der Winninger Weiher liegt irgendwo im bayerischen Oberland, und Sie müssen sich auf eine bäuerliche Komödie gefaßt machen. Der Weiher, ich habe ihn ein einziges Mal gesehen, das war bei der Gelegenheit, von der ich gleich erzählen werde, war und ist vermutlich noch fast kreisrund und hat einen Durchmesser von, schätze ich, fünfhundert Metern. Es schwimmen Fische drin. Um die ging es. Ob noch heute welche dort schwimmen? Oder ob der Weiher inzwischen so verschmutzt ist, daß alle ausgestorben sind? Wie immer. Ein Bauer, ich nenne ihn Niederhammer, hatte seinen Hof, einen alten, stattlichen Bauernhof, auf der Westseite des Sees. Der an den Weiher angrenzende Grund, also die Ufer, gehörte ihm. Der Weiher selbst gehörte dem Baron, dessen schloßartiges Anwesen östlich des Weihers lag. Nennen wir ihn: Anton Baron Kefeler von Gertenau. Im Sommer, Herbst und Winter herrschte Frieden in diesem herrlichen, grünen, gottgesegneten Land mit den weiten Wiesen, den Baumgruppen neben den kleinen Barockkapellen und dem so oft besungenen weiß-blauen Himmel. Nur im Frühjahr trat der Weiher regel-

301

mäßig über die Ufer, wurde zweimal so groß und überschwemm-
te oft die anliegenden Felder, sowohl die des Barons als auch die
des Niederhammers, einen halben, einen ganzen Meter tief. Das
war jedoch kein Problem und nicht der Streitpunkt. Das Wasser
verhielt sich so, wie es sich gehört und wie es sich schon verhalten hatte, als noch Bären und Luchse daraus soffen und längst
noch kein dickschädeliger Bauer und kein hartnäckiger Baron
dort siedelten, das Wasser verlief gegen den Sommer hin und der
Weiher bequemte sich wieder in seine eigentliche Gestalt.

Ich sagte, es ging um die Fische. Das Fischrecht hatte der Baron, und zwar auf dem ganzen Weiher, der ja ihm gehörte. Wann
der Streit ausgebrochen war, war damals, als ich mit der Sache
konfrontiert wurde, schon nicht mehr erinnerlich. Wahrscheinlich war der Streit schon ererbt – von beiden Seiten. Der Niederhammer fischte nämlich auch, und zwar im Frühjahr, wenn der
Weiher seine, des Niederhammer Gründe überflutete, hielt sich
allerdings immer strikt an die Grenzen, das heißt, er fischte nur
dort, wo unten, unterm Wasser sein Grund lag. Das dürfe er nicht,
sagte der Baron (vielleicht hatte das schon sein Vater, wenn nicht
sein Großvater gesagt), denn die Fische gehören zum Wasser, das
Wasser gehöre zum See, und der See gehöre ihm, dem Baron Kefeler von Gertenau. Sobald der Fisch, entgegnete dann der Niederhammer, ein großer, ein begüterter Mann, ein herrischer Bauer,
wie man früher so einen bezeichnete, entgegnete vielleicht schon
sein Vater oder sogar sein Großvater, sobald der Fisch, der sich
erfahrungsgemäß um die Grundstücksgrenzen nicht schert und
hinschwimmt, wo er will, und sich vielleicht freut, daß er plötzlich Ausflüge dorthin machen kann, wo er mangels Wasser sonst
nicht hinkommt, sobald der Fisch sich quasi oberhalb des vom
Wasser bedeckten Niederhammerschen Grundes befinde, gehöre er ihm, dem Niederhammer, denn das Fischrecht ende logisch
dort, wo der See normalerweise ende. Erst wenn der Fisch eventuell in den eigentlichen See zurückkehre, so der Niederhammer

und so auch die diversen Anwälte, die er nach und nach beschäftigte, begebe er sich wieder in das Fischereirecht des Barons. Doch es kehrten eben sehr viele, nach Ansicht des Barons und seiner Anwälte viel zu viele Fische nicht in das unbestrittene Fischereirecht des Barons zurück, nämlich diejenigen Fische, die der Niederhammer herausfischte und, nehme ich an, die Niederhammerin briet oder kochte und in köstlichem Wurzelsud auf den Eichentisch in der Stube stellte, wo sie der Niederhammer verzehrte und durchs mit weiß-blau gewürfelten Vorhängen umgebene, von Geranien verzierte Stubenfenster hohnlachend zum Baron hinüberfeixte. Es eskalierte soweit, daß einmal der Baron zwar nicht direkt auf den Niederhammer schoß, als der in seinem Boot saß und fischte, wohl aber einen Schuß in die Luft abgab. Dieser strafrechtliche Nebenkriegsschauplatz endete mit einem mühsam erzielten Freispruch für den Baron, weil seine Einlassung, er habe auf eine Wachtel geschossen, nicht widerlegt werden konnte.

Als die Kanzlei, in der ich als Referendar arbeitete, eine große, bedeutende Kanzlei, mit der Vertretung des Barons beauftragt wurde, ging der Prozeß schon in die vierte Instanz. Das heißt: Das Landgericht hatte entschieden – so oder so, ich weiß es nicht mehr, das Oberlandesgericht auf die Berufung hin anders herum, in der Revision hatte der Bundesgerichtshof das Oberlandesgerichtliche Urteil aufgehoben und die Sache ans Oberlandesgericht zurückverwiesen. Dort hing sie jetzt. Die Akten waren zentnerschwer geworden. Den gewichtigen Fall bearbeitete der Seniorchef der Sozietät persönlich. Ich, der Referendar, war nur Hilfskraft. Ich mußte Zusammenfassungen schreiben, die Termine vorbereiten, vor allem im Staatsarchiv alte Urkunden heraussuchen. Ich gestehe, daß mir das nicht unangenehm war, im Gegenteil.

Sowohl das Gut des Barons als auch der Niederhammerhof waren im Mittelalter und bis herauf ins achtzehnte Jahrhundert

Klostergüter von Rottenbuch gewesen. So weit zurück mußte ich in den alten Urkunden herumgraben. Es stellte sich dabei heraus, daß die Gründe um den Winninger Weiher nach der Säkularisation des Klosters 1803 erst an den Fiskus und dann zum einen Teil an den Ururgroßvater des jetzigen Niederhammer, zum Teil an einen *General von Sabredor Exz.* verkauft wurden, und Sabredors Enkelin vererbte es an die Kefeler von Gertenau. Im Kaufvertrag zwischen dem Fiskus einerseits und Exzellenz Sabredor bzw. Niederhammer, Aloysius, *Quartierer zu Answang, kath., wohl beleumundet* usw., war nur davon die Rede, daß die Fischereirechte auf dem ganzen See Exzellenz Sabredor übertragen werden. Das war ja unstreitig. Aber ich fand auch die Urkunde, die den Übergang vom eben aufgelassenen, säkularisierten Kloster an den Fiskus regelte, also den bayrischen Staat – damals noch mit i und Kurfürstentum –, und darin stand, daß das Fischrecht im Weiher ›soweit reichet, wie der See täuffet‹. Das hieß, meinten wir namens des Barons, daß er fischen dürfe, er und kein anderer, soweit das Wasser des Weihers jeweils reiche, gleichgültig, wem der Grund darunter gehöre. Dies bedeute, sagten wir, ›täuffen‹. Die andere Seite sagte: ›O nein. Täuffen heißt, soweit übliches Wasser reicht.‹

Die Sache ging nicht vorwärts. Uralte Zeugen wurden vernommen. Der alte Pfarrmesner des nächsten Dorfes, damals schon an die neunzig Jahre alt, krächzte, nachdem er mit Mühe die Frage verstanden hatte, daß er sich daran erinnere, daß sein Großvater gesagt habe: Ja, ja, der Niederhammer dürfe dort fischen, wo das Wasser über seine Gründe täufft (›Aha!‹ zischte ich meinem Chef zu: ›Hören Sie, wie er das Wort verwendet?‹), habe immer dort gefischt. Doch die fast noch ältere verwitwete Stockgrammer, Theresia vulgo Platzer-Resl von Polykarpszell wußte zu berichten, daß ihre Tante, die seinerzeit als Viehheilkundige weitum berühmte Trutzpointner, Barbara, genannt Kräuter-Wabn, Köchin beim alten, nein nicht beim alten, beim »ganz alten Baron« gewesen sei, und der habe gesagt, der Niederhammer dürfe eigentlich nicht dort fischen, doch ihn, den Baron, kümmere das nicht, und den Niederhammer werde dereinst wegen dieses Frevels der Teufel holen.

›Das spricht eindeutig für unsere Ansicht‹, rief mein Chef in der betreffenden Verhandlung.

›Keineswegs‹, protestierte der Gegenanwalt, ›konträr, konträr! Das ist eine stillschweigende Genehmigung!‹

›Vielleicht‹, sagte mein Chef, ›unter der aufschiebenden Bedingung, daß den Großvater Ihres Mandanten der Teufel holt?‹

Es gab selbstverständlich einige höchst- und obergerichtliche Entscheidungen in ähnlichen Fällen, doch die waren erstens eben nur ähnlich, nicht gleichgelagert, und widersprachen einander außerdem. Da kam ein neuer Vorsitzender in den Senat, ein Richter von Format, dazu ein sogenannter *g'standener Bayer* und der Landessprache mächtig. Er ließ sich vom Berichterstatter des Senats den Fall vortragen und ordnete dann einen Ortstermin an.

Es war nicht nur ein Ortstermin, es war eine Sternstunde hochbayrischer Justiz. Der Ortstermin fand im Extrastüberl des nahegelegenen, höchst gediegenen Wirtshauses statt. Der Senat war natürlich da, Protokollführer, der klägerische Anwalt mit dem gewichtigen Niederhammer im schwarzen Sonntagsanzug mit weißem Hemd, dann unsere Seite, das heißt, mein Chef mit dem von aristokratischem Loden umtuchten Baron, und auch ich durfte, bescheiden seitlich hinter meinem Chef sitzend und die schwere Aktentasche haltend, dabei sein.

Der Vorsitzende rekapitulierte den gesamten Fall, imponierte durch exakte Aktenkenntnis und sowohl juristische als auch historische Durchblickung der Sach- und Rechtslage. Unversehens – nein, ich glaube vom Vorsitzenden genau kalkuliert – glitt die Verhandlung langsam vom Hochdeutschen immer mehr ins Bayrische und damit vom Juristischen ins Menschliche.

›Ja, Herrschaftszeiten‹, sagte der Senatspräsident, den Titel führten Vorsitzende Richter am Oberlandesgericht damals noch, und haute mit der flachen Hand nicht zu fest, aber deutlich auf den Tisch, ›Herr Baron! Herr Niederhammer! Kann ma denn net in Fried nebeneinand leben?! Wega de bißl gschissne Fisch. Seid's es a so a notige Gsellschaft – Herrschaftszeiten!‹ Aber noch blieben sie hart. ›Es geht ums Prinzip‹, sagte der Baron. ›Wenn ich das schon höre‹, brummte der Senatspräsident. ›Die Fisch ... die Fisch ... die sind mir etzetra‹, sagte der Bauer, ›die Sache muß eine ordentliche Gerechtigkeit haben. Daher. Nachher.‹ – ›Und!!‹, schimpfte der Senatspräsident, ›und freilich geht's euch um die Fisch. Noch nie habe ich keinen Prozeß nicht erlebt, wo's nur um die Gerechtigkeit gegangen wär'. Immer geht's um die Fisch. So zum sagen.‹ Und so fort. Der Baron wurde als erster weich. ›Nun ja – Herr Senatspräsident, schon wahr, nur, na ja ... wenn ein angemessener Kompromiß gefunden werden könnte ...‹ Der Kompromiß wurde letzten Endes gefunden, allerdings erst, als der Senatspräsident in die tiefste Niederung der Volkstümlichkeit hinabgestiegen war und – nicht laut, eher leise, aber eindringlich und unbeleidigend – vertraulich ins Du gewechselt hatte: ›Niederhammer, jetzt sei doch a net so oder bist ein Unmensch?‹ Da schämte sich der Niederhammer, senkte den Kopf und sagte: ›Hast recht, Herr Präsident, und damit a Ruah is ...‹

Es wurde ein sehr detaillierter Vergleich ausgehandelt, wie oft und wieviel der Niederhammer sowie seine Erben und Rechtsnachfolger fischen dürfen, wie viele Weißfische, wie viele Renken, wie das kontrolliert werden soll und so fort. Dann wurde noch ein wenig um die Kosten und um den Streitwert diskutiert, und endlich konnte protokolliert werden. Der Protokollführer las den Vergleich vor. Mein Chef sagte: ›Einverstanden.‹ Der Gegenanwalt sagte: ›Einverstanden.‹ Und der Senatspräsident schloß nicht ganz ohne Feierlichkeit die Akten, und dann kam es zur eigentlichen Versöhnung. Der Niederhammer stand auf, nein, stemmte sich aus seinem Sessel, ging zum Baron hinüber, streckte ihm, den Kopf schief, die Hand hin: ›Herr Baron, also!‹ Der Baron war auch aufgestanden, nahm die Hand und sagte: ›Niederhammer, also!‹ Wie bestellt läuteten in dem Moment draußen die Kirchenglocken zu Mittag. ›Ist das nicht ein Zeichen des Himmels?‹ sagte der Senatspräsident, ›und haben Sie nicht alle jetzt Hunger?‹ – ›Und Durst, Herr Präsident‹, sagte der Niederhammer. ›Herr Wirt, lassen Sie auftragen!‹ Und dann gab es Leberknödelsuppe und Schweinsbraten mit Kraut und Kartoffeln und ein Bier und noch ein Bier und einen Apfelstrudel mit Schlagrahm und einen Kirschgeist – und dann kam es fast nochmals zum Streit, denn der Baron stand zuletzt auf und rief den Wirt: ›Der Prozeß ist vorbei. Es kann also kein Verdacht einer Bestechung aufkommen. Die Herrschaften sind meine Gäste. Herr Wirt, schicken Sie mir die Rechnung hinüber.‹ – ›Kommt nicht in Frage, Herr Baron‹, sagte der Niederhammer dazwischen, ›das ist meine Sache. Wirt, gib mir die Rechnung.‹ Wie gesagt – beinahe sind sich die beiden dann deswegen in die Haare geraten, bis sie sich dazu durchgerungen haben, die Rechnung zu teilen.

Ich fuhr mit dem Chef im Auto zurück. Die sanften grünen Hügel des Oberlandes, weit hinten die graue, blaue Kette der Berge, ein Dorf in der Senke, ein Himmel blau wie von Lack, ein früher Herbsttag schon mit leichter Färbung. Der Chef schaute nachdenklich hinaus und lächelte etwas: ›Ich war eben in der Karibik‹, sagte er dann nachdenklich. Wir fuhren an einer kleinen weißen Kirche vorbei, die nahe einer großen Linde stand. ›Ich frage mich‹, sagte er dann, ›warum.‹«

Der dritte Donnerstag des Herrn Galzing, Vorsitzender Richter am Oberlandesgericht a. D.

Ich hatte schon angenommen, daß gar kein Donnerstag mehr statt-finde. »Ich glaube jedoch«, hatte meine Frau gesagt, also die mir gehörige Frau, Sie verstehen, sie, die mir immer das Futter bringen darf, in einer Silberschüssel, darunter tu' ich es nicht, »ich glaube jedoch«, hatte sie gesagt, »es ist in seinem Sinn, wenn wir trotzdem die Donnerstage fortsetzen.«

»Nicht trotzdem«, sagte Herr Bäßler, »deswegen.«

»Vieleicht hört er zu? meinte Prof. Momsen und schaute nach oben.

*

»Wie Sie wissen«, fing Herr Galzing an, »kenne ich nicht so viele Geschichten wie unser verehrter Freund F., habe nicht so viel erlebt, und ich muß also auf Fremdes zurückgreifen, sogar auf, vermute ich, Erfundenes. Das heißt, die Einleitung, wenn man so sagen kann, ist nicht erfunden, die habe ich selbst in der Tat erlebt, und sie war der Ausgangspunkt von endlosen Überlegungen und Grübeleien meiner Frau.

Ich bin, im Gegensatz zu meiner Frau, kein Leser von Kriminalromanen. Meine Frau schon, wie Sie vielleicht ohnedies wissen. Vielleicht hängt das damit zusammen, daß sie Anglistin ist. Sie liest die Kriminalromane in der Sprache, in der sie gelesen gehören: auf Englisch. Dort und in dieser Sprache liegen Kriminalromane literarisch gesprochen, sagt meine Frau, auf der Leiste ganz oben, gleich unterhalb von Shakespeare. Wohlgemerkt englische Kriminalromane, nicht amerikanische. Die sind nur mit der Faust geschrieben, während die englischen sozusagen ins karierte Plaid gewickelt am Kaminfeuer beim Tee verfaßt werden. Die Dantessa Alighieressa des Kriminalromans ist, so jedenfalls die, wie ich mir durchaus vorstellen kann, begründete Meinung meiner Frau, ist Agatha Christie.

Nun, ich habe auch den einen oder anderen gelesen, hauptsächlich meiner Frau zuliebe, auch Dorothy Sayers oder Josephine Tey – merkwürdig, daß grade Frauen so elegante Verbrechen einfädeln können –, und habe in der Tat festgestellt, daß grade bei Agatha Christie die Dialoge von funkelndem Schliff sind, und man kann Redewendungen lernen, die man in England mit Gewinn in die Konversation tröpfeln lassen kann. So erinnere ich mich an die feingliedrigen Abstufungen der möglichen Äußerungen für die Tatsache, daß man genug gegessen hat und satt ist. Die feinste Version lautet: ›I have had an excellent sufficiency ...‹ Die ordinärste: ›I am full.‹ Nun, wie gesagt, ein versierter Leser von Kriminalromanen bin ich nicht, ich bin jedoch ein passionierter Wühler in den gewissen Kästen oder Schachteln, die oft vor den Buchhandlungen stehen, in denen die Buchhändler ihre zumeist unverkäuflichen Restbestände für geringes Geld oder sogar, habe ich auch schon erlebt, zum kostenlosen Mitnehmen anbieten. Ich habe manchen überraschenden Fund gemacht. Das Versepos *Dreizehnlinden* von Friedrich Wilhelm Weber in Goldschnitt für fünfzig Pfennige, die Erstausgabe von Thomas Manns Idylle *Das Kindlein* oder Richard Graf Du Moulin-Eckarts *Cosima-Wagner-Biographie* für eine Mark, allerdings nur den zweiten Band. Ich hoffe, daß das Wunder geschieht, das mich den ersten finden läßt. Daher werden Sie verstehen, daß ich seitdem erst recht keinen solchen Wühlkasten auslasse und daß ich alle Wühlkästen und -schachteln mit nachgerade manischer Sorgfalt prüfe. So eines Tages einen Kasten oder besser eine Kiste vor einer Buchhandlung in, ich weiß es noch genau, Göttingen. Es hatte dort eine Tagung über Mietrecht stattgefunden, und ich war auf dem Weg zum Bahnhof. Zum Glück hatte ich genug Zeit, um die Kiste vor der Buchhandlung gründlich zu durchwühlen. Den ersten Band von Du Moulin-Eckarts Cosima-Wagner-Biographie fand ich nicht, wohl aber ein Buch, das mich nicht interessierte, das mir vielmehr leid tat. Bücher sind für mich Wesen. Ich versteige mich nicht dazu zu sagen: lebendige Wesen, wohl aber: Wesen. Sie sind mehr als daß sie bloß seien. Sie *wesen* eben. Ich hoffe, Sie verstehen. Das Buch, das ich dort im Wühlkasten fand, war ein schwer verletztes, verwundetes Buch. Es war sicherlich broschiert gewesen. Der Deckel fehlte, ebenso der hintere Deckel, es fehlten alle Seiten bis einschließlich Seite zwölf, und auch hinten fehlten Seiten, wie viele, war selbstverständlich nicht festzustellen, es hörte, wenn ich mich recht erinnere, bei Seite 122 oder 124 auf, und auch von dieser letzten Seite war ein schräges Stück herausgerissen, so als ob irgend jemand ganz rasch ein Papier gebraucht hätte, um eine Notiz festzuhalten.«

*

Vielleicht denke ich darüber nach, wer diese Notiz geschrieben hat, in welcher Situation, und was für eine so ungeheuer wichtige Notiz das war, daß dieser Mensch – Frau oder Mann? – eine Buchseite zur Hälfte herausreißt. Vielleicht ist dies der Anfang meines Romans Der Venusturm. *Oder heißt er doch:* Das gelbe Herz? *Jene schöne, bis auf die Schuhe, den Hut und ein Kettchen um die Fessel völlig nackte Frau, die ihre Brüste herrlich und gedankenlos der Abendsonne preisgibt, die durch die Zypressen auf die Terrasse vor dem Haus in der Toscana spielt, diese Frau war es nicht, die die Seite aus dem Buch gerissen hat. So etwas tut sie nicht. Sie liest ja auch mein Buch, nicht das, wovon der Mensch da unten im Sessel erzählt.* Der Venusturm – *ich glaube, ich bleibe bei diesem Titel, obwohl mir* Das gelbe Herz *auch nicht schlecht gefällt. Vielleicht verwende ich das gelbe Herz für das Motto, das ich auf die allererste Seite meines Buches drucken lassen werde. Zum Beispiel:* Das gelbe Herz *wirft einen Schatten auf... Ja – worauf? Auch und gerade einen Schatten wirft das Herz, ob gelb oder rot. Auch ein Herz wirft Schatten? Das Schattenherz? Ich glaube, ich sollte nicht weiter über den Titel nachdenken, bevor ich nicht das Buch geschrieben habe. Es ist, glaube ich, doch ein Mann, ein ganz junger Mann, der hastig das Nächste greift, was aus Papier ist, und eine Notiz darauf*

*schreibt… Dann reißt er das halbe Blatt aus dem Buch, faltet es zu-
sammen und …*

So fängt mein Buch an. Wenn ich nur wüßte, wie es weitergeht.

*

»Das beschädigte, verwundete Buch kostete zwanzig Pfennig. Der
Buchhändler, offenbar von grünem Geiz geplagt, hatte sich die
Mühe gemacht, diesen Preis sogar auf dem Buch, auf dessen erster
Seite, die, wie gesagt, die dreizehnte war, mit Bleistift oben rechts
zu vermerken. Ein weniger oder überhaupt nicht geiziger Buchhändler hätte diesen Buchinvaliden womöglich weggeworfen –
herzlos, aber vernünftig. Ich segne also den Geiz jenes Buchhänd-
lers, denn ohne diesen Geiz könnte ich Ihnen diese Geschichte
nicht erzählen, obwohl – Geschichte ist richtig, und erzählen
werde ich auch, nur … nun, Sie werden selbst sehen.

Ich kaufte also, weil ich sonst in dem Wühlkasten nichts fand,
was mich interessierte …«

»Was war denn so ganz Uninteressantes in dem Wühlkasten?
Wo Sie doch sonst so gut wie alles interessiert, Herr Galzing?«

»Ein großer Verlag verramschte damals Tonnen von soziolo-
gisch-philosophischem Schwachsinn linker Langeweile. In dem
Wühlkasten verstaubten nur Werke jenes Herrn Schlotterbein
oder wie er heißt, dessen Namen und gar wiederum dessen genaue Schreibweise mir zu merken ich mich weigere. Ihn als Phi-
losophen zu bezeichnen beleidigt alle von Permenides bis Scho-
penhauer.

Ich kaufte also den Invaliden, ging zum Zug, fuhr ab und las.
An sich hatte ich, wie immer, ausreichend Lektüre dabei. Ich
wüßte nicht mehr zu sagen, was ich damals gerade las, doch das
stellte ich zurück, denn das bejammernswerte Buch … Sie kennen das ja, ich wollte es nicht beleidigen, indem ich zugab, es nur
aus Mitleid gekauft zu haben. Ich heuchelte dem Buch gegenüber
Interesse und schlug es auf, das heißt: Ich brauchte es ja nicht
aufzuschlagen, denn die erste zu lesende Seite lag wie eine offene

Wunde obenauf … Es fesselte mich nicht sonderlich. Auf einer der nächsten Seiten stand II, also begann dort das erste vollständige Kapitel. Ich las dann noch Kapitel III und IV, glaube ich, dann mußte ich umsteigen. Der Zug, in dem ich saß, hatte etwas Verspätung, der Anschluß war ohnedies knapp, ich weiß nicht, ob diese knappen Anschlüsse eine Tücke der Bahnverwaltung sind – jedenfalls gellte schon durch den Lautsprecher draußen: ›Anschlußreisende … und so fort… Bahnsteig sowiesoviel … bitte rasch umsteigen …‹ Ich raffte mein Gepäck zusammen …«

»Und ließen das Buch liegen.«

»Ja. Leider. Ich hatte zwar dann ein schlechtes Gewissen, denn erstens hatte ich dadurch mein Mitleid paralysiert, und dann schämte ich mich zu gestehen, daß ich mich im nächsten Zug mit einiger Erleichterung meiner eigentlichen Lektüre zuwandte.«

»Für das invalide Buch war das ja dann wohl das Todesurteil.«

»Wohl«, sagte Herr Galzing.

»Und das ist das Ende der Geschichte, die Sie uns erzählen wollten?« fragte der Sohn des Hauses.

»Nein«, erwiderte Herr Galzing, »der Anfang.«

So beginnt also die letzten Endes fragmentarische, zu einem Gesellschaftsspiel friedlichen Wettstreits führende Geschichte vom *Dressman*, was auch dazu führte, daß an dem Abend, was Oberstaatsanwalt Dr. F. nie zugelassen hätte, das vorgesehene Streichquartett in a-Moll von Schubert, das sogenannte *Rosamunden-Quartett*, ungespielt blieb. Und was passiert, wenn eine strenge Tradition einmal, nur einmal nicht eingehalten, unterbrochen wird, kann man sich denken. Herr Galzing also …

*

Ich komme immer mehr zu der Überzeugung, daß dieses beschädigte Buch mein Roman Der Venusturm *ist – oder vielmehr war. Ich darf gar nicht daran denken, was geschehen ist, nachdem eine Putzfrau oder ein Putzmann mit all den Zeitungen und Zigaretten-*

schachteln und Dosen, die so in einem Zug übrigbleiben, auch die-
ses Buch gefunden hat, das bedauernswürdige, buchstäblich ge-
schundene, denn seiner Haut beraubte Buch, ein Märtyrer-Buch,
ein Marsyas-Buch ...

*

»Ich glaube«, sagte die Hausfrau, »ich tu' die Katze hinaus, bevor
Sie anfangen; weiß nicht, was sie heute hat.«

»Ja, also«, sagte dann Herr Galzing, »meine Frau war, in aller
Freundschaft, höchst ungehalten, daß ich das Buch im Zug liegengelassen hatte, ihr zwar erzählen konnte, wie die Geschichte anfing, nicht jedoch, wie sie weiterlief. Den Schluß hätte ich
ihr ohnedies nicht mitteilen können, denn der fehlte ja. Aber, so
meine Frau, sie als geübte Kriminalromanleserin hätte sich wahrscheinlich das Ende unschwer ausmalen können. Ehrlich gesagt:
Ich zweifle daran. Nun gut. Auch der Anfang war ja nur zu erraten, wenngleich nicht schwer.

Sie wissen, was ein *Dressman* ist? Das ist das männliche Ge-
genstück zum Mannequin oder Model. Er präsentiert auf Lauf-
stegen oder für Photographien die sogenannte neue Mode, also
das, was gewisse Unholde als Kleidung entwerfen und was unsereins nicht trägt. Ich gestehe allerdings, daß ich solche Zeitungen
und Zeitschriften gern anschaue, um mich darüber zu informie-
ren, was ich alles nicht brauche.

Gustav hieß der Dressman. Einen Familiennamen hatte er, jedenfalls soweit ich im Buch las, nicht. Ich werde aber nicht um-
hinkönnen, ihn im Lauf meiner Erzählung zu erfinden. Oder ...«

»Sie erfinden ihn gleich?«

»Ich schlage vor: Hirnriß, Dressman«, sagte der Herr des Hauses.

»Kupertz«, sagte Herr Bäßler, »Hirnriß ist zu ... wie soll ich
sagen ...«

»Zu deutlich«, sagte die Frau des Hauses.

»Also Kupertz«, sagte Herr Galzing. »Er scheint, wenn ich aus

dem Gelesenen den Anfang zu rekonstruieren versuche, seinerzeit, wohl vor längerer Zeit, ein berühmter Dressman gewesen zu
sein, und man konnte keine Zeitung aufschlagen, ohne dem Bild
Gustavs zu begegnen. So jedenfalls das Buch. Sehr beliebt scheint
eine Serie von Reklamebildern gewesen zu sein, in der Gustav mit
einem ausgestopften Bären für eine Whiskymarke warb. Doch
seit einiger Zeit war Gustav als Dressman außer Mode. Langsam
waren seine Aufträge, mit denen er Hunderttausende gescheffelt
hatte, weniger geworden und auch weniger gut bezahlt, zuletzt nur
noch getröpfelt ... Gustav, Junggeselle mit Playboyanstrich, hatte, fast selbstverständlich bei einem Dressman, das Geld, solange
er gut verdient hatte, mit vollen Händen wieder hinausgeworfen.
Jetzt saß er auf dem Trockenen und in einer schäbigen Einzim-
mer-Wohnung, und ein Furunkel auf der linken Wange zerstörte
sein Erscheinungsbild. Die linke Seite war seine Schokoladensei-
te. Er wurde immer von links photographiert. Er pfiff aus dem
letzten Loch.

An einem Wintervormittag – so fing das Buch an der Stelle an,
von wo ab es unbeschädigt war – kam Gustav, schneebedeckt und
hustend, in seine schon seit zwei Monaten nicht mehr bezahlte
Wohnung zurück, wobei ihm die eben gekaufte Whiskyflasche
entglitt und am Boden zerschellte. Zunächst zu lauten, himmelschreienden Flüchen sich aufblähend, sank er jedoch gleich in
Resignation zurück, sagte sich: ›Ein Schotte, wird behauptet,
würde es auflecken‹, und ächzte während des Aufwischens: ›Das
also auch noch. Es kommt alles zusammen.‹ Er rechnet nach, daß
er nur noch 27 Mark und 30 Pfennig – der Roman spielt noch in
der alten Währungszeit – zur Verfügung hat und keine Aussicht
auf einen neuen Auftrag, prüft nochmals seinen Geldbeutel, stellt
fest, daß ihm offenbar irgendwo falsch herausgegeben worden
war und daß er statt 27 Mark 30 nur 26 Mark und 80 hatte, und
jetzt war ihm so, als sei das letzte Loch auch noch verstopft. Da
läutete es ...

Auch das stand, so scheint es, auf jenen ersten zwölf Seiten, die fehlten, daß Gustav schon seit einiger Zeit ein Mann aufgefallen war, der mehr oder weniger unbeweglich, höchstens ein paar Schritte hin und her gehend bei Wind und Wetter und jetzt Schnee, auf der dem Haus, in dem Gustav wohnte, gegenüberliegenden Seite Posten bezogen hatte und offensichtlich dieses Haus beobachtete. Gustav ging zum Fenster und schaute hinunter. Der Mann war weg.

Es läutete wieder. Gustav zögerte. Es klopfte an der Tür, nicht laut, pochend und drohend, sondern eher zögernd, höflich, sofern man höflich klopfen kann … Ja, kann man, an der Tür des Vorgesetzten, so ungefähr. Durch die Tür rief ein Mann: ›Mein Name ist Spitzhirn, machen Sie bitte auf, ich weiß, daß Sie zu Hause sind.‹

Die Stimme klang sanft, fast flehend. ›Haben Sie keine Angst‹, sagte der Mann, ›ich tue Ihnen nichts.‹

Nach einigem Zögern öffnete Gustav. Draußen stand jener Mann, der seit einiger Zeit das Haus beobachtet hatte, ein Mann in einer jener Mützen mit englischem Karo, die *Deerstalker* genannt werden. Wenn Sherlock Holmes abgebildet wird, trägt er so einen Hut.«

»Herr Spitzhirn«, sagte die Frau des Hauses, »mit Deerstalker. Es scheint weniger ein Kriminal- als ein humoristischer Roman gewesen zu sein. Wenn noch ein Bertie Wooster, ein Mr. Psmith, der Butler Jeeves oder Lord Blandings vorgekommen sind, war es von P. G. Wodehouse.«

»Nichts dergleichen. Humoristischer Einschlag wohl, und den Namen Spitzhirn habe ich wirklich aus dem Buch. Er ist mir im Gedächtnis haften geblieben, obwohl dies nicht mehr so zuverlässig ist wie früher, wie überhaupt viel aus dem Buch, soweit ich es gelesen habe. Die Dialoge erlaube ich mir aus der Erinnerung ungefähr wiederzugeben. Es waren viele Dialoge in dem Roman.«

»Daran erkennt man einen guten Roman«, sagte Prof. Momsen, der es ja wissen mußte.

»Ja«, sagte Herr Galzing, »und dieser erste Dialog ging etwa so:

›Ich heiße Spitzhirn‹, sagte der schneebestäubte Mann und zog seinen Deerstalker.

›So‹, sagte Gustav.

›Sie brauchen sich nicht vorzustellen, ich weiß nicht nur Ihren Namen, ich weiß alles über Sie.‹

›So‹, sagte Gustav.

›Darf ich eintreten?‹

Gustav hielt immer noch den Türgriff in der Hand wie im Begriff, die Tür wieder zuzumachen.

›Ich wüßte nicht, warum.‹

›Es ist schwer‹, sagte Spitzhirn, ›in dieser merkwürdigen Lage das Richtige zu sagen.‹

›Das ist in fast jeder Lage schwer‹, brummte Gustav.

Spitzhirn schnupperte.

›Ja!‹ sagte Gustav ärgerlich, ›es stinkt nach Alkohol, aber nicht, weil ich besoffen bin, sondern weil mir eine Whiskyflasche hinuntergefallen ist.‹

›Die letzte.‹

›Die einzige.‹

›Blöd. Ausgerechnet jetzt, wo Sie nur noch 27 Mark und 30 Pfennige haben.‹

›26 Mark und 80!‹

›Dann hat man Ihnen entweder beim *Spar* oder am Kiosk, wo Sie die Zeitung gekauft haben, falsch herausgegeben.‹

Gustav schnaufte.

›Sie sind mir unheimlich‹, sagte er.

›Keineswegs‹, sagte Spitzhirn, ›ich erkläre Ihnen alles, nur lassen Sie mich eintreten. Erstens redet es sich da besser als unter der Tür, und zweitens wäre ich, ehrlich gesagt, froh, wenn ich für eine halbe Stunde ins Warme und Trockene käme.‹

Ganz langsam, immer noch zögernd, machte Gustav die Tür ganz auf und deutete mit einer Geste an, daß Spitzhirn eintreten dürfe. Da läutete das Telephon.

›Gehen Sie ruhig an den Apparat, ich warte.‹

›Ich darf wohl an den Apparat gehen oder nicht, wie ich will, oder?‹

Das Telephon läutete weiter.

›Natürlich, ich habe nur gemeint …‹

›Das ist doch meine Sache‹, giftete Gustav.

›Doch, ja, ich habe nur gemeint …‹

Das Telephon hörte zu läuten auf.

›Jetzt hat es aufgehört‹, sagte Spitzhirn.

›Das ist meine Sache.‹

›Vielleicht war es ein wichtiger Anruf? Vielleicht die Agentur? Ein Auftrag?‹

›Kümmern Sie sich um Ihre Angelegenheiten.‹

›Das tue ich‹, sagte Spitzhirn langsam, ›und erlauben Sie, daß ich mich setze? Sie sind meine Angelegenheit, leider.‹

Auch Gustav setzte sich, und Spitzhirn kam nun insofern zur Sache oder der Sache zumindest näher, als er darlegte, wie miserabel es Gustav gehe, daß nicht nur das Furunkel schuld an dieser Lage sei, sondern der allgemeine Modetrend, und daß man, Spitzhirn habe unter einem Vorwand angerufen, bei der *Abendzeitung* nicht einmal mehr den Namen Gustavs, des ehedem Prominenten, kenne. Die Einwände Gustavs, daß sich die Mode ändern könne, wischte Spitzhirn mit der Bemerkung hinweg, daß er das wohl selbst nicht glaube und daß die Eisenbahn Hilfsarbeiter suche. Dies werde er wohl machen müssen, er, Gustav der Dressman, es sei denn …

›Es sei denn?‹ fragte Gustav, der selbstverständlich neugierig geworden war.

›Es sei denn, wir tun uns zusammen.‹

›Wie soll ich das verstehen?‹

Vor drei Wochen, erklärte Spitzhirn, habe er den Auftrag bekommen, er sei nämlich Privatdetektiv, ihn, Gustav, zu beschatten.

›Aha!‹ sagte Gustav, ›von Beatrix.‹

›Nein. Von Beatrix' Mann.‹

Beatrix' Mann, Herr Bauunternehmer und eigentlich Baulöwe und vielfacher Millionär Möhnle sei nämlich hinter das Verhältnis gekommen, das Gustav mit Beatrix habe.

›Gehabt habe!‹ sagte Gustav. ›Es ist aus.‹

›Eben, eben‹, jammerte Spitzhirn, jammerte in der Tat, ›oder anders angefangen: Irgend jemand, vielleicht auch ein anonymer Brief oder etwas dergleichen hat Möhnles Verdacht erregt. Nur Verdacht. Nichts Gewisses, keine Beweise. Beatrix hat geleugnet, Stein und Bein geschworen, daß sie Sie überhaupt nicht kennt – er glaubt ihr natürlich nicht, rast vor Eifersucht …‹

›Er kann beruhigt sein. Es war. Doch es ist aus.‹

›Und wie, bitte, soll man das dem Möhnle klarmachen? Doch das ist gar nicht das Problem. Das Problem bin ich. Schauen Sie mich an. Ich bin ein junges aufstrebendes Unternehmen. Ich habe meine Detektei vor vier Wochen gegründet. Mit Aufbaukrediten. Hier meine Karte. Und vor drei Wochen habe ich Möhnles Auftrag bekommen …‹

›Ich gratuliere‹, sagte Gustav.

›Mein erster Auftrag und – hören Sie, hören Sie – mein einziger.‹ Er zog seine Brieftasche, nahm einen Fünfzigmarkschein heraus und legte ihn auf den Tisch, schob ihn leicht zu Gustav hinüber.

›Was soll das?‹ fragte Gustav.

›Was kann ein Detektiv seinem Auftraggeber berichten, wenn der Kerl, den er beobachten soll, ums Verrecken nicht aus dem Haus geht? Seit drei Wochen stehe ich im Schnee und in der Kälte draußen vor Ihrem Haus. Schauen Sie meine Schuhe an! Und was registriere ich? Was kann ich meinem Auftraggeber berich-

318

ten? Daß Sie einmal am Tag zum *Spar* gehen und zum Kiosk, wo Sie eine Zeitung kaufen, daß Sie einmal in der Woche vergeblich zur Agentur gehen, daß Sie abends gegen halb elf Uhr den Fernseher auszuschalten pflegen … heute könnte ich Herrn Möhnle berichten, daß man Ihnen um sechzig Pfennig …‹

›Fünfzig Pfennig …‹

›… fünfzig Pfennig zu wenig herausgegeben hat. Ja, glauben Sie, das genügt einem Auftraggeber, der die Untreue seiner Frau bewiesen haben will? Das genügt einem Möhnle? Kennen Sie ihn?‹

›Um Himmels willen, nein.‹

›Aber ich kenne ihn. Ein aufbrausender und eigenwilliger Sanguiniker. So ein Stiernacken. Und Bauunternehmer. Wenn Sie mir, sagte er gestern, nicht bis morgen, also heute, Sie verstehen, ein handgreifliches Ergebnis bringen, Sie … Sie …ja, er verstieg sich zu dem Ausruf: Sie Flasche! Dann ist der Auftrag gestrichen. Lieber Freund! Retten Sie mich. Lassen Sie mein junges Unternehmen nicht in der ersten bescheidenen Blüte untergehen. Hier die fünfzig Mark.‹

›Ich verstehe immer noch nicht. Es ist aus zwischen Beatrix und mir. Schon seit Monaten.‹

›Sie liebt Sie noch.‹

›Da schau her.‹

›Ich weiß es. Ich habe unter einem von Möhnle geschickt herbeigeführten Vorwand mit Beatrix gesprochen. Sie hat auch mir gegenüber bestritten, daß sie Sie kenne. Doch mit geübtem Auge habe ich erkannt, daß sie Sie immer noch liebt.‹

›Übt man so etwas in der Detektivschule? Oder wie die Institution heißt. Detektivakademie? Detektivuniversität?‹

›Mir ist nicht nach Albernheiten zumute. Ich bin im Moment auf Sie angewiesen. Helfen Sie mir. Schreiben Sie an Beatrix, treffen Sie sie wenigstens in einem Café.‹

›Der Vorschlag kommt mir sehr ungelegen.‹

›Doch das Geld käme Ihnen gelegen.‹ Er schob den Fünfzigmarkschein noch näher zu Gustav hin. Er senkte die Stimme:
›Wenn Sie mitmachen, teilen wir, und wir nehmen den Möhnle
aus wie eine Weihnachtsgans.‹

Ich kürze ab: So geschah es.

Gustav schrieb einen herzergreifenden Brief an Beatrix, bat
um Verzeihung, versicherte weitergehende Zuneigung und bat
um ein Treffen im Café *Frantzmann*. Spitzhirn spielte den Brief
Beatrix zu, nicht ohne ihn vorher copiert zu haben. Die Copie
brachte er mit einem sauber geschriebenen Bericht und in ver-
haltener Siegermiene zu Möhnle. Spitzhirn, von dem niemand in
der Firma und auch nicht in der näheren Umgebung des Chefs
auch nur den Namen kannte, geschweige denn seinen Auftrag,
hatte immer ungehinderten Zugang unter Umgehung sogar des
Privatsekretariats, das heißt, Spitzhirn hatte eine ganz geheime
Telephonnummer, die direkt ohne die Zentrale an Möhnles
Schreibtisch führte. Spitzhirn brauchte nur das Kennwort *Kän-
guruh* zu sagen (warum Möhnle ausgerechnet dieses Wort wählte, wurde in dem Buch, jedenfalls soweit ich es las, nicht erklärt;
vielleicht erinnerte ihn Spitzhirns Gesicht entfernt an ein solches
Tier), dann öffnete Möhnle unten in der Tiefgarage seines Büro-
hochhauses einen Speziallift, der oben in seinem Privatbad hinter einem Spiegel endete. So auch jetzt. Spitzhirn präsentierte seinen Bericht.

›Na! Sehen Sie, Spitzhirn‹, strahlte Möhnle jovial, ›einen Cognac? Einen Kaffee?‹

›Sage nicht nein, Herr Möhnle.‹

›Sehen Sie, sehen Sie. Wenn man nur will, zeitigt man Ergeb-
nisse. Das habe ich mein Leben lang beherzigt. Den Erfolg sehen
Sie …‹ Er deutete aus dem Fenster auf seinen Betrieb. ›Und, seien
Sie mir nicht böse, aber euch junge Leute muß man eben scharf
anfassen, dann spurt's. Zu eurem eigenen Vorteil. Noch einen
Cognac? Prost.‹

Und er rückte gleich einen weiteren, nicht unbeträchtlichen Vorschuß heraus. Auf die Frage allerdings, wie Spitzhirn in den Besitz des Briefes gekommen ist, antwortete der: ›Betriebsgeheimnis.‹ Was Möhnle ohne weiteres verstand.

Es lief wie geschmiert. Zwar stritten sich Beatrix und Gustav schon beim ersten Zusammentreffen, versöhnten sich wieder …

›Die alte Leier‹, sagte Gustav danach zu Spitzhirn, ›ich weiß schon, warum ich ihr seinerzeit den Laufpaß gegeben habe.‹

›Dieser Laufpaß wird vorerst eingezogen‹, lachte Spitzhirn und gab Gustav die Hälfte jenes nicht unbeträchtlichen Vorschusses, mit dem Gustav die drückendsten Schulden zahlte, nämlich die Strom- und die Telephonrechnungen, weil sonst das betreffende gesperrt zu werden drohte. ›Die Mietrückstände zahle ich nicht‹, sagte Gustav, ›ich ziehe, wenn das so weiterläuft, ohnedies aus diesem Loch in ein angemessenes Penthouse.‹ Es lief weiter. Nach anfänglichem Zögern und sogar Gewissensbissen, die man einem Menschen wie Dressman Gustav nicht zugetraut hätte, spielte er den wiederum Verliebten, traf Beatrix wie damals heimlich, oder sie kam zu ihm in die Wohnung – nun, direkt eine Strafe waren diese intensiven und stürmischen Begegnungen mit der attraktiven, wenngleich kapriziösen Beatrix für Gustav nicht, und vor allem zahlte und zahlte Möhnle erfreut über die schön detaillierten, oft mit wörtlicher Wiedergabe der Gespräche ausgestatteten Berichte. ›Woher Sie das nur haben?‹ ›Betriebsgeheimnis.‹

Ein Tonbandgerät wurde installiert. Der erste Versuch mißlang. Das Knarzen des Bettes war kaum zu hören. Spitzhirn bearbeitete das Band, das heißt, er sprang selbst in Gustavs Bett auf und ab, auch Gustav sprang. Sie lachten sich fast krumm, ganz trocken ging die Sache auch nicht vor sich. Danach montierte Spitzhirn das deutliche Knarzen über die Stimmen Beatrix' und Gustavs. Möhnle war begeistert. Und zahlte.

Gustav hatte die Wohnung gewechselt, ein neues Auto gekauft. Aufträge seitens der Agentur, die seltsamerweise ausgerechnet jetzt

321

wieder eingingen, lehnte Gustav, obwohl das Furunkel längst verheilt war, hohnlachend ab. Zwar warnte Spitzhirn; wer weiß, ob das ewig so weitergehe. Doch nun war es Gustav, der immer neue Kitzel für Möhnles Eifersucht erfand. Trotzdem warnte Spitzhirn: ›Wenn der Alte genug Beweise in der Hand zu haben glaubt, reicht er die Scheidung ein …‹

›Ach wo‹, sagte Gustav, ›der genießt die eigene Eifersucht.‹

Und in der Tat bemerkte Spitzhirn, daß Möhnle richtig gierig nach immer neuen Berichten und immer schärferen Einzelheiten von der Untreue seiner Frau wurde. Eine perverse, masochistische Reaktion? In der psychologischen Wissenschaft nicht unbekannt, eine Art Ersatz- oder Fremdbefriedigung der eigenen unerfüllten Begierde? Gemischt mit Selbstkasteiung? Was es nicht alles gibt in den Versitzgruben der menschlichen Seele, selbst in der eines Baulöwen.

Möhnle verlangte Photographien. ›Niemals‹, sagte Gustav, ›ich kenne sie, niemals läßt sie sich nackt photographieren.‹ Er kannte sie trotz allem schlecht. Bei der ersten Andeutung davon riß sie sich, bildlich gesprochen, die Kleider vom Leib. Es war im Park des Schlosses zu Würzburg. Der Park voller Leute, ein heller, sonniger Wochentag – schon war Beatrix nackt und posierte vor der Fontäne, und ehe die umstehenden Leute Zeit hatten, entsetzt zu sein, waren die Photos schon gemacht und Beatrix wieder angezogen. Ja, mehr noch, Beatrix erwies sich als hochbegabte Exhibitionistin … Im Schloß Nymphenburg im Steinernen Saal, in der Alten Pinakothek, auf dem romantischen Südlichen Friedhof … Es war manchmal für Gustav schwierig, Beatrix wieder in die Kleider zu bekommen. Und sie entdeckte ihre Vorliebe fürs Autofahren im nackten Zustand. Wenn Lastwagen- und Omnibusfahrer, die ja von ihrem Sitz aus den Blick von oben haben, an erotische Visionen glaubten und fast in den Graben lenkten, lachte sie herzig. Und Gustav photographierte. Und Möhnles Begeisterung kannte keine Grenzen.

Im letzten Kapitel, das ich – und auch das nicht zu Ende – gelesen habe, war die turbulente Szene geschildert, die das möglicherweise verhängnisvolle Ende einleitete. Dann kam die Durchsage, daß wir in wenigen Minuten den Bahnhof erreichen würden, wo ich umsteigen mußte. Ich legte, was man ja ohnedies nicht tun soll, das aufgeschlagene Buch verkehrt herum auf den Sitz neben mir ... ja, und als ich drüben im Anschlußzug saß, fiel mir ein, daß mit dem anderen Zug mein Buch unwiederbringlich entrollte.

Diese letzte Szene, die ich also wiedergeben kann, spielte in der neuen Wohnung des Dressmans Gustav ... welchen Nachnamen hatten Sie vorgeschlagen?«

»Kupetz.«

»... in der neuen, von Möhnles Vorschüssen und sonstigen Zahlungen finanzierten und großzügig eingerichteten Penthousewohnung, und Herr Kupetz war betrunken. An Whisky mangelte es ja jetzt nicht mehr, und Gustav Kupetz hatte seit jener Zeit, als er neben dem ausgestopften Bären die Hauptperson einer berühmten Werbeserie für eine Whiskymarke war und kistenweise Deputatwhisky bezog, einen starken Hang zu diesem Getränk entwickelt. So war Gustav also betrunken, nicht sinn- und bewußtlos, sondern als virtuoser Trinker beduselt und nebenbei damit beschäftigt, seine Sachen für die Reise nach Neapel zu packen. Beatrix hatte ihrem Mann irgendeine kranke Freundin vorgegaukelt, die sie besuchen müsse, Möhnle tat so, als glaube er. In Wirklichkeit war er von Spitzhirn selbstverständlich informiert und fieberte – so Spitzhirn zu Gustav – der ausführlichen Photoserie entgegen: die nackte Beatrix auf Lavafelsen am Vesuv oben gebettet.

›Im Frühtau zu Berge juchu valera ...‹, sang Gustav, als Spitzhirn läutete, Gustav ihn einließ.

›Ich habe fünfmal geläutet‹, schimpfte Spitzhirn, ›hörst du nichts mehr bei deinem eigenen Gebrüll?‹

›Im Frühtau zu Berge … wenn es einen Frühtau gibt, muß es logischerweise auch einen Spättau geben. Der Frühtau geht zu Berge, der Spättau zu Bett.‹

›Glaubst du, daß du in der Lage bist, mir zuzuhören?‹

›Der Frühtau zu Berge, zum Vesuv …?‹

›Du fährst nicht.‹

›Wie bitte?‹

›Du fährst nicht. Ihr fahrt nicht, nicht nach Neapel noch sonstwohin.‹

›Wieso?‹

›Weil ich den Auftrag habe, dich umzubringen.‹

Gustav war auf den Schlag nüchtern.

›Entschuldige‹, sagte Spitzhirn, ›ich wollte es dir schonend beibringen. Ich habe aber nicht damit gerechnet, daß du besoffen bist.‹

Gustav hielt sich am Couchtisch fest und drehte sich in seinem Sessel. ›Du sollst mich umbringen?‹

›Mit allem habe ich gerechnet. Damit nicht. Ich hatte Angst in andere Richtung. Du weißt: daß Möhnle eines Tages genug hat und die Scheidung einreicht, und wir sitzen auf dem Trockenen. Das Video, das ihr gedreht habt, wo Beatrix Champagner trinkt und gleichzeitig strippt und zum Schluß, nachdem sie das letzte Tuch hat fallenlassen … na ja, ich brauche es dir ja nicht zu schildern. Du warst dabei … Der Alte hat das Video mit in sein Chefzimmer genommen, hat sich eingesperrt – ich weiß das unter der Hand von seiner Privatsekretärin. Ich wäre ein schlechter Detektiv, wenn ich nicht Konterminen bohrte. Achtzehn Mal! In Worten: achtzehn Mal hat er das Video abgespielt. Die Privatsekretärin hat es durch die Gegensprechanlage mitbekommen.‹

›Achtzehn Mal …‹

›Achtzehn Mal.‹

›Pervers‹, sagte Gustav.

324

›Wie die Psyche halt so spielt, selbst in einem Bauunternehmer.‹

Gustav gab sich einen Ruck. ›Und was hast du vorhin gesagt?‹

›Bist du wieder ganz nüchtern?‹

›Vollkommen.‹

›Ich soll dich umbringen.‹

Gustav schluckte.

›Eine Million‹, sagte Spitzhirn.

Gustav schluckte mehrmals. Er wurde gelblich im Gesicht.

›In bar‹, sagte Spitzhirn.

Gustavs Gesicht wurde grünlich.

›Steuerfrei, weil von Schwarzgeld.‹

Gustavs Gesicht wurde grau.

›Es gibt nichts und niemanden auf der Welt, hat er gesagt, das er so haßt, mit so abgrundtiefem Haß, wie dich. Er denkt Tag und Nacht drüber nach. Er steht in der Nacht auf, schaut sich die Photos an, liest die Berichte immer wieder, hört die Tonbänder ab, geht wieder ins Schlafzimmer, schweißgebadet, sieht Beatrix friedlich schlafen …‹

›Und sie will er nicht umbringen?‹

›Nein. Nicht sie. Dich. Er malt sich aus, wie er dich lustvoll zerquetscht.‹

›Zerquetscht.‹

›An und für sich, hat er gesagt, würde er es in Kauf nehmen, daß er lebenslänglich in den Knast kommt, wenn er dich mit eigener Hand zerquetschen könnte. Doch er denkt verantwortungsvoll an seinen Betrieb, der womöglich eingehen würde, und die vielen Arbeitsplätze.‹

›Mir kommen die Tränen.‹

›Er hat mir eine Million geboten.‹

Gustav schaute mit glasigen Augen Spitzhirn von unten her an, dann brach es aus ihm heraus: ›Du hast zugesagt!‹

›Nein.‹

325

Gustav packte Spitzhirn an der Gurgel: ›Du hast zugesagt. Eine Million. Es gibt keinen Menschen, der für eine Million da nicht zusagen würde.‹

›Laß mich los. Ich habe nicht ...‹ Spitzhirn gab Gustav einen geübten japanischen Stoß, sowas lernt der Detektiv, und Gustav flog zurück in seinen Sessel, ›nicht zugesagt. Offenbar hättest du an meiner Stelle zugesagt. Hast dich verraten. Sauberer Freund.‹

›Verzeih ...‹

›Schon gut. Ich habe nicht zugesagt. Ich brauchte keine Sekunde ...‹ Spitzhirn stockte.

›Wie?‹

›Keine Minute zu überlegen.‹

›Sekunden schon?‹ fragte Gustav lauernd.

›Gebe ich zu. Der Mensch ist schwach. Eine Million. Viel Geld. Steuerfrei. Umsatz praktisch gleich Gewinn. Und du, sage ich dir, hättest länger überlegt.‹

Gustav zitterte nur noch wenig, als er jetzt für Spitzhirn und sich Whisky einschenkte.

›Du, Hans ...‹

›Ja?‹

›Prost.‹

›Prost, Gustav.‹

›Irgendwie habe ich das Gefühl, wir sollten uns das nicht entgehen lassen.‹

›Soll ich dich etwa tatsächlich umbringen?‹

›Nein. Natürlich nicht. Es müßte dir etwas einfallen.‹

›Mir?‹

›Ja – oder: uns.‹

›Da gibt es nichts, was uns einfallen könnte.‹

›Doch. Wenn man nachdenkt schon‹, sagte Gustav, ›hast du endgültig abgelehnt?‹

›Ja. Also. Ich meine: nein. Nicht ganz ...‹

Gustavs Stimme wurde schrill: ›Leg sofort das Messer weg!‹

›Welches Messer? Ich habe doch gar kein Messer in der Hand.‹

Gustav atmete schwer. ›Entschuldige. Meine Nerven sind plötzlich … du hast nicht endgültig abgelehnt?‹

›N – janein.‹

›Ja? Oder nein?‹

›Ich habe mir gedacht, ich bespreche es erst mit dir.‹

›Im Grunde genommen ist das gut so. Daß du nicht endgültig abgelehnt hast. Sonst beauftragt er womöglich einen anderen. Den ich nicht kenne.‹

›Eben‹, sagte Spitzhirn.

So weit, liebe Freunde, war ich mit der Geschichte, als jene Durchsage kam und dann das Buch mit dem, wenn man so sagen kann, Gesicht nach unten im Zug liegenblieb.«

An dem Abend war an Musik nicht mehr zu denken. Der Abend dauerte an und wurde eine Nacht, in der die Freunde beisammensaßen und ihre Theorien über den Fortgang der Geschichte einander vortrugen, zunächst durcheinander debattierend, dann vom Hausherrn zur Ordnung gerufen und nacheinander erzählend. Die Entscheidung, welchem Vorschlag der Lorbeer oder die Krone oder was immer an Auszeichnung zuerkannt werden solle, war für den nächsten Donnerstag festgesetzt. Doch zu diesem Donnerstag kam es nicht mehr. Ein einschneidendes bitteres Ereignis, das mit dieser Geschichte, weder mit der von Gustav und Spitzhirn noch mit der von den Donnerstagen etwas zu tun hatte, verhinderte alle Beteiligten und Freunde …

*

Ich war allein im Haus. Allein, zu meinem Erstaunen, an einem Donnerstagabend. Auch mein Bruder Boris war … hm, ja … sagen wir: ausgegangen. Ich hatte Zeit, nicht nur an meinen geheimsten Namen, sondern auch daran zu denken, wer wohl die letzte Seite aus dem Buch gerissen hat.

*

… zusammenzukommen, und so zerbrach die Tradition der Donnerstage, weil sie einmal angeschlagen gewesen war. Es gab keine Donnerstage mehr. Doch hier sollen die Lösungsvorschläge wiedergegeben werden, so wie sie von den einzelnen Mitgliedern des Kreises vorgetragen wurden.

Der Vorschlag der Frau des Hauses.

»Ich bin für ein gutes, versöhnliches Ende. Das mag kindisch oder sentimental, vielleicht auch weiblich denkend sein. Das Weib gebiert Leben und weiß, wie schwer das ist, und will es erhalten – wenn ihr mir diese etwas pathetische Wendung für den Moment nachseht. Ja, ich bin für ein *happy ending*.«

»Es fragt sich nur«, sagte Prof. Momsen, »für wen. Ein *happy ending* für alle Beteiligten ist wohl nicht gut denkbar.«

»Vielleicht doch«, sagte die Frau des Hauses, »lassen Sie mich meine Version ausbreiten. Gustav war, das wissen wir, der ehemals Geliebten längst überdrüssig. Möhnles Geld, also die Unsummen, die er an Spitzhirn, es ist nicht anders zu sagen, vergeudet hatte …«

»Er hatte genug davon«, sagte der Herr des Hauses, »verzeih, wenn ich dich unterbreche, Emily, wenn einer ein Privatbüro mit separatem Lift hat, taxiere ich ihn auf ein dreistelliges Millionenvermögen.«

»Gut, wie auch immer, und das Spitzhirn redlich mit Gustav geteilt hatte …«

»Kann so einer redlich sein?« fragte Herr Bäßler, »einer, der eine so krumme Tour seinem Auftraggeber gegenüber fährt?«

»Vielleicht doch«, sagte die Frau des Hauses, »vielleicht ist er ein korrekter Gauner, oder aber er hat nicht redlich geteilt, hat Gustav gegenüber, der das ja nicht nachprüfen konnte, niedrigere Summen angegeben, den Löwenanteil für sich behalten. Sei's drum. Es scheint jedenfalls für Gustav genug übriggeblieben zu sein, um eine neue, größere Wohnung anzumieten, ein neues Auto zu kaufen ...«

»Und genug Whisky.«

»Auch das. Und da bekanntlich Geld das Geld anzieht, sieh da: Es kamen wieder Aufträge. Gustav kam neuerdings in Mode, nicht mehr, wenn man in seinem Fall so sagen kann, als jugendlicher Held, er wechselte ins Charakterfach und hatte wieder Erfolg. Der Abszeß war ja längst abgeheilt, ohne eine Narbe zu hinterlassen.«

»Oder die Narbe verlieh ihm gerade den Charakter, den er für sein neues Fach brauchte.«

»Ja – möglich. Allerdings mußte Spitzhirn Gustav erst überreden, die neuen Aufträge anzunehmen. Der leichtsinnige Gustav hätte es bequemer gefunden, weiter mit Möhnles Geld zu leben als zu arbeiten, aber Spitzhirn gab ihm eindringlich zu bedenken, daß es keinesfalls ewig so weitergehen, daß die Quelle eines Tages so oder so versiegen werde.«

»Davon war im Buch schon die Rede! Aber seit der Drohung mit dem Mordauftrag hat sich die Situation doch geändert?«

»Sicher«, erwiderte die Frau des Hauses, »aber Gustav hat, erfährt man, nicht nur eine neue Wohnung und ein neues Auto, sondern auch eine neue Aspirantin auf sein Herz und sein Bett. Auch das bringt der Erfolg mit sich. Die Geschichte dauert dann nicht mehr sehr lang. Gustav und Spitzhirn zerbrechen sich zwar einige Tage den Kopf darüber, wie sie Möhnle um die Million erleichtern könnten, ohne Gustav umzubringen. Möhnle, ungeduldig werdend, erhöht auf zwei Millionen – die Sache wird zu brenzlig, und Gustav und Spitzhirn beschließen, den Weg zwar nicht des geringsten Widerstandes, wohl jedoch den der nächstmöglichen Ehrlichkeit zu gehen. Wir haben ja erfahren, daß zwischen Beatrix und Gustav selbst in den Zeiten ihres besten Einvernehmens das Prinzip von Was-sich-liebt-das-neckt-sich in sozusagen

329

verschärfter Form die Regel war. Vielleicht genossen sie die häufigen Versöhnungen besonders, so etwas soll es geben. Und so benutzte also Gustav den vorhersehbaren nächsten Streit, um Beatrix endgültig zu verlassen, ihr klarzumachen, daß die Affäre zwischen ihnen aus und vorbei ist, so ernsthaft und eindringlich klarzumachen, daß es Beatrix glaubt, daß sie es einsieht, wobei ihr zu Hilfe kommt, das lasse ich mir zur Ehre der Frauen nicht nehmen, daß auch ihr das Verhältnis zusehends mehr eine Last als eine Freude ist.«

»Dennoch«, unterbricht sie Herr Kahnmann, »ist Beatrix so tief verletzt, ist so hart zwischen die Stühle gefallen, da sie ja auch nicht zu ihrem Möhnle so richtig zurückkehren will, daß sie eine Überdosis Schlaftabletten nimmt, und bei ihrem Begräbnis versöhnen sich Möhnle und Gustav, und Gustav heiratet seine neue Flamme und Möhnle seine Privatsekretärin, mit der er eh schon ein Verhältnis hat, und sie machen sich gegenseitig den Trauzeugen und den zweiten Trauzeugen macht der Spitzhirn ...«

»Nein, nein«, sagte die Frau des Hauses, »so stelle ich mir das gute Ende nicht vor. Vielmehr berichtet Spitzhirn dem Möhnle von der finalen Auseinandersetzung und rät ihm zur Schonung seiner Ehefrau, da er merkt, daß Möhnle im Grunde genommen seine Frau liebt, daß er an der Ehe festhalten will. Damit aber, so Gustav, ist die Gefahr für ihn noch nicht gebannt.

›Wer weiß‹, überlegt Gustav, ›was dem Alten noch alles einfällt, was er sich auskopft, wenn die Wut wieder in ihm hochkocht.‹

Auch da baut Spitzhirn auf wahrheitsnahe Ehrlichkeit –«

»Wahrheitsnahe Ehrlichkeit«, stellte Prof. Momsen fest, »ist ein schöner Euphemismus für halbe Lüge.«

»... und erbietet sich, eine Begegnung der beiden an neutralem Ort herbeizuführen. ›Ich werde ihm sagen, daß ich ihn seit Monaten beobachtet habe, daß ich Ihnen alles berichtet habe‹, sagte Spitzhirn zu Möhnle, ›daß Sie alles wissen, daß aber Beatrix nicht weiß, daß Sie alles wissen.‹ Diese Begegnung findet tatsächlich statt, im Foyer eines großen Hotels, verläuft zwar nicht gerade herzlich, aber sachlich, und zum Schluß geben zwei sozusagen erwachsen gewordene Männer einander die Hand.«

»Und Gustav händigt«, meinte dann Herr Galzing, »Möhnle die restlichen Photographien und Filme aus, an denen sich der Baulöwe dann in geläuterter Stimmung erfreuen kann.«

*

Waren nicht begeistert, die Freunde, scheint mir, von dieser Lösung. Die Hausfrau war leicht pikiert, sagte: »War ja nur ein Vorschlag.«

Der Vorschlag Dr. Schiezers.

»Möhnle«, sagte Dr. Schiezer, »ist schlauer, als man meint, ist schlauer, als er im ersten Teil des Buches dargestellt ist und als wir alle also meinten. In der Tat erhöht er die Mordprämie auf zwei Millionen, und aus der Tatsache, daß Spitzhirn nicht sofort ablehnt oder nur halb ablehnt, schließt er mit mehr oder weniger Recht, daß Spitzhirn zögert, daß er unschlüssig ist, schließt weiter auf das Zerwürfnis zwischen Spitzhirn und Gustav, zumindest auf ein aufs Äußerste gespanntes Verhältnis zwischen den beiden … fast hätte ich Ganoven gesagt, das waren sie nicht, aber Spitzbuben. Niemand mißtraut einem anderen so wie ein Spitzbube dem anderen, wenn sie zeitweilig gemeinsame Sache machen.«

»Also bitte! Möhnle weiß doch nichts davon, daß sein Detektiv mit dem Opfer der Observation gemeinsame Sache macht.«

»Ich sagte doch, Möhnle ist schlauer, als wir alle meinen. Er hat längst einen zweiten Detektiv angestellt, der den ersten überwacht, schließlich ist er als Kaufmann an das Gesetz der *second source* gewöhnt. Ein gewiefter Unternehmer wird sich nie auf nur einen Zulieferer verlassen. Das geht in der Geschäftswelt soweit, daß bei großen Daueraufträgen vom Auftragnehmer verlangt wird, ein Konkurrenzunternehmen zu nennen, das im Fall der Fälle einspringen kann. Was gibt es nicht alles für Fälle der Fälle: plötzliche Insolvenz, Brandkatastrophen, Zugrunderichten durch Cheftod und nachfolgenden Erbstreit, und schon werden die Spezialschrauben Nummer 16 b nicht mehr hergestellt, die der Hauptunternehmer braucht und ohne die er seine Patentobjekte nicht mehr herstellen kann. Also muß er von vornherein die *second source* in der Hinterhand haben, die sofort die Spezialschrauben Nummer 16 b liefert. Sie verstehen. Und so handelte Möhnle auch im Privatleben.«

»Weshalb er auch ein Verhältnis mit einer Zweitfrau, seiner Sekretärin, hatte?«

»Mag sein, aber jedenfalls hatte er einen zweiten Detektiv angestellt, und aus dessen Beobachtungen wußte er von der Kumpanei zwischen Spitzhirn und ... wie hieß Gustav gleich wieder?«

»Kupetz.«

»... zwischen Spitzhirn und Kupetz wissen.«

»Und Spitzhirn sollte nichts davon gemerkt haben, daß er seinerseits beschattet wird?«

»Nein, hat nichts bemerkt. Und das ist auch durchaus glaubhaft, denn niemand rechnet weniger damit, daß er beschattet wird, als ein Beschatter. Außerdem hat Möhnle den Spitzhirn durch seine auf großzügige Bezahlung gestützten Zeichen der Befriedigung in Sicherheit gewiegt. Also schickt er eines Tages den zweiten Detektiv, wie nennen wir ihn?«

»Mausgeier«, meinte spontan der Sohn des Hauses.

✳

Finde ich gut. Mausgeier. Soll das eine wenngleich völlig verrutschte Anspielung auf uns sein?

✳

»Schickt den Mausgeier zu Kupetz – ich stelle mir den Dialog etwa so vor: Nachdem Mausgeier an Kupetz' feiner, vielleicht in moosgrün gehaltener Wohnungstür, die mit einem, da selbstverständlich eine elektrische Klingel vorhanden, völlig sinnlosen Türklopfer aus Messing in Form eines Löwenkopfes verziert ist, geläutet und Kupetz geöffnet hat – ich benutze für den Dressman den Familiennamen, weil es mir widerstrebt, jemanden mit Vornamen zu nennen, dem ich nie vorgestellt worden bin – Mausgeier weiß aus seinen Observationen, wann und daß also im Augenblick Kupetz zu Hause ist, sagt Mausgeier: ›Mein Name ist Mausgeier.‹

Worauf ihn Kupetz sofort unterbricht: ›Ich kaufe nichts. Ich habe alle Zeitungen und Zeitschriften, die mich interessieren, schon abonniert. Ich bin ausreichend versichert und den Zeugen Jehovas trete ich aus grundsätzlichen Erwägungen nicht bei.‹

Darauf Mausgeier: ›Sie irren, Herr Kupetz …‹

›Woher wollen Sie wissen, daß ich Herr Kupetz bin?‹

›Ihr Name steht an der Tür.‹

›Ich bin Herrn Kupetz' Butler‹, log Kupetz, ›ich habe keine Vollmacht von Herrn Kupetz, irgend etwas zu kaufen oder irgendwelche Verträge abzuschließen.‹ So hielt es Kupetz immer, wenn ein Vertreter oder fliegender Händler bei ihm läutete. Ich halte es auch so, und empfehl' das Verfahren. In diesem Fall funktionierte es, wie man sich denken kann, nicht, denn Mausgeier sagte: ›Ich verkaufe nichts, ich will Ihnen auch nichts andrehen, und daß Sie Herr Kupetz sind, weiß ich, denn ich kenne Sie seit einiger Zeit sehr gut, auch wenn Sie mich nicht kennen. Und ich will Sie warnen.‹

Kupetz wurde mißtrauisch und, worauf Mausgeier abzielte, gleichzeitig neugierig.

›Sie kennen mich? Sie wollen mich warnen?‹

›Es könnte sein, daß Sie im Augenblick das bekannte Gefühl des déjà-vu haben. Ich beobachte Sie seit einiger Zeit im Auftrag von Herrn Möhnle. Ich bin Detektiv!‹

›Aber … aber …‹, Kupetz stotterte.

›Vielleicht halten auch Sie es für besser, wenn wir die weitere Unterhaltung, die nicht unwichtig für Sie sein dürfte, nicht unter der geöffneten Wohnungstür führen?‹

Doch Kupetz ließ den Mausgeier nicht in seine Wohnung. Bedenken Sie, daß er immerhin von dem Mordauftrag wußte und also damit rechnen mußte, daß Möhnle auch dem zweiten Detektiv die Million oder die zwei Millionen geboten hatte. Allerdings schien es ihm merkwürdig, daß sich dann der Mörder förmlich bei ihm vorstellte. In die Wohnung also ließ Kupetz den Mausgeier nicht, er schlug ihm jedoch vor, daß man das Gespräch in der Halle eines nahegelegenen großen Hotels fortsetzen sollte, auf neutralem Boden also.

So geschah es.

›Ich habe nicht den Auftrag‹, sagte dann Mausgeier, ›Sie, Herr Kupetz, zu beschatten. Ich habe eigentlich den Auftrag, meinen – ich nenne den Kerl ungern so – Kollegen Spitzhirn zu beschatten.‹

›Im Auftrag Möhnles?‹

›So ist es.‹

›Dieser Möhnle ist schlauer, als wir gemeint haben.‹

›Ihr entscheidender Fehler.‹

›Und Möhnle weiß also …?‹

›Herr Möhnle weiß alles. Er weiß, daß Sie sich mit seinem ungetreuen, ja im strafrechtlichen Sinn sogar betrügerischen Beauftragten Spitzhirn quasi verbündet haben, er weiß, was für Fälschungen Sie ihm zugespielt haben …‹

›Und hat trotzdem Unsummen bezahlt?‹

›Darauf kommt es Herrn Möhnle nicht an, dessen Privatvermögen, vom Firmenvermögen nicht zu reden, sich auf dreistellige Millionenbeträge beläuft. Und Herr Möhnle hat, darauf legt er wert, daß ich es Ihnen sage, weit weniger Vergnügen an dem – hm – Material gehabt, das Sie ihm vorgespiegelt haben.‹

›So ein Gauner!‹

›Ich würde mit derartigen Ausdrücken zurückhaltend sein. Wer in dem Spiel hier ein Gauner ist, würde ich außen vor lassen ...‹

Mausgeier gebrauchte tatsächlich die Redewendung ›außen vor‹, die zu jener Zeit, in der der Roman spielt, insbesondere unter Politikern im Schwung war. Inzwischen ist ›außen vor‹ außen vor.

›... außen vor lassen, zumal ich im Augenblick nicht schlüssig beantworten könnte, ich bin kein Jurist, inwieweit nicht auch Sie sich, Herr Kupetz, strafbar gemacht haben.‹

›Und jetzt will uns der alte Gau... – der alte Möhnle also anzeigen?‹

›Keineswegs. Er will Sie, Herr Kupetz, umbringen lassen.‹

›Das weiß ich.‹ Kupetz wurde begreiflicherweise unruhig, spielte mit seinen Jackenknöpfen und der Espresso-Tasse, die vor ihm stand, ›das weiß ich.‹

›Ich merke‹, sagte Mausgeier, ›daß Ihnen ein Frosch in der Kehle sitzt. Aber seien Sie unbesorgt. Ich habe nicht den Auftrag von Herrn Möhnle, Sie umzubringen. Abgesehen davon, daß ich im Gegensatz zu Ihrem Freund‹, Mausgeier unterstrich dieses Wort mit einem Verziehen des Mundes, ›ein seriöses Unternehmen leitet, und also so etwas weit von mir weisen würde.‹

›Haben nicht den Auftrag‹, schluckte Kupetz.

›Nein, den hat nach wie vor Ihr Freund Spitzhirn. Und er hat, und das soll ich Ihnen im Auftrag von Herrn Möhnle ausrichten, den Auftrag inzwischen angenommen.‹

›Hat angenommen ...!‹ Kupetz wurde grünlich im Gesicht.

›Nach Erhöhung auf drei Millionen.‹

›Der Gauner.‹

›In dem Fall, wenn Sie also den‹, wieder verzog er den Mund, ›*Kollegen* Spitzhirn meinen, dürfte die Bezeichnung auch im sozusagen juristischen Sinn zutreffend sein.‹

Eine Weile sagte Kupetz gar nichts mehr. Auch Mausgeier

schwieg. Dann Kupetz: ›Und warum läßt mich Möhnle warnen?‹

›Er will sehen, wer schneller von Ihnen beiden ist. Und es würde ihn jeder Ausgang der Sache befriedigen. Einmal Mord und einmal lebenslängliches Gefängnis.‹

So oder ähnlich stelle ich mir das Gespräch zwischen Mausgeier und Kupetz vor, das heißt, stelle ich mir vor, daß der Autor das so geschildert hat. Ich stelle mir im Übrigen auch vor, daß der Autor die Frage offen gelassen hat, ob Spitzhirn wirklich den Mordauftrag angenommen hat, oder ob die Warnung an die Adresse Kupetz' eine Finte war. So oder so gelang es, einen Keil in die Kumpanei Kupetz-Spitzhirn zu treiben.«

Dr. Schiezer schwieg und schaute mit einem Blick in die Runde, der zu besagen schien, daß er mit seiner Erzählung zu Ende sei.

»Und was weiter?« fragte Herr Bäßler.

»Da gibt es mehrere Möglichkeiten. Ich habe mich für keine entschieden. Ich habe nur die Exposition für eine Tragödie, denn auf eine solche scheint es mir hinauszulaufen, ausgebreitet. Ich habe einen Stein ins Wasser geworfen und hoffe, Sie beschreiben die Ringe, die der Aufschlag hervorruft.«

»Hm«, sagte die Sopranistin, sie hieß Gehrung, die hatte seinerzeit den *Hirt auf dem Felsen* gesungen, »ich habe während meines Gesangsstudiums zur Vorsicht ein paar Semester Jura studiert, habe es ohne Trennungsschmerz aufgegeben, als ich, wie Sie wissen, mein erstes Engagement bekam. Aber soviel weiß ich noch, daß ich konstatieren kann: Herr Gustav Kupetz, der Dressman, der mir im Übrigen recht unsympathisch ist, ein bloß mitschwimmender Schurke, hat strafrechtlich gesehen am wenigsten zu fürchten. Die Juristen, die hier unter uns sind, werden mich allenfalls korrigieren. Ich meine, daß man diesem Kupetz höchstens Beihilfe zum Betrug anlasten kann. Ich, wenn ich den Roman fertigzuschreiben hätte und wenn ich mich, was ein Autor dem Vernehmen nach immer tun soll, in die Figur Kupetz versetze, würde zur Polizei gehen oder gleich zur Staatsanwaltschaft und alles anzeigen. Ihm kann, wie gesagt, nicht viel passieren. Sein Geständnis, die Tatsache, daß er eine horrende Straftat aufgedeckt hat, würde strafmildernd wirken. Vielleicht würde das Verfahren gegen ihn sogar eingestellt, § 153 StPO hieß das zu meiner Zeit, doch wahrscheinlich ist das alles jetzt anders. Und vielleicht kommt dem Kupetz sogar die Kronzeugenregelung, die es inzwischen geben soll, habe ich gehört, zugute. Kupetz also, so unsympathisch er mir ist, kommt ungeschoren davon, Möhnle und Spitzhirn werden aufgrund der Zeugenaussagen von Kupetz und vielleicht auch Mausgeier wegen Mordkomplottes verurteilt und kommen für gut ein paar Jahre hinter Gitter.«

»Nicht gerade ein hochdramatisches Ende für einen Kriminalroman«, sagte die Frau des Hauses.

»Muß Kupetz dann«, fragte die Violinistin, die ab und zu sekundierte, »das Geld zurückzahlen?«

Da holte Galzing, der Richter am Oberlandesgericht a. D., tief Luft. »Das ist schon nahezu ein zivilrechtlicher Drahtverhau. Prima vista würde ich sagen: Nein. Aber ich müßte die Sache durchdenken, wenn ich eine Lösung finden sollte, die auch vor dem Bundesgerichtshof Bestand hätte. Revisibel wäre die Sache wohl schon, das heißt, daß der Streitwert hoch genug wäre, um das Verfahren in die dritte Instanz zu bekommen.«

»Wer sollte klagen?« fragte die Frau des Hauses, »der Möhnle? Aber der sitzt ja.«

»Das würde seine zivilrechtlichen Ansprüche nicht berühren. Und klagen kann er, auch wenn er im Gefängnis sitzt.«

»So, so«, meinte daraufhin die Frau des Hauses, »das auch noch.«

»Und dann, verzeihen Sie, liebe Frau Gehrung, glaube ich nicht, daß Spitzhirn wegen Betruges belangt werden kann, jedenfalls nicht von dem Zeitpunkt an, von dem an Möhnle gewußt hat, daß Spitzhirn ihn – salva venia – bescheißt, und er dennoch zahlt. Da war es allenfalls ein versuchter Betrug, und der ist nicht strafbar, sogar untauglicher Versuch … ja, hätte aber natürlich zivilrechtliche Bedeutung, weil § 823 BGB nicht greift, wenn einer zahlt, obwohl er weiß, daß er nicht zahlen müßte.«

»Um so mehr«, sagte die Sängerin, »spricht für meine Version.«

»Mir gefällt sie trotzdem nicht«, sagte Dr. Schiezer.

»Mir auch nicht«, meinte Herr Galzing, »vor allem kann sie deshalb nicht zutreffen, weil das, was Sie vorschlagen, liebe Frau Gehrung, auf ein paar Seiten abgehandelt werden könnte, der Roman aber hatte von dort weg, wo ich ihn bedauerlicherweise liegengelassen habe, noch gut fünfzig, sechzig Seiten, wenn nicht hundert.«

»Was schlagen dann Sie vor, Herr Dr. Schiezer?« fragte die Sängerin, schon, ja, mit einem leicht gekränkten Unterton.

»Ja, was schlage ich vor«, sagte Dr. Schiezer und stopfte seine Pfeife, zündete sie aber nicht an. »Der Baulöwe Möhnle, ich rekapituliere, ließ also seinen Detektiv durch einen weiteren Detektiv überwachen. Mir fällt eine Version ein, die allerdings die Sachlage so verkomplizieren würde, daß ich womöglich selbst nicht mehr herausfände, nämlich daß darüber hinaus Kupetz, zu Geld gekommen, einen dritten Detektiv beauftragt, seinerseits also Spitzhirn observieren läßt – nicht unverständlich, weil ja Kupetz fürchten muß, Spitzhirn habe Möhnles Angebot tatsächlich angenommen und wolle ihn, Kupetz, umbringen. Der dritte Detektiv kommt dabei dahinter, daß Möhnle Spitzhirn überwachen läßt und so fort, und sodann weiß also Kupetz, daß Möhnle weiß, daß er mit Spitzhirn gemeinsame Sache macht …«

»In der Tat sehr kompliziert«, sagte Prof. Momsen.

»Aber nicht reizlos, wenn man sich ausmalt, wie die Detektive hintereinander herschleichen.«

»Und was bringt das für das Ende des Romans?« fragte die

Frau des Hauses, »macht der dritte Detektiv dann mit dem zweiten gemeinsame Sache, um Möhnle weiter auszunehmen? Oder der dritte mit dem zweiten oder auch der zweite mit dem ersten, um die Millionen zu teilen?«

»Oder der dritte mit dem ersten, weil der dritte den ultimativ perfekten Plan für einen nie aufklärbaren Mord hat?«

»Vielleicht«, sagte die Sängerin, »hat der Autor auf den von Ihnen mir so freundlicherweise unter die Nase geriebenen, um nicht zu sagen, um die Ohren gehauenen fünfzig, sechzig oder gar hundert verbleibenden Seiten alle diese Möglichkeiten durchgespielt, um dann auf den letzten Seiten zu meiner, wie ich nicht müde bin zu betonen, einfachen, klaren und befriedigenden Lösung zurückzukehren.«

»Also an den dritten Detektiv«, sagte Dr. Schiezer, »glaube ich nicht, obwohl ich ihn selbst erfunden habe. Ich lasse ihn in der Versenkung verschwinden. Aber wie soll es weitergehen? Ich glaube, Möhnle erhöht nicht auf drei, sondern auf dreißig Millionen. Spitzhirn kann nicht mehr widerstehen. Er beschließt, den Auftrag anzunehmen. Aber den Mord nur zu fingieren, also etwa Kupetz ins Ausland zu verfrachten und so fort und Möhnle zu erzählen, daß Kupetz tot sei, geht nicht, denn Möhnle, der schließlich Geschäftsmann ist, will sehen, was er kauft: nämlich die Leiche. Den unzweifelhaft toten Gustav Kupetz.

Spitzhirn ist nicht ohne Gewissen, auch ist ein perfekter Mord, wie man weiß, nicht so leicht zu bewerkstelligen, und vielleicht hat Spitzhirn sogar echte freundschaftliche Gefühle für Kupetz entwickelt. Also denkt er doch über eine Möglichkeit nach, Möhnle zu täuschen. Mag sein, Spitzhirn geht ins Theater. Er hat ja schließlich auch seine Freizeit, sieht *Romeo und Julia*, erkundigt sich bei einem Apotheker, ob es vielleicht wirklich so ein Gift gibt, das einen temporären Tod, einen Scheintod, herbeiführt. Gibt es aber nicht. Durch einen dummen Zufall erfährt Spitzhirn, daß er seinerseits von Mausgeier beschattet wird.«

»Sie erklären uns, bitte, schon diesen dummen Zufall. Sich einfach auf Zufall herauszureden, wäre vom Autor unredlich«, sagte der Sohn des Hauses. »Überhaupt haben Zufälle, wenn sie nicht eine sozusagen innere, schicksalische Komponente bergen, in der Literatur nichts zu suchen. Sonst – mittels Zufalles könnte die Sache sehr einfach und auch seitenfüllend so weitergehen, daß Spitzhirn zwar den Mord plant, wirklich plant, aber am Tag, bevor er seinen Plan ausführt, verunglückt Kupetz mit seinem neuen Sportwagen, mit dem er, wie nicht anders zu erwarten, wie die berühmte gesengte Sau fährt.«

»Eine gesengte Sau läuft«, sagte die Sängerin, »eine Sau fährt nicht, ob gesengt oder nicht gesengt. Sie meinen also: fährt, wie eine gesengte Sau läuft.«

»Säue«, sagte der Herr des Hauses, »werden erst nach dem Schlachten gesengt. Also kann eine gesengte Sau gar nicht mehr laufen.«

»In welche Niederungen der Konversation geratet ihr!« meinte die Frau des Hauses empört.

»Ja, gut also, mit dem er fährt wie die ausnahmsweise noch lebend gesengte Sau läuft, verunglückt tödlich. Spitzhirn geht zu Möhnle – darf nach wie vor durch den Separateingang und hinauf in die Chefetage mittels des Privatliftes und will das Geld kassieren.

›Wieso?‹ sagt Möhnle ruhig.

›Gustav Kupetz ist tot‹, sagt Spitzhirn.

›Ich weiß‹, sagt Möhnle.

›Ich glaube nicht, Herr Möhnle‹, sagt Spitzhirn schon unsicher und mit einem Zittern in der Stimme, ›daß Sie mir das … die … die Summe auf das Konto überweisen wollen?‹

›Da glauben Sie richtig‹, sagt Möhnle, ›ich werde Ihnen die Summe nicht überweisen, und zwar schon deswegen nicht, weil ich keine Veranlassung sehe, Ihnen die Summe zukommen zu lassen.‹

Spitzhirn hatte es geahnt, hatte sogar überlegt, wie er in dem Fall reagieren sollte, dennoch war er jetzt verblüfft und reagierte gar nicht, saß da wie ein Ölgötze.«

»Was ist eigentlich ein Ölgötze? Auch so etwas wie eine gesengte Sau?« fragte die Frau des Hauses.

»Ein Götze aus Öl?«

»Der Götze des Öles?«

»Des Erdöles?«

Die Meinungen gingen durcheinander.

»Ein Buddha, weil er auf den Statuen nicht selten ölig lächelt?«

»Ein geölter Götze?«

»So daß er saust wie die gesengte Sau?«

»Wir wollen diese unernste Debatte nicht weiter vertiefen ...«

*

Ich muß einflechten, daß mein Bruder Boris, der immer dicker wird, manchmal, an seinen dritten Namen denkend, dasitzt wie ein Ölgötze. Wenn man ihn anredet, ist er zu ölgötzig, um beide Augen zu öffnen. Öffnet nur eins und sieht einen so ölig an, daß man von weiteren Versuchen der Konversation mit ihm abrückt.

*

»... und Spitzhirn nicht länger als Ölgötzen dasitzen lassen. Möhnle macht einen spitzen Mund, das tut er immer, wenn er eine Debatte abschließt, seine Leute kennen das schon, und fragt: ›Sind Sie eingeschlafen, Spitzhirn?‹

›Sie zahlen nicht‹, sagt Spitzhirn tonlos.

›Ich zahle nicht.‹

›Kupetz ist tot.‹

›Aber nicht durch Sie.‹

›Tot ist tot.‹

›Die Summe war ausbedungen für den Fall, daß Sie ihn aus der Welt schaffen. Er hat sich selbst geschafft.‹

›Sie zahlen also nicht?‹

›Selbstverständlich zahle ich nicht.‹«

»Worauf«, sagte der Herr des Hauses, »Spitzhirn seine Pistole Marke Walter PPK 9,5 aus der Aktentasche nimmt und …«

»… nicht zum Schießen kommt, denn Möhnle hat damit gerechnet, und der andere Detektiv hat mit einem Assistenten hinter dem Wandschirm gelauert, die zwei stürzen jetzt hervor und …«

»Nein, ganz anders. Spitzhirn sitzt zwar da wie ein Ölgötze, denkt aber nicht wie ein Ölgötze – denkt ein Ölgötze? Wie denkt er? Lassen wir auch diese Frage beiseite. Er besinnt sich langsam auf das, was er sich für diesen Fall zurechtgelegt hatte, und sagt, nachdem sich seine Gedankenwirbel gelegt haben: ›Gut. Wir haben einen Vertrag. Pacta sunt servanda. Ich werde Sie auf die zwei Millionen verklagen.‹«

»So dumm ist Spitzhirn? Er weiß doch genau, daß Möhnle leugnen wird und daß er, Spitzhirn, keinen Beweis führen kann …«

»So dumm ist Spitzhirn nicht. Er hat sich von Möhnle den Mordauftrag schriftlich geben lassen.«

»Möhnle sollte so etwas aus der Hand gegeben haben?«

»Konnte er, weil er wußte, daß der Vertrag sittenwidrig ist und damit nichtig.«

»Und die strafrechtlichen Folgen?«

»Möhnle würde das als nicht ernsthaft gemeint hinstellen.«

»Was ihm kein Richter abnehmen wird.«

»Meine lieben Freunde«, sagte Dr. Schiezer, »es ging ganz anders weiter. Mit Recht fragen Sie nach dem Zufall, durch den Spitzhirn erfuhr, daß er seinerseits durch Mausgeier beschattet wird. Es war nicht eigentlich ein Zufall. Wir haben ja erfahren, daß Spitzhirn, der sich als Detektiv, wenngleich als noch nicht althasischer solcher, einige Grundzüge der Branche angeeignet hatte, Konterminen bohrte, und eine dieser Konterminen war die Beflirtung einer der Sekretärinnen aus dem inneren Kreis der Möhnleschen Geschäftsführung. Nicht gerade die Privat- und Chefsekretärin …«

»Mit der hatte Möhnle selbst ein Verhältnis?«

»Das stammt aus einer anderen Version«, sagte Dr. Schiezer, »aber sei's drum, nicht mit dieser, sondern mit einer aus den etwas niedrigeren Rängen, sind dort auch noch junger und hübscher, und diese Sekretärin sah einmal auf Möhnles oder auch der Privatsekretärin Schreibtisch eine ihr rätselhafte Abrechnung liegen, ihre Neugierde war geweckt, sie forschte heimlich nach und kam hinter den Auftrag an Mausgeier, was sie umgehend Spitzhirn erzählte.

Die Chancen drehten sich damit um, denn nun wußte Spitzhirn, daß er seinerseits beschattet wird, brachte mit geübtem Auge bald heraus, wer sein Beobachter war … vielleicht kannte er ihn sogar von irgendwelchen berufsständischen Versammlungen her. Ich nehme an, daß auch die Privatdetektive eine Standesvereinigung haben. Vielleicht ist Mausgeier dort Stellvertretender Kassenwart oder was – kurzum, Spitzhirn wußte, und Mausgeier wußte nicht, daß Spitzhirn wußte. Spitzhirn konnte Mausgeier problemlos auflaufen lassen. Und davon machte er sehr geschickt Gebrauch. Gustav war eingeweiht.

Was macht Spitzhirn? Lassen Sie mich nachdenken. Er ging zu Möhnle und erklärte, daß er den Auftrag annehme, verlangte jedoch die Hälfte des Mordgeldes als Vorauszahlung.

›Und wie wollen Sie ihn umbringen?‹

›Das ist meine Sache.‹

›Gut. Es soll mich auch nicht kümmern. Ich möchte nur, daß er, bevor er stirbt, erfährt, daß ich ihn töten lasse. Und es wäre mir nicht unlieb, wenn, um es einmal so zu sagen, der Tod nicht ganz schmerzlos käme.‹

›Das müßte sich machen lassen‹, antwortete Spitzhirn, ›und darf ich jetzt bitten?‹

Möhnle ging zu einem hinter der Bar versteckten Safe und entnahm ihm die Geldbündel, die er Spitzhirn aushändigte.«

»Ein Koffer voll?« fragte die Frau des Hauses.

»Eine Million in Tausendern ist nur so viel«, Dr. Schiezer deutete mit den Händen einen Abstand von etwa zwanzig Zentimetern an und sagte: »Hat leicht in einer gängigen Aktentasche Platz. Womit Spitzhirn schon gerechnet hatte und was er jetzt mit Befriedigung feststellte, war, daß Möhnle nicht davon redete, die Leiche sehen zu wollen. Warum hatte Spitzhirn damit gerechnet? Klar: Weil er wußte, daß Mausgeier ihn in Möhnles Auftrag dabei beschatten werde.

Möhnle fragte nur: ›Im Grunde interessiert es mich nicht, aber was wollen Sie danach tun? Der Mord wird nicht unbemerkt bleiben. Den perfekten Mord gibt es nicht.‹

›Ich habe meine Zelte hier schon abzubrechen begonnen.‹ In der Tat war es so, allerdings fingierte es Spitzhirn, um Mausgeier zu täuschen. Mausgeier meldete diese Aktivitäten selbstverständlich Möhnle, was diesen wiederum hinsichtlich Spitzhirns Ernsthaftigkeit in Sicherheit wiegte.«

»Hatte«, fragte die Sängerin, »Spitzhirn nicht Angst, daß Möhnle die Kriminalpolizei verständigt, die Spitzhirn verhaftet, wenn er die restliche Million abholen will?«

»Davor war Spitzhirn deswegen sicher, weil sich ja Möhnle damit selbst ans Messer liefern würde. Außerdem wollte Spitzhirn seinen – inzwischen – lieben und guten Freund Gustav gar nicht umbringen. Im Fall der Fälle, wenn Möhnle wirklich so ungeschickt sein sollte, ihn anzuzeigen, also auffliegen zu lassen, hätte er lachend darauf verweisen können, daß gar kein Mord vorlag, wovon sich die Polizei durch Besichtigung des quicklebendigen Kupetz überzeugen hätte können.

Nein, diese Gefahr bestand nicht. Es gibt nun zwei verschiedene Möglichkeiten für den Schluß. Nach der einen dreht sich Spitzhirn noch am Abend des gleichen Tages um und geht in dem Restaurant, sagen wir in der *Kulisse* in der Maximilianstraße, wo er – scheinbar – Gustav und Beatrix beobachtet und wo ihn Mausgeier beobachtet, an dessen Tisch und sagt ganz leise: ›Ich glaube,

wir kennen uns. Mein Name ist Spitzhirn. Und Sie sind, wenn
mich nicht alles täuscht, Herr Kollege Mausgeier, der Stellvertre-
tende Kassenwart unserer Standesorganisation. Bleiben Sie ruhig.‹
Er drückte den trotz seiner langen Berufserfahrung verblüfften
Mausgeier sanft auf seine Eckbank zurück, ›und erlauben Sie mir,
daß ich mich zu Ihnen setze‹.

Mausgeier, immer noch verblüfft, sagte nichts, blies nur durch
die Nase. Spitzhirn setzte sich und flüsterte: ›Ich habe Ihnen ein
Geschäft vorzuschlagen. Es springt für Sie eine Million steuerfrei
dabei heraus. Ich hoffe, die Höhe der Summe übersteigt die Höhe
Ihres Berufsethos. Und ich nehme an, Ihr oder vielmehr unser
beider Auftraggeber Möhnle ist auch Ihnen nicht sonderlich sympathisch.‹

Und so verabreden also Spitzhirn, Kupetz und Mausgeier ein
Komplott, das heißt, es geschieht gar nicht viel, nur Mausgeier
meldet unter Schilderung hanebüchenster Folterungen, die Kupetz habe erdulden müssen, dessen Tod. Spitzhirn, sich gewissermaßen das Blut von den Händen waschend, kassiert die restliche
Million – nein: er hat Möhnle auf drei hinaufgehandelt, damit für
jeden der drei Ganoven, das sind sie ja wohl jetzt endgültig, eine
ganze bleibt.«

»Und Möhnle kann sich wieder und nun in voller Befriedigung
seiner Sammlung erotischer Beatrix-Zimelien zuwenden ...«

»... oder seiner Chefsekretärin.«

»Oder aber«, sagte Dr. Schiezer, »und das ist die zweite von mir
angedeutete Möglichkeit und die dramatischere, Mausgeier wird
nicht eingeweiht. Spitzhirn und Kupetz spielen die gräßlichste
Ermordung. In einer Waldlichtung, nachdem Spitzhirn sich ver-
gewissert hat, daß sie ja von Mausgeier beobachtet werden. Mit
Theaterblut und präpariertem Messer et cetera schlachtet Spitzhirn Kupetz ab, verfrachtet ihn dann in den Kofferraum seines
Autos und so fort. Kupetz ist das ganze Theater natürlich nicht
sehr angenehm, er ziert sich auch zunächst, aber schließlich: eine

Million und außerdem keine Gefahr mehr, daß Möhnle womöglich andere Mörder dingt. Mausgeier meldet den Vollzug, dessen Augenzeuge er war, dem Möhnle, und Möhnle zahlt daraufhin tatsächlich die restliche Million an Spitzhirn aus.«

»Womit«, sagte der Herr des Hauses, »und das darf ich zu diesem Schluß hinzufügen, Spitzhirn im Grunde gar nicht gerechnet hatte. Er hatte zur Vorsicht eigentlich nur … was heißt hier nur, nun gut … nur die eine Million, also fünfmalhunderttausend je für Kupetz und ihn als Lohn verbucht, hatte angenommen, Möhnle würde danach sagen, als Spitzhirn den Rest einzufordern kommt: ›Wie bitte? Eine Million? Ich weiß von nichts. Wie heißen Sie? Spitzhirn? Nie gehört. Komischer Name.‹ Doch, wie Sie sagen, Dr. Schiezer, hält sich Möhnle an die Abmachung und zahlt brav auch den Rest. Ist Spitzhirn natürlich auch recht.«

»Nur«, sagte Prof. Momsen, »gaukelt er dem dummen Kupetz vor, Möhnle habe ihn um die Million betrogen und teilt nur die erste, so daß für Kupetz eine halbe Million, für Spitzhirn eineinhalb Millionen Saldo verbleiben.«

»Ich nehme auch an«, sagte Herr Bäßler, »daß der Autor die, wie Sie mit Recht sagen, dramatischere Lösung oder Lösungsversion erzählt hat. Ich als Autor hätte das jedenfalls getan. Diese Version bietet Gelegenheit zu einer starken Szene, die noch dazu komisch ist. Es ist ja so etwas wie eine *split information*: Der Zuschauer weiß mehr als die handelnden Personen. Ein dramatischer Trick, den Shakespeare besonders großartig gehandhabt hat. Denken Sie an *Romeo und Julia*. Hier weiß der Leser natürlich mehr als die eine handelnde, wenngleich im Augenblick mehr zuschauende Person, nämlich Mausgeier. Für ihn ist es ein blutrünstiges Geschehen, für Gustav und Spitzhirn eine Komödie.«

»Mausgeier«, sagte Prof. Momsen, »sitzt hinter einem Busch mit Fernglas. Spitzhirn hält das Auto an einer einsamen Stelle im Wald an. Mausgeier beobachtet ein kurzes Gespräch zwischen

Spitzhirn und Gustav. Wahrscheinlich erklärt Spitzhirn, daß eine Panne vorliegt, denn er steigt aus und holt den Wagenheber aus dem Kofferraum. Als auch Gustav aussteigen will, schlägt Spitzhirn dem noch Sitzenden, Aufstehenden den Wagenheber über den Kopf. Spitzhirn macht das taschenspielerisch geschickt. Er weiß, aus welcher Richtung ihn Mausgeier beobachtet. Und verdeckt das Geschehen für einen Moment durch seine eigene massige Figur.«

»Davon war noch nie die Rede«, sagte die Frau des Hauses, »daß Spitzhirn massig ist. Ich habe ihn mir eher dünn, um nicht zu sagen mickrig vorgestellt.«

»Nein«, sagte Herr Bäßler, »gestatten Sie es mir, er ist massig. Verdeckt also. Als er das Blickfeld wieder freigibt, sinkt Gustav aus dem Auto, rollt zu Boden, und nun sticht Spitzhirn mit einem großen Messer, oder vielleicht einem Bajonett, auf Gustav ein. Es ist selbstverständlich eine Theaterwaffe, und das Blut, das nun herumspritzt, kommt aus diversen Farbbeuteln, die Gustav an sich . befestigt hat. Zum Schluß wuchtet Spitzhirn den blutüberströmten Gustav in den Kofferraum, und jetzt kommt der Clou: Im Kofferraum liegt schon, für den beobachtenden Mausgeier unsichtbar, ein präparierter Kopf, der dem Gustavs, jedenfalls auf die Ferne, ähnlich sieht. Nun holt Spitzhirn eins der bekannt diabolisch scharfen Samuraischwerter aus dem Auto und führt einen Hieb in den Kofferraum. Neues Blut spritzt, Spitzhirn nimmt den Kopf heraus, tut so, als wolle er ihn wegwerfen – nein, vergraben. Hat eine Schaufel dabei. Überlegt es sich jedoch scheinbar anders und wirft den Kopf wieder in den Kofferraum und fährt davon.«

»Wie bewerkstelligt es Spitzhirn«, fragte die Sängerin, »daß ihn Mausgeier an eben jener Stelle im Wald beobachtet?«

»Ganz einfach«, sagte Herr Bäßler, »Möhnle läßt sich von Spitzhirn den Mordplan in allen Einzelheiten darlegen. Spitzhirn tut das und bezeichnet sogar exakt den Ort, jene einsame Stelle im Wald, auch Tag und Uhrzeit. Und das gibt Möhnle selbstredend dem Mausgeier weiter. Mit Befriedigung hat Spitzhirn dann verstohlen bemerkt, daß und wo Mausgeier hinter dem Busch sitzt.«

»Und was«, fragte der Sohn des Hauses, »wenn Möhnle selbst beim Mord zuschauen will?«

»Das wird Möhnle nicht wollen. Denn wenn der Mord aufkommt und Gustavs Verhältnis mit Beatrix, ist Möhnle als allererster verdächtig. Es ist für Spitzhirn also nicht schwer, Möhnle von dem Ansinnen, den Mord beobachten zu wollen, abzubringen. Hier das betreffende Gespräch: ›Sehr gut, befriedigt zutiefst, Herr Spitzhirn. Mit einem Samuraischwert …‹

›Ich habe es schon unten im Auto. Wollen Sie es sehen?‹

›Nein, nein. Ich werde es sehen, denn ich werde in einiger Entfernung der … der Exekution beiwohnen.‹

›Wenn, Herr Möhnle, der … die Exekution aufkommt, und sie wird früher oder später aufkommen, wird auch Kupetz' Verhältnis mit Ihrer Frau nicht verborgen bleiben, und wer ist dann der Hauptverdächtige? Sie.‹

Möhnle verengte seinen stets etwas dumpfen Blick noch mehr. ›Sie haben recht, Spitzhirn.‹

›Also brauchen Sie ein Alibi. Beraumen Sie für den Zeitpunkt eine Versammlung möglichst vieler Ihrer führenden Mitarbeiter an. Mit Protokoll und so fort …‹

›Sie haben recht.‹

›Und damit Sie es glauben, bringe ich den blutigen Kopf.‹

›Nein, nein‹, sagte Möhnle und fuchtelte – Spitzhirn hatte damit gerechnet – ›ich habe meine Mittel und Wege zur Verifizierung.‹

›Wollen Sie dann das Samuraischwert sehen?‹

Spitzhirn holte es aus seinem Auto und Möhnle betrachtete es wohlgefällig lächelnd.

*

Es ist Zeit, daß wieder einmal ich zu Wort komme. Was interessiert eine Katze ein Baulöwe Möhnle? Gibt es auch Bautiger? Baugiraffen? Bauameisen? Das ist einer, der nur Gartenlauben oder Hundehütten bauen kann. Baukatzen gibt es nicht. Katzen brauchen keine Häuser, weil Katzen nirgendwo daheim sind, und das, weil sie überall daheim sind. Katzen sind in sich selber daheim. Da ist mir ein Aphorismus gelungen: Katzen sind in sich selber daheim. Ja, ein Aphorismus. Katzen denken aphoristisch. Ist das schon wieder ein Aphorismus? Es wird zuviel. Zurück zum Baulöwen. Was interessieren eine Katze so einer und seine Detektive und ein eitler Geck, der sich im Trachtensmoking von Gössl photographieren läßt, während er scheinbar eine Kuh melkt. So eine Szene ist in dem Roman nämlich eingeflochten, und zwar in den Kapiteln, die dieser Galzing, oder wie er heißt, nicht mehr gelesen hat. Eine Kuh – Spitzhirn, der trotz seines Namens ein etwas weiteres Hirn als der Dressman Gustav hatte, überredete nämlich den Gustav, einen Auftrag, den die Agentur endlich wieder beibrachte, anzunehmen. »Denn«, so Spitzhirn, »und so wie du das Geld hinauswirfst … vielleicht kommt dein kantiges Kinn wieder in Mode.« Es war ein Auftrag seitens der trachtiös vor nichts zurückschreckenden Firma Gössl, und Gustav wurde also mit einem lodenen Rustikalsmoking umtucht und wurde im Stall photographiert, während er leicht grinsend, den inneren Ekel überwindend, so tat, als melke er die Kuh. Zum Glück gelang die Aufnahme, kurz bevor die Kuh, der die Prozedur wahrscheinlich noch unangenehmer war als Gustav, diesem einen Tritt versetzte, so daß er mit dem Melkstuhl hintenüber kippte und nur deshalb vor einer Gehirnerschütterung bewahrt blieb, weil ihn ein starkrandiger Trachtenhut schützte. Dem aus Neugier bei dem Phototermin anwesenden Spitzhirn schrie Gustav, sich den Kuhdreck abwischend, zu: »Das hat man davon!« und schwor, nie mehr wieder einen Auftrag anzunehmen, schon gar nicht von einer Firma für Trachtenbekleidung.

Woher ich das weiß? Daß das in den Kapiteln des Buches steht,

die Herr Galzing noch nicht gelesen hatte, als er es im Zug liegen-
ließ? Katzen sind hellsichtig, wenn sie stark genug an ihren gehei-
men, dritten Namen denken. Eine ungenügende, zu einfache Erklä-
rung? Ja. Es gibt noch eine andere. Ich weiß noch nicht, wann ich
die verrate. Damit hängt zusammen, daß ich auch weiß, wer die
letzte Seite des Buches herausgerissen und warum er das getan hat.
Er hat einen Satz darauf geschrieben, mehr gekritzelt, in aller Eile.
Der Satz lautete ...

Doch jetzt erzählt Herr Kahnmann seine Version.

Die Version von Herrn Kahnmann.

»Wenn ich der Autor wäre«, sagte Herr Kahnmann, »würde ich
die Sache als makabre, schwarze Komödie enden lassen, so wie
sie, meine ich, begonnen hat. Die bisherigen Vorschläge gefallen
mir nicht – nein, ich möchte Ihnen, meine Freunde, nicht zu
nahe treten: Die Vorschläge gefallen mir schon, ich finde jeden
einzelnen schlüssig und einleuchtend. Ich glaube nur nicht, daß
die Geschichte so zu ihrem Schluß gekommen ist. Bei Ihrer Version, Herr Bäßler, bleibt die Frage offen, wie beantwortet Spitzhirn die naheliegende, ja zwingende Frage des Möhnle: ›Und wie,
Herr Spitzhirn, wollen Sie nach der Exekution der Strafverfol-
gung entkommen?‹ Spitzhirn könnte sagen, er wandere mit den
zwei Millionen in ein Land aus, das entweder kein Auslieferungs-
abkommen mit uns hat oder solche Abkommen lasch handhabt,
in dem einen oder anderen Staat Südamerikas ist es wohl so. Mit
dieser Perspektive könnte Spitzhirn übrigens den Kupetz wirklich umbringen, könnte die Leiche Möhnle zeigen, die, verzeihen
Sie, Herr Bäßler, etwas gewagte Konstruktion mit dem fingierten
Mord, fiele weg. Gewagt, sage ich, denn in diesem aus leichten
Latten nur dürftig zusammengehefteten Plan, diesem wackligen
Kartenhaus von Plan würde auch ein nur sanfter Windstoß alles

durcheinanderwirbeln. Oder denken Sie: Möhnle will doch den Kopf sehen … Oder Mausgeier verwechselt den Ort des Geschehens oder gar ist schlauer, als Spitzhirn meint, und durchschaut die Finte …«

»Wenn Sie die Unterbrechung erlauben, Herr Kahnmann«, sagte der Sohn des Hauses, »wie mir scheint, werden Sie uns die ultimative Version unterbreiten. Daher zuvor noch ein ganz kurzer Vorschlag von mir. Ich weiß, daß diese Weiterführung der Geschichte nicht die Seitenzahl füllen würde, die ja noch übrig ist. Trotzdem: Wir wissen, daß Möhnle den Kupetz nicht von Angesicht kennt.«

»Doch, von den Photographien, auf denen er Beatrix …« Frau Gehrung lächelte, »beglückt.«

»Nein«, sagte der Sohn des Hauses, »da hat Spitzhirn darauf geachtet. Er hat stets nur die atemberaubend nackte oder geschmückte und lüsterne Beatrix gezeigt, nie den Gustav. An dessen Anblick hatte Möhnle ja auch kein Interesse.«

»Wie«, fragte Herr Bäßler, »hat Spitzhirn überhaupt Möhnle erklärt, daß solche Aufnahmen zustandegekommen sind? Er müßte ja damit zugeben, in direktem Kontakt mit seinem Beobachtungsopfer zu sein?«

»Versteckte Kamera oder etwas in der Richtung. Vom Hubschrauber aus aufgenommen …«

»Hubschrauber ist gut«, sagte Prof. Momsen, »wegen der hohen Kosten, scheinbaren Kosten, die Spitzhirn selbstredend bei Möhnle geltend machte.«

»Kurzum«, sagte der Sohn des Hauses, »Möhnle kennt Gustav nicht, weiß nicht, wie er aussieht. Die Photographien aus der Zeit, als Kupetz noch in Mode war, hat Möhnle längst nicht mehr in Erinnerung, wenn er sie denn je überhaupt registriert hat. Also kommt Spitzhirn auf die Idee, Möhnle eine sozusagen falsche Leiche unterzuschieben. Also, Ihr versteht, die Leiche soll schon eine echte Leiche sein, aber ein falscher Kupetz. Nur woher nehmen? Die Diskussionen darüber zwischen Kupetz und Spitzhirn geben dem Autor Gelegenheit zu umwerfend komischen Dialogen, zu den abwegigsten Ideen, wie man zu einer Leiche kommt. Kupetz, der ja von vornherein etwas halbseiden ist, hat Kontakte zur Unterwelt. Das heißt, er kennt einen aus einem sogenannten Szenelokal, der einen kennt und so fort. So stoßen Kupetz und Spitzhirn auf einen, der nichts anderes ist als ein Leichenhändler. Dieser Leichenhändler, eine düstere und dunkle Gestalt ... Vielleicht stattet ihn der Autor mit einer Hasenscharte, einem Glasauge und einem Klumpfuß aus ...«

»Na, na«, sagte Prof. Momsen, »ist das nicht ein bißchen viel auf einmal?«

»Und«, sagte die Frau des Hauses, »eine Diffamierung Behinderter?«

»Jetzt sagen Sie nur noch«, sagte Frau Gehrung, die Sopranistin, »er sei Albaner oder Pakistani, dann ist das Ganze auch noch fremdenfeindlich ...«

»Also gut«, sagte der Sohn des Hauses, »also gut, der Leichenhändler ist ein ganz normaler Mensch ... Darf er wenigstens einen leichten, einen ganz leichten Sprachfehler haben? Oder verschiedenfarbige Augen? Gut. Danke. Also bringt dieser Leichenhändler tatsächlich eine Leiche her ...«

»Eine Zwischenfrage«, sagte Frau Gehrung, »gibt es solche Leichenhändler wirklich? Ich kann mir nicht vorstellen ...«

»Ich kann es mir sehr wohl vorstellen, meine Liebe, und nicht nur das, ich weiß es.«

»Aber ...«

»Aber warum? Wer Leichen kauft? Die anatomischen Institute, die medizinischen Fakultäten, die naturhistorischen Kabinette ... und womöglich Geisterbahnen und Filmrequisitenverleiher ... bringt also eine Leiche her, tiefgefroren in einer Kiste. Kupetz und Spitzhirn machen erwartungsvoll die Kiste auf: Der Tote ist ein Chinese. Also daß Kupetz kein Chinese ist, das weiß Möhnle.

Kupetz und Spitzhirn sind ratlos und ärgerlich. Sie haben selbstverständlich Vorkasse geleistet. Das Geld ist weg. Der Leichenhändler auch. Zu allem Überfluß müssen die beiden jetzt auch noch die Leiche beiseite schaffen. Bei einem Versuch, die Leiche des Chinesen im Wald zu vergraben, werden sie von einem Förster erwischt. Zum Glück meint der Förster, die beiden Halunken, die da ein Loch graben und einen großen Sack bei sich haben, seien dabei, einen Umweltfrevel zu begehen. Sie bekommen einen Strafbescheid wegen unstatthaften Vergrabens von Sondermüll … Sie versuchen, die Leiche präparieren zu lassen und einem Antiquitätenhändler anzudrehen. Auch das mißlingt. Die Leiche in den Fluß zu werfen oder einfach auf eine Parkbank zu legen oder dergleichen, wagen sie nicht. Es besteht immer und überall die Gefahr, selbst und gerade in der Nacht, daß jemand sie beobachtet und die Autonummer aufschreibt, und ob ihnen die Kriminalpolizei die Sache mit dem Leichenhändler glaubt … Und selbst wenn sie es glaubt, müßten sie erklären, warum sie eine Leiche gekauft haben. Der dümmliche Kupetz hat die Idee, die Leiche als Reliquie nach Rom an den Vatican zu schicken: ein chinesischer Märtyrer. Zuletzt taucht der Leichenhändler wieder auf und erklärt sich bereit, die Leiche gegen weitere Bezahlung zu entsorgen.«

»Aber, ich bitte um Entschuldigung, die Leiche ist doch nach wenigen Tagen … in einem Zustand, ich möchte mir das nicht näher ausmalen«, sagte die Hausfrau.

»Spitzhirn hatte immerhin die schlaue Idee, die Leiche luftdicht zu verpacken. Nun, sie waren diese Leiche wenigstens los. Der Leichenhändler erklärte ihnen, daß er ausschließlich chinesische Leichen liefern könne, allenfalls Schwarzafrikaner. Also mußten Spitzhirn und Kupetz eine andere Art und Weise ausfindig machen, zu einer Leiche zu kommen. Es gelang tatsächlich. Spitzhirn brachte es fertig, sich einen Satz Nachschlüssel für die Gerichtsmedizin zu verschaffen …«

»›Strafe muß sein‹, sagte sich Spitzhirn, unterbrach die Frau des Hauses, »Strafe für den Ärger, den ihm der launische Gustav immer bereitet hatte, und er ließ den Dressman sich nächtens auf Leiche geschminkt und mit einer aufgemalten blutigen Wunde auf der Brust in eine der Zinkwannen legen, wo er – nackt und frierend, doch was tut man nicht für eine Million – so lang liegen mußte, bis Spitzhirn den Möhnle geholt und ihm die vorgebliche Leiche gezeigt hat. ›Schnell, schnell, Herr Möhnle, denn erstens darf uns hier niemand erwischen, klar, und zweitens bin ich bereits sozusagen auf der Flucht nach Südamerika.‹ Also nur rasch ein kurzer Lichtkegel aus der Taschenlampe aus einiger Entfernung, und Möhnle war zufrieden und gab Spitzhirn den Aktenkoffer mit der restlichen Million, den er verabredungsgemäß und vorsorglich schon dabei hatte.«

»So wie ich Möhnle kenne«, sagte Prof. Momsen in seiner gleicherweise zynischen wie ruhigen Art, »hat, da Spitzhirn ja den Aktenkoffer, also die Emballage auch behalten würde, er den Preis für den Koffer von der Million abgezogen.«

»Nicht schlecht«, sagte der Sohn des Hauses zu seiner Mutter. »Ich hätte zwar vorgeschlagen, daß die beiden Gauner eine passende Leiche entleihen und kurz zu Möhnle schaffen, wobei Spitzhirn sogar so frech ist, den echten und lebendigen Gustav als Helfer mitzunehmen. ›Allein konnte ich die Leiche nicht schleppen. Der Herr hier ist ein freier Mitarbeiter von mir. Absolut vertrauenswürdig.‹ Ich gebe jedoch zu, Mamma, daß deine Lösung besser ist. Doch jetzt wollen wir die ultimative Version hören, die Freund Kahnmann angekündigt hat.«

»Mein Vorschlag … «

*

Was interessiert die Katzenwelt, was dieses Großgewürm Menschenwelt auf der Erde anrichtet? Ist nicht die Menschenwelt nur eine Episode von kurzer Dauer auf diesem Planeten? Der selbst gemessen an dem, worum sich die sieben mal zwanzig Dimensionen

schlingen, nur eine vorübergehende Schwingung ist, die, vorüberge-
gangen, nicht einmal einen Schatten als Erinnerung zurücklassen
wird? Ich muß einräumen, daß auch wir Katzen nur vorübergehend
sind. Haben Sie schon einmal eine Katze vorübergehen sehen? Auf
einem Mauergrat, plötzlich ein anderes, nicht sichtbares, spürbares
Ereignis wahrnehmend, in der Bewegung erstarrend, die Pfote, die
als nächste aufgesetzt werden soll, standbildhaft angehalten, halb er-
hoben, den Kopf zur Seite gedreht, ein Gesicht von ernster Neugier-
de ... Ich gebe zu, daß Katzen egoistisch sind. Sie lieben sich selbst.
Ist das unverständlich? Gibt es etwas Liebenswürdigeres? Was inter-
essiert der Vorschlag des Herrn Kahnmann, der übrigens, horribile
dictu, einen Hund hat, einen stets erkälteten Mops, den er zum
Glück nie mitbringt. Wieviel interessanter ist das, was ich von der
halb herausgerissenen letzten Seite zu erzählen habe. Doch ich lasse
dem Mopsfreund den Vortritt. Soll er seine Version zum besten ge-
ben. Katzen sind höflich, was sich schon darin äußert, daß sie nicht
reden.

*

»... ist vielleicht derjenige, der die überraschendste Wendung
bringt. Er entspricht dem, was eine gute Komödie auszeichnet,
nämlich einer völlig unerwarteten Entwicklung im dritten Akt.
Anders ausgedrückt: Im dritten Akt muß quasi ...«

*

Obwohl sie es könnten. Reden. Die Katzen.

*

»... eine ganz neue Komödie beginnen. Und so einen dritten Akt
schildere ich Ihnen jetzt. Ein wenig grotesk, doch bedenken Sie,
wie grotesk das Leben ist. Womöglich ist meine Version, so gesehen, aus dem Leben gegriffen.

Also – es geht damit an, das steht absichtlich in dem Buch an
einer eher nebensächlichen Stelle, daß Spitzhirn Gustav zum Geburtstag eine marmorne Flora geschenkt hat. Nach antikem Vorbild gearbeitet; Spitzhirn hat es sich etwas kosten lassen: Kopf

einer römischen Flora, nicht aus gepreßtem Marmorstaub oder gar Imitation, vielmehr echter Carrara-Marmor, gemeißelt. Gustav hat sich das immer gewünscht, und jetzt steht die Flora oben auf der neuen Designeranrichte, in der Gustav seine immer kostbarer werdende Sammlung schottischen Whiskys aufbewahrt. Sie kennen den Begriff der *Tragischen Ironie* aus dem klassischen Drama. So auch hier: ›Meinst du nicht‹, fragte Spitzhirn, ›daß das Ding da oben etwas wacklig steht?‹

Der Leser hat diese Nebenepisode längst vergessen. Spitzhirn und Gustav wälzen alle möglichen Pläne hin und her, wie sie einen perfekten Mord simulieren könnten. Es ist schon schwer genug, einen perfekten Mord zu begehen. Viel schwerer, einen solchen zu simulieren, denn man muß ja zwei Seiten hinters Licht führen, und zwar, bildlich gesprochen, diametral entgegengesetzt. Und hat nur ein Licht. Zum Schluß kommen die beiden, das heißt, eigentlich kommt Spitzhirn auf die ursprüngliche Idee des Giftes zurück, das einen – wie in Shakespeares *Romeo und Julia* – für einige Stunden tot erscheinen läßt. Spitzhirn muß schon einige Bedenken bei Gustav überwinden, bis der einwilligt. Ja, das wäre nachzutragen: Spitzhirn erzählt, daß er von diesem Gift, dieser, Spitzhirn drückt sich nicht so direkt aus, ›dieser Chemikalie‹, diesem ›pharmazeutischen Produkt‹ erst jüngst auf einem Detektivkongreß erfahren habe.

Gustavs Bedenken zu überwinden hilft, daß er seit einiger Zeit das Gefühl hat, Beatrix habe sich verändert. Es sei von ihrer Seite ›nicht mehr das wahre Feuer zu verspüren.‹

›Hat sie einen anderen?‹ fragt Spitzhirn.

In der Tat hat Gustav diesen Verdacht.

›Bist du eifersüchtig?‹

›Unsinn‹, sagt Gustav, ›ich wäre längst froh, hätte ich sie los. Nur: Wenn Möhnle hinter dieses andere Verhältnis kommt, zahlt er doch uns nichts mehr.‹

›Da hast du vermutlich recht.‹

›Also – was ist, hat sie einen anderen oder nicht?‹

›Woher soll ich das wissen?‹

›Du bist der Detektiv!‹

›Ich habe den Auftrag, dich zu beschatten und nicht Beatrix. Aber – ich muß auch sagen, aus gewissen Reaktionen könnte man in der Tat schließen … Jetzt, wo du es sagst … Halte es nicht für ausgeschlossen bei diesem Weib. Und du siehst also, daß wir endlich handeln müssen.‹

›Also dein neues‹, Gustav schluckt, ›pharmazeutisches Produkt?‹

›Was sonst.‹

›Und man wacht wirklich wieder auf?‹

›Garantiert.‹

Den Vorschlag Gustavs, mit einer kleineren Dosis vorher zu probieren, weist Spitzhirn zurück: Erstens wäre das sinnlos, denn wenn Gustav nicht mehr aufwache, was habe er dann von dem Versuch? Und dann sei es gefährlich, das immerhin scharf narkotische Mittel zweimal hintereinander zu nehmen.

Nun muß ja auch Möhnle insofern hinters Licht geführt werden, daß Spitzhirn ihm erklärt, wie er die Polizei hinters Licht führt, also den perfekten Mord ausführt.

›Es wird wie ein Selbstmord aussehen. Herr Kupetz nimmt Zyancali.‹

›Und wie, Herr Spitzhirn‹, sagte Möhnle zu seinem Detektiv, ›wollen Sie dem Kupetz das Zyancali einflößen?‹

Spitzhirn breitete einen komplizierten Plan aus. Für das Licht, hinter das Spitzhirn den Möhnle führen will und muß, war es hinderlich, daß ja Möhnle von der inzwischen engen Beziehung zwischen dem Observanten und dem Observierten nichts wissen durfte.

Wollen Sie den Plan hören? Ich erinnere mich an den Einwurf – war es mein eigener? – betreffend den nur kursorisch erwähnten Zufall. Ich möchte nicht, daß Sie meinen, ich ließe diesen

357

komplizierten Plan unzulässigerweise unter der Oberfläche des Erzählten, weil es für den eigentlichen Fortgang der Handlung keine Bedeutung hat, ließe die Kenntnis des Zuhörers unvollkommen und in der Schwebe oder sich selbst überlassen. Wollen Sie also?«

»Ja«, sagte Prof. Momsen.

»Schwierig, schwierig«, sagte Herr Kahnmann, »ich hatte gehofft, Sie sagen nein. Also – Spitzhirn erklärt Möhnle, was dieser ohne weiteres glaubt, daß er sich einen Nachschlüssel für Kupetz' Wohnung verschafft habe. ›Wie?‹ fragte Möhnle. ›Betriebsgeheimnis‹, antwortete Spitzhirn. Das akzeptiert Möhnle, denn er hat ja auch genug eigene Betriebsgeheimnisse. ›Und ich weiß auch genau‹, fuhr Spitzhirn fort, ›wann und wie lang voraussichtlich der Observierte aus seiner Wohnung abwesend ist, und dann, wie soll ich sagen, schaue ich mich dort um.‹

›Ist das nicht illegal?‹

Spitzhirn lächelte fein. ›Wenn ich nur legale Wege ginge, könnte ich meinen Beruf aufgeben.‹

Auch das sieht Möhnle ein.

›Und so‹, fuhr Spitzhirn fort, ›kenne ich seine intimsten Lebensumstände und Gewohnheiten – und auch sein Mundwasser. Marke *Gletscherklar*. Er benutzt es jeden Tag nicht nur einmal, sondern mehrmals, denn er leidet‹ – ›unter Mundgeruch,‹ sagte Möhnle, ›hätte mich gewundert, wenn so ein Kerl nicht unter Mundgeruch leiden würde.‹

›Ich sehe da zwar keinen Zusammenhang, aber sei's drum. Ich gebe ein paar Tropfen Zyankali in das stark parfümierte Mundwasser …‹

›Marke *Gletscherklar*‹, lachte Möhnle.

›… zum Glück stark parfümiert …‹

›Wahrscheinlich parfümiert sich der Tropf überall an seinem stinkenden Körper.‹

›… übertönt also den Bittermandelgeschmack des Zyankali,

und wenn er das nächste Mal gurgelt ...‹, Spitzhirn machte eine eindeutige Geste, ›und wenn Kupetz, wie üblich, das Mundwasser nicht schluckt, genügen die Spuren des Giftes, die auch beim Gurgeln in den Magen dringen. Und dann rufe ich Sie an, Sie kommen, ich sperre Ihnen die Wohnung auf, Sie ... wie soll ich sagen ...‹

›Ich prüfe das Ergebnis‹, sagte Möhnle kalt.

›Dann verlassen wir die Wohnung, und im Stiegenhaus übergeben Sie mir dezent die Aktentasche, die die zweite Million enthält.‹

›Aber ...‹

›Ja, das habe ich zu erwähnen vergessen: Es wird wie ein Selbstmord aussehen. Es liegt ein Abschiedsbrief auf dem Tisch.‹

›Ein Abschiedsbrief? Wie kann denn ...‹

›Wenn ich nicht jede Handschrift mühelos oder mit geringer Mühe nachahmen könnte, wäre ich nicht in der Lage, meinen Beruf auszuüben.‹

›Auch meine Handschrift?‹

›Selbstverständlich. Doch Sie können beruhigt sein. Ich bin seriös und loyal. Ich benutze diese Fähigkeit nur im Rahmen meiner Aufträge.‹

Alles gelogen, vom Mundgeruch angefangen – eine förmliche Verleumdung – übers Mundwasser bis zur Fähigkeit Spitzhirns, Handschriften nachahmen zu können. In Wirklichkeit hat Spitzhirn Kupetz den Abschiedsbrief selbst schreiben lassen: ›Warum? Warum wohl! Weil Möhnle ja deine Pseudoleiche beäugen will und ich ihm vorgaukle, daß ich der Polizei einen Selbstmord vorgaukle, muß selbstredend ein Abschiedsbrief daliegen. Also schreib.‹

›Was?‹

›Muß ich dir das auch noch diktieren? Also gut. Schreib: Liebe Freunde, alle, die Ihr mich liebt, verzeiht mir. Ich kann nicht anders. Ich bin aus der Mode. Ich bin am Ende, finanziell und auch

359

so. Euer Gustav Kupetz, ehemaliger berühmter Dressman. Kurz und prägnant.‹

Und Kupetz macht das brav, nimmt auch brav das angeblich harmlose Gebräu, das ihm Spitzhirn gibt und das in Wirklichkeit mit Zyankali versetzt ist.

›Schmeckt nach Bitterman …‹ sind die letzten Wörter Kupetz'. Ich sage Wörter, denn Worte sind es ja nicht gerade. Und nun ruft Spitzhirn den Möhnle an. Ich weiß nicht, ob zu der Zeit die Mobiltelephone schon so im Schwange waren wie heute. Also entweder ruft er ihn mit seinem Mobiltelephon an oder er geht in die nächste Telephonzelle, oder vielleicht hat er, das gab's ja schon lange, ein Telephon im Auto. Gibt Möhnle das Codewort durch: ›Ich habe die Essiggurken besorgt.‹

Bis Möhnle kommt, was, das hat Spitzhirn längst ausgerechnet, etwa fünfundzwanzig Minuten dauert, präpariert er eine Pistole, sorgt dafür, daß Kupetz' noch sozusagen warme Fingerabdrücke auf Griff und Lauf zu finden sind, nimmt die Pistole dann selbst in die Hand, klarerweise mit Handschuhen, öffnet die Tür, lehnt sie an, Möhnle klingelt verabredungsgemäß unten an der Haustür, Spitzhirn betätigt den Türöffner, Möhnle kommt mit dem Lift herauf – ›Kommen Sie nur weiter, Herr Möhnle, die Tür ist offen!‹ Möhnle tritt ein, Spitzhirn schießt aus nächster Nähe Möhnle in den Kopf, drückt dann die Pistole Kupetz in die Hand …«

»Und nimmt«, sagte der Sohn des Hauses, »Möhnle den Koffer mit der Million aus der erkaltenden Hand und setzt sich nach Südamerika ab.«

»Nein, denn vorher noch greift Spitzhirn zum Telephon (mit Handschuhen, versteht sich) und ruft Beatrix an. Ist ja ungefährlich, wenn die Polizei überprüfen sollte, wen Kupetz kurz vor seinem Tod und kurz vor dem Mord, den er vor seinem Tod begangen hat, angerufen hat.«

»Er ruft Beatrix an?«

»Ja, und sagt: ›Schatzi, die Sache ist erledigt. Ich habe die Penunze. Hast du deine Koffer gepackt? Ich bin in zehn Minuten bei dir.‹«

»Ach!« sagte die Sängerin.

»Ja«, sagte Herr Kahnmann, »denn Kupetz hatte mit seinem Verdacht recht, daß Beatrix noch ein anderes Verhältnis hat. Nur hat er nicht gewußt, daß dieses Verhältnis Spitzhirn ist.«

»Und Spitzhirn und Beatrix fliehen nach Südamerika und leben glücklich und zufrieden, und wenn sie nicht gestorben sind …«

»Beinahe«, sagte Herr Kahnmann. »Denken Sie an die schwere Florabüste, die so wackelig auf dem Schrank steht, in dem Kupetz, nunmehr Kupetz selig, seinen Whisky aufbewahrt hat. Spitzhirn will sich nach der Aufregung schnell noch stärken – zu schnell, macht die Glastür, nachdem er die Flasche wieder hineingestellt hat, zu hastig und daher zu fest zu. Die Florabüste, was immer schon zu befürchten war, fällt herunter, trifft Spitzhirn am Kopf, er ist sofort tot.«

»Oh. «

»Ah!«

»So.«

»Eigentlich ein befriedigendes Ende«, sagte der Herr des Hauses. »Wie bei Shakespeare. Lauter Leichen.«

»Nur Beatrix …«

»Einer bleibt immer übrig.«

»Vielleicht heiratet sie den Prinzen Fortinbras.«

So endeten die Donnerstage des Oberstaatsanwalts a. D. Dr. F. und die Donnerstage des Herrn Vorsitzenden Richters a. D. Galzing, denn an diesem Donnerstag war es so spät geworden, daß nicht mehr musiziert wurde. Die schon vorbereiteten Stühle wurden weggerückt, die Notenständer zusammengeklappt, die Noten und Instrumente eingepackt. Es wurde ein weiteres Musizieren – ohne Erzählungen – für kommenden Donnerstag vereinbart, doch dazu kam es nicht, denn an diesem Tag brach ein Unwetter über die Stadt herein und legte die Stromversorgung lahm. Zwar hätten die Freunde auch bei Kerzenlicht gespielt – »hat man ja auch getan, als dieses Quartett geschrieben wurde« –, doch es waren nicht genug Kerzen da. Leider ergab es sich, daß Herrn Galzings Herrenclub seine unabdingbaren Clubabende auf den Donnerstag verlegte, gleichzeitig Prof. Momsen sein Hauptseminar aus zwingenden fakultäts-administrativen Gründen auf den Donnerstagabend festsetzen mußte. Man kam überein, den Donnerstag – der immer noch »der Donnerstag unseres lieben unvergessenen Dr. F.« hieß – auf den Mittwoch zu verlegen. Doch das vertrug der Donnerstag offensichtlich nicht. Nach wenigen Malen, zu denen die Spieler nur sozusagen holpernd zusammenkamen, einer später kam, der andere früher gehen mußte, versiegte die Tradition. Es gab keinen Donnerstag mehr. Es hätte den Oberstaatsanwalt geschmerzt. Oder eben gerade nicht?

*

Ich erinnere mich ...

Erinnern Sie sich? Ich spreche jetzt nicht zum Leser meines Venusturmes, sondern zum Leser dieses Buches – erinnern Sie sich an das Beziehungsweise-Syndrom, *von dem der Oberstaatsanwalt gesprochen hat? Er hat da eine Geschichte erzählt, das war noch bevor man die Donnerstaggeschichten aufzuschreiben begonnen hat ... Ich bin etwas verwirrt, denn eigentlich sind meine Gedanken bei jener geheimen Geschichte, die der Oberstaatsanwalt gar nicht gekannt hat, jener Geschichte, die mit dem herausgerissenen letzten Blatt des bewußten Buches zusammenhängt ...*

Aber gut – es war keine richtige Geschichte, sondern eine groteske Anekdote über behördliche Wirrköpfigkeit und, nebenbei gesagt, sogar wahr oder historisch und spielte in einer Gemeinde im Chiemgau. Daß gleichzeitig damit das Beziehungsweise-Syndrom *demon-*

362

striert wird, hat der Bürgermeister jener Gemeinde nicht geahnt. Dieser Bürgermeister hatte einen Schwager, der eine Baumschule am Ort betrieb, allerdings aus irgendeinem Grund nur Laubbäume und -sträucher führte. Um dem Schwager zuliebe den Absatz von Laubbäumen und -sträuchern zu fördern – denn die Leute pflanzten in der Waldkolonie, nennen wir den Ortsteil einmal so, vor allem, weiß der Kuckuck warum, Nadelhölzer –, verfügte der Bürgermeister per gemeindlicher Satzung, daß in den Straßen der Waldkolonie linksseitig, ortsauswärts gesehen, nur Laubbäume oder (!) -sträucher, rechtsseitig nur Nadelhölzer gepflanzt werden dürfen. Nadelhölzer überhaupt zu verbieten, hat der Bürgermeister nicht gewagt, weil sonst die Korruption zu offensichtlich gewesen wäre. Begründet wurde die eigenartige Satzung mit dem dürftigen Argument der Einheitlichkeit des Orts- und Gesamtbildes. Die Satzung mußte von der Rechtsaufsichtsbehörde der Gemeinde, also dem Landratsamt, genehmigt werden. Der Bürgermeister hielt eine Zeitlang den Atem an, aber das Landratsamt beanstandete überraschenderweise die krause Begründung nicht und genehmigte.

Und nun bepflanzten die folgsamen Bürger der – das ist nachzutragen – neu zu besiedelnden Waldkolonie ihre Vorgärten mit Laubbäumen oder -sträuchern beziehungsweise Nadelgehölz. Das vielfach fälschlicherweise anstatt des richtigen und sogar schöneren, geschmeidigeren Wortes oder gebrauchte behördlich-amtlich-technisch klingende, fast möchte ich sagen unangenehm metallisch scheppernde beziehungsweise, abgekürzt (dabei noch um eine Drehung scheußlicher) bzw. ist, ein seltener Fall, in dem obigen Satz richtig angewandt. Denn die gesetzestreuen Waldsiedler bepflanzten ihre Vorgärten nicht mit Nadel- oder Laubgewächsen, sozusagen wild durcheinander, ungeordnet, das Orts- und Gesamtbild der Gemeinde in den Augen des Bürgermeisters störend und vor allem den Umsatz des Vetters nur ungenügend fördernd, sondern eben mit Laub- beziehungsweise Nadelhölzern, das heißt die einen, die linksseitigen, ausschließlich mit Laub-, die anderen, die rechtsseitigen, *ausschließlich mit Nadelgewächsen. Oder umgekehrt, spielt auch keine Rolle.*

Haben Sie, verehrte Leser, nun das so weitverbreitete Beziehungs-weise-Syndrom *begriffen bzw. verstanden? Wenn ja, haben Sie gemerkt, daß ich hier eben* beziehungsweise *falsch angewandt habe. Es mußte* oder *heißen.*

Nachdem die Siedler brav mit Nadel- beziehungsweise Laub-bäumen oder (!) -büschen ihre Vorgärten geschmückt und begrünt hatten, wurde der korrupte Bürgermeister und Baumschulenvetter abgewählt, und der neue Bürgermeister hatte keinen Vetter oder Schwager mit Baumschule (vielleicht hatte der einen Neffen mit einer Ziegelei ...) und fand die betreffende Waldkolonie-Satzung mit Recht blödsinnig, wollte sie jedoch nicht widerrufen, weil der Widerruf ebenfalls von der Rechtsaufsichtsbehörde hätte genehmigt werden müssen, somit womöglich Blamage mit sich gebracht, worauf der neue Bürgermeister auf den Ausweg einer – nicht genehmigungspflichtigen – Satzungsänderung verfiel, und diese Satzungsänderung lautete: »Die Satzung betreffend Bepflanzung der Vorgärten in der Waldkolonie wird dahingehend geändert, daß als Laubbäume im Sinn dieser Satzung auch Nadelbäume gelten.«

Soweit die Beziehungsweise, und jetzt zum Eigentlichen oder (nicht beziehungsweise!) Essentiellen. Nämlich die Geschichte von der letzten Seite. Heißt die Geschichte Der Venusturm? *Oder* Das gelbe Herz? *Es heißt:* Erspariatura. *Weil sie mir erspart, jenes so ungeheuer schwierig zu lesende Buch zu schreiben. Und Ihnen, es zu lesen.*

Sie wollte immer das Besondere. Sie liebte das Besondere. Ich habe eine Katze gekannt, es war eine entfernte Cousine von mir, die hieß – nein, hieß nicht, hieß ganz anders, Sie kennen die Angelegenheit mit den drei Katzennamen, sie wurde von ihren Menschen, ihren Quartiergebern, wie ich nicht ungern sage, Besondra genannt, weil sie dreifarbig war, und zwar vorn weiß, in der Mitte grau gefleckt und hinten rot gestreift. Nur weibliche Katzen sind, das nebenbei, dreifarbig. Dreifarbige Kater gibt es nicht. Ob diese merkwürdige Dreifarbigkeit bei Besondra als schön gelten kann oder eher als skurril, möchte ich nicht entscheiden. Man kann der Meinung sein, daß es nur schöne Katzen gibt, daß eine Katze immanent schön ist, daß schön bei einer Katze nicht ein Accidens ist, sondern essentiell – im hochphilosophischen Sinn. Auch ich verstehe etwas von Metaphysik. Nun gut, ob schön oder nicht, die seltsame und in der Tat seltene Dreifarbigkeit verhalf jener entfernten Cousine zu dem – sozusagen äußeren – Namen Besondra. Jene Dame aber, Frau und Menschin, die den Hang, ja die Sucht nach dem Besonderen hatte, also auch den Namen Besondra verdiente, war selbstverständlich nicht dreifarbig, keine Katzenfreundin und hatte eine Zeitlang einen Hund. Der Hund war von abgrundtiefer Häßlichkeit, keiner dämonischen Häßlichkeit, sondern von lächerlicher. Er sah aus wie ein Schäferhund, der früher langbeinig gewesen war und sich im Lauf der Jahre die Beine bis knapp unter den Bauch abgelaufen hatte. Er hatte hängende Ohren und war dünnhaarig, so daß seine violette Haut durchs Fell schimmerte. Man hätte Mitleid mit ihm haben können, wenn er nicht so bösartig gewesen wäre. Besondra – ich bleibe bei diesem Namen, denn ich weiß nicht, wie sie in Wirklichkeit hieß – hielt sich den Hund nicht aus Tierliebe, sondern weil ihre eigene Erscheinung günstig von der des Hundes abstach. Ähnlich hielt es Besondra mit ihren Freundinnen, von denen sie allerdings aufgrund ihres hochfahrenden Wesens nur wenige besaß. Sie liebte überhaupt Weibliches nicht. (Auch der Hund war ein Rüde, hieß Hervorrag.) Eigentlich sind denen, die Besondra gekannt haben, nur zwei engere Freundinnen erinnerlich: Ausufra und Cnochita. Die eine war leicht engerlingsförmig und wurmbleich, die andere knickbeinig, reisigförmig und mit der sogenannten Norddeutschen Hammerzehe behaftet. Von beiden Freundinnen – die Besondra übrigens nie miteinander bekannt machte, sie liebte es nicht, ihren Umgang zu mischen – stach Besondra, im Fall Cnochita sogar der Hund Hervorrag, augenfreundlich ab. Auch die Männerwelt, mit

365

der sich Besondra umgab, sie bezeichnete sich gern als Männerfrau, war, soweit möglich, optisch eher an der unteren Grenze des Sehenswerten angesiedelt. Freilich fanden sich, darauf legte Besondra, wie sich denken läßt, höchsten Wert, Geistesheroen darunter. Besondra selbst war, es ist leider nicht anders zu sagen, keineswegs geistesheroisch, wenngleich von einer gewissen Geschicklichkeit, sich fremden Denkflitter anzueignen. Aufs erste Hinschauen wirkte sie daher geistreich, vor allem, weil sie es verstand, dort, wo sie hirnblank war, im Gespräch bedeutungsvoll zu schweigen oder kryptisch zu flüstern. So eine Aneignung war etwa, daß sie sich als femme d'hommes bezeichnete, nachdem ihr einer ihrer schiefköpfigen Geistesheroen, der Französisch konnte, etwas von homme de femmes geschwafelt hatte. Besondra selbst – nun ja, ich möchte sie nicht gerade als faul und träge bezeichnen, doch Fleiß und Beharrlichkeit gehörten nicht zu den Eigenschaften, die einem zuallererst einfielen, wenn man an sie dachte. So war es denn mit den Schulen schwierig, deren manche Besondra nicht absolvierte, und eine Berufsausbildung hielt sie nicht für erforderlich, da sie der Meinung war, für die Bedürfnisse einer Besondra, einschließlich der finanziellen Versorgung, seien andere verantwortlich.

Sie heiratete früh. Wie nicht anders zu erwarten war ihr erster Mann kein – auch diesen Ausdruck schnappte sie bei einem Geistesheroen auf – kein Oil painting. Vielmehr: He looks like something the cat brought in. Ich liebe dieses Wortgemengsel, wie Sie sich denken können, nicht, wenngleich ich einräumen muß, daß es sich einer gewissen Zutreffendheit rühmen darf, wenn ich daran denke, was mein Bruder Boris oftmals ins Haus schleppt. Neulich eine halbe tote Blindschleiche.

Der erste Mann Besondras war, auch darauf sah sie, deutlich kleiner als sie, war rundlich und gutmütig, liebte Besondra über die Maßen und erfüllte ihr jeden Wunsch, soweit es ihm möglich war. Es war ihm leider nicht sehr weit möglich. Er war Wirtschaftsprüfer, tüchtig in seinem Beruf, doch zu wenig ehrgeizig und wagemutig, blieb sein Leben lang Angestellter einer größeren Kanzlei. Andere Karrieren zogen an ihm vorbei. Er hieß Hans.

»Er hat eigentlich gar keinen Namen«, sagte Besondra von ihm, »er heißt nur Hans.« Sie hielt das für geistreich.

Aus der Ehe entsprang ein Sohn. Besondra wollte ihn Dagmar taufen. Hansens Einwand, daß das ein weiblicher Name sei, quittierte Frau Besondra mit Hohn und dem Hinweis, daß Waldemar, Hilmar und Elmar ja auch männliche Vornamen seien. Hans fügte sich, wie immer, aber die vorgesehene Vornamensgebung zersplitterte am Widerstand des Standesbeamten, der die Eintragung des Namens Dagmar für einen Knaben ablehnte. Besondra reckte die Nase und entschied sich für den Namen Götz. Hans wagte nur noch vorsichtig den Einwand, daß Götz kein richtiger Vorname sei ...

»Und Götz von Berlichingen? Bist du gescheiter als Goethe?«

»Berlichingen war auf den Namen Gottfried getauft. Götz war nur die Abkürzung. So wie Hans für Johann ...«

»Wenn er schon nicht Dagmar heißt, so heißt er Götz«, sagte Besondra.

Götz wuchs heran. Als er etwa zehn Jahre alt war, trennte sich Frau Besondra von Hans. Die Scheidung fiel zu ihren Gunsten aus, obwohl sie es war, die die gemeinsame Wohnung verließ sowie Hans und Sohn Götz, denn Hans hatte die Ungeschicklichkeit begangen ...

Ich muß weiter ausholen.

Etwa ein Jahr oder mehr, vielleicht schon zwei Jahre, bevor Besondra beschloß, ihre eheliche Gemeinschaft mit Hans zu beenden, geriet sie in den Sog eines Zirkels, den ihr Mann Hans, der durchaus nicht geistlos war (Besondra merkte es nur nicht), einen »psychologischen Gebetskreis« nannte. Der Zirkel scharte sich um einen Professor namens Windloch, der von überwölbender Autorität für seine Jünger war. Professor Windloch – niemand erfuhr je, wo er seinen Lehrstuhl hatte – mischte aus zoroastrischem Glaubensgut, tibetischer Weisheit, aus Astrologie, indischer Meditation, schon leicht abge-

hangener Rassenlehre (»Nur weil er den Krieg verloren hat, mit Recht verloren, daran ist kein Zweifel, ist nicht alles Gedankengut, was unabhängig vom politischen Kalkül erarbeitet wurde, wertlos …« sagte Professor Windloch, allerdings öffentlich nicht sehr laut) und hermetisch-gnostischem Jungianismus einen Theoriebrei, den er in mehreren, im Eigenverlag gedruckten Werken ausbreitete. Eins dieser Werke hieß: »Göttliches, Allzugöttliches«, was schon genug über die Selbsteinschätzung Professor Windlochs besagt.

In diesem Zirkel lernte Frau Besondra die Brüder Eynandter kennen: Agobard und Begoard Baron von Eynandter. Sie lagen seit ihrer Geburt in Streit miteinander, denn sie waren siamesische Zwillinge. Sie waren an der Hüfte zusammengewachsen und hatten miteinander nur drei Beine. Eine Trennung der Zwillinge war nicht möglich. Dutzende von Ärzten hatten sie untersucht, genaue Analysen erstellt, alle Möglichkeiten abgewogen, das Ergebnis war immer wieder: Eine Trennung übersteigt die Möglichkeiten selbst der modernsten Medizin. So hafteten die bedauernswürdigen Kinder aneinander und kämpften den Kampf. Er wogte hin und her, manchmal schien es, die Waagschale senke sich zugunsten des einen, dann wieder zugunsten des anderen. Man hatte das Gefühl, jeder der beiden versuche, die Lebenskraft des anderen an sich zu saugen, um selbst ein ganzer Mensch zu werden. Unwillentlich, dies nebenbei bemerkt. Nach außen hin und zueinander waren die Zwillinge ein liebendes Brüderpaar. Es mag sein, sie selbst bemerkten den Kampf nicht.

Als die beiden etwa zehn Jahre alt waren, begann sich der Sieg Agobards abzuzeichnen. Er bekam zunächst fast unmerklich das vitale Übergewicht, und dieses Übergewicht bewirkte eine immer rascher werdende Verlagerung der Vitalität zugunsten Agobards. Er blühte auf, wuchs, und sein Bruder Begoard verkümmerte. Der wuchs zwar auch, wurde jedoch ein grausiges, ledern-faltiges Anhängsel, das Agobard als Fluch mit sich schleppte. Begoard verstummte, hörte offensichtlich zu denken auf, auch sein Gehirn schrumpfte. Wohl erblindete er auch – ob er überhaupt noch ein Mensch war, mag bezweifelt werden. Doch eine Trennung, so die Ärzte, war so unmöglich wie bisher.

Der Besuch einer öffentlichen Schule war für die Brüder Agobard und Begoard (oder sollte man sagen: für Agobard-Begoard?) verständlicherweise ausgeschlossen. In früheren Zeiten war auch für normale Sprößlinge der freiherrlichen Familie von Eynandter generationenlang die Erziehung durch Privatlehrer und Gouvernanten selbstverständlich gewesen, allein durch den Verlust der Güter im Baltikum war der Vermögenspegel derer von und zu Eynandter stark abgesunken und privater Unterricht nicht mehr ohne weiteres tragbar. Doch die öffentliche Hand, soziale Hilfsstellen, auch die Krankenkasse sprangen in diesem als besonders kraß zu betrachtenden Fall ein, und so erhielt Agobard-Begoard die Grundschul-, später die Gymnasialausbildung durch private Lehrer im häuslichen Umfeld. Das heißt: Begoard fiel bald schon weg – leider nur im erzieherischen Sinn, denn zunehmend verdämmernd blieb er ja im körperlichen Sinn haften. Schon in der Zeit, als Agobard gymnasialen Unterricht genoß, interessierte sich Professor Windloch für den Fall, von dem er durch Zufall erfahren hatte. Ganz geheimhalten ließ sich die Sache nicht, wenn auch seitens der Familie alles getan wurde, um den wenn auch unverschuldeten Makel zu verbergen. Ging Agobard aus dem Haus, trug er seinen Bruder in einem Rucksack bei sich oder bedeckte ihn bei Regenwetter mit einem Cape und so fort. Zwei Beine hatten die Brüder ja sozusagen gemeinsam; das schrumpfende dritte Bein wurde nach oben geschnallt. Begoard gab dabei anfangs ein Wimmern von sich – später nicht mehr.

Professor Windloch besuchte die Familie Eynandter häufig, fand, wie erwähnt, den Fall sowohl medizinisch als auch, wie er sagte, »spirituell« hochinteressant, und es ist nicht zu leugnen, daß es die trotz aller Mystik menschlich wirkende Zuwendung seitens Windlochs war, die bewirkte, daß Agobard einigermaßen normalen Geistes blieb. Ohne Windloch wäre es nicht verwunderlich gewesen, den

mit einem verledernden Bruder behafteten Agobard nicht langsam,
aber sicher irrsinnig werden zu sehen. Professor Windloch war es
denn auch, der für Agobard (Begoard galt zu der Zeit bereits nur
noch als sozusagen übergroße Warze an Agobards Seite) den einzi-
gen Beruf fand, den er ausüben konnte. Professor Windloch hatte
Verbindungen, viele Verbindungen nach den verschiedensten Sei-
ten. Die – gelinde gesagt – Behinderung Agobards mußte im Berufs-
leben versteckt werden, »und wo«, so fragte Professor Windloch Vater
und Mutter Eynandter, »wo kann das besser und leichter geschehen
als dort, wo ohnedies alles sich im Geheimen abspielt? Wo nichts in
die Öffentlichkeit dringt? Wo das Verstecken dem Beruf immanent
ist?« »Wo? Wo?« fragte der Vater. »Wo? Wo?« die Mutter. »Beim Ge-
heimdienst«, sagte Professor Windloch, der, wie nicht verwunder-
lich, beste, wenngleich geheime Beziehungen zum Bundesnachrich-
tendienst hatte.

So wurde Agobard Baron von und zu Eynandter unter dem
Decknamen Eyring V 54 999 Mitarbeiter jener Behörde und wurde
erst mit der Auswertung konspirativ beschaffter sowjetischer und
DDR-deutscher Zeitungen betraut, später mit allen möglichen an-
deren Aufgaben, sofern sie nicht damit verbunden waren, auf die
Straße zu gehen. Bei Gesprächen mit Nichteingeweihten saß DN
Eyring (DN bedeutete Deckname) vor einem Vorhang, in dessen
Spalte Begoard verborgen blieb.

Nicht nur Dankbarkeit verband die ganzen Jahre hindurch DN
Eyring (ist gleich KN – Klarname – von und zu Eynandter) mit
Professor Windloch, der Professor hatte ihn im Lauf der Jugend er-
folgreich auch mit dem Hang zu Gnostik, Mystik, zum Jungianis-
mus und so fort infiziert, und so blieb das, was der uns für einige
Zeit aus den Augen geratene Hans als »psychologischen Gebets-
kreis« bezeichnete, für Agobard als so ziemlich einzige außerdienst-
liche Unterhaltung offen. Hier konnte er sich sozusagen frei bewe-
gen – soweit das mit dem Bruder an der Seite möglich war –,
brauchte seine Abnormalität nicht zu verstecken. Im Gegenteil. Das

Abnormale galt diesem Kreis als das Besondere, und als Besondra zu dem Kreis stieß, verliebte sie sich in den besondersten Besonderen, kultivierte diese außerordentliche und außergewöhnliche Liebe als förmliches Ordensband ihrer über alle Normalität spottenden Lebensverankerung.

Als Hans durch Besondras Vater (sie selbst redete nicht mehr mit ihrem Mann) mitgeteilt wurde, daß sie sich von ihm zu trennen gedenke, war Hans bereits schon nicht mehr sehr überrascht. Genug Anzeichen waren vorausgegangen, denn Besondra hielt es für unter ihrer Würde, ihre Neigung zu verstecken. Als dann Hans im Lauf der Streitereien erfuhr, wer derjenige war, dem sich seine Frau zugewandt hatte, und dann gar, um welche Kreatur – ja, Hans scheute sich nicht, das pejorativ gemeinte Wort »Kreatur« zu gebrauchen – es sich bei dem Liebhaber handelte, glaubte er, am Verstand Besondras zweifeln zu müssen, und wollte schon seinen Anwalt bewegen, ein Entmündigungsverfahren einzuleiten. Dann beging er jedoch den Fehler, den ich oben erwähnt habe. Nicht ganz unverständlich: Er suchte bei einer gemessen an Besondra schlichten Dame Trost und war nun seinerseits so stolz und unvorsichtig, dieses Verhältnis nicht zu verbergen.

Besondra hatte einen geschickten Anwalt. Die Sache spielte noch zu den Zeiten des alten Verschuldens-Scheidungsrechts. Der Anwalt Besondras riet ihr, zum Schein zu Hans zurückzukehren. Der warf sie jedoch nach einigen Tagen hinaus. Nun war das Recht auf ihrer Seite. Sie leugnete ihr Verhältnis zu jener Hälfte des siamesischen Zwillings, ihr Auftritt in der mündlichen Verhandlung war großartig: halb ernst-trauernd mit großem schwarzem Hut, halb Grande Dame mit gezierten Gesten – so was konnte sie. Daneben wirkte der ehrliche Hans untergeordnet. Die Richter waren von Besondra beeindruckt. Die Ehe wurde aus Verschulden Hansens geschieden, der Sohn Götz, den Hans immer »Gottfried« rief, ohne weiteres der Mutter zugesprochen.

Eigentlich wollte Besondra ihren Ex-Ehemann finanziell ausblu-

ten lassen, setzte auch mit Hilfe verschiedener Tricks ihres Anwalts dazu an, doch dann erlag sie doch der schier unwiderstehlichen Versuchung, eine Frau Baronin von und zu Eynandter zu werden, und mit der Eheschließung wurde Hans der finanziellen Verpflichtungen gegen die Ex-Ehefrau ledig. Nicht – noch nicht, und das »noch« ist der traurige Punkt der Geschichte – gegenüber seinem Kind, welche Verpflichtung, muß man sagen, Hans gern erfüllte.

Ich kann es mir nicht versagen, die Eheschließung Besondras und Agobards zu schildern. Begoard konnte unter den Umständen nicht in einem Rucksack verborgen werden. Hinterher sagte der Vater der Zwillinge, der alte Baron, es wäre besser gewesen, der Standesbeamtin vorher reinen Wein einzuschenken. Dagegen aber hatte sich die alte Baronin gewehrt, hatte auch Begoard in einen schwarzen Anzug gezwängt und gesagt: »Wir stellen uns bei der Trauung dicht nebeneinander; wenn wir das geschickt machen, merkt es niemand. Und Besondra soll ihren großen Blumenstrauß so halten, daß« … und so weiter.

Doch das ging nicht, denn außer den Brautleuten und den Trauzeugen (das waren Professor Windloch und eine dümmliche und deswegen ungefährliche Freundin Besondras, Frau Bescheidine Hasenöhrl) mußten alle Gäste weiter hinten Platz nehmen.

»Und wer ist der Herr?« fragte die Standesbeamtin schon mit etwas gekrauster Stirn. »Noch ein Trauzeuge?«

In dem Augenblick fing Begoard, was er schon seit Jahren nicht mehr getan hatte, zu heulen an. Zu heulen wie der Wolf bei Vollmond.

Ein anderer Beamter des Standesamtes stürzte daraufhin herein und rief: »Was ist los, will einer nicht heiraten?« Die alte Baronin schrie, Agobard nahm seinen Bruder wie gewohnt unter den Arm und war drauf und dran zu entfliehen, der Harmoniumspieler fing an, laut den Hochzeitsmarsch von Mendelssohn zu quetschen. Er erinnerte sich wohl an die gängige Order bei Wirtshausraufereien an die Musik: »Weiterspielen!« Nur Besondra hob die Nase und klemmte die Nasenflügel, sagte zur Standesbeamtin: »Es ist eben eine nicht gewöhnliche Hochzeit.«

Die Standesbeamtin war inzwischen jedoch in Ohnmacht gesunken, und eine Kollegin zerrte sie hinaus und besprengte sie dabei mit Kölnisch Wasser. Es blieb nichts anderes übrig, als die Sachlage zu erklären, mit dem Ergebnis, daß jetzt alle im Standesamt und auch die nächsten wartenden Brautpaare nebst Anhang das Geheimnis erfuhren. »Sonst«, sagte der alte Baron grantig, »hätte es nur die eine Beamtin erfahren. Aber gut. Auf mich hört man ja nicht.«

Es passierte dann allerdings weiter nichts. Mag zwar sein, diejenigen, die die Absonderlichkeit mitbekommen hatten, erzählten es weiter, doch erfahrungsgemäß versickert so etwas in der Großstadt bald.

Die Trauung nahm dann ein Kollege der in die Absence gesunkenen Standesbeamtin vor, und das Hochzeitsessen danach fand im engsten Familienkreis statt.

Bei der Scheidung von Hans hatte Frau Besondra vergeblich versucht, das sogenannte Besuchsrecht des Vaters zu torpedieren. Sie brachte – durch ihren Anwalt – alle möglichen Argumente vor: daß der Vater ein grausamer Tyrann sei, sittlich ungefestigt, da er nicht von seiner neuen Freundin lasse, eine Gefahr für die Seele des Kindes sei und so fort. Sie setzte schon dazu an zu behaupten, Hans sei gar nicht der Vater des Kindes, doch vor diesem Argument warnte der Anwalt, denn erstens könne man das relativ einfach widerlegen, und sollte dies entweder nicht gelingen oder aber tatsächlich wahr sein, rollten auf Frau Besondra nicht unbeträchtliche Schadensersatzansprüche zu: nämlich der Ersatz der Aufwendungen, die Hans für das Kuckucksei getätigt habe. Davor schreckte dann Frau Besondra zurück und begnügte sich mit dem Erfolg, daß das Gericht das Besuchsrecht auf das Mindestmaß drückte: Hans durfte seinen Sohn einmal im Monat (am ersten Sonntag) von zehn Uhr bis achtzehn Uhr sehen und eine Woche in den großen Ferien. Und auch das versuchten Besondra und ganz vehement Agobard zu zersetzen, indem sie nicht müde wurden, den Buben mit zwar indirekten, aber hinterhältig-gehässigen Reden gegen den Vater aufzuhetzen. Sie erreichten damit nichts, im Gegenteil. Gottfried – dem Vater zuliebe bleibe auch ich, Mimmi, die ich das erzähle, bei diesem Namen – schloß sich innerlich nur um so mehr an den Vater an, und die beiden fanden sogar Mittel und Wege zu heimlichen, glücklichen Zusammenkünften außerhalb der von Frau Besondra stets laut beseufzten Besuchszeiten.

Dann kam das neue Familiengesetz, und das eröffnete der nunmehrigen Baronin die Möglichkeit, die Verbindung des Vaters zum Sohn endgültig zu zertrennen. Die Möglichkeit wurde aber durch eine unerwartete Wendung getrübt.

Das Geheul Begoards bei der Trauung war mehr als nur eine Störung der Zeremonie, es war nicht weniger als die Ankündigung einer Katastrophe. Wobei zu vermerken ist, daß Katastrophen für den einen nicht selten das Glück für den anderen sind.

Etwa ein Jahr nach der Eheschließung Besondras mit Baron Agobard begann dessen linkes Bein, das Bein also, das er gewissermaßen mit seinem vertrockneten Bruder teilte, zu lahmen. Nicht eigentlich zu lahmen: Es gehorchte manchmal nicht mehr. Da man nicht sonderlich darauf achtete, fiel es erst im Lauf späterer Zeit auf, daß der anhängende Begoard nicht mehr so ledern war, unter geschlossenen Lidern seine Augen rollte ... kurzum: sich erholte. Gleichzeitig schrumpfte Agobard. Was diese Wende herbeigeführt hatte, blieb rätselhaft. Die konsultierten Ärzte hatten keine Erklärung dafür. »Auch in der Medizin«, sagte Professor Windloch, der auch auf diesem Fachgebiet wie auf fast jedem beschlagen, wenn nicht Experte war, »auch in der Medizin gibt es eine vierte Dimension.«

Unabhängig davon und nebenher bereitete Besondra den Finalschlag gegen Hans vor: Baron Agobard von Eynandter (»Agobard der Schrumpfende«, spottete Hans, doch das Lachen sollte ihm bald vergehen) adoptierte Götz – Gottfried. Das neue Familienrecht gestattete das selbst gegen den Willen des leiblichen Vaters – das ging

374

juristisch. Es ging schwer, aber es ging. Damit war Götz ein Baron von Eynandter, galt nicht als Kind Hansens, Hans hatte zwar keine Unterhaltszahlungen mehr zu leisten, er verlor jedoch das Verkehrsrecht mit seinem Sohn, und als er arglos beim nächsten Besuchstermin Gottfried abholen wollte, schob ihm Baron Agobard nur den gerichtlichen Adoptionsbeschluß unter der Tür durch hinaus und schrie drinnen: »Die Besuchstage haben sich erledigt.« Um dem Vater jede Möglichkeit zu nehmen, illegal mit seinem Sohn in Kontakt zu kommen, wurde Gottfried in ein streng gehütetes Internat gesteckt, dessen Adresse Hans selbstverständlich nicht mitgeteilt wurde, im Gegenteil: Die Internatsleitung wurde angewiesen, jeden Versuch »des ehemaligen Vaters in dieser Richtung«, wie sich Frau Baronin Besondra ausdrückte, zu unterbinden und gegebenenfalls zu melden.

Dieser Sieg Besondras über ihren Ex-Ehemann fiel zeitlich mit der zunehmenden Erschlaffung Baron Agobards zusammen. Unaufhaltsam schrumpfte er, verlederte zusehends im selben Maß wie Begoard schwoll, tatsächlich schwoll, dicker wurde als Agobard je war, zu lallen begann, was Versuche zu sprechen waren, seinen Bruder nach und nach dominierte, so daß bald Agobard nur noch das Anhängsel, Begoard der tragende Teil war.

Es ist nun leider so, daß ich auf einen Punkt zu sprechen komme, den ich nur ungern berühre. Katzen sind, was das Geschlechtliche anbelangt, mehr als nur dezent. Ich meine, nach außen hin. Im Übrigen bleibt der Rest ungesagt. Gut, wenn Boris im Frühjahr seine Sehnsucht bei Vollmond besingt, gehört das zwar auch, streng genommen, zur Geschlechtlichkeit – aber, und darauf legen wir Wert, ins Künstlerische gewendet. (Daß sich den Menschen der Kunstgehalt der Gesänge nur schwer erschließt, ist eine andere Sache.)

Ich rede also nicht gerne von derlei. In meiner Geschichte gibt es jedoch den Punkt, bei dem sich nicht nur der Leser, sondern auch die umgebenden Personen der Protagonisten ihre Gedanken machen, sich Gedanken zu machen nicht unterdrücken können. Jene

Freundin Bescheidine rückte in einer vertrauten Stunde mit der Frage heraus: »Sag einmal, Besondra, wie ist das ... das ist doch ... ich meine, du und dein Mann, ihr seid doch nie eigentlich allein, auch nicht, wenn.«

Frau Besondra hob die Nase und klemmte die Nasenflügel: »Das ist eben auch das Nichtgewöhnliche.«

Und dieses Nichtgewöhnliche blieb, ich überlasse die Ausmalitäten dem Leser, durch die Schrumpfung Agobards und die Schwellung Begoards nicht unberührt, um es mit katzengebührlicher Dezenz zu sagen. Frau Besondra löste das Problem mit der ihr eignenden Fähigkeit, Probleme dadurch zu lösen, daß sie nichts tat. Sie erklärte ganz einfach, mit Begoard verheiratet zu sein. »Die zwei sind doch einer, und bei der Trauung hat außerdem Begoard ja gesagt, auch wenn man es nicht richtig verstanden hat.« Der Name blieb, auch Begoard war ein Baron von Eynandter ...

Ganz den Stand der Entwicklung, den Grad der wenn auch behinderten Menschlichkeit erreichte Begoard nicht mehr, auch wenn er zuletzt bis zur Monstrosität schwoll. Sein Gehirn schwoll nicht mit. Er blieb blöde wie eine Knackwurst. Ihn im Bundesnachrichtendienst auf der Planstelle des Agobard zu beschäftigen, war unmöglich. Es gab da überhaupt starke beamtenrechtliche Probleme, für die keine Präzedenzfälle oder verwaltungsgerichtliche Entscheidungen zu finden waren: War das Schrumpfen Agobards, das ja schon ein Entschrumpfen war, eine Krankheit, die die vorzeitige Pensionierung rechtfertigte? Oder waren Agobard und Begoard – immerhin hatten sie ein Bein und auch noch irgendwelche inneren Organe gemeinsam – als ein Beamter zu werten? Mit wechselnder Ausprägung? Konnte man, oder mußte man sogar Begoard sozusagen weiterbeschäftigen? Als was? Und über allem: Wer konnte sagen, ob nicht plötzlich wieder Agobard schwoll? Das beamtenrechtliche Problem wurde nie gelöst, denn es stellte sich, viel später erst, nach dem Ende der DDR heraus, daß Agobard ein ganz raffinierter Doppelagent gewesen war. Das ging aus Stasi-Akten hervor, die in der ostdeutschen

Geheimdienstzentrale gefunden wurden. Das Knäuel an juristi-
schen Problemen schleppte Begoard – ohne es in seiner abgrundtie-
fen Dumpfheit wahrzunehmen – wie seinen verlederten Bruder mit
sich, bis er starb. Kurz vor seinem Tod schrumpfte auch Begoard,
ohne daß allerdings Agobard schwoll. Die Mediziner stürzten sich auf
die seltsame Leiche. »So etwas kriegt man nicht alle Tage«, sagte Pro-
fessor Knochenhart von der Anatomie der Universität, verbesserte
sich rasch: »So wen ...« Die sterblichen wie vertrockneten Überreste
der weiland Barone Agobard und Begoard von und zu Eynandter
wurden zerschnipselt, und Besondra ließ auf den Grabstein setzen:
»Im Leben vereint, im Tode getrennt.« Professor Windloch, dem ab
und zu auch etwas einfiel, hatte ihr den Spruch eingesagt.

   Gottfried betrachtete weder Agobard noch später Begoard als Va-
ter. Daß er in der Schule und im äußeren Leben ein Baron von und
zu Eynandter war, so hieß und bezeichnet wurde, konnte er nicht
verhindern. In seine Bücher schrieb er jedoch seinen früheren Fami-
liennamen, und seinen engsten Freunden verriet er sein Geheimnis,
daß er eigentlich anders heiße, nannte ihnen seinen, wie er sagte
»wahren inneren Namen«. Weder Drohungen noch Lockungen ver-
mochten Gottfried dazu zu bringen, was die Mutter händeringend
oder tränenreich oder wutschnaubend versuchte, zu Agobard Vater
oder Papa zu sagen. Gottfried sagte stets nur »der Baron«, und
wenn er ihn anredete, sagte er Sie. Es half alles nichts, das Äußerste,
wozu sich Gottfried in der aussichtslosen Situation um des lieben
Friedens (seines Friedens) willen bereitfand, war, daß er Agobard
überhaupt nicht mehr anredete, ihn nur noch mit dem Personal-
pronomen bezeichnete und, wenn es nicht zu vermeiden war, die
neutralste Satzkonstruktion wählte: »Kann man mir das Brot, bitte,
herüberreichen.« Als Agobard geschrumpft war und Begoard schwoll,
war die Anredefrage und so fort irrelevant geworden, denn Begoard
hätte ohnedies nichts begriffen. Von ihm redete Gottfried – er war
da schon sechzehn Jahre alt – nur als vom Bi-Monster. Das gab
selbstverständlich immer ein Aufheulen Besondras, aber oft ereigne-

ten sich Gelegenheiten zu Zusammenstößen nicht, denn Gottfried wurde, wie erwähnt, in ein weit entferntes Internat gegeben, und bald verbrachte Gottfried auch die Ferien in Sommerlagern, Feriencamps, bei ausländischen Sprachkursen und dergleichen.

Und so ergab es sich einmal, daß – es war auf dem Bahnhof in Mannheim – zwei Züge einander kreuzten. Aus dem einen stieg Hans in den anderen um (er hatte geschäftlich zu tun), aus dem anderen Gottfried in den einen (er war auf der Fahrt ins Internat am Ende der Ferien). Sie erkannten einander erst, als beide wieder im jeweiligen Zug saßen und aus dem Fenster schauten. Die Züge standen auf demselben Bahnsteig einander gegenüber. Keiner, weder Vater noch Sohn, war fähig, ein Wort zu reden. Es wäre auch in dem Bahnhofslärm untergegangen. Gottfrieds Zug fuhr zuerst ab. Gottfried hatte einen Kriminalroman dabei, in dem er gelesen hatte. Er riß die letzte Seite heraus, schrieb – kritzelte eher schnell – etwas drauf, knüllte das Blatt zusammen, deutete zu seinem Vater hinüber und warf das Knäuel aus dem Fenster des schon fahrenden Zuges hinaus. Hans hatte noch so viel Zeit, rasch, bevor auch sein Zug abfuhr, herauszuspringen und den Zettel aufzuheben. »Ich bin dein Sohn geblieben, Gottfried!« stand drauf.

Als Gottfried achtzehn Jahre alt war und damit volljährig, begann er die Aufhebung der Adoption zu betreiben. Das ist um noch drei oder vier Drehungen schwieriger als die Adoption gegen den Willen eines Elternteiles. Frau Besondra erfuhr zwangsläufig von den Bemühungen ihres Sohnes und schrie Zeter und Mordio. (Baron Begoard, der da schon geschwollene, stand der Sache ohne Interesse gegenüber, wie sich denken läßt.) Bei Gericht fand Gottfried keine Hilfe, auch ein Rechtsanwalt fand keinen gesetzlichen Weg, der ohne Hindernisse war – doch Gottfried fand ihn. Es gibt, wie man weiß, Adelige, die gegen Geld, meist viel Geld, bürgerliche Menschen, die sich ohne Adelstitel als Würstchen empfinden, adoptieren und so ihren Titel weitergeben. Das ist zum Verdruß echter Adeliger legal. Die einzige Rache, die diese nehmen können, ist, daß im Gotha, im

Verzeichnis aller Adelshäuser, so durch Adoption Geadelte verächt-
lich kleingedruckt unterm Strich und mit dem Vermerk aufgeführt
werden: »Nichtadelige Namensträger gem. §§ 1741 f BGG ...« und
der verhaßte ehemalige bürgerliche Name dahinter. Viel Geld fließt,
meistens, und noch mehr Geld für Vermittler solcher Eitelkeiten.
Gottfried benötigte keinen Vermittler. Er adoptierte selbst, und zwar
sozusagen hohnlachend. Er verlangte auch kein Geld – im Gegen-
teil. Als ein gutes Dutzend neuer Barone von und zu Eynandter – je
Adoption hatte Gottfried eine Kiste Bier oder eine Batterie Wermut
springen lassen – unter diversen Brücken neben den anderen noch
unadoptierten Pennern und Streunern schlief und soff, wurde die
Familie Eynandter, außer Agobard und Begoard normal gewach-
sen soweit, unruhig und betrieb endlich von ihrer Seite und zuletzt
sogar mit Willen Besondras und des für die Zwillinge bestellten Vor-
mundes Professor Windloch die vertragliche Aufhebung der Adop-
tion, und als Gottfried, dem auch noch die amtliche Vornamensän-
derung gelang, dreißig Jahre alt war, war er von der Fessel seiner
ungeliebten Baronie befreit.

Sein Vater allerdings erlebte das leider nicht mehr.

*

So endete die Erzählung der Katze Mimmi, so endeten letzten
Endes die Donnerstage des Oberstaatsanwalts Dr. F. Kater Boris
steuerte noch ein Gedicht bei:

> *Ein Turm von Trauer überragt das Land*
> *des Grames. Pyramide steht daneben;*
> *ein Hohnkanal durchzieht das triste Leben,*
> *im Gras ich eine tote Amsel fand.*

> *Ich bin, so sagt ein Gott, dazu imstand,*
> *aus Kummer einen Teppich dir zu weben,*
> *und dessen Farben, Schwarz und Grau, ergeben*
> *das Tränenwappen, weit und ohne Rand.*

Die Tinten sind vertrocknet, alles leer,
der Regen rinnt bis in der Seele Kern,
und irgendeiner, irgendwo und irgendwer

sucht ganz vergeblich in der Nacht den Stern.
Es dunkelt, es ist kalt und es ist schwer,
und hatt ich doch die ganze Welt so gern.

Herbert Rosendorfer im dtv

»Er ist der Buster Keaton der Literatur.«
Friedrich Torberg

Das Zwergenschloß und sieben andere Erzählungen
ISBN 3-423-10310-8

Briefe in die chinesische Vergangenheit
Roman
ISBN 3-423-10541-0
und dtv großdruck
ISBN 3-423-25044-5

Ein chinesischer Mandarin aus dem 10. Jh. gelangt mittels Zeitmaschine in das heutige München und sieht sich mit dem völlig anderen Leben der »Ba Yan« konfrontiert …

Königlich bayerisches Sportbrevier
ISBN 3-423-10954-8

Die Frau seines Lebens und andere Geschichten
ISBN 3-423-10987-4

Ball bei Thod
Erzählungen
ISBN 3-423-11077-5

Vier Jahreszeiten im Yrwental
ISBN 3-423-11145-3

Ein satirisch-bissiges Panorama der Jahre 1944 bis 1946 in einem vom Tourismus noch nicht erschlossenen Alpental.

Das Messingherz oder Die kurzen Beine der Wahrheit
Roman
ISBN 3-423-11292-1

Der Dichter Albin Kessel wird vom Bundesnachrichtendienst angeworben. Allerdings muß er immer an Julia denken.

Bayreuth für Anfänger
ISBN 3-423-11386-3

Der Ruinenbaumeister
Roman
ISBN 3-423-11391-X

Schutz vor dem Weltuntergang: Friedrich der Große, Don Giovanni, Faust und der Ruinenbaumeister F. Weckenbarth suchen Zuflucht.

Ballmanns Leiden oder Lehrbuch für Konkursrecht
Roman
ISBN 3-423-11486-X

Die Nacht der Amazonen
Roman
ISBN 3-423-11544-0

Herkulesbad/Skaumo
ISBN 3-423-11616-1

Die Erfindung des SommerWinters
ISBN 3-423-11782-6

Bitte besuchen Sie uns im Internet: www.dtv.de

Herbert Rosendorfer im dtv

… ich geh zu Fuß nach
Bozen und andere
persönliche Geschichten
ISBN 3-423-11800-8

Die Goldenen Heiligen
oder Columbus entdeckt
Europa
Roman
ISBN 3-423-11967-5

Ein Liebhaber ungerader
Zahlen
Roman
ISBN 3-423-12307-9
und dtv großdruck
ISBN 3-423-25152-2

Don Ottavio erinnert sich
Unterhaltungen über die
richtige Musik
ISBN 3-423-12362-1

Die große Umwendung
Neue Briefe in die chinesische
Vergangenheit
Roman
ISBN 3-423-12694-9

Autobiographisches
Kindheit in Kitzbühel und
andere Geschichten
ISBN 3-423-12872-0

Das selbstfahrende Bett
und andere Geschichten
ISBN 3-423-13168-3

Die Kellnerin Anni
ISBN 3-423-13221-3
»Umwerfend komisch.« (SZ)

Absterbende Gemütlichkeit
Zwölf Geschichten aus der
Mitte der Welt
ISBN 3-423-13294-9

Salzburg für Anfänger
ISBN 3-423-13342-2

Vorstadtminiaturen
ISBN 3-423-13421-6

Stephanie und das
vorige Leben
Roman
dtv großdruck
ISBN 3-423-25184-0

Eichkatzelried
dtv großdruck
ISBN 3-423-25195-6

Deutsche Geschichte 1–3
Ein Versuch

ISBN 3-423-12817-8
ISBN 3-423-13152-7
ISBN 3-423-13282-5

Von den Anfängen bis zu den
Bauernkriegen. »Geschichte
im Zeitraffer, präzise, bild-
haft.« (Österreichische Nachrichten)

Bitte besuchen Sie uns im Internet: www.dtv.de